Henner Kotte
Der Tote im Baum

Foto: Bert Hähne

Henner Kotte wurde 1963 in Wolgast geboren, seit 1984 lebt er in Leipzig. Er studierte Germanistik in Leipzig, Moskau und Dresden und arbeitet heute als Schriftsteller, Redakteur und Theaterkritiker. Bisher erschienen von ihm die Krimis *Titelhelden* (Rotbuch 2006) und *Abriss Leipzig* (2005).

Zu diesem Buch

Ein voll besetzter Wagen kracht in der Leipziger »Kavalierskurve« auf einen Baum – ein Schädel fällt aufs Dach. Im Geäst hängt eine mumifizierte Leiche. Achtzehn Jahre später wird der ungelöste Fall dem jungen Kollegen zugeschoben, der seit kurzem im Rollstuhl sitzt. Dies ist seine einzige Chance, sich noch als tauglicher Polizist zu beweisen.
Ein Anwalt verpasst den wichtigsten Prozess seiner Karriere. Sein Verschwinden gibt allen ein Rätsel auf. Ist er wegen der brisanten Verhandlung entführt worden? Oder ist der Wessi abgehauen, weil er seine Ost-Freundin und deren Tochter nicht mehr ertragen hat?
Zwei Fälle halten die Kollegen der zweiten Leipziger Mordkommission um Hauptkommissar Lars Kohlund auf Trab. Und sie ziehen jeden im Umkreis der Ermittlungen weit zurück in seine eigene Vergangenheit – und in die der Stadt Leipzig.

»*Titelhelden* ist die gelungene zweite Geschichte einer Serie vom Tatort Leipzig, an den ich jetzt gern noch ein drittes Mal zurückkehren möchte – allein schon, um zu sehen, ob die Herren Kohlund und Schmitt die Probleme mit ihren Kindern in den Griff bekommen.«

Reinhard Jahn, WDR 5

Henner Kotte

Der Tote im Baum

Kriminalroman

Rotbuch Verlag

ISBN 978-3-86789-017-5

Originalausgabe, 1. Auflage

Umschlaggestaltung: Wiebke Buckow / Dominik Schönefeld,
Die Deichgraphen, Hamburg,
unter Verwendung eines Fotos von Adam Jones / Getty Images
Satz: Pinkuin Satz und Datentechnik
Druck und Bindung: CPI Moravia Books GmbH

Ein Verlagsverzeichnis schicken wir Ihnen gern:
Rotbuch Verlag GmbH
Neue Grünstraße 18, 10179 Berlin
Tel. 01805 / 30 99 99 (0,14 Euro/Min.)

www.rotbuch.de

»Der kommt direkt auf uns zu!«

Die Frau versucht, dem Fahrer ins Lenkrad zu greifen. Mit einem Schlag wehrt er die Einmischung ab. Die Kinder auf der Rückbank unterbrechen ihren Streit um den Gameboy. Der Fahrer will das Lenkrad zur Seite ziehen. Das Auto im Gegenverkehr kommt direkt auf sie zu. Ganz direkt.

Der Fahrer bremst. Die Frau schreit. Die Köpfe der Kinder fliegen an die Kopfstützen. Der Gameboy fällt aufs Leder der Gangschaltung. Das Auto kommt direkt auf sie zu. Sekunden, es bleiben Sekunden. Der Fahrer trifft die Entscheidung. Rechts auf die Wiese. Der Entgegenkommende jedoch schneidet ihm die Kurve. Auf der rechten Fahrspur ist das Ausweichen unmöglich. Der Fahrer reißt sein Lenkrad nach links. Der Wagen schlingert. Die Köpfe der Kinder knallen an Seitenfenster und Mittelbank. Der Junge brüllt. Seine Schwester bleibt still. Die Hände der Frau umkrampfen den Gurt. Sie atmet flach. Dass sie schreit, bemerkt sie nicht.

Der Wagen dreht, schleudert über die Straße, eine kleine Böschung hinab, dann über die Wiese. Seine Geschwindigkeit mindert sich kaum, so sehr auch der Mann die Bremse tritt. Sie hat keine Wirkung. Die Wiese wird von Bäumen begrenzt. Linden. Ahorn. Alle im Wagen sehen die Bäume, alle sehen den Baum. Er kommt direkt auf sie zu. Direkt. Ihm auszuweichen ist unmöglich. Sie ahnen das Ende. Sie sehen den Baum in Großaufnahme. Der Zoomfaktor wächst. Immer schneller rast der Baum auf sie zu. Die Rinde wird Risse bekommen. Der unterste Ast wird zersplittern. Der Fahrer schließt die Augen. Seine Hände halten das Lenkrad im linken Anschlag. Die Frau hebt die Arme vor die Köpfe der Kinder. Eine vergebliche Geste. Der Junge ist bereits in die Polster der Sitzbank gedrückt. Das Mädchen ist hinuntergerutscht. Sie beißt sich Blut aus den Lippen.

Es passiert. Das Heck schlägt hart gegen den Stamm. Der Ast bricht. Die Reifen schrammen die Rinde. Metall reißt. Die Kofferraumklappe springt auf und wird in einen spitzen Winkel gefaltet. Etwas knallt aufs Autodach. Die Frau schreit, ohne Luft zu holen. Der Baum lässt das Fahrzeug in die andere Richtung rollen. Nach drei, vier Metern kommt es zum Stillstand. Der Mann sinkt auf seine zitternden Hände über das Lenkrad. Die Frau reißt die Tür auf und versucht, diejenige zu den Kindern zu öffnen, rüttelt und schlägt mit den Händen gegen das Blech. Vergeblich.

Der Junge öffnet seine Tür ohne Probleme und kriecht ins Freie. »Mama, guck mal, ein Ball.«

Er rennt darauf zu und stößt dagegen. Der Ball rollt davon.

Die Frau rennt um das Auto. »Raus! Komm sofort raus!«

Sie zieht das Mädchen aus dem Auto. Der Junge spielt Fußball. Die Frau schaut und erkennt erst nach Schrecksekunden das Spielzeug des Kindes. Der Ball ist kein Ball, der Ball ist ein Schädel. Sie schreit: »Weg, tu das Ding weg!«

»So ein Schwein!« Der Mann sitzt unbeweglich und brüllt: »So ein Schwein! Hast du das gesehen!«

»Unser Sohn spielt mit einem Kopf!« Die Frau rennt und zieht den Jungen fort. Sie fasst die Hände der Kinder. »Kommt, weg hier. Wer weiß, ob es noch explodiert!«

Die Frau rennt, sie handelt instinktiv. Die Kinder halten nicht mit ihr Schritt. Der Mann streicht sich die Haare aus der Stirn und verlässt das Auto mit zitternden Knien.

»Mein schöner Ball!«

Der Junge ist kaum drei, für ihn ist alles ein Spiel, wie auf dem Rummel.

»Das ist Dreck! Wir lassen das liegen!«

Der Junge schreit: »Mein Ball! Mein schöner Ball!«

Der Mann bückt sich und hebt den Ball auf. Es ist ein menschlicher Schädel. Die Zähne sind erhalten, und Haarbüschel kleben auf der Kopfhaut. Überdies sind Knochen zu sehen, als Augen schwarze Löcher. Der Mann vermutet Gehirnreste dahinter. Er wirft den Schädel im Bogen von sich. Irgendetwas fällt aus ihm heraus.

Die Frau zerrt die Kinder weg. Der Mann läuft dem Schädel hinterher, dann nimmt er ihn noch einmal in die Hände. Es ist wirklich der Kopf eines Menschen.

Es musste der Schädel gewesen sein, der ihnen aufs Dach geknallt ist.

Der Mann blickt nach oben. Im Baum zwischen den Blättern kann er eine Silhouette erkennen. Ein Mensch? Im Baum hängt ein Mensch. Die Gestalt scheint ihm von oben zuzuwinken.

Unvorstellbar, ein Mensch im Baum. Ein Albtraum. In den Händen hält der Mann den Schädel. Er wirft ihn zum zweiten Mal weg.

Der Mann rennt seiner Familie hinterher. Das Auto qualmt. Vögel schreien. Der Schädel rollt ein paar Zentimeter, dann bleibt er liegen. Es sieht aus, als lachte er.

1.

Agnes Schabowski erschrak. Der Mann, der mit dem Pförtner sprach, war Emile. Es war Emile. Sie hatte ihn vergessen wollen, aber nie vergessen können. Emile. Auch er hatte sie gesucht. Warum würde er sonst hier am Empfangsschalter im Polizeipräsidium Leipzig stehen? Emile Fraconard hatte nach ihr gesucht. Nach all diesen Jahren hatte er sie gefunden.

»Ich will zum Chef!«

Der Diensthabende im Glaskäfig der Pforte sprach, wie man mit Typen spricht, die prinzipiell nicht eingelassen werden. Weil sie es besonders witzig fanden, Polizisten in die Irre zu führen, weil sie Aufmerksamkeit wollten oder einfach vor der falschen Tür standen. Da konnten die Typen reden, was sie wollten, drohen, schreien. Der Mann vom Wachpersonal blieb freundlich, aber bestimmt. »Guter Mann …«

»Ich will zum Chef!«

Der Beamte hinter der Scheibe schob die Haare über den Scheitel und suchte nach Worten, die den ungewollten Besucher zur Einsicht bringen konnten. »Das Revier ist in der Ritterstraße, dort können Sie Ihre Meldung machen. Wir hier sind das Präsidium.«

»Aber doch wohl die Kriminalpolizei.«

»Ja, sicher ...«

»Ich melde Kim Fleischer als vermisst.«

»Wie gesagt, guter Mann, das Revier Ritterstraße ist dafür zuständig. Hier im Haus sind nur die Büros der Leitung und die der Dezernate.«

»Ich will ja zur Leitung, eben zum Chef.«

»Der wird Sie nicht empfangen.«

Der Wachmann blickte Agnes Schabowski Hilfe suchend an. Sie beobachtete noch immer Emile Fraconard vor dem Schalter. Stimme, Haltung ... sie war sich nicht mehr sicher, ob dieser Emile wirklich Emile war.

»Frau Oberkommissarin, vielleicht könnten Sie den Besucher hier überzeugen, dass er hier an der falschen Stelle ist ...« Der Blick des Wachmanns bat nur der Form halber. Die Schabowski war sicher, wenn sie nicht hier stünde, wäre Emile bereits wieder auf der Straße. Wenn nötig auch mit Gewalt. Der Mann hinter der Scheibe der Pforte wusste, dass er wichtig war. Er verhinderte unnötigen Publikumsverkehr im Gebäude. Agnes Schabowski hielt ihren Dienstausweis in der Hand, um sich wie jeden Tag zu legitimieren. Heute erkannte sie der Diensthabende, wusste sogar ihren Namen und Dienstgrad. Er lächelte freundlich.

Emile sah sich um. Agnes Schabowski setzte das Herz aus. Nein, dieser Emile war nicht Emile. Kein Mann hatte seit jenen Tagen am französischen Mittelmeerufer in ihr solche Leidenschaft entfachen können wie Emile Fraconard.

»Kann ich Ihnen helfen?«

»Kim ist verschwunden. Kim Fleischer.«

Und doch waren die Ähnlichkeiten verblüffend. Die lockigen Haare, die Nase, Mund, Augen. Ein Bruder oder andere Verwandtschaft von Emile könnte er sein. Agnes Schabowski entschloss sich schnell. »Na, dann kommen Sie mal mit, Herr ...?«

»Krumpholz. Hainar Krumpholz. Und Hainar mit zweimal a.«

Emile versuchte ein Lächeln, das nicht gelang. Keine Verwandtschaft von Emile und dem Mittelmeerufer. Jetzt war da ein Hainar mit zweimal a. Der Mann trug eine dunkelrote Fliege. Sie hätte schweigen und am Pförtner vorbeigehen sollen. Hainar Krumpholz' Absätze knallten aufs Linoleum. Die Schabowski hoffte, dass sie beide nicht dem Chef begegneten. Kohlund hätte gefragt, und sie hätte keine Antwort geben können, welchen Zeugen sie da aufs Zimmer mitnahm und vor allem: warum?

Die Wände waren himmelblau gestrichen, auch ihre Schritte hallten im Flur. Jedem, dem sie begegnete, nickte die Schabowski einen Gruß zu. Manchmal wurde er erwidert. Selbst Hainar Krumpholz ließ ein Murmeln vernehmen. »Morchn«, glaubte sie es deuten zu können. »Morchn«, sagte auch sie. Agnes Schabowski schloss ihre Zimmertür auf, abgestandene Luft empfing sie. Sie hatte gestern eine geraucht, und die Kollegin war noch im Urlaub. Franziska Beetz genoss die letzten Tage Wintersport. Sie hatte die drei Wochen vor Ostern gebucht, und nach gar keinem Schnee im Winter hatte es noch einmal schneereiche Tage gegeben. Die Schabowski gönnte Franziska Beetz die Erholung und den Spaß. Den Mann gönnte sie ihr auch, nur dass es der Widerling Hönig sein musste … Der Chef wusste immer noch nichts von dieser unmöglichen Liaison. Emile lächelte schüchtern.

»Bitte nehmen Sie Platz.«

Hainar Krumpholz setzte sich auf die äußere Kante des Stuhls, die Hände zwischen den Knien, die Absätze im rechten Winkel. »Um elf beginnt der Prozess. Und Kim war schon gestern nicht da.«

»Beginnen Sie doch einfach von vorn. Was wollen Sie denn von der Polizei?«

Krumpholz stand auf und reichte der Schabowski seine Karte über den Schreibtisch. *Hainar Krumpholz. Dr. Fleischer, Krumpholz und Partner. Fachanwälte für Wirtschafts- und Steuerrecht. Gern beraten wir Sie auch in anderen Fällen.* Die Schabowski stand auf und fühlte sich plötzlich wie in einem Beratungsgespräch. Sie hätte Hainar Krumpholz beim Pförtner stehen lassen sollen. Er war nicht Emile. Wirklich nicht. Dieser Herr hier war Anwalt, und mit den schüchternen Bitten um Hilfe war es sicher gleich vorbei, und dann würden seine Forderungen kommen. Verdammt, warum nur hatte sie ihn mit in ihr Büro genommen? Ein Fehler. Es war ein Fehler.

»Herr Krumpholz, die Abteilung Wirtschaftskriminalität befindet sich im zweiten Stock links. Hauptkommissar Beierling. Ich melde Sie an.«

»Ich will zu Ihnen.«

»Zu mir?«

Er war nicht Emile und wollte zu ihr? Agnes Schabowski lächelte nicht. Wenn dieser Krumpholz jetzt ein Journalist inkognito war und sie auf die vermeintliche Verwandtschaft mit dem SED-Funktionär ansprach, würde sie schreien. Ganz laut würde sie schreien. Stets wieder fanden heitere Menschen ihre Namensgleichheit mit Günter Schabowski witzig und konnten sich vor Lachen fast nicht mehr einkriegen, wenn sie darauf nicht reagierte. Nein, Agnes Schabowski war nicht die Tochter, Nichte oder Gattin des ehemaligen Politbüromitglieds. Sie hatte Günter Schabowski nicht einmal gesehen, außer im Fernsehen. Ähnlichkeiten zwischen sich und diesem Günter konnte sie nicht feststellen. Ein Journalist hatte den Gag so oft wiederholt, dass sie ihm eine geknallt hatte. Was wollte dieser Emile?

»Ich möchte zur Kriminalpolizei. Und der Pförtner sagt, Sie gehören dazu.«

Die Schabowski nickte. »Mord zwo.« Der Satz klang wie ein Schuss.

»Kim Fleischer, mein Kompagnon, ist seit vorgestern verschwunden.«

»Nach zwei Tagen ist es für eine Vermisstenanzeige noch zu früh. Und wie gesagt, ich bin bei der Mordkommission.«

Krumpholz tat, als hätte er sie nicht gehört. »Kim hätte im Prozess Delthoff gekämpft, er hätte niemals die Segel gestrichen.«

Die Schabowski zuckte mit den Schultern. Krumpholz zog an seiner Fliege. Das Schweigen lastete im Raum. Die Schabowski öffnete das Fenster. Straßenlärm, Vogelgezwitscher, die Schreie des Fahrdienstleiters im Hof drangen ins Zimmer. Hainar Krumpholz sprach weiter. »Um elf wird er fortgesetzt, der Prozess, und Kim ist nirgendwo aufzutreiben. Nirgendwo. Das ist nicht seine Art. Kim ist zuverlässig. Er ist Anwalt.«

»Das schließt nicht aus, dass er einfach mal raus will. Weg von allem. Weg vom Prozess.« Die Schabowski nahm wieder Platz.

»So was tut der Kim nicht.«

»Ich kann Ihnen von Fällen erzählen, die glauben Sie selbst nicht. Männer lernen Frauen kennen. Männer führen Doppelleben. Männer trinken über den Durst. Haben Sie in den Krankenhäusern nachgefragt? Auf den Polizeistationen? Obdachlosenquartieren? Vielleicht weiß Ihr Kim einfach nicht mehr, wer er ist, und sitzt auf einer Bank im Park oder im Abort einer Kneipe.«

Krumpholz lachte nicht, lächelte nicht mal. Agnes Schabowski bedauerte schon wieder ihre vom Gefühl gesteuerte Reaktion. Sie konnte Emile einfach nicht vergessen. Dabei hatte diese Romanze am Mittelmeer keine zwei Wochen gedauert. Und jetzt saß sie da und bekam aufgrund einer vagen Ähnlichkeit mit Emile Fraconard Mitleid gegenüber einem wildfremden Menschen. Wenn sie diesen Typen hier genauer besah, hatte er gar nichts mit Emile Fraconard gemein. Nichts. Emile hatte Lachgrübchen links und rechts des Kinns, Krumpholz tiefe Falten. Dabei schätzte ihn die Kommissarin auf knapp über dreißig. Emiles Kehlkopf hüpfte beim Sprechen, Krumpholz schien gar keinen zu haben. Emile hatte wenig gesprochen, sie hatte noch weniger verstanden. Agnes Schabowski hatte nie Französisch gelernt. Beherrschte l'amour,

Paris, Gourmet, *Die Liebenden von Etretat.* Sie hatten gelacht. Emiles Haare waren schwarz, die Schabowski war sich sicher, die von Krumpholz waren gefärbt. Wahrscheinlich erhoffte er sich so mehr Respekt vor Gericht. Warum bekam sie Emile Fraconard nicht aus ihren Gedanken?

»Fast zwei Tage haben wir gesucht und telefoniert. Meine Kollegen sitzen noch immer an den Apparaten, laufen von Hinz zu Kunz und wieder zurück. Ich würde nicht vor Ihnen sitzen, wenn ich einen Ausweg wüsste.«

So schnell würde die Kommissarin den Anwalt jetzt nicht wieder los. Sie ging den Weg des geringsten Widerstandes. Sie ließ Hainar Krumpholz erzählen. Kohlund hatte die Dienstberatung auf zehn Uhr angesetzt. Er hatte vorher noch ein Gespräch beim Polizeipräsidenten. Bis zehn waren es noch mehr als zwei Stunden Zeit. Agnes Schabowski hoffte, dass die Beratung beim Chef vorverlegt würde. Sie war sogar bereit, die schlechte Laune Kohlunds zu ertragen. Vor ihr hockte ein Anwalt und suchte nach seinem Kollegen. Das war nicht spannend, und der Typ war nicht Emile Fraconard.

Mit einer Geste forderte die Oberkommissarin Krumpholz zum Weitersprechen auf.

»Montag ist Kim wie immer nach Hause. Und am Dienstag ist er einfach zu keinem Termin erschienen. Die Richterin war ungehalten, kann ich Ihnen sagen. Ich konnte nun, weiß Gott, nichts dafür. An mir hat sie es ausgelassen. Keinen Antrag bekam ich durch. Der Klient war total sauer.«

»Wäre ich auch.« Agnes Schabowski rechnete mit einem längeren Monolog ihres Gegenübers. Sie wollte Krumpholz nicht helfen. Der war zu geschniegelt, zu gebügelt und sich selbst zu gewiss. »Ich bestelle uns mal einen Kaffee.« Die Schabowski wählte die Nummer von Kohlunds Sekretärin. Manuela Hohmann war noch nicht da. Sie hätte es wissen müssen, es war ein Scheißtag. »Noch keiner da.« Die Schabowski hob die Schultern und wartete darauf, was der Anwalt noch zu sagen hätte.

»Ich habe gestern jede Minute im Büro angerufen. Doch Kim war nirgends. Nicht zu Hause. Nicht im Klub, was sollte er da auch vormittags? Wir haben in den Krankenhäusern und den Obdachlosenasylen nach ihm telefoniert – nichts. Kim ist verschwunden. Seine Freundin hat auch keine Ahnung.«

»Vielleicht hat er sich wirklich nur mal eine Auszeit genommen.«

»Mann, Delthoff ist bislang unser spektakulärster Prozess. Den hätte Kim niemals sausen lassen.«

»Vielleicht hat die Gegenpartei ...«

»Glaube ich nicht, der Prozess hat doch grad erst begonnen, und sie hoffen auf Sieg.«

»Haben Sie denn mit dem Beklagten gesprochen?« Bei so einem Auftritt nahm die Schabowski einfach an, dass die Kanzlei *Dr. Fleischer, Krumpholz und Partner* verklagte und nicht verteidigte.

»Nein. Außerdem sind sie die Kläger. Die werden nicht so dumm sein, sich schon im Vorhinein alles kaputt zu machen. Die hoffen auf Entschädigungen in Millionenhöhe.«

»Millionen sind immer ein guter Grund.«

Krumpholz winkte ab. »Sie wollen gewinnen. Unlautere Spielchen verscherzen bei Gericht sämtliche Sympathien.«

»Worum geht es denn eigentlich?«

»Um Herrn Delthoff und die *Amar Textil.* Shirts, Hosen, Badebekleidung. Sie haben sicher darüber gelesen.«

Die Schabowski sah die Schlagzeilen vor sich. *Osten im Ausverkauf.* Fördermillionen futsch und hundertzwanzig Arbeitsplätze auch futsch. Ein Herr Delthoff, Vorname Armin, hatte ein ostdeutsches Unternehmen als dritter oder vierter Investor übernommen. Die Belegschaft war bereits unter der Ägide des Vorbesitzers um siebzig Prozent geschrumpft worden. Zu DDR-Zeiten war das ein erfolgreicher Textilbetrieb gewesen, Delthoff machte die Fabrik jetzt endgültig dicht. Der Prozess sollte klären, ob Armin Delthoff nicht von vornherein in den Bankrott steuern wollte und aus dem Betrieb alles nur Verwertbare entfernte, was an moderner Technik einst Fördermillionen bezahlt hatten. Die Belegschaft wehrte sich. Sie hatte prominente Unterstützung.

Krumpholz sagte: »Der Prozess hat am Dienstag begonnen. Herr Delthoff ist davon überzeugt, dass er richtig gehandelt hat. Marktwirtschaft bestimmt nun einmal den Markt, nicht das ostdeutsche Volk. Aber die Presse und die Öffentlichkeit haben sich natürlich schon vorab entschieden, und für Delthoff sind die nicht. Wir brauchen Kim, um den Fall durchzuboxen.

Krumpholz verlor Pluspunkte bei der Schabowski, viele hatte er eh nicht gehabt. Wie hatte sie in diesem Gesicht nur eine Ähnlichkeit mit Emile Fraconard sehen können? Die Männer hatten nichts, rein gar nichts gemeinsam.

Der Anwalt dozierte wie ein Professor am Katheder, der wöchentlich immer dieselben Sätze wiederholt. »Entgegen der öffentlichen Meinung versuchen wir, Recht und Gesetz durchzusetzen. Ein schwieriger Fall. Sicher verstehe ich örtliche Befindlichkeiten und die Sorgen um den Arbeitsplatz, aber den Betrieb hier im Osten konnte Herr Delthoff niemals in gewinnbringende Regionen treiben. Seit Jahren nur Verluste. Er musste die Reißleine ziehen. Und ich sage Ihnen, es war eh schon viel zu spät. Viel früher hätte er dicht machen müssen. Sicher können das die Beschäftigten so nicht einsehen. Ihnen fehlen die Fakten. Aber vor Gericht zu ziehen und zu streiten …«

»Vielleicht bewertet Herr Fleischer den Fall jetzt anders. Könnte ja sein.«

»Kann nicht sein. Wir haben am Montag noch darüber gesprochen und unseren Schlachtplan festgelegt. Die Nacht drüber geschlafen, dann ging es los.«

»Ohne Herrn Fleischer, nehme ich an.«

»Sie sagen es. Wir brauchen ihn. Dringend brauchen wir ihn.«

»Also doch nicht ganz vom Recht und vom Sieg überzeugt, Herr Krumpholz?« Oder von den eigenen Fähigkeiten.

»Doch. Aber Kim hätte uns nicht einfach im Stich

gelassen. Der hätte mit uns gekämpft. Außerdem kennt er den Delthoff ganz gut.«

»Vielleicht hat ihn deswegen die Gegenseite aus dem Verkehr gezogen?«

»Unwahrscheinlich. Und wenn doch, mir würden sie es nicht sagen.«

»Tja, also, Herr Krumpholz, ich sehe hier keine Notwendigkeit für ein sofortiges Einschreiten der Kriminalpolizei. Wie gesagt, für polizeiliche Maßnahmen ist es einfach nicht lang genug her, seit Herr Fleischer verschwunden ist. Und Sie sagen ja selbst, der Prozess steht im öffentlichen Interesse. Vielleicht wollte Ihr Partner noch einmal in sich gehen. Bewahren Sie Ruhe, Herr Fleischer kommt wieder. Ganz sicher.« Agnes Schabowski erhob sich von ihrem Stuhl, um anzudeuten, dass das Gespräch für sie beendet war. »Ich muss jetzt, Herr –«

»So lasse ich mich nicht abfertigen! So nicht!«, unterbrach Krumpholz und sprang auf. Offenbar hegte er Zweifel am Verhalten seines Kompagnons, wusste aber nicht weiter. »Außerdem ist Kim Doktor der Rechtswissenschaften.« Sein Gesicht hatte sich gerötet, doch die Schabowski überzeugte Hainar Krumpholz mit diesem Ausbruch nicht. Anwälte probten so was für ihre Auftritte vor Gericht, hatte sie irgendwo gelesen.

»Das hat mit der Sache sicher wenig zu tun, ein Doktor vorm Namen. Höchstens Sie meinen, dass Sie einen promovierten Anwalt brauchen, um Ihren Prozess zu gewinnen.« Agnes Schabowski musste provozieren. Krumpholz besaß keine Ähnlichkeit mehr mit Emile Fraconard.

»Ich brauche Kim.« Er stützte sich mit den Händen auf der Tischplatte ab.

»Sie können mich nicht zwingen zu ermitteln«, die Schabowski sah demonstrativ auf die Karte, »Herr Krumpholz.«

Der Anwalt sank wieder auf seinen Stuhl. Agnes Schabowski streckte ihm die Hand zum Abschied entgegen. Sie hatte weder Lust noch Geduld, sich mit diesem Typen und seinem Kompagnon zu beschäftigen. Ihre Sympathien im Fall Delthoff lagen auf der Seite der um ihre Existenz gebrachten Arbeiter. Rechtsanwalt Hainar Krumpholz würde sie nicht überzeugen können. Selbst wenn er jetzt wieder aussah wie Emile Fraconard. »Auf Wiedersehen.«

»So leicht werden Sie mich nicht los. Hören Sie sich doch die Einzelheiten erst einmal an und entscheiden Sie dann.«

Die Schabowski hatte ihre Entscheidung getroffen, der Typ verließ jedoch nicht den Raum. Er lächelte sie schüchtern von unten her an. Da war sie wieder, die verblüffende Ähnlichkeit, gar Emiles Grübchen glaubte sie erkennen zu können. Kohlund kam erst gegen zehn. Sie musste Protokolle abtippen, die Hohmann schaffte nicht den ganzen Papierkram der Mord zwo. Kommissarin Schabowski zog die Hand wieder zurück, setzte sich und sah Hainar Krumpholz an. »Also gut, bitte, Herr Anwalt, Sie haben das Wort.«

»Viel zu erzählen gibt es da nicht«, sagte der Anwalt. »Aber seine Freundin macht sich ziemliche Sorgen.«

Die Kommissarin versuchte noch einmal, Kim Fleischers Verschwinden nicht zu einem Vermisstenfall werden zu lassen. »Freundinnen machen sich immer Sorgen, wenn der Freund eine Nacht nicht nach Hause kommt.«

Krumpholz schüttelte den Kopf. »Nein, so ist das bei den beiden nicht. Er ist ja bis heute nicht wiedergekommen, nicht mal in der Kanzlei aufgetaucht, der Kim. Keiner hat ihn in den letzten Tagen gesehen. Keiner.«

»In Gottes Namen, ich nehme sie auf, Ihre Fakten. Aber zur Fahndung schreib ich ihn nicht aus, Ihren Kim Fleischer. Es ist zu früh. Eindeutig zu früh, er ist ja keine zwölf mehr.«

»Danke, Frau Kommissarin, danke.«

Agnes Schabowski suchte im Computer nach den passenden Formularen. Besser als Protokolle tippen. Sie bezweifelte, dass der Vermisste je ein Fall für die Mord zwo werden würde. Die Schabowski lächelte Emile Fraconard an. »Name des Vermissten?«

»Ich bitte Sie, Frau Kommissarin!« Die Stimme von Hainar Krumpholz drang angenehm durch das Telefon. »Ich bitte Sie!«

Der Anwalt hatte offensichtlich gerade seinen Prozessauftritt hinter sich gebracht, keine drei Stunden war es her, dass Agnes Schabowski hier in ihrem Büro seine Vermisstenanzeige aufgenommen hatte. »Sie müssen nicht bitten«, sagte sie. »Es liegen keine Indizien vor, dass das Verschwinden Kim Fleischers ein Fall für uns wäre.«

»Ich bitte Sie trotzdem.«

Die Schabowski stellte sich vor, wie dieser Mann, der wie Emile Fraconard aussah, im Flur des Gerichts auf und ab ging und schwitzte, Handy am Ohr. Sie lächelte und ein wenig hatte sie Mitleid. Die Zeitungsberichte zum Fall Delthoff verhießen nichts Gutes für seine Verteidigung, zumindest waren sich die Kommentare einig: Delthoff hatte staatliche Gelder veruntreut, hatte Kapital abgezogen, obwohl er auch weiterhin Kredite vor Ort beantragt hatte. Das Herz der Schabowski schlug schneller beim Gespräch mit dem jungen Anwalt und seinem Gesicht von Emile. Vielleicht erweichte der Gedanke an Sonne, Frankreich und Liebe die Schabowski. Jedenfalls sagte sie: »Nennen Sie mir noch mal Adresse und Namen der Freundin, ich sehe, was ich tun kann.«

»Sie machen mich glücklich.«

»Glück, Herr Krumpholz, ist das keines. Es ist mein Job.«

»Sie müssten aber nicht.«

»Ich tue es nicht Ihnen zuliebe.«

»Ein bisschen vielleicht doch?«

Es klang so, als wollte der Anwalt mit ihr flirten. Jedenfalls verstand es Agnes Schabowski so, und sie war einem Flirt nicht abgeneigt. »Wenn Herr Dr. Fleischer nicht wieder auftaucht, wird ganz offiziell nach ihm gesucht. Sie haben doch heute noch nichts von ihm gehört?«

»Würde ich Sie anrufen, wenn Kim zum Prozess erschienen wäre, Frau Kommissarin?«

Agnes Schabowski musste lächeln, es fiel ihr leicht, und sie notierte die Angaben von Hainar Krumpholz.

»Ich werde mich heute bei der Freundin melden. Vielleicht klärt sich alles ganz unspektakulär auf.«

»Ich hoffe es, Frau Kommissarin. Besten Dank, und bei Erfolg lade ich Sie ein. Was trinken denn Polizeikommissare?«

Agnes Schabowski erschrak. Sie hatte erst zwei Mal mit diesem Mann gesprochen. Verabredungen traf sie, wenn überhaupt, nach sorgfältiger Prüfung. Das Angebot des Anwalts kam ihr zu schnell, viel zu schnell. »Sprechen wir bei Erfolg wieder drüber, Herr Krumpholz.«

»Ich bin mir sicher, Sie werden Kim finden. Sie sind eine Frau, die immer Erfolg hat.«

2.

Agnes Schabowski atmete tief aus, ihr Arbeitstag ging in seine letzte Stunde. Die anstehenden Aufgaben zum Fall der Kofferraumleiche, Leipzig Paunsdorf, hatte sie erledigt, ihr Überstundenkonto war voll. Sie meldete Kohlund, dass sie sich jetzt den Feierabend nahm, der ihr an anderen Tagen zugestanden hätte, und verließ das Präsidium.

Der Frühling hatte noch nicht endgültig Fuß gefasst. Vor zwei Tagen erst hatte Schnee die Stadt überzuckert und war dann in Matsch übergegangen. An manchen Stellen schmolzen noch immer die Haufen in Pfützen. Doch die Sonne schien, und Agnes Schabowski nahm den Weg durch die Stadt. Plakate warben. *Eastern Concert. Sax Clubzone – LeTempe fea-*

turing Jenny Casparius. Ausgezeichneter Geschmack – Apollinaris. Und für ein neues Walkman-Handy. *Alles aufs Ohr!* Nichts war unmöglich in dieser Zeit.

Eine athletische Frau drückte ihr eine Freikarte *Frauenfitness – Power statt Fett* in die Hand. Agnes Schabowski las sie. *Haben Sie nicht auch schon einmal diese lästigen Pfunde gespürt?* Die Athletin lächelte ihr ins Gesicht. Die Schabowski nickte, wozu auch immer. Ein schöner Tag und kein Stress auf der Arbeit. Die momentanen Fälle waren abgeschlossen, ein paar vertiefende Recherchen noch und dann Schluss. Die Beweiskette im Fall der Leiche im Kofferraum war von keinem Anwalt mehr zu zerreißen. Der Richter würde sein Urteil schnell finden. *Mord. Mildernde Umstände: keine.*

Agnes Schabowski könnte ein Kleid für den Sommer kaufen oder Schuhe. Die Schaufenster warben für Ostern. Spielzeug türmte sich in den Auslagen. Hasen schnupperten an allem. Große Schleifen verbargen Präsente, die keine waren. Die Sonne schien. Der Geruch von wärmeren Tagen lag schon in der Luft. Blumen standen in den Rabatten des Grünflächenamts. Sie fühlte sich wie im Urlaub. Eine Bank stand am Weg. Die vergangenen Monate waren nicht heiter gewesen. Sie war nur ein Mal bei Paul gewesen. Ein Mal. Sie war eine Rabenmutter. Immer wieder warf sie sich vor, vor Zuhause, vor Paul, vor ihren Eltern geflüchtet zu sein. Ihre Mutter hatte ihr oft geschrieben, ihr Ton war scharf, anklagend: *Verrat, egoistisch, im Stich gelassen. Wie kannst du nur dein eigenes Kind in ein Heim stecken?*

Die Schabowski hatte die üblichen Ausbildungsstätten der höheren Polizeilaufbahn durchlaufen. Ihre Eltern waren stolz auf die Karriere ihres einzigen Kindes gewesen. Das erste Bild von ihr in Uniform zu Beginn ihres Studiums hing auch jetzt noch am Fuß der Treppe in dem kleinen Einfamilienhaus. Dort wohnte ihre Mutter seit drei Jahren allein. Der Vater war schmerzvoll und elend an Krebs verstorben. Sie hatten ihm Kehlkopf, Hals und Kiefer operiert. Das geliebte Gesicht sah aus, als wäre es in einen Häcksler geraten. Sie hatte ihn mit Mutter bis zum Schluss gepflegt.

Paul war dazu noch eine Belastung. Er war schwerbehindert, unfähig zu einem eigenständigen Leben. Er musste gefüttert und gewindelt werden. Nachts klingelte der Apparat, wenn seine Atmung unregelmäßig wurde. Agnes Schabowski hatte sich mehr als Krankenschwester gefühlt denn als Polizistin. Sie hatte es nicht mehr ausgehalten, hatte Bietigheim-Bissigen und Württemberg verlassen.

Nach dem Tod ihres Vaters hatte sie beschlossen, ihr Leben zu ändern. Radikal zu ändern. Sie bewarb sich auf die Kommissarsstelle in Leipzig, eine Stadt, die ihr unbekannt und weit weg von Bietigheim-Bissingen war. Für ihren Sohn Paul hatte sie entgegen dem Wunsch ihrer Mutter ein liebevolles Heim gesucht und gefunden. Die Idylle konnte sie ihrem Kind nicht mehr vorspielen. Zu groß war die Belastung beim Tragen und Füttern gewesen. Paul fehlte ihr. Und trotzdem hatte sie ihn im letzten Vierteljahr nur ein Mal besucht. Er erkannte sie nicht mehr. Vielleicht hatte er sie niemals erkannt. Dachte Agnes Schabowski an Paul, dachte sie an seinen Vater. Emile Fraconard. Der wusste nicht, dass er sie damals geschwängert hatte. Sie hatte es ihm nie gesagt. Er war eine Affäre wie viele andere auch gewesen. Gut, er war keine Affäre wie die anderen gewesen. Aber zum Zusammenleben fühlte sich Agnes Schabowski auf Dauer nicht geeignet, zumindest redete sie sich das ein. Sie lebte allein und verzichtete auf Familie. Zum Ärger der Mutter. Zu ihrem Ärger. Sohn Paul quäkte, wenn sie bei ihm ihr schlechtes Gewissen beruhigen wollte.

Die Sonne brannte. Agnes Schabowski verspürte Lust auf einen tiefen Zug aus einer Zigarette. Die Schachtel lag in ihrem Schreibtisch. Sie wollte nicht ins Präsidium zurückgehen. Einen Passanten um eine zu bitten, dazu fehlte ihr der Mut. Es wäre ihr peinlich gewesen. Sie beschloss, sich ein neues Päckchen zu kaufen.

Die Haltestelle der Straßenbahn war nicht weit. Neben Kritzeleien auf Glas hing Werbung. *Veiern ohne Ende – Der Energy-Biermix mit Guarana.* Linienfolge und Stadtplan hingen daneben. Die Scheibe davor war erstaunlich sauber. In ihrer Jackentasche fand Agnes Schabowski den Zettel mit der Adresse. *Carina John. Reclamstraße.* Eine Nummer hatte sie nicht notiert oder Krumpholz hatte sie ihr nicht genannt. Seit mehr als zwei Tagen hatte keiner Kim Fleischer gesehen. Kein Anruf. Keine SMS. Bei keinem Bekannten hatte sich der Anwalt gemeldet. Sie würde Carina John befragen, ohne dienstlichen Auftrag. Je nach Ausgang des Gesprächs würde sie Kohlund davon erzählen. Dann erst würde der Vermisste zum offiziellen Kriminalfall.

Die Reclamstraße fand Agnes Schabowski im Leipziger Osten. Ein großer Name, Reclam hatte seine Außenstelle erst vor knapp zwei Jahren endgültig geschlossen. Leipzig kämpfte um die Reputation vergangener Zeiten, doch die Giganten des Druckgeschäfts hatten die Stadt schon nach dem Krieg verlassen. Allein die alten Namen waren geblieben: *Graphisches Viertel, Brockhaus-, Insel- und Reclamstraße.* Das war's.

Vor den Ausstiegen der Straßenbahn hatte die Stadtverwaltung Schlamm schütten lassen. Es sah nicht aus, als hätten die Arbeiten bereits begonnen. Auf dem weitläufigen Spielplatz turnten Kinder, Mütter schoben Kinderwagen oder bräunten sich in der ersten Sonne. Gründerzeithäuser hatten Investoren in altem Schick und mit gegenwärtigem Komfort renoviert. Dazwischen standen Abrissbuden. Ein Torbogen, die Elsastraße, Kinder schrieen auf der Wiese. Andere balgten sich um einen Ball. Ein Junge, keine zwölf, bat sie um Feuer. Agnes Schabowski sagte »Nein« und ihr fiel auf, dass sie keine Zigaretten gekauft hatte. Margarethenstraße, die nächste musste die Reclamstraße sein.

»Hören Sie es?« Eine alte Frau zupfte die Schabowski am Ärmel. »Hören Sie es?«

Tief liegende Augen, Runzeln, Haare, die kaum eine Glatze verdeckten. Die Frau musste weit mehr als achtzig Lebensjahre zählen, da war sich die Kommissarin sicher.

»Was soll ich denn hören?«

»Das Haus schreit um Hilfe. Hören Sie es?«

»Nein, Oma, ich höre es nicht.«

Das Haus wirkte schwarz gegen den Himmel. Viele der Türen und Fenster waren zugemauert. Spitze Zacken ragten in die leeren Fensteröffnungen. Die Keller hatte man vernagelt. Auf einem der Bretter stand noch *Kohlen für Reuter*. Putz fiel und poröser Stuck. Im zweiten Stock und darüber beleuchtete die Sonne bunte Tapeten in hohen Zimmern. In diesem Hause wohnte niemand mehr.

»Das Haus schreit um Hilfe. Am Ersten kommen die Bagger.«

»Sie werden neue Häuser hier bauen.«

»Das glaube ich nicht. Alles machen sie platt. Schauen Sie sich um.«

Die gegenüberliegende Häuserzeile war der Abrissbirne bereits zum Opfer gefallen. Dünne Bäume kämpften um ihre Existenz. Zwei waren geknickt, trotz Gestell und dickem Band.

»Fast fünfzig Jahre habe ich hier gewohnt. Fünfzig Jahre.«

So lange würde es Agnes Schabowski niemals in einem Haus aushalten. Fünfzig Jahre waren utopisch, dann wäre sie beinahe neunzig.

»Sie reißen es ab. Einfach so.«

Auf eine Diskussion mit der Alten wollte sich Agnes Schabowski nicht einlassen. Denn was sollte sie ihr sagen? *Oma, das Leben geht weiter ...*

»Das Haus schreit um Hilfe!«

»Mag ja sein, Oma, mag sein. Ich hab keine Zeit. Ich muss weiter.«

Die Schabowski riss sich aus der Umklammerung der Alten und winkte. Die Oma rief ihr hinterher: »Es leidet. Nun wird es sterben, und kein Mensch hat Mitleid mit ihm.«

Vielleicht hörte die alte Frau die Hilferufe tatsächlich. Vor fünfzig Jahren war sie hinter diese Mauern gezogen. Jetzt hatte man das Haus leer gewohnt.

Reclamstraße links und rechts. *Physiotherapie* stand auf den Fenstern. *Manuelle Lymphdränage. Fango. Krankengymnastik. Maxibustion.* Was immer das war. Das Gebäude war der einzige Neubau nach der Wende. Es war gequetscht worden zwischen unbewohnte Sechzigerjahre-DDR-Architektur und wiederhergestellte Gründerzeitbauten. Graffiti, wohin die Hände sprühen konnten. Unleserliche Zeichen. Vielleicht ein verschlungenes Herz mit den Initialen S und A oder R. Die Kommissarin beschloss, ihre Suche mit diesem Haus zu beginnen.

Winkler. Eich. Radeborn. Hinter einer Folie: *John. Fleischer* war handschriftlich daneben geklebt. Das erste Haus und gleich ein Treffer? Agnes Schabowski drückte den Knopf.

»Bitte?« Ein Räuspern kam aus der Wechselsprechanlage.

»Schabowski. Kriminalpolizei.«

»Haben Sie Kim gefunden?« Die Worte kamen zu laut und zu schnell.

»Leider nein. Ich möchte mit Ihnen sprechen.«

Der Summer ertönte. Agnes Schabowski stieg die Treppen nach oben, sie waren aus Stein und poliert. Kim Fleischers Freundin wartete unter dem Dach. Sie trug ein zu großes T-Shirt, auf dem *back to the roots* stand. Darunter ein Mammutbaum und spielende Kinder. Blondierte Strähnen fielen ihr unter einem Haarband ins Gesicht, am Ansatz wuchs das Haar dunkelbraun nach. Kein Make-up. Kein Lächeln.

Die Schabowski zeigte ihren Ausweis. Carina John trat beiseite und ließ die Kommissarin in die Wohnung. Der Flur war eng. Rechts hing ein großer Spiegel. Carina stellte eine Schultasche aus dem Weg. Ihre Mundwinkel zuckten, wohl als Entschuldigung für die Unordnung.

»Meine Tochter ist auf dem Spielplatz.«

Carina setzte den Ranzen auf ein Paar Schuhe. Sie ging weiter zur Küche. Die Nachmittagssonne warf Schatten an die weiß gestrichenen Wände. Ein Kräutertopf kämpfte auf dem Fensterbrett ums Überleben. Im hölzernen Regal sah Agnes Schabowski handbeschriftete Marmeladengläser. *Quitte. Brom-Himbeere 2:1. Apfelsine.* Ein kleiner Tisch mit drei Stühlen stand vor dem Fenster. Die Kommissarin nahm Platz. Das Wasser im Kocher sprudelte.

»Trinken Sie einen mit? Ich habe aber nur Pulverkaffee.«

Agnes Schabowski nickte und wusste nicht, wie sie dieses Gespräch beginnen sollte. Carina maß mit dem Löffel, goss Wasser in Tassen, rührte. Kaffeeduft war das nicht wirklich. Die junge Frau sah aus dem Fenster ins Nichts. Die Kommissarin glaubte ihre Gedanken erraten zu können, doch vielleicht dachte Carina an etwas ganz anderes.

»Sie haben nichts von ihm gehört?«

Kim Fleischers Freundin schüttelte leicht den Kopf. Ihre Lippen verkrampften sich. Die Kommissarin stand auf und legte den Arm um Carinas Schultern.

»Ohne ein Wort. Einfach so weg.«

»Können Sie sich vorstellen, warum er weggegangen ist?«

Eine abrupte Wendung, Carina schaute hoch. Die Frauen sahen sich in die Augen.

»Kim hat mich nicht verlassen!« Carina John rückte den Stuhl vor und setzte sich. Ihre Finger umschlossen den Kaffeepott. »Er ist am Dienstag auf Arbeit gegangen und nicht wiedergekommen.«

»Gesagt hat er nichts?«

»Nein. Keinem, auch keinem seiner Kollegen. Hainar ist am nächsten Nachmittag vorbeigekommen. Kim war gar nicht in der Kanzlei gewesen. Und ich hatte gedacht, er hätte die ganze Nacht im Büro gesessen.«

Carina löffelte zu viel Zucker in ihre Tasse. Die Schabowski nahm ihr die Dose aus der Hand. Ein Esslöffel musste für sie genügen. Das Gebräu war der Kommissarin zu heiß. Im Büro trank sie Tee.

»Kim Fleischer ist die Nacht gar nicht zu Hause gewesen?«

»Nein. Er hat in der Kanzlei eine Liege. Und vor schwierigen Verhandlungen, wenn er besonders gut vorbereitet sein will, dann übernachtet er manchmal auch da.«

Die Schabowski erinnerte sich, dass der Chef der Mord zwo einmal fast zwei Wochen in seinem Zimmer geschlafen hatte. Sie hatte sein Rasierwasser nicht ausstehen können. Die Dienstberatungen in seinem Büro und Schlafraum waren ihr eine Qual gewesen. Die Kollegen hatten gelacht, gesagt hatten sie nichts.

»Als Hainar geklingelt hat, wusste ich, dass Kim schon den ganzen Tag verschwunden war.«

»Sie haben sich keine Sorgen gemacht?«

»Erst nicht. Aber jetzt mache ich mir die Vorwürfe. Was ist schiefgelaufen, dass er einfach so abhaut?« Carina blickte von ihrem Kaffeepott auf. »Liebe zu finden, ist Glück. Ich dachte, jetzt halt ich es fest. Und nun ... Warum kommt Kim nicht zurück?«

Die Frage konnte die Kommissarin nicht beantworten. Es fiel ihr überhaupt keine angemessene Reaktion ein.

»Ich bin froh, einen Partner gefunden zu haben«, sprach Carina weiter. »Alleinerziehende Mutter ist ein Knochenjob, und die Abende werden sehr lang und sehr einsam ... Kim und ich sind glücklich. Er geht nicht einfach so von uns weg.«

»Hat er etwas mitgenommen? Unterwäsche, Mantel, Handtücher, Zahnbürste?«

»Nein, nein. Alles an seinem Platz. Wollen Sie es sehen?«

»Später vielleicht.«

»Wo er nur bleibt?« Die Frage sprach Carina zum Fenster hin, dann stand sie auf und öffnete es, als wolle sie nach ihrem Freund rufen. »Meine Tochter, sie muss jetzt bald nach Hause kommen. Ich schau mal, ob sie schon auf dem Weg ist.«

»Wie heißt Ihre Tochter?«

»Myriam. Myriam mit Ypsilon. Sie sollte nicht wie alle heißen.«

Die Kommissarin trat neben Carina. Die alte Frau auf der Margarethenstraße hockte noch immer vor ihrem Haus und streichelte den dreckgrauen Putz. Fünfzig Jahre waren eine lange Zeit.

»Wo wohnt denn die alte Dame dort jetzt?«

»Die Märchenoma?«

»Ich weiß nicht, wie sie heißt. Die Dame dort vor der Ruine.«

»Bis vor einem halben Jahr hat sie noch darinnen gewohnt. Stellen Sie sich vor ... dann musste sie raus. Sie hatten eine Firma bestellt. Die Frau hat geschrieen. Jetzt kommt sie jeden Tag wieder. Ihre Katzen streunen herum und fressen sich durchs Viertel. Und wenn sie die ruft: *Miez, miez, miez!* Das hallt, kann ich Ihnen sagen.«

Die Schabowski suchte andere Themen. Über Kim Fleischer zu sprechen, fiel Carina offensichtlich sehr schwer. Doch die letzte Frage der Kommissarin hatte sie nicht vergessen.

»Altersheim. Sie hat ja keinen mehr hier.«

Die Schabowski stand ihre Familie vorm Auge. Lange konnte ihre Mutter das Haus nicht mehr allein bewirtschaften. Und Paul? Sie hoffte, dass er im Heim in guten Händen war.

»Die alte Frau steckt voller Geschichten. Wissen Sie, die Kinder hier hören ihr gern zu. In der Schule tun sie das nicht.«

»Ich hätte meiner Oma auch mehr Fragen stellen sollen. Man weiß ja von den Eltern schon nichts. Wie viel Leben wird einfach vergessen.« Die Kommissarin war über sich selbst erstaunt. Was redete sie hier?

Doch Carina schien das Gespräch nicht ungewöhnlich zu finden. »Die Märchenoma erzählt von früher, von den Zeiten, die unsere Kinder nicht kennen. Myriam erzählt es mir dann. Der Mann ist im Feld geblieben. Der Zweite lag lieber bei anderen Frauen. Die Tochter gestorben. Die Enkelkinder weit weg. *Dunnunter*, sagt sie. Australien meint sie.«

»Es ist schön, wenn die Kinder ihr zuhören. Ich habe dafür keine Zeit.«

»Ich denke, Zuhören ist Ihr Job?«

»Ja, manchmal schon. Die Oma meinte, ihr Haus schreit um Hilfe.«

»Märchen. Sie erzählt wunderschöne Märchen. Von Prinzen und Hexen. Von Liebe und Glück. Häuser können nicht sprechen.«

»Nein, das können sie nicht.«

Die Frauen sahen in den Nachmittagshimmel. Ein Auto fuhr die Straße entlang. An der Kreuzung musste es einem Fahrrad Vorfahrt gewähren. Vom Spielplatz her schrieen Kinder. Die Schabowski hörte Lachen.

»Ich suche die Schuld, verdammt noch mal, immer wieder bei mir. Aber ich kann sie nicht finden. Vielleicht hatte Kim uns einfach nur satt. Myriam mag ihn nicht besonders, nur das, was er ihr schenkt. Kim ist nicht ihr Vater.«

»Wie lange kennen Sie Herrn Fleischer denn?«

»Länger als ein Jahr. Es war bei einem Empfang der Anwaltskammer, ich habe Getränke serviert.« Carina war wohl wieder auf der Feier von damals, sie lächelte bei der Erinnerung. Agnes Schabowski hörte zu. »Der Anwalt kam immer wieder und hat sich ein Glas genommen. Sie haben so wunderschöne Augen, hat er gesagt.«

Carina sah die Kommissarin an. Hellbraune Augen, um die Iris gingen sie in Grün über. Seltsame Farbe. Die Schabowski erkannte erst jetzt den Charme und die Schönheit dieser Frau.

»Dann war alles ganz einfach. Wir haben uns verabredete, sind tanzen gegangen. Ein halbes Jahr später ist Kim bei mir eingezogen. Sind wir zusammengerückt hier. Platz ist in der kleinsten Hütte, würde die Märchenoma wohl sagen.«

Agnes Schabowski hatte keine Affären, sexuelle Kontakte selten. Manchmal wusste sie den Namen des Mannes in ihrem Bett am Morgen nicht mehr. Vor ihr stand eine Frau, die offensichtlich sehr liebte.

»Dabei ist Kim gar nicht mein Typ. Sein Scheitel ist haargenau. Unter den Hemden sieht man seinen Bauch. Sein Eau de Toilette ist teuer. Er spricht Hessisch. Und einen Mann aus dem Westen habe ich mir gar nicht vorstellen können.«

Kim Fleischer war ein Mann aus dem Westen. Einer, der hier angekommen war. Im Gegensatz zu ihr. Die Schabowski fühlte sich noch immer von ihren Kollegen missachtet. Allein schon das Lachen von Kohlund und Schmitt. Als wäre es eine Verschwörung gegen sie.

»Er kann nicht einfach so gegangen sein. Wir sind doch seine Familie.«

Zwei Mädchen blieben bei der Märchenoma vorm

Haus stehen. Die alte Frau goss Milch auf Teller. Katzen warteten ab und strichen an Bordstein und Hauswand entlang.

Carina schrie: »Myriam! Myriam, es ist Zeit! Schau auf die Uhr!«

Eines der Mädchen blickte hoch und winkte ab. Die Oma erzählte.

»Myriam! Du musst früh raus.«

Das Mädchen setzte sich in Bewegung. Agnes Schabowski trank kalten Kaffee.

»Ein schwieriges Alter. Sie ist noch nicht mal zwölf.«

Die Schabowski sah sich selbst nach der Schule. Ihre Clique hatte oft Eis essend auf dem Geländer vorm Supermarkt gesessen. Zwei Mal hatte ihre Mutter sie von dort abgeholt. Agnes Schabowski hatte sich vor ihren Freundinnen sehr geschämt. Sie war doch erwachsen.

»Unsere Mütter hatten die gleichen Sorgen.«

Ein Schlüssel drehte sich im Schloss. Myriam schlich durch den Flur. Sie nahm den Ranzen und schleifte ihn hinter sich her.

»Kind, ich denke immer an das Schlimmste, wenn du nicht wie ausgemacht hochkommst.«

»Dann denk eben nicht dran!« Myriam verschwand hinter ihrer Zimmertür.

Die Schabowski und Carina blickten sich an. Die Schabowski hatte keine guten Erinnerungen an ihre Pubertät und schmunzelte leicht. »Blöde Zeit. In meinem Zimmer hingen *Boy George* und *Michael Jackson*. Was ich an denen nur finden konnte?«

»Ich bin ja froh, dass Myriam nicht mit anderen wild gewordenen Groupies nächtelang vor Hotels schreit.«

»Frau John, ich werde mich kümmern.« Agnes Schabowski würde die Vermisstenmeldung Kohlund vortragen. Nach einem der üblichen Aussteigerfälle sah dieses Verschwinden nicht aus. »Versprochen.«

»Ich kann mir das alles gar nicht erklären.«

»Oft findet sich eine ganz einfache Lösung. Ich spreche aus Erfahrung.«

»Es ist, als wäre er nie da gewesen, mein Kim.«

Carina Jung schloss das Fenster und trank kalten Kaffee.

»Ich kümm're mich drum.«

»Ich verstehe das nicht.«

3.

Kim Fleischer wusste, dass er schrie.

Er wusste es.

Wie lange schon. Wie lange? Zwei Stunden, drei, einen halben Tag, einen ganzen?

Schauspieler spielten solche Szenen. Wirklichkeit wurden die nie.

Kim Fleischer wusste, dass er schrie.

Er wusste es nur. Er hörte es nicht.

War es Tag? War es Nacht?

Es fiel kein Licht durch die Bretter des vernagelten Fensters. Einen Lufthauch spürte er manchmal. Er roch das Leben da draußen. Er roch Abgase und verrottenden Müll. Der Raum roch nach Pisse, nach Kot. Katzen hatten immer in diese Straße geschissen. Manchmal führten Leute ihre Hunde hier aus. Hunde, sie könnten ihn riechen. Sie könnten ihn hören.

Kim Fleischer wusste, dass er schrie.

Er wusste es.

Kein Laut war um ihn. Kein Laut. Der Dreck zwischen seinen Fingern knirschte. Sein Atem rasselte. Ohrenbetäubend. Kein Laut.

Seine Hände tasteten wieder und wieder die Wände entlang. Poröse Ziegel. Dreck. Kleine Steinchen. Manche der Kanten waren messerscharf. Er glaubte, sie hatten ihm Wunden gerissen, doch im Mund schmeckte er an den Fingern nur Erde. Es knirschte zwischen den Zähnen.

Das Metall der Tür war kalt. Es hallte, wenn er dagegen schlug. Sie mussten ihn hören. Die Hunde. Die alte Frau. Sie mussten ihn hören, bevor er im Keller hier starb. Aber in dieser Straße wohnten fast keine Menschen, und andere gingen hier nicht häufig spazieren.

Niemand hörte Kim Fleischer. Die Kellerwände waren dick und hatten im Weltkrieg dem Luftschutz gedient.

Kim Fleischer wusste, dass er schrie.

Er wusste es nur. Er hörte es nicht.

Er schlug immer wieder gegen die Tür. Immer wieder.

Auf dem Metall waren Nieten in Diagonalen gefügt. Fünfundzwanzig von rechts oben nach links unten. Fünfundzwanzig von rechts unten nach links oben. In der Mitte trafen sie sich. Neunundvierzig Nieten. Und siebzig Nieten fassten die Metallplatte ein. Rundherum siebzig.

Insgesamt einhundertneunzehn. Einhundertneunzehn Nieten waren auf dieser Tür. Die Tür öffnete sich nicht. Sie hing fest in den Angeln. Die Metallplatten waren nicht zu verrücken. Er schlug dagegen.

Kim Fleischer wusste, dass er dagegen schlug.

Kim Fleischer wusste, dass er schrie.

Er wusste es.

Sie würden ihn in diesem Keller nicht finden. Das Haus stand auf Abriss. Manchmal brachte eine alte Frau Milch für die Katzen der Umgebung. Sie kam jeden Tag, um den Tieren Futter zu geben. Sie kam jeden Tag. Sie hatte ihn nicht gehört.

Kim Fleischer wusste, dass er schrie.

Er wusste es.

An der Türangel hing sein Jackett. Dreckig und für die Kanzlei nie wieder zu gebrauchen. Maßgeschneidert. Viel Geld hatte er dafür hingelegt. Einhundertneunzehn Nieten.

Er suchte in den Taschen nach Zigaretten. Er hatte sie bereits geraucht. Auch das Feuerzeug spendete kein Licht mehr. Er hätte die Akten verbrennen sollen. Hätte das Feuer auf den hölzernen Hackklotz übergegriffen, dann hätte der große Flammen geworfen. Bei einem Feuer hätte Kim Fleischer den Keller länger gesehen, den Dreck, den Schmutz, den Teddy mit der heraushängenden Zunge. Eine Puppe lag da wie missbraucht. Überall dieser Müll. Feuer hätte ihn retten können. Sie hätten das Feuer gelöscht. Aber er wäre verbrannt.

Kim Fleischer hatte kein Feuer gemacht. Die Zigarettenschachtel war leer.

Es standen keine Regale im Keller. Nichts war im Keller. Nur Dreck und Müll auf dem Boden. Und ein Hackklotz. Und eine vergewaltigte Barbie.

Kim Fleischer zählte einhundertundneunzehn Nieten. Er schlug dagegen.

Er wusste, dass er schrie.

Er wusste es nur, er hörte es nicht.

Schreien. Klopfen. Schlagen. Einhundertneunzehn Nieten an einer Tür.

Sie würden ihn finden.

Wie lange schon? Wie lange? Zwei Stunden, drei, einen halben Tag, einen ganzen?

Kim Fleischer dachte: Ich werde sterben.

Er wusste es. Er wusste es nicht.

4.

»Wir können die Akten der Staatsanwaltschaft übergeben. Gute Arbeit, Kollegen!«

Es war geschafft. Kohlunds ehemaliger Chef, Hartmut Queißer, hätte eher den *Genossen,* nicht den Kollegen Dank ausgesprochen. *Genosse! Nicht nur ein Kuss – Es ist ein Zauberwort / Das den, der es ausspricht, und den der es vernimmt, läutert, / Ein Zauberwort, das Millionen Menschen in allen Ländern, Klassen und Rassen / Miteinander verbindet. / Ein wunderbarer Zauber …*

Lars Kohlund hatte sozialistische Lyrik vortragen müssen. *Genosse!* Ihm war dieses Wort niemals sympathisch gewesen. Nannten nicht Verbrecherbanden ihre Mitglieder so? In Zeiten der DDR hatte er diese Bezeichnung einfach zu oft gehört: Keine Rede von Staatsbankett bis Frauentagsfeier kam ohne sie aus. *Genossinnen und Genossen, ich erkläre den Parteitag für eröffnet!* Hatte die *Aktuelle Kamera* wirklich *Guten Abend, Genossen!* vor den Weltnachrichten gesagt? Doch die DDR-Zeiten waren vorbei und kamen nicht wieder. Außer im Museum und in den Köpfen ihrer ehemaligen Bürger.

Der Chef der zweiten Leipziger Mordkommission packte seine Papiere zusammen. Der Fall war abgeschlossen, der Prozess würde folgen. Ein junger Mann hatte im Plattenbau Paunsdorf seine Freundin erstochen. Mangels Möglichkeiten einer unauffälligen Leichenentsorgung deponierte er vorerst den toten Körper im Kofferraum seines *VW*s. Vergessen haben konnte er den Leichnam nicht, die Geruchsbelästigung im Wagen war enorm. Doch hatte der Verwesungsgestank nicht einmal die neue Freundin des Täters gestört. Sie waren mit der Leiche in den Urlaub gefahren. Ein halbes Jahr später beschwerten sich Anwohner über den Ekel erregenden Mief auf dem Parkplatz. Der Fall kam ins Rollen. Jetzt konnte die Mord zwo ihn zu den Akten legen. Gute Arbeit, Kollegen! *Danke, Genossen!*

Wie in der *Aktuellen Kamera*: Erich Honecker hatte gesprochen. Die Anwesenden erhoben sich und streckten sich die Gläser entgegen. Doch hier war kein Bankett, und es war auch kein Staatsempfang. Für einen Moment wusste Hauptkommissar Kohlund nicht, wo er sich befand. Seine Unkonzentriertheit schob er auf den Stress in Job und Familie. Er stand noch immer in seinem Büro.

Thorst Schmitt schüttete einen Rest Kaffee in seine Tasse. Manuela Hohmann räumte bereits das Geschirr aufs Tablett. Drei Kollegen standen in einer Gruppe. Lars Kohlund schob die Hefter zusammen. Der Staatsanwalt würde einen leichten Prozess haben.

Da stand die Schabowski hinter ihm, fast wäre er erschrocken. Die Westkollegin wollte offensichtlich persönlich mit ihm sprechen.

»Auf eine Minute, Herr Hauptkommissar.«

»Ja bitte?« Kohlund hoffte, dass er freundlich lächelte. Bei der Schabowski fühlte er sich stets gehemmt und hatte keine Ahnung warum.

»Ich habe da eine Vermisstensache. Wir sollten uns darum kümmern.«

»Wenn Sie meinen ... Aber lassen Sie erst den Trubel hier vorbei sein. Dann bin ich ganz für Sie da.«

Die Schabowski nickte und setzte sich wieder an ihren Platz am Beratungstisch. Sie hob die Kaffeekannen, doch die waren leer. Manuela Hohmann hatte die Bewegung gesehen.

»Ein Tässchen ist noch draußen. Ich bring's Ihnen gleich.«

Eigentlich trank die Schabowski doch Tee, hatte sie ihre Vorlieben geändert?

»Danke, sehr freundlich.«

Die Antwort von Agnes Schabowski und das Lächeln der Hohmann gingen im Geschrei der Anderen unter. Unter dem Jubel der Mordkommission fuhr Grischa Merghentin ins Büro. Die Kollegen standen Spalier. Vor dem Tisch stoppte Merghentin seinen Rollstuhl und klopfte wie in einer Kneipe zum Gruß auf die Platte. Einige schlugen zurück.

»Habt wohl gedacht, ich komme nicht wieder. Da habt Ihr euch aber gewaltig getäuscht. Ich bin einsatzbereit.«

»Das nenne ich eine Überraschung!« Und Lars Kohlund war wirklich überrascht. Es war keinen Monat her, da hatte er Grischa Merghentin noch im Sanatorium besucht und seine Fortschritte pflichtschuldig kommentiert. Die Reha-Maßnahmen, denen sich der Kollege unterziehen musste, waren umfangreich. Training im Rollstuhl mit Armkraft und mit Elektromotor. Handgriffe beim Aussteigen, Umsteigen, Pissen, Zu-Bett-Gehen. Bewegung ohne Hilfsmittel. Waschen. Nägelschneiden. Anziehen. Ausziehen. Training im ÖPNV und bei der Deutschen Bahn. Welche Haltestellen sind barrierefrei? Wo sind Toiletten und Kneipen mit Haltegriffen. Notrufnummern. Bereitschaftsdienste. Ansprechpartner bei Depressionen, Unfall und Pizzaservice. Grischa Merghentin lernte neu zu leben. Anders zu leben. Nichts war mehr so, wie es gewesen war, bevor der Täter ihn im Park niedergestochen hatte. Merghentin lächelte. Kohlund fühlte sich deplatziert und höchst verantwortlich für seinen ehemaligen Kollegen. »Das ist aber schön, dass Sie uns mal besuchen kommen, Herr Merghentin.«

»Oberkommissar! Oder hat man mir den Dienstgrad entzogen?«

»Gewiss nicht, lieber Herr Oberkommissar. Gut sehen Sie aus.« Lars Kohlund wusste, dass er so falsch klang. Er kam sich vor wie am Sterbebett seiner Oma. Da sprachen auch alle von *Wird schon wieder, viel besser als gestern und zu vordem ja überhaupt kein Vergleich*. Die Oma lächelte immer nur müde, sie hatte ihr Testament schon diktiert.

»Wollen Sie wieder einsteigen bei uns ins Geschäft?«

»Jawoll! Melde mich arbeitsfähig, Herr Hauptkommissar.«

Fehlte noch, dass Merghentin seine Hand zum Pioniergruß oder zur militärischen Meldung gestreckt an den Kopf führte. Kohlund hatte die Frage im Scherz gestellt, nur hatte Merghentin sie nicht als Scherz verstanden. Grischa Merghentin meinte es ernst.

»Wir wollen nicht übertreiben ...«

»Ich übertreibe nicht. Der Arzt hat mir Beschäftigung verordnet.«

»Doch nicht unser Betriebsarzt. Merghentin, Sie sind ein Witzbold. Die Reha-Maßnahmen sind doch noch lange nicht abgeschlossen.«

»Nein, Chef, aber immer nur mit Behinderten Rollstuhltanz üben, bringt mich nicht weiter. Ich muss zurück in meinen Job, was tun.«

Kohlund wusste, dass sein Gesicht erstarrte. Er hatte sich über Merghentins Wiedereingliederung nie Gedanken gemacht. Der medizinische Dienst gab keinen Termin an, zu dem der Oberkommissar wieder einsatzfähig sein würde. Und einsatzfähig hieß keinesfalls, dass Merghentin Mitglied bei der Mord zwo bleiben konnte. Innendienst, Pförtner … Kohlund sah den Kollegen in Zukunft nicht in seiner Abteilung, sondern mit leichteren Aufgaben betreut. Eigentlich hatte Kohlund Merghentin aus seinen Planungen längst gestrichen. Jetzt saß der vor ihm und forderte dienstliche Aufgaben ein. »Ist es dafür nicht zu früh, Kollege Merghentin?«

»Ich weiß selbst, wann die Zeit reif ist. Bestimmen Sie, wann Ihre Kinder den ersten Sex haben sollen?« Merghentin grinste, doch wäre dies ein Verhör, dann würde Kohlund lauter werden und sich die Gegenfragen verbieten. Jetzt war er so verblüfft, dass ihm die Worte fehlten. Seine Kinder und Sex? Gisbert hatte er das Geständnis abgepresst. Er hatte von seinem Sohn eine andere Antwort erwartet, und war selbst peinlich berührt, als der ihm gestand, mit dem Mädchen geschlafen zu haben. Gisbert hatte dem Vater diese Frage niemals verziehen. Charlotte und Sex konnte sich Kohlund nicht vorstellen, aber auch sie war über das übliche Deflorationsalter hinaus. *Oh, mein Gott!*

Grischa Merghentin lachte in seinem Rollstuhl und griff zur Tasche. »Ich geb einen aus, auf meine Rückfahrt ins Leben. Ich bin wieder da, so ihr mich noch wollt.«

Na aber! Die Kollegen rückten den Tisch zusammen und stellten die Stühle um. Kohlunds Dienstzimmer wurde für eine improvisierte Feier okkupiert. Die Hohmann schaute herein. Merghentin warf ihr ein Päckchen Kaffee zu. »Setzen Sie noch mal auf.«

»Wenn Sie wollen.« Die Hohmann blickte nicht einmal zu Kohlund, um nach seinem Einverständnis zu fragen. Sie setzte es einfach voraus. Die Schabowski schaute ohne ein Lächeln in seine Richtung. Welches Problem hatte sie denn? Doch Merghentin hatte die Befehlsgewalt übernommen.

»Frau Hohmann, haben wir Gläser?«

Die Sekretärin zerfloss förmlich vor Freude. »Ich hole noch welche aus der Kantine.«

Der Feierabend wurde vergessen. Grischa Merghentin zog Sektflasche um Sektflasche aus den Tiefen seiner Beutel am Rollstuhl. Thorst Schmitt köpfte die Erste mit Knall. Schaum spritzte auf die Akten der Kofferraumleiche. Die Tinte verlief. Löschblätter führten sie nicht mehr im Bürobedarf des Präsidiums. Kohlund suchte nach Tempos fürs Aufwischen.

»Herzlich Willkommen, Kollege Merghentin!« Schmitt hob die Flasche und nahm einen Schluck.

Kohlund machte sich Sorgen. Schmitts Exfrau lag seit mehr als einem Jahr zwischen Leben und Tod. Wachkoma nannten es die Mediziner. Schmitt sagte nur, *so hat sie nicht leben wollen, meine Gabi, so nicht.* Seit Monaten saß er zusammen mit den beiden Töchtern und Gabrieles neuem Lebensgefährten an ihrem Bett. Rechte Täter hatten Gabriele Schmitt krankenhausreif geschlagen. Irgendwann stand die Familie Schmitt vor der Entscheidung: Apparate aus und gestorben. Lars Kohlund wollte nicht in der Haut des Kollegen stecken, die Gedanken an Gabriele fielen ihm schwer. Er konnte verdrängen. Schmitt konnte es nicht.

Schmitt setzte die Flasche zum zweiten Mal an. Sekt lief ihm die Mundwinkel herunter. Er war seit dem Verbrechen nicht mehr der alte Schmitt. Sein brachialer Humor blitzte kaum noch auf. Die Arbeit ging ihm langsamer von der Hand, dafür war er gründlicher, ernster. Seine Lebenslust schien gewichen. Was hatten sie früher für Feten gefeiert. Mehr als die Hälfte seines Lebens kannte Kohlund den Kollegen. Er glaubte zu wissen, dass Schmitt seinen Alkohol heimlich trank. Dessen Schreibtisch allerdings zu kontrollieren, wäre dem Chef der Mord zwo als Verrat erschienen.

»Wieder draußen?«, fragte Schmitt.

»Ja, die Reha habe ich vorerst hinter mir. Sie haben mich ins Leben gelassen. Ich bin wieder allein für mich verantwortlich.«

Die Runde nickte anerkennend. Wie es zum Anschlag auf Grischa Merghentin gekommen war, wusste er selbst nicht. Überfall im Park, unbekannter Täter, vermerkte die Akte. Merghentin war halb tot auf dem Schwulenstrich gefunden worden.

Unter dem Beifall der Kollegen betrat Manuela Hohmann mit einem Tablett voller Saftgläser Kohlunds Büro. Schmitt schenkte ein. Die Schabowski nahm ihm die Flasche mit einem vorwurfsvollen Blick aus der Hand. Sie verschüttete weniger vom Inhalt als er, als sie die Gläser füllte. Danach wurden sie erwartungsvoll in die Höhe gehalten.

»Ich gehöre wieder dazu, danke, Kollegen. Danke für die Besuche, die Briefe, Zuspruch und Aufmunterung. Wohl wahr, ich habe alles nötig gehabt. Aber jetzt bin ich wieder dabei.«

Kohlund kannte Merghentins Sozialversicherungsbogen. Noch mindestens ein halbes Jahr war er in Rehabilitationsmaßnahmen oder zumindest krankgeschrieben. Er konnte den Wunsch verstehen, wieder zu arbeiten. Aber die Leitung des Polizeipräsidiums und er, der Chef der zweiten Leipziger Mordkommission, wussten, dass eine Rückkehr an den alte Arbeitsplatz unmöglich war. Nur kurz hatten sie den Fall Merghentin auf höherer Ebene diskutiert. Kriminalrat Konstantin Miersch hatte versprochen, sich Gedanken zu machen, Innendienst, Koordinator, Telefonzentrale konnte er sich vorstellen. Dass Merghentin den Polizeidienst quittierte, stand nicht zur Debatte. Doch die staatlichen Leiter hatten ihre Vorschläge ohne den Patienten gemacht: Grischa Merghentin gab grad einen aus. Er fühlte sich als Mitglied der Mord zwo und wollte arbeiten. Kohlund wischte sich Schweiß von der Stirn.

»Darauf müssen wir anstoßen!«

Schmitt hob sein Glas. »Wann soll's denn losgehen?«

»Morgen. Wenn der Chef Ja sagt.« Merghentin suchte den Blickkontakt mit Kohlund, der ihm nicht ausweichen konnte, zumal alle anderen Kollegen auch auf ihn schauten. Was sollte er sagen?

»Willkommen! Lassen Sie uns doch zuerst einmal anstoßen.« So stießen sie an, und die Schabowski füllte die Gläser. Merghentin holte immer noch weitere Sektflaschen aus seinen Taschen.

Kohlund konnte den Mann da im Rollstuhl nicht erfolgreich in die Ermittlungsarbeiten einbinden, es war ausgeschlossen. Wie sollte der an Tatorte fahren? Kohlund hatte in seinem Berufsleben schon bizarre Örtlichkeiten erlebt. Kanalisation. Dachkammern. Wiesen. Wälder. Unter Brücken. In Flussläufen. Schilf, Schlamm und Betongruben. Wie wollte Merghentin im Rollstuhl Treppensteigen? Dienstwagen fahren? Von einem Einsatzort zum nächsten gelangen? *Mensch, Merghentin, du gehörst nicht mehr zum Team! Du bist draußen! Bye-bye.* Kriminalrat Miersch würde einen neuen Job für ihn finden müssen.

Doch das konnte Kohlund Merghentin jetzt nicht sagen. Er versuchte zu lächeln. Merghentin lächelte zurück, den Blick erwartungsfroh. Irgendwann würde Kohlund Oberkommissar Grischa Merghentin eine Antwort geben müssen.

»Sie kommen gerade richtig. Wir feiern heute sozusagen den Abschluss unseres letzten Falles.«

»Habe davon gehört und alles in der Zeitung gelesen. Die Biederstedt und der Hönig waren des Lobes voll und haben sich in den Abscheulichkeiten gesuhlt. Herzlichen Glückwunsch. War aber keine detektivische Meisterleistung. Leiche gefunden, Mörder gefunden.«

»Sie wissen, dass wir die Beweislage festklopfen müssen, sonst haut uns der Staatsanwalt den Fall unfein um die Ohren.«

»Müssen wir denn immer nur über die Arbeit quatschen?« Thorst Schmitt hatte Spaß am Trinken und an der Runde gefunden. »Sagen Sie mal, hohe Frau, hat der Chef nicht für wichtige Anlässe noch so ein Fläschchen Kognak bei Ihnen im Schreibtisch?«

Die Hohmann sprang tatsächlich auf Schmitts plumpen Scherz an. Die hatte wahrscheinlich auch schon zu viel vom Sekt genippt. In wenigen Minuten konnte der doch nicht solche Wirkung entfalten. Grischa Merghentins plötzliches Erscheinen hatte den Feierabend zu einer Party umgestaltet. Kohlund ließ sich von der Sekretärin noch einen Sekt nachschenken.

»Soll ich die Reserve vom Kriminalrat?«, fragte sie.

Kohlund hatte keine Chance und wollte den Anderen den Spaß nicht verderben. Er nickte und hatte eine Idee, die ihm vielleicht Grischa Merghentin vom Hals halten konnte. »Wir trinken ihn doch eh niemals aus.«

Die Hohmann verschwand auf der Suche nach Kognak, und Agnes Schabowski trat neben Kohlund. »Ich würde gern mit Ihnen sprechen. Die Sache gefällt mir nicht. Wir sollten da eingreifen, bevor Schlimmstes passiert.«

»Wie bitte?« Die Lautstärke im Raum war merklich gestiegen. Kohlund musste seinen Kopf senken, die Kollegin sprach ihm ins Ohr.

»Kim Fleischer ist seit Tagen verschwunden.«

»Die Sängerin ist doch gestern noch im Fernsehen gewesen und hat dämliche Fragen beantwortet.«

Die Schabowski sah ihren Chef an, als wäre Alf oder Dieter Bohlen auf der Fete der Mordkommission. Was hatte die denn erwartet? Kim Fisher hatte jahrelang auf dem *Riverboat* moderiert und dort ihre Gags zum Besten gegeben. Auch wenn die Fragensteller stets an Niveau verloren, die Sendung blieb die erfolgreichste Talkshow der dritten Programme. Keiner wusste warum. Moderatoren und Sender waren sehr glücklich, vermeldete der Pressedienst stolz jedes Mal nach der Sendung. Und jetzt war Kim Fisher verschwunden? Lars Kohlund hatte in der Zeitung noch nichts darüber gelesen. Und das wäre nun doch mal die Schlagzeile wert.

»Ich dachte, die wohnt in Köln oder im Westen. Wer hat denn ihr Verschwinden gemeldet?«

»Die Kollegen. Und die Freundin macht sich auch große Sorgen.«

Kohlunds Weltbild geriet ins Wanken. Kim Fisher lesbisch? Kohlund glaubte sich zu erinnern, dass Freundinnen seiner Frau einen Sexratgeber geschenkt hatten. In der Art: Wie fange ich einen Mann, und was fange ich mit ihm an. Und die Tipps stammten genau von jener Kim Fisher, die ständig über den Bildschirm lief. »Was sollen wir denn da tun?«

»Kim Fleischer hätte vor Gericht auftreten müssen. Er hat wichtige Prozesstermine platzen lassen.«

Er? Kohlund war der Alkohol zu Kopfe gestiegen. *Er?* Kim Fisher war eine Frau, davon war Kohlund felsenfest überzeugt. Sie sah auch so aus. Irgendetwas schien die Schabowski zu verwechseln. In welchem Prozess sollte denn die Moderatorin auftreten?

»Wenn Zeugen verschwinden, ermittelt doch nicht die Mordkommission.«

»Chef, da ist was passiert. Ich habe kein gutes Gefühl.«

»Das ist wahrscheinlich so 'ne Medienente. Wetten,

die tritt in drei Tagen wieder auf. Lassen Sie den Hönig darüber schreiben. Kim Fisher ist kein Fall für uns.«

»Fleischer! Kim Fleischer!«

»Meinetwegen auch Fleischer. Lassen Sie das mal die Kollegen machen. Oder wollen Sie unbedingt in die Zeitung auf Seite eins?«

»Fleischer! Der Mann heißt Fleischer.«

»Ich denke, die Fisher hatte 'ne Freundin?« Kohlund verstand nicht, was die Kollegin Schabowski von ihm wollte. Er wandte sich wieder Grischa Merghentin zu und grinste. »Bis Sie wieder voll bei uns einsteigen, habe ich vielleicht etwas für Sie.«

Merghentins Augen starrten ihn an, der ganze Mensch im Rollstuhl war voller Aufmerksamkeit. Kohlund fand seine Idee mit einem Mal doch nicht so genial, wie er sie vor zwei Minuten noch gefunden hatte. Diese blöde Kim Fleischer!

»Wir haben da noch so einen Fall, den wir nie aufklären konnten. Vielleicht ist der was für Sie.«

»Ich bin raus aus der Truppe, wollen Sie das damit sagen?«

»Nein, Sie sind nur noch nicht wieder drin. Also, Merghentin, wie wär's, so als Übung vor dem Ernst des Lebens?«

»Mord an einem Exilrussen, und ich soll mich mit der Mafia anlegen?«

»Nein. Eine unbekannte Leiche im Baum. Fuffzehn Jahre her. Ungefähr.«

»Ich trau Ihnen nicht, Chef. Die Sache hat doch einen Haken.« Grischa Merghentin zögerte. »Na, gut. Geben Sie her.«

Die Schabowski ging, Kohlund sah noch, wie sie die Tür hinter sich zuzog. Merghentin lächelte wieder. Die Genossen riefen: »Prosit!«

Lars Kohlund ließ sich noch einen einschenken.

5.

»Ich bleibe hier. Der Chef hat mir Arbeit gegeben.«

Grischa winkte mit der Akte. Kilian stand in der Tür und wartete. Wenn er jetzt wirklich nicht mitfuhr, würde sein Lover wütend werden. Eigentlich mochte Grischa Kilian wütend fast noch mehr als sonst. Dann ging er endlich einmal aus sich heraus und hatte sich nicht wie immer im Griff.

»Nein, Grischa, wir haben das doch schon alles geplant. Meine Eltern erwarten uns. Beide.«

»Die haben dein Schwulsein nie akzeptiert. Und ich bin ein Wessi und dazu noch eine Belastung.«

Wenn er darauf nicht ansprang! Das Thema zog immer. Prompt kam Kilian in die Küche. »So ein Quatsch!«

Grischa Merghentin verbarg sein Lächeln und legte die Akte auf den Tisch.

»Meine Mutter hat garantiert zwei Tage in der Küche gestanden.«

»Sie packt ihrem Sohn auch das Fresspaketel.«

»Keine Diskussion mehr, Grischa, wir fahren.«

»Du bist nicht mein Vater.«

»Aber du bist mein Mann.«

Grischa kannte diese Gespräche so gut. Sie hatten

sie immer wieder gespielt und es manchmal auch ernst gemeint. Mal hatte Grischa seinen Job vorgeschoben und oft war er wirklich auf Arbeit gewesen. Doch jetzt war er krankgeschrieben und Kohlunds Akte ein Vorwand. Ein billiger Trick von ihm für Kilian, und ein billiger Trick vom Chef, um ihn nicht in der Mord zwo arbeiten zu lassen. Aber ehrlich, Grischa wollte nicht in dieses schreckliche Dorf zu diesen schrecklichen Eltern. Er klopfte auf die Akte. »Ungeklärt. Das gefällt Kohlund nicht.«

»Die Akte ist von 1992. Hat sie fünfzehn Jahre gelegen, kann sie es auch einen Tag länger.«

»Kann sie nicht.«

»Vater hat Geburtstag gehabt.«

»Dein Vater.«

»Hat man sich für einen Partner entschieden, nimmt man seine Familie dazu. Geht automatisch. Kannste nichts machen.«

»Aber ich muss diese Verwandtschaft nicht lieben.«

»Musst du nicht. Aber deinen Mann begleiten, kannst du schon. So begeistert ist der auch nicht von diesen Besuchen.«

»Ach was?«

Kilian hatte die Sachen gepackt. Das Wochenende bei seinen Eltern war lange geplant, und Grischa hatte bereits zugestimmt, dass er mitfahren würde.

»Aber wir fahren heute Abend zurück.« Er versuchte, den Schrecken zu minimieren.

»Wir können's probieren.«

»Warum sollte das nicht gehen? Deine Eltern machen doch auch drei Kreuze, wenn sie uns wieder los sind.«

Kilian lächelte, und Grischa steckte Kohlunds Akte in den Beutel am Rollstuhl. »Für die Stunden dazwischen.«

»Tu, was du nicht lassen kannst.«

Kilian schob Grischa hinaus zum Wagen im Innenhof. Ein Bild von Harmonie und Verständnis, so unglaublich wie in einer Krankenhausserie. Sie hatten wieder zueinander gefunden, obwohl Grischa den Freund längst aufgegeben hatte. Nach dem Überfall hatte ihn Kilian nie besucht, nicht angerufen, nicht geschrieben. Es war, als hätten sie nie eine Beziehung gehabt. Dabei hatte Kilian mit ihm schon ein Kind adoptieren wollen. Die Schabowski hatte Grischas Sachen von zu Hause abgeholt. Kilian hatte es für ihn nicht mehr gegeben.

Nach Monaten hatte dann Kilian vor Grischas Bett in der Klinik gestanden und konnte ihm vor Schuldgefühlen kaum in die Augen blicken. Er hatte vor ihm geweint und war Grischa übers Bett in die Arme gesunken. Schwester Bärbel hatte gelächelt und still das Zimmer verlassen. Von diesem Tag an kam Kilian täglich. Nach seiner Entlassung hatten sie sich eine Wohnung in Zentrumsnähe gesucht. Das Angebot an behindertengerechtem Wohnraum war überschaubar. Meist waren es Häuser von Verbänden und Organisationen, die altersgerechtes Wohnen anboten. Dafür waren sie beide zu lebendig. Sie zogen in einen Gründerzeitbau. Renoviert und viele Extras: Fußbodenheizung, Stuck, Gäste-WC und ein Fahrstuhl. Da die Kellerräume gastronomisch genutzt wurden, gab es eine schiefe Ebene, auf der die Bierfässer in den Keller gerollt wurden. Der Fahrstuhl hielt auch im Kellergeschoss. Grischa konnte ohne Hilfe das Haus verlassen und wieder betreten.

Im Innenhof half Kilian Grischa beim Einstieg ins Auto. Er war in den vergangenen Monaten ziemlich geschickt darin geworden. Grischa hatte zwar das Fahren im behindertengerechten Fahrzeug geübt, aber der neue Wagen mit Handschaltung und Handbremse stand unbenutzt vor dem Haus. Er zögerte einzusteigen und allein damit zu fahren. An solchen Kleinigkeiten merkte er, dass er noch längst nicht ins Leben und die Normalität zurückgefunden hatte. In einsamen Nächten wurden die Wut und die Depressionen übermächtig. Es war schön, Kilian neben sich zu spüren. Grischa liebte und war nicht allein.

Die Fahrt dauerte. Kilians Eltern wohnten in den Ausläufern des Westerzgebirges. Der kleine Ort, in dem Kilians Eltern wohnten, lag sehr romantisch zu Füßen der Wälder. Doch oft gewandert waren sie dort nicht. Sie hatten Kilians Eltern selten besucht. Nicht immer lag es an den Alten, dass Grischa und Kilian den Weg scheuten. Die Lebensplanungen der verschiedenen Generationen passten nicht zusammen. Die Eltern erwarteten immer den Nachwuchs, die Kinder Toleranz. Den Schock, dass der eigene Sohn schwul war, hatte die Familie Weiß kaum überwunden, da saß Kilians Liebhaber Grischa schon im Rollstuhl. Doppelt gestraft ist der Sohn, hat der Vater geschrieen. Die Mutti schüttelte den Kopf und unterdrückte die Tränen. Über Grischa machten sie sich keine Gedanken. Man hatte sich wortlos auf friedliche Koexistenz und Nichtbeachtung geeinigt. Manchmal jedoch ließen sich Treffen nicht umgehen. Familie blieb Familie.

Der Tag würde beschissen werden. Grischa Merghentin blätterte in der Akte, die keinen Namen hatte. *Unbekannter Toter.*

Wir sind aufgrund eines Anrufes am Mittwoch, dem 23. Oktober 1992, zur Landsberger Straße außerhalb der Stadtgrenzen gefahren. Zeugen hatten einen Autounfall gemeldet. Als wir am beschriebenen Ort ankamen, ergab sich folgendes Bild: Im Unfallwagen war eine vierköpfige Familie gefahren, die bei unserem Eintreffen apathisch am Straßenrand saß. Die Unfallmelder, ein Ehepaar, kümmerten sich um sie. Die Frau führte uns zu einem Kopf im Verwesungszustand ca. 100 m hinter ihnen im Feld, wahrscheinlich ist es der Kopf eines Menschen. Der Ehemann der Zeugin winkte in ~ 200 m Abstand am Waldrand und zeigte in einen Baum. Vor dem Baum stand der verunfallte Wagen. Peugeot. Amtliches Kennzeichen L-UP 2781. Als ich mich zum Zeugen begab, entdeckte ich nach seinem Hinweis in der Krone des Baumes einen dort angebrachten Gegenstand. Nach meinem visuellen Eindruck kann es sich um den Körper eines Menschen handeln. Notarztwagen und Kriminalpolizei wurden von uns verständigt.

Hertel, Oberwachtmeister

Fundortbefundsbericht

Meldung und Veranlaßtes: Am 23. 10. 1992, gegen 14:30 Uhr, wurde vom Streifendienst die Abteilung K informiert, daß an der Landsberger Straße, Höhe Waldrand (zwischen Lindenthal und Autobahnauffahrt) ein menschlicher Schädel und ein Körper in einem Baum hängend vorgefunden wurden.

Allgemeine Lage des Fundorts: Die Landsberger Straße ist außerhalb Leipzigs der Zubringer zur A 14, Anschlußstelle Leipzig-Nord. Von Leipzig kommend, hinter der Ortschaft Lindenthal, ist links und rechtsseitig der Straße Feld, das nach ca. 300 m rechtsseitig von einem Wald begrenzt wird. In dessen Randbestand wurde in einer Linde in ca. 8 m Höhe ein menschlicher Körper entdeckt. Ein mumifizierter Schädel wurde von den Zeugen auf dem Felde gefunden.

Lage und Spuren an der Leiche: Ein menschlicher Körper (scheinbares Alter und Geschlecht aufgrund des Zustands der Leiche nicht erkennbar) ist in ca. 8 m Höhe an den Baumstamm gefesselt. Ein Seil umschlingt Beine, Bauch und Hals. Die Leiche ist kopflos. Der rechte Fuß frei schwebend. Das linke Bein ist nur bis zum Knie erhalten. Kleidung ist durch Witterungseinflüsse und Tierbefall stark geschädigt. Die Leiche insgesamt ist mumifiziert. Insekten sind auf Haut und Extremitäten zu sehen. An einigen Stellen ist Tierfraß feststellbar. Der Körper zeigt offene Wunden, ob durch Tier- oder Gewalteinwirkung, ist von uns nicht zu klären. Der Zustand der Leiche läßt eine genauere Untersuchung vor Ort nicht zu und hätte andererseits die Durchführung der Sektion erschwert.

Schmitt, Kommissar zA

Sieh an, der Schmitt als Kommissar zur Anstellung. Der war doch schon Offizier bei der DDR-Kripo gewesen. In der neuen Gesellschaftsordnung war er also erst mal wieder der Lehrling. Er hatte auch an diesem Fall mitermittelt. Wollte der Chef dem Schmitt eine reindrehen? Grischa hatte Kohlund und Schmitt immer für Freunde gehalten, zumindest hatten sie eine Beziehung weit über die kollegiale hinaus. Und irgendetwas musste doch der Chef mit dieser Akte bezwecken. Abgesehen davon hatte dieser Fall Potenzial: Kopf auf dem Feld. Leiche im Baum. Und niemand wusste, wie sie dorthin gekommen war. Mehr noch, niemand hatte den Toten je identifizieren können. Dass Menschen verschwanden, war alltägliche Arbeit der Polizei. Dass sie einfach so ohne Namen auftauchten, war mehr als selten.

Sektionsprotokoll vom 25. 10. 1992

I. Die Todesursache ist aufgrund der langen Verweildauer im Freien, Dehydrierung und Tierfraß nicht festzustellen. Einige Körperteile sind nicht mehr vorhanden. Sie sind jedoch nicht gewaltsam und erst nach dem Tode vom Körper entfernt worden.

II. Äußere Gewalteinwirkungen sind am Skelett nicht feststellbar. Das Seil um den Hals legt einen Tod durch Erhängen nah (dem allerdings widerspricht das Anbinden von Beinen und Bauch). Außerdem kann durch das Fehlen des Zungenbeins dafür kein Beweis angebracht werden.

III. Augenschein und Sektion ergeben keine eindeutigen Anzeichen für einen unnatürlichen Tod (Mord oder Selbstmord). Andererseits können sie auch nicht ausgeschlossen werden, das unterstützt die Auffindungssituation.

VI. Organe und Haut sind auf natürlichem Wege entfernt worden (durch Witterung oder Tierbefall), wenn auch da Fremdeinwirkung nicht völlig ausgeschlossen werden kann.

V. Der Schädel zeigt Spuren von Gewalteinwirkung, die jedoch alle auf natürlichem Wege (Herabfallen, Witterung, Tiere) erklärbar sind.

VI. Nach Schätzung hing der Körper seit mehr als 10 Monaten in diesem Baum. Ob er prä oder post mortem dort angebracht wurde, ist vom medizinischen Standpunkt nach dieser Frist nicht zu entscheiden.

Dr. Jaenicke

Auch Jaenicke war ein alter Bekannter. Bei Grischas Kollegen lag also wirklich eine Leiche im Keller. Der Fall begann ihm wirklich Spaß zu machen.

Der Wagen rüttelte über unebenen Boden, und Grischa Merghentin blickte von der Akte auf. Kilian lenkte vor das Haus seiner Eltern, das an einem Berghang gelegen war. Das erste Stockwerk war fest gemauert, das zweite mit Holz verkleidet. Die Mutter kam auf sie zu, während der Vater in der Haustür wartete.

»Schön, dass ihr da seid.«

Sie umarmte Kilian. Grischa reichte sie durch die geöffnete Wagentür ihre Hand.

»Wir können leider nicht sehr lang bleiben«, sagte er und zuckte entschuldigend mit den Schultern. Frau Weiß lehnte den Arm auf die Tür. Ihre Finger schlugen einen leisen Rhythmus gegen die Scheibe. Grischa konnte das Zucken ihrer Mundwinkel auch als Zeichen von Enttäuschung deuten.

»Nun kommt erst mal rein. Essen ist auch gleich fertig. Wie lang seit ihr denn gefahren?«

»Knapp zwei Stunden.« Kilian hatte den Rollstuhl aus dem hinteren Teil des Wagens geholt und faltete ihn vor Grischa auseinander. Der fasste die Lehne und rutschte sich in den Sitz. Kilian schob ihn bergan hin zu seinem Vater. Frau Weiß schlug die Autotür hinter ihnen zu.

»Tach, Papa,« sagte Kilian, »und herzlichen Glückwunsch zum Geburtstag.«

Herr Weiß begrüßte seinen Sohn so emotionslos wie dessen Liebhaber.

»Mein Gott, unser Geschenk liegt ja noch im Wagen.«

»Besser als in Leipzig auf dem Tisch.« Das Lachen von Herrn Weiß klang gezwungen, aber sie bemühten sich alle um eine wohlwollende Atmosphäre.

»Ich gehe es holen.« Kilian wollte zum Auto zurück.

»Wir spazieren doch eh dann ein Stück so wie immer.« Dabei blickte Herr Weiß auf Grischa im Rollstuhl und tat, als würde er sich jetzt erst erinnern. »Oh, tut mir leid. Für Sie wird das schwierig.«

Kilian warf Grischa einen entschuldigenden Blick zu und lief doch zum Auto zurück. Frau Weiß ging ins Haus. »Ich decke schon mal den Tisch!«

Herr Weiß blickte über Grischa hinweg zur Ortschaft im Tal. Sie schwiegen. Kilian kam zurück und übergab seinem Vater das als Geschenk verpackte Päckchen.

»Das war nicht nötig«, meinte er und betastete das Papier. »Und diesmal kein Buch.« Wieder ein Lachen.

Kilian schob Grischa ins Haus. Um über die Schwellen zu kommen, musste er den Rollstuhl leicht kippen. Frau Weiß hielt die Türen auf. Kilian lenkte Grischa sofort unter den Esstisch, wo sein Vater schon fröhlich grinsend saß. Frau Weiß legte Besteck neben die Teller und holte eine Schüssel mit Kartoffeln. Die Tafel sah festlich aus. Kerzen brannten.

»Was wollt Ihr trinken?«

»Wasser.« Grischa hasste Familienfeiern.

»Nehmen wir einen Wein?« Kilian gab sich diplomatisch.

»Zum Essen passt roter.« Herr Weiß ging ans Buffet und kam mit einer offenbar bereitgestellten Flasche zurück. *Französischer Landwein* las Grischa. Frau Weiß brachte die Teller mit Rinderbraten und Mischgemüse.

»Nur was Einfaches. Aber zum Nachtisch habe ich extra für dich rote Grütze, mein Junge.« Sie streichelte ihren Sohn über den Kopf. »Die essen Sie doch auch gerne, verehrter Herr Grischa?«

Grischa nickte. Ihm stand nicht der Sinn nach

Konversation, und dass Kilian rote Grütze mochte, war ihm neu. Herr Weiß schenkte Wein in drei Gläser. Vor Grischa platzierte er das Wasserglas und eine Flasche. Grischa stieß mit der *Lichtenauer Quelle* an.

»Auf euer Wohl«, sagten die Eltern.

»Auf Ihres!«, entgegnete Grischa.

Die Unterhaltung war mühsam, und die Mahlzeit schnell beendet. Kilian half seiner Mutter beim Abräumen des benutzten Geschirrs. Herr Weiß schenkte Grischa Wasser nach und machte sich auf den Weg, eine neue Flasche zu holen. *Was will ich hier?*, fragte sich Grischa. *Das Ganze ist wie in einem Film. Einem ganz schlechten.*

»Gibt es in Ihrem Garten nicht eine Terrasse? Ich hätte noch ein bisschen etwas zu tun.« Ein Blick zu Kilian.

Der schüttelte kaum merklich den Kopf. »Willst du nicht ein Stück mit uns durch den Wald oder was anderes?«

»Nee, geht man. Auch eine kopflose Leiche macht Spaß. Und sie erspart euch die Quälerei.«

»Das macht mir nichts.«

»Schon gut, lass mich einfach in der Akte lesen. Ich mache ja jetzt auch sonst immer meinen Mittagsschlaf nach dem Essen.«

»Wohl dem, der das kann.« Vielleicht waren die Worte von Herrn Weiß humorvoll gemeint, doch Grischa fand die Bemerkung nicht lustig. Kilian schob ihn nach draußen zu einem Tisch in der Sonne.

Herr Weiß stellte Wasserflasche und Glas vor ihm hin. »Wohl bekomm's.«

Vorläufiger Abschlußbericht, 18. 1. 1994
In vorstehender Sache führten die Ermittlungen bisher zu keinem Erfolg. Trotz intensiver Bemühungen konnte die Identität des Toten nicht ermittelt werden. Es handelt sich um eine männliche Leiche. Geschätztes Alter ca. 40 Jahre. Zahnstatus und operative Eingriffe lassen nicht auf einen Osteuropäer schließen. Die Überprüfung der Vermißtmeldungen (auch deutschlandweit) ergab keine Übereinstimmungen. Kleidungsreste und Schuhe lassen in ihrer Qualität nicht auf einen sozial Bedürftigen schlußfolgern.

Die bisher vorgenommenen Nachbearbeitungen erbrachten keine Hinweise auf eine bestimmte Person, welche als Opfer infrage kommt. Aufgrund des Fehlens jeglicher Anhaltspunkte, weder die Obduktion der Leiche noch die später durchgeführten Untersuchungen auf Giftstoffe, konnte eine Todesursache nicht exakt festgestellt werden. Der derzeitige Sachstand der Akte läßt der Staatsanwaltschaft Leipzig den Vorschlag unterbreiten, betreffenden Vorgang zur Ablage zu bringen. Bis zum Eingang neuer Hinweise werden von der Mordkommission keine weiteren Ermittlungen durchgeführt.

gez.: Queißer

Grischa blinzelte in die Sonne. Für die Jahreszeit war es erstaunlich warm. Die Akte warf nur Fragen auf. Einzig das *Wo* war geklärt, Landsberger Straße. Wer? Wann? Wen? Wie? Warum? Keine der Fragen hatte die Polizei beantworten können. Dass sie alle Möglichkeiten in Betracht gezogen hatten, bewiesen die Protokolle. Keine mögliche Spur war von den Kollegen übersehen worden. Sie hatten mehr als nur Routinearbeit gemacht. Nichts, gar nichts hatte zu einem Ergebnis geführt.

Ein unbekannter Toter hing in einem Baum. Abgesehen von seinem Schädel, der lag im Feld darunter. Der Baum stand am Zubringer zur Autobahn Leipzig – Halle. Ein Auto war dagegengerast. Die Leiche wäre sonst noch später entdeckt worden. Wenn überhaupt.

Spuren von Gewalteinwirkung gab es nicht. Zumindest an der Leiche waren keine festzustellen gewesen oder sie konnten nicht bewiesen werden. Doch der Körper war an den Baum gefesselt gewesen. Welcher Selbstmörder fesselte sich vor dem Erhängen? Und welcher Mörder entsorgte sein Opfer in einem Baum?

Offenbar hatte kein Mensch den Toten je vermisst. Konnte man in einer Gesellschaft leben und gleichzeitig außerhalb von ihr? Dieser Mann musste irgendwo geboren worden sein. Eine Geburtsurkunde musste existieren. Er war zur Schule gegangen. Abschlusszeugnisse oder Klassenbücher in Schularchiven könnten Auskunft geben. Doch wo lagen sie? Der Tote war beim Arzt gewesen, das bezeugen Narben und Zahnersatz. Irgendwo hatte er gewohnt und geschlafen. Kein Mensch kann sich auf Dauer anderen Menschen entziehen. Irgendjemand musste diesen Mann gekannt haben. Oberkommissar Grischa Merghentin war sich sicher. Irgendeinen gab es, der alle diese Fragen beantworten konnte.

Kohlund hatte ihm mit Absicht diese Akte untergeschoben. Der Chef wollte ihn nicht mehr im Team der Mord zwo. Die Akte war reiner Vorwand. Er sollte sich die Zähne ausbeißen, so wie sich andere vor ihm die Zähne an dem ungeklärten Fall ausgebissen hatten. Kohlund. Schmitt. Dr. Jaenicke. Aber Grischa würde es Kohlund beweisen. Er würde diesen Fall klären, und wenn es das Letzte war, was er für die Mord zwo tat. Er trank einen Schluck der *Lichtenauer Quelle.* Das Wasser war eisig und lag ihm wie ein Stein im Magen. Aber es tat Merghentin gut.

Das Örtchen lag vor Grischa im Tal. Kilians Eltern mussten alles den Berg heraufschleppen. Den Müll wieder hinunter, hier oben kam keine Müllabfuhr. Es war aufwändig und teuer, wenn man immer die Brötchen mit dem Auto holen musste. Oder lief der Alte zum Bäcker? Doch Grischa kannte auch in der Großstadt Typen, die zum Back-Shop mit dem Auto fuhren, selbst wenn der nur hundert Meter entfernt lag. Er genoss die Ruhe. Kein Lüftchen umstrich seine Nase. Ein schönes Fleckchen Erde, er könnte sich Urlaub hier vorstellen.

»Darf ich mich zu Ihnen setzen?«

Für einen Moment wusste Grischa Merghentin nicht, wo er sich befand. Herr Weiß nahm neben ihm Platz und stellte zwei Bierflaschen vor sie hin auf den Tisch.

»Wäre es nicht an der Zeit, dass wir Du zueinander sagen?«

6.

Thorst Schmitt stand im Asia-Imbiss und beobachtete den Verkehr auf dem Peterssteinweg. Eine provisorische Ampelschaltung verursachte Stau stadteinwärts. Mit seinem Motorrad konnte Schmitt zumindest an verstopften Straßen vorbeifahren. Er grinste und kämpfte mit den Glasnudeln, als ihm Agnes Schabowski auf die Schulter tippte.

»Schmeckt's?«

Schmitt konnte nur nicken. Reste der Nudeln hingen ihm noch aus dem Mund. Er sog sie ein, und es entstand ein Geräusch wie beim Küssen. Das war ihm peinlich.

Die Schabowski tat, als hätte sie nichts gehört und kam gleich zur Sache. »Hier treffe ich Sie!«

Das hörte sich an, als hätte Kollegin Schabowski nach ihm gesucht. Eigentlich unvorstellbar. Die unnahbare Frau Schabowski suchte ihn, Hauptkommissar Thorst Schmitt. Er konnte es nicht fassen, trotzdem bemühte er sich um ein Lächeln. Es wurde erwidert.

»Herr Kollege. Ich brauche einfach mal Ihren Rat.«

Schmitt glaubte, nicht recht verstanden zu haben. Frau Oberkommissarin Agnes Schabowski, die Karrierefrau aus dem Westen, fragte ihn, den fundamentalistischen Ossi, um Rat. Genau diesen Satz hatte die Frau Oberkommissarin gesagt: *Ich brauche einfach mal Ihren Rat.* Sie hatten noch nie mehr als *Guten Morgen* gesagt und dienstlich miteinander geredet.

Selbst im Präsidium diskutierten sie oft vehement auf unterschiedlichen Seiten. Schmitt stritt sich nicht gern, zumal nicht mit Frauen. Die Schabowski schien es geradezu darauf anzulegen. Er hatte ihre provokative Stimme im Ohr. Doch jetzt redete sie anders. *Ich brauche einfach mal Ihren Rat.*

»Der Chef hat wenig freie Zeit. Und vielleicht lacht er nur über mein Anliegen. Aber ich habe da ein Problem und das würde ich gern mit Ihnen besprechen.«

»Und Sie denken, ich bin der Richtige für dieses Gespräch?«

»Ja, Sie sind der Richtige. Sie haben bei der Mord zwo die längsten Erfahrungen.«

Schmitt hatte sie wahrscheinlich mit offenem Mund angestarrt und schob schnell eine Plastegabel Huhn hinterher. Die zu langen Nudeln biss er ab, sie fielen ins Pappschälchen zurück. Agnes Schabowski zog ihn Lars Kohlund vor. Der war zwar der Chef, war aber Jahre später erst zur Mordkommission gestoßen. Die Schabowski hatte recht, er war am längsten dabei. Nur kurz piekte Thorst Schmitt noch einmal die Wut, dass er nach Dienstjahren und seiner Qualifikation eigentlich zum Leiter der zweiten Mordkommission hätte aufsteigen müssen. Irgendein Punkt in seiner Kaderakte hatte den entscheidenden Gremien missfallen. *Sie sind der Richtige.* Er hatte nicht im Geringsten geahnt, dass er bei Agnes Schabowski auf der Positivliste stand. Zum Wohl, er hob seine Bierflasche.

»Vielleicht finde ich Ihr Problem auch lächerlich.« *Nicht zu ironisch! Du verschreckst sie gleich wieder,* schalt sich Schmitt und versuchte mit einer einladenden Geste, der Schabowksi das Gefühl von Verständnis und ehrlichem Interesse zu vermitteln.

»Ich werde es aushalten.« Sie lächelte wirklich, aber nur kurz. »Mein Problem ist, dass ich nicht glauben kann, dass ein Mann freiwillig verschwindet.«

Nein! Frau Schabowski sprach mit ihm über Männer! *Ich brauche einfach mal Ihren Rat.* Er hatte bislang gedacht, sie bevorzuge Frauen oder hatte überhaupt keinen Sex. Jetzt suchte sie einen verschwundenen Lover und fragte ihn!

»Ich weiß nicht, ob ich da der richtige Ansprechpartner bin.«

Die Schabowski lachte jetzt herzhaft. »Mein Freund ist es nicht. Der sitzt hoffentlich in seinem Büro.«

Schmitt war verwirrt. »Was kann ich denn dann für Sie tun, verehrte Kollegin?«

»Im Präsidium war ein Rechtsanwalt, der seinen Kollegen vermisst. Er wollte eine Anzeige aufgeben. Ich habe mir das erzählen lassen und konnte die Befürchtungen des Herrn Krumpholz verstehen. Sein Kollege Kim Fleischer hat ihn bei einem wichtigen Prozess einfach sitzen lassen und ist nicht wieder aufgetaucht.«

»Vielleicht ist er von jetzt auf gleich ausgestiegen, manchmal ist einem so.« Schmitt sagte das nur so dahin. Er persönlich hatte längst den Termin verpasst, an dem er noch hätte aussteigen können. Manchmal war er drauf und dran gewesen. Jahre hatte er daran gedacht, im Leben noch einmal ganz von vorn anzufangen. Jetzt nicht einmal mehr das. Thorst Schmitt hatte sich arrangiert, er scheute sich vor Herausforderungen. Nur kurz erinnerte er sich an den Urlaub mit einem Schulfreund. Trampen nach Ungarn und Mädchen aus Portugal. Sie verstanden kein Wort, aber sie verstanden sich gut. Schmitt sah sich in Klamotten, die der letzte Chic waren und seine Alten erschreckt hatten. *Boney M* und *Daddy Cool.* Schmitt dachte an seine Träume von großem Geld, Amerika und an die Aufbauhilfe in Schwarzafrika. Er sah sich als *Easy Rider* total bekifft auf dem Highway. Das Motorrad war ihm geblieben und mal wochenends der Geschwindigkeitsrausch zwischen Naunhof und Döbeln. Schmitt schaufelte Glasnudeln in sich hinein.

»Die Freundin ist verzweifelt«, sagte die Schabowski. »Kim ist einfach weg. Ohne Nachricht. Nichts. Der Typ hatte alles. Eine liebende Frau, Familie, promoviert, guter Job, Geld kein Problem. So einer haut doch nicht einfach ab und lässt alles liegen.«

Schmitt hatte damals Gabriele auch einfach sitzen lassen. Er hatte sich ein Zimmer genommen und war für ein paar Tage verschwunden. Einfach so, ohne ein Wort. Heute hielten Gabriele nur noch Apparate im Leben. Fast täglich hatte er an ihrem Bett gesessen und an vergangene Zeiten gedacht, so wie man stets im Anblick des Todes an die Vergangenheit denkt. Zukunft ist da nicht mehr. »Dass einer abhaut, ist nicht ungewöhnlich. Ich spreche da aus Erfahrung. Sehen Sie sich die Vermisstenmeldungen an!«

»Ich war bei ihr zu Hause. Der Mann hat nichts mitgenommen. Kein Hemd, keine Unterwäsche, keine Papiere. So geht doch keiner, der nie wieder kommen will.«

»Seit wann ist denn dieser Kim Fleischer schon verschwunden?«

Agnes Schabowski sah ihm dankbar ins Gesicht. »Fünf Tage.«

»Dann sollte man sich vielleicht doch Sorgen machen.«

»Ja.«

»Wann wurde die Vermisstenanzeige offiziell aufgenommen?«

Die Schabowski senkte den Kopf. »Deswegen wollte ich Sie ja sprechen. Was soll ich tun?«

»Nicht unsere Abteilung. Oder wollen Sie den Fall übernehmen?« Schmitt glaubte zu erkennen, dass die Kollegin errötete. Das sah ja beinah so aus, als hätte sie am Fall persönliches Interesse.

»Nein! Nein.«

Der Widerspruch kam zu schnell. Frau Schabowski war emotional in den Fall involviert, da war Schmitt sich sicher. Die unnahbare Dame aus Schwaben zeigte Gefühle. Und sie zeigte sie ihm. Es sah ganz so aus, als sei der Vermisstenfall Fleischer nur ein Vorwand. *Ich brauche einfach mal Ihren Rat.* Die Agnes wollte mit ihm sprechen. Mit ihm! Schmitt schob die Pappe mit einem Rest vom Huhn zur Seite. »Auch ein Bier?«

Die Schabowski zögerte, dann sagte sie: »Ja.«

»Ich übernehm gerne die Rechnung.«

»Dafür reicht's bei mir noch.«

Schau einer an! Die Kollegin konnte ja richtig in Small Talk. Bislang hatte er das noch gar nicht bemerkt. Offensichtlich war ihm bei der Kollegin einiges entgangen. *Ja, Sie sind der Richtige für dieses Gespräch.*

Thorst Schmitt ließ sich zwei Biere reichen. Der kleine Asiate hatte bestimmt den Boden in der Bude erhöht, so weit wie der über die Theke langen konnten. Schmitt war guter Laune. »Ich zahl dann zusammen!« Der Asiate nickte und rieb sich die Hände an seiner Schürze ab.

»Danke.«

Schmitt öffnete der Schabowski die Flasche. Am Schlüsselbund hatte er einen Flaschenöffner dafür. »Auf Ihr Wohl, liebe Kollegin! Vielleicht sagen wir Du?«

Sie zögerte, und Schmitt bangte. *Sie kann jetzt nicht Nein sagen, dass kann sie sich nicht trauen.* Er war ranghöher, älter, und sie war in Leipzig fremd. *Ich brauche einfach mal Ihren Rat.* Schmitt lächelte über die Bedenken der Frau Kollegin. Selbst Schuld, dachte er, es hätte alles von vornherein ganz einfach sein können. So wie jetzt.

»Ich heiße Agnes«, sagte die Schabowski leise.

»Ich bin der Thorst! Und nun mal in Ruhe und ganz ausführlich.«

Oberkommissarin Schabowski erzählte. Sie erzählte ohne Hast, beschrieb sehr genau und begründete ihren Verdacht. Schmitt stimmte ihr in allen Belangen zu. Er wollte am liebsten gleich mit der Kollegin zusammenarbeiten.

»Ich spreche mit Kohlund. Solange uns keine neue Leiche ins Büro flattert, können wir auch einen Vermisstenfall übernehmen. Das wird den Chef zwar nicht freuen, aber das kriege ich schon gedeichselt. Du kannst dich auf mich verlassen.« Und Thorst Schmitt zwinkerte Agnes Schabowski unverschämt zu.

»Ich habe die Protokolle schon fertig«, sagte sie.

Er wusste es, die Schabowski verfolgte ein Ziel. *Ich brauche einfach mal Ihren Rat.*

Die Kollegin blickte auf ihre Uhr. »Ich glaube wir müssen.«

»Ein Bier können wir schon noch vertragen. Was meinst du?«

»Ich möchte die Mittagspause nicht über Gebühr überziehen.« Agnes Schabowski machte sich fertig. Schmitt hatte das Bier schnell bezahlt. Der Asiate beugte zum Dank den Kopf so weit nach vorn, dass er fast auf die Theke schlug.

»Vielleicht bringst du mir deine Protokolle kurz rüber?«

»Das mache ich.«

Sie liefen über die Straße. Autos standen immer noch im Stau. Eine Straßenbahn klingelte. Studenten stellten ihre Räder ans Gebäude der Mensa. Manchmal aß Schmitt auch dort. Da hätte ihn die Schabowski bestimmt nicht gefunden. Dem Asiaten sei Dank. Und es war kein Zufall. *Ja, Sie sind der richtige Partner für dieses Gespräch.* Die Schabowski hatte ihn wirklich gesucht, gegessen hatte sie nichts.

Das Präsidium war keine fünfzig Meter entfernt. Schmitt schlug das Bier gegen den Gaumen. Er unterdrückte das Rülpsen.

»Ich bin gleich bei Ihnen.«

»Thorst. Hatten wir doch eben drüber gesprochen. Ich bin der Thorst.«

Schmitt glaubte, dass die Kollegin schon wieder errötete. Dann war sie verschwunden. Sie hatte bewusst und ohne Scheu das Gespräch mit ihm, Thorst Schmitt, gesucht. Das taten zurzeit nicht viele im Präsidium. Die meisten wichen ihm aus. Sie wussten vom Koma seiner Ehefrau. Keiner sprach gern darüber, wenn der Partner im Sterben lag. Schmitt sah überall die mitleidigen Blicke. Er spürte das Schulterklopfen. Er hörte das Reden von *Wird wieder, Kopf hoch.* Schmitt lief mit erhobenem Haupt durch die Gänge des Präsidiums. Auch diese Situation würde er meistern. *Ja, Sie sind der Richtige für dieses Gespräch.* Ja, er war der Richtige.

Schmitt hatte die Mörder seiner Frau gesehen. Er hätte sie totschlagen können. *Schweine!* Er hatte sich natürlich besonders in diesen Fall von *Körperverletzung zum Nachteil von Gabriele Schmitt* gehängt. Wieso auch nicht, das Opfer war seine Frau, gut, seine Exfrau. Aber seine Leidenschaft für sie war wieder entfacht worden, und Schmitt hatte den Eindruck gewonnen, dass auch Gabriele sich wieder zu ihm hingezogen fühlte. Vage glaubte er sich an eine bombastische und leidenschaftliche Nacht zu erinnern. Was zählten die Jahre dazwischen? Nichts. Gut, sie waren geschieden, und Gabriele lebte mit einem anderen Mann zusammen. Doch sie hätten sich arrangiert. Und genau in diesem Moment, der Schmitt zu den größten Hoffnungen Anlass gab, in diesem Moment stürmte eine aufgebrachte Horde jugendlicher Arschlöcher in Gabrieles Restaurant und schlug alles zusammen.

Schmitt war sich sicher, dass der Anschlag Nasreddin el Atassi gegolten hatte, dem neuen Freund seiner Frau. Doch bewusstlos am Boden lag nicht der Herr el Atassi, bewusstlos am Boden lag Gabriele. Schmitt wollte nicht werten, aber dass sich die Frau als Schutz vor den Mann warf, das war doch nicht normal! Gerade, wo el Atassi aus einem Kulturraum kam, wo die Männer die Frauen schlugen und die Frauen sich verhüllen mussten. Nein, dieser Mann hatte Gabriele nicht verdient. Schmitt hatte versucht, ihr begreiflich zu machen, dass sie ihre Liebe an diesen Herrn verschleuderte. Nasreddin el Atassi hatte Gabriele nicht zu schätzen gewusst, meinte Schmitt. Andere hatten die Sache gelöst. Auf brutale Weise. Schmitt hatte sie gewarnt. Gabriele hatte nicht auf ihn gehört, sie hatte nicht auf ihren Mann gehört.

Aber Baseballschläger waren kein Mittel gegen Überfremdung und Werteverlust. Er hätte den Burschen die Fresse breitklopfen sollen. Und Herrn el Atassi traf er manchmal am Bett seiner Frau. Der fühlte sich schuldig.

Schmitt holte sich bei der Hohmann einen Kaffee und setzte sich dann hinter seinen Schreibtisch. Ein paar alte Fälle harrten der Überarbeitung. Ein langweiliger Nachmittag lag vor ihm.

Doch dann schaute die Schabowski herein und legte ihm ihre Protokolle und Notizen zum Vermisstenfall Kim Fleischer auf den Tisch.

»Ich gehe dann morgen zum Chef und kläre das«, meinte Schmitt.

»Ja. Und ich schaue mir morgen mal die Kanzlei und die letzten Prozessen von Fleischer an.«

»Wollen wir das nicht gemeinsam tun?«

»Ich schaff das schon. Aber danke für das Angebot. Vielleicht komme ich später darauf zurück.«

Sie zwinkerte und lehnte auch einen Kaffee ab. Er hätte ihn sogar persönlich bei der Hohmann für die Kollegin Schabowski geholt. Die war aber mit einem Mal kurz angebunden, wunderte sich Schmitt, während er die dünne Akte durchblätterte.

Der Fall Kim Fleischer war gar kein Fall. Ein Anwalt, der Freundin und Job satt hatte. Das gab's jeden Tag. Aber wenn die Schabowski unbedingt wollte, dann würde er sich mit ihr darum kümmern. Aber ein großes Ding würde der Fall niemals werden. Die Schabowski dagegen ... Thorst Schmitt machte sich so seine Gedanken.

Er musste lange warten, bis seine Kollegin Feierabend machte. Agnes Schabowski blinzelte in die Sonne, als sie sich auf den Heimweg begab. Sie lief Richtung Süden. Schmitt musste die Suzuki wenden. Unter seinem Helm würde die Schabowski ihn nicht erkennen.

Agnes Schabowski sah ihn auch nicht, als Schmitt unter ihrem Fenster auf ein Zeichen wartete. *Ja, er war der Richtige für dieses Gespräch!*

7.

Wann immer Sie wünschen! Sie hatte es deutlich gehört: Emile Fraconard hatte sich gefreut. Da waren sie wieder, die Tage am Strand in der südländischen Sonne. War es vier oder fünf Jahre her? Agnes Schabowski hatte ohne René, ihren damaligen Freund, in der Hotellobby gesessen. Sie hatte sich gerade mit ihm zerstritten. René packte die Koffer. Das Zimmer war bezahlt. Pauschalreise ohne Programm. Sie trank einen *Kir Cassis*, einen zweiten, dritten. Der Barkeeper lächelte und stellte keine Fragen. Für ein viertes Glas reichte ihr Geld nicht. Sie musste unbedingt auf die Bank. Oder sie suchte noch am Abend einen Automaten. In Urlaubsorten sollte der nicht allzu weit weg sein. Aber ihre Scheckkarte hatte Agnes auf dem Zimmer gelassen. Und während sie überlegte, stellte der Barkeeper ein neues Glas vor sie hin. Als sie den Kopf schüttelte, sagte er mit wunderbarem Akzent *shon gesahlt* und wies auf Emile Fraconard. Der saß am anderen Ende der Theke und nickte ihr zu. Dann setzte er sich zu ihr.

Agnes Schabowski bemerkte nicht, dass René abgereist war. Ihr fiel es erst auf, als der Zimmerschlüssel an der Rezeption abgegeben war. Das Doppelbett war frei, und Emile Fraconard sprach ein bezauberndes Deutsch. Er stand hinter ihr und murmelte, *machen Sie misch glück'lisch, und trinken Sie noch ain Gläs'schen mid mir!* Agnes hatte noch ein Gläs'schen getrunken.

Auch heute war ein herrlicher Tag. Der Himmel war blau. Die Vögel sangen. Die Sonne roch. Der Winter würde nicht mehr zurückkommen. Sie fand einen Müsli-Riegel in den Tiefen des Küchenschranks. Sie genoss den Kaffee, für den sie sonst am Morgen nie Zeit hatte.

Wann immer Sie wünschen!, hatte Emile Fraconard zu ihr gesagt, *wann immer Sie wünschen!* Emile Fraconard hieß Hainar Krumpholz. Und sicher war es in seinem Sinne, dass die Kommissarin sich um das Verschwinden des Kollegen kümmerte.

Nein, Kim Fleischer war nicht wieder im Büro erschienen. Nein, der Kollege hatte sich nicht in der Kanzlei gemeldet. Nein, er konnte sich nicht vorstellen, was den Freund zur Flucht veranlasst haben könnte. Sicher, er freue sich, wenn jetzt Ermittlungen anliefen. Wenn auch der Anlass kein freudiger wäre, er freue sich, sie wieder zu sehen.

Freude! Freude, schöner Götterfunken! Es waren vielleicht billige Komplimente, aber sie zeugten auch von guten Manieren. *Wann immer Sie wünschen, gnädige Frau!*

Agnes Schabowski hatte sich für neun Uhr bei *Dr. Fleischer, Krumpholz und Partner* angemeldet. Sie hätte eher kommen können, die Kanzlei war auch schon früher besetzt. Aber sie wollte solch einen Tag nicht mit vorzeitigem Weckerklingeln und Stress beginnen. Sie traf Emile und wollte sich ihre Illusion von Mann, Mittelmeer und einem Flirt nicht sofort zerstören.

Die Villa mit der Kanzlei befand sich in einer noblen Gegend. Ein Plakat am Balkon des zweiten Stockwerks verkündete, dass noch weitere günstige

Geschäftsräume provisionsfrei direkt vom Eigentümer und ohne zusätzliche Kosten anzumieten wären. Die Straße war nur einseitig bebaut, gegenüber lag der Johanna-Park. Ein Vater hatte den Park seiner in den Falschen verliebten Tochter Johanna gestiftet, die an ihrem Unglück verstorben war. Das war Liebe!

Vom Sitz der Kanzlei kündete ein goldenes Schild *Dr. Fleischer, Krumpholz und Partner* mit *Bürozeiten* und *Termine nach Vereinbarung* neben dem Eingang. Der Gongschlag war bis auf die Straße zu vernehmen. Vögel flogen auf.

Emile Fraconard empfing die Kommissarin in der Tür. Und sie war versucht, ihn auf beide Wangen zu küssen. Sie tat es nicht, ihr Auftrag war dienstlich.

»Ich freue mich, dass Sie Ihren Besuch ermöglichen konnten.«

Es waren noch immer die gestanzten Höflichkeitsfloskeln, doch sie hörte sie gern. »Das ist meine Pflicht. Vielleicht liegt ein Verbrechen vor.«

»Wir wollen's nicht hoffen.«

Hainar Krumpholz führte sie ins Büro seines Partners. Ein riesiger Schreibtisch stand schräg vor dem Fenster. An einer Wand Akten, an der anderen die Gesetzestexte der Bundesrepublik Deutschland. Das Bild über dem Schreibtisch schätzte die Schabowski als ein Original ein, *Neue Leipziger Schule* wahrscheinlich. Comic-ähnliche Figuren. Farbig, vor allem gelb. Etwas, das wie ein Giftpilz aussah und ins Violette changierte. Neben der Tür in der Ecke wuchs eine riesige Palme, die dort sicher nicht genügend Licht bekam. Doch die Blätter sahen nicht krank aus.

»An welchen Fällen hat denn Herr Fleischer gearbeitet?«

»Ich habe sie Ihnen bereits hinlegen lassen.«

»Glauben Sie, dass ehemalige Klienten Schuld am Verschwinden Ihres Kollegen sein könnten?«

»Nein! Klagen gab es noch nie.« Er schmunzelte über den eigenen Scherz. »Die Gegenseite war manchmal wütend.«

»Das setzt man bei einem guten Anwalt voraus, oder?«

»Wahrscheinlich.«

»Könnte eine der Gegenseiten etwas damit zu tun haben?«

»Vorstellen kann ich mir das nicht. Nein.«

Die Kommissarin ging um den Schreibtisch und schaute aus dem Fenster. Auf der Straße war kaum Verkehr. Im Park beaufsichtigten Mütter und Kindergärtnerinnen spielende Kinder. Studenten joggten. Rentner lasen die Zeitung. Die Sonne war herrlich. Agnes Schabowski nahm auf Fleischers Stuhl Platz. Das Polster war weich, das Schwingen angenehm.

»Der Prozess Delthoff hat viel Aufsehen verursacht. Die öffentlichen Sympathien liegen nicht auf der Seite des Unternehmers.« Jetzt redete die Kommissarin selbst in Floskeln.

»Das kann schon sein. Aber das Recht steht auf seiner Seite.«

»Die Angestellten des Betriebes planen eine große Kundgebung. Das Fernsehen hat auch darüber berichtet.«

»Nur das Regionalfernsehen hat darüber berichtet,

und was in der Zeitung steht, ändert nichts an der Sachlage.«

»Vielleicht hat sich ein durchgeknallter Arbeiter an Kim Fleischer gerächt.«

»Wir leben doch nicht mehr im Manchester-Kapitalismus, verehrte Frau Kommissarin. Es gibt Gewerkschaften, einen Betriebsrat, und die Banken kontrollieren eh alles.«

»Trotzdem sind die Vorwürfe vehement. Selbst seine Parteifreunde gehen mittlerweile auf Distanz zu Herrn Delthoff.«

»Linkspartei und Sozialutopisten. Die Marktlage lässt den rentablen Betrieb bei *Amar Textil* nicht mehr zu. Glauben Sie mir, Delthoff muss schließen.«

»Die Maschinen waren doch wohl rentabel, denn die stehen jetzt im Delthoff-Werk Baden-Württemberg.«

»Die Maschinen gehören Delthoff. Ganz einfach.«

»Das sehen die Angestellten aber anders.«

»Das liegt in der Natur der Sache. Was soll ich dazu sagen?«

Ein wenig war die Freude aus dem Gesicht von Hainar Krumpholz gewichen. Er sprach jedenfalls nicht mehr davon, sie später auf einen Drink einzuladen. Agnes Schabowski hatte diese Diskussion nicht beabsichtigt. Doch sie musste diese Themen ansprechen. Aber sie mochte nicht Richter in diesem Prozess sein. Sie wollte nicht über Kredite, Fördermittel und Unternehmensbilanzen entscheiden müssen.

»Abgesehen von Delthoff, haben Sie derzeit andere Klienten?«

»Ja, natürlich. Zum größten Teil reine Routine. Finanzrecht. Steuerrecht. Mit dem Staat kann man tricksen, sich mit ihm anlegen sollte man nicht.«

»Und sonst?«

»Nichts, was ein Kidnapping oder eine Flucht rechtfertigen könnte.«

»Gut. Kann ich die Akten mitnehmen?«

»Das erlaubt die anwaltliche Schweigepflicht nicht. Aber wenn Sie mir einen richterlichen Beschluss bringen, gebe ich Sie Ihnen sehr gern mit.«

»Sicher. Warum haben Sie mir die Akten denn herauslegen lassen?«

»Damit ich Ihnen, wenn nötig, etwas über den Vorgang erzählen kann, gnädige Frau.«

»Ah ja.«

Agnes Schabowski las die Namen auf den Akten: Pohlenz. Liebeskind. Schmitt ... sicher ein Zufall. Der Name Schmitt war auch in dieser Schreibweise im Telefonbuch nicht selten. Und Hauptkommissar Thorst Schmitt zählte sicherlich nicht zu den Klienten der Kanzlei *Dr. Fleischer, Krumpholz und Partner*. Oder lag diese Akte absichtlich oben auf?

»Einen Kaffee?«, fragte Hainar Krumpholz.

Die Schabowski lächelte. Sie konnte sich den Kaffee auch woanders mit dem Rechtsanwalt vorstellen als hier im Büro. Sie roch Mittelmeer und Sonne. Die Palme stand bereits neben dem Tisch. »Ja, gerne.«

Krumpholz lief zur Tür und rief über den Gang: »Bringen Sie uns mal zwei Kaffee, Frau Gerstenberg. Danke.« Krumpholz setzte sich ihr gegenüber wie ein Klient. Agnes Schabowski verschob die Akten. Bergmann. Hofer. Die Akte Schmitt legte sie obenauf. Der Fall würde sie schon interessieren.

»Und privat?«, fragte sie. »Kann es private Gründe für sein Verschwinden geben?«

»Ich weiß nicht. Aber eigentlich: Nein.« Er lehnte sich zurück. »Kims Vater hat diese Kanzlei hier aufgebaut. Der Alte ist gleich nach der Wende nach Leipzig gekommen. Wir haben Konditionen für dieses Büro, da können Sie heute von träumen. Der alte Fleischer war weitsichtig, hat seine Kontakte genutzt. Erst vor zwei Jahren hat er sich aus dem Geschäft zurückgezogen. Will jetzt das Leben genießen. Ich habe ihn angerufen. Kims Eltern haben auch nichts von ihrem Sohn gehört. Ich soll sie informieren, wenn wir Genaueres wissen.«

»Und Frauen?«

»Kim war mit Carina sehr glücklich. Das war jedenfalls mein Eindruck. Harmonie, wo immer sie auftraten. Kein böses Wort. Kein Streit. Ich wüsste nicht …«

»Und Kinder?«

»Er möchte ein guter Vater für Myriam sein. Aber Kinder in diesem Alter sind schwierig.«

Der Kommissarin blitzte ein Verdacht durch den Kopf, für den sie sich schämte. Es gab Männer, die absichtlich Frauen mit Kindern suchten, um die Kinder zu lieben.

Krumpholz musste ihre Gedanken gelesen haben. »Um Gottes Willen! Denken Sie gar nicht daran.«

»Lieber einmal zu viel daran gedacht als zu wenig. Sie schließen das aus?«

»Das schließe ich vollkommen aus. Vollkommen schließe ich das aus!«

Nach einem Klopfen öffnete sich die Zimmertür, und Frau Gerstenberg brachte zwei Tassen Kaffee. Milch, Zucker standen auf dem Tablett. Auf den Untertassen lag jeweils ein Butterkeks. Das hatte Stil. Die Schabowski dachte an den Kaffee der Hohmann oder an den aus der Kantine im Präsidium.

»Ich esse so etwas nicht. Sie können meinen Keks haben.« Damit schob Krumpholz ihr sein Stück Gebäck zu. Die Kommissarin bedankte sich und schaute dabei kurz in die Augen des Anwalts. Es war wie ein Schlag. Sie sollte mit Hainar Krumpholz noch einen Kaffee woanders trinken. In einem Café musste es nicht sein. *Aber er ist nicht Emile Fraconard!*

»Haben Sie selbst ein Motiv?«, fragte sie. »Sind Sie an der Sozietät, an Fleischers Kanzlei hier, beteiligt?«

»Das Motiv können Sie streichen. Kims Anteile gehen beim Tod an den Vater zurück.«

»Ich frage ja nur.«

»Sie müssen ja fragen.«

Sein Lächeln ließ sie schmelzen. Warum konnte sie nicht mit ihm auf einer Terrasse am Meer sitzen? Mit Paulchen. Warum saß sie mit ihm in diesem Büro und sprach über seinen Kollegen?

»Und dass er sich einfach so eine Auszeit nimmt, das schließen Sie aus?«

»Kim leidet nicht an Depressionen, wenn Sie das meinen. Als selbstmordgefährdet schätze ich ihn auch nicht ein.«

»Wie haben Sie sich eigentlich kennengelernt?«

»Beim Studium. Ende der Neunziger waren wir fertig. Und das Angebot vom alten Fleischer, das stand. Wir haben es wahrgenommen. Wir sind zufrieden, die Kanzlei läuft gut.«

»Keine Schwierigkeiten als Wessi im Osten?«

»Haben Sie welche?«

Auf diese Frage war die Schabowski nicht gefasst. Die kam aus dem Hinterhalt wie fast alle Sätze von Schmitt oder Kohlund. Nein, sie war nicht wirklich im Osten angekommen. Sie hatte ihre Entscheidung mehrmals bedauert. Einfach wieder in die Heimat zu ziehen ließ jedoch ihr Stolz nicht zu. Hier war ihr Platz. Hier würde sie glücklich werden. Wann auch immer.

»Nein!«, sagte sie zu laut.

»Na also. Ich auch nicht. Kim erst recht nicht. Wir werden hier gebraucht und akzeptiert. Ohne unser Know-how wären die hier noch längst nicht dort, wo sie jetzt sind. Die wirtschaftliche Lage ist gut. Im Allgemeinen, und bei uns im Besonderen. Falls das Ihre nächste Frage sein sollte.«

Agnes Schabowski schob die Akten vor ihr auf dem Tisch von links nach rechts und wieder zurück. Die von Schmitt lag jetzt unter dem Stapel. »Alles in allem also ein Rundum-sorglos-Paket?«

»Schwierigkeiten gibt es immer.«

»Welche?«

»Nicht zahlende Kunden. Unzufriedene Klienten ...«

»Ich denke, die gab es bei Ihnen nicht?«

»Regen Sie sich nie über die Steuern auf? Aber manchmal sind sie ja wirklich so hoch, und wir können sie mit sämtlichen Tricks nicht drücken.«

Krumpholz wollte sie doch wohl nicht mit Allgemeinplätzen abspeisen? *Der Staat schröpft seine Bürger.* Und sie hatte gedacht, er mache sich Sorgen um seinen Kollegen.

»Bieten Sie Ihren Klienten nicht Steuervorteile in Liechtenstein, Luxemburg oder Monaco?«

»Darüber muss ich Ihnen keine Auskunft geben.«

»Das müssen Sie nicht.«

Ein Gongschlag hallte durch den Flur. Der Lärm ertönte plötzlich und war ohrenbetäubend. Noch einmal wurde auf den Gong gedrückt. Schreie waren zu hören. *Wo ist er? Wo?* Türen knallten. *Der kann sich warm anziehen, dieser Herr Anwalt!*

Krumpholz schrie auch: »Vielleicht beruhigen Sie den mal da draußen!« Entschuldigend sah er zur Schabowski. »Wir lassen uns jetzt nicht stören.« Sein Blick versprach das Mittelmeer samt Hotel und *Kir Cassis* schon früh am Morgen.

Die Tür zum Zimmer wurde aufgerissen. Die Schabowski verschüttete Kaffee. Ein Mann im Anzug stürmte herein und packte den Anwalt am Kragen. »Der Betrieb ist besetzt! Und Sie trinken hier Kaffee und machen schönen Frauen Komplimente. Mann! Krumpholz, Sie müssen was unternehmen!«

Der Mann ließ sich auf die Ecke des Schreibtischs plumpsen. »Seit heute Morgen kommt keiner in die Hallen mehr rein. Ich will in meinen Betrieb! Wie Sie das anstellen, ist mir egal!«

Die Schabowski hatte sich wieder gefasst. »Vielleicht kann ich Ihren Namen erfahren?«

Der Mann im Anzug nahm sie gar nicht zur Kenntnis. Sein Gesicht schob sich immer näher an das von Hainar Krumpholz.

»Sie machen jetzt Ihren Job, für den ich Sie bezahle!«

»Jawohl, Herr Delthoff, jawohl.«

8.

»Das kann doch kein Problem sein!«

»Ich werde mir nicht freiwillig noch mehr Fälle an Land ziehen. Wir haben genug mit unserem eigenen Mist hier zu tun.«

Schmitt saß vor seinem Chef und verstand ihn nicht. Kohlund unterschrieb und unterschrieb in der Mappe, die vor ihm auf dem Tisch lag. Er las sich die Dokumente offensichtlich nicht durch. Er sah auch Schmitt nicht an.

»Schreibst du die Abschlussberichte im Fall des Kofferraummörders? Selbst wenn! Die Verantwortung trage immer ich.«

Das ist dein Job, war Schmitt versucht zu sagen. Du wolltest ihn haben. Unbedingt. Er hätte den Job gern an Kohlunds Stelle gemacht. Aber ihn wollten sie nicht. Selbst schuld.

Der Chef wollte den letzten Mordfall wasserdicht haben. Erst vor Kurzem war ein abgeschlossener Fall von Bröer, dem Leiter der ersten Mordkommission, mangels Beweisen vor Gericht gescheitert. Kriminaldirektor Miersch hatte den Anschiss der Staatsanwaltschaft auf alle seine leitenden Kommissare verteilt. Die gaben ihn weiter.

»Die Schabowski wird sich nicht abhalten lassen.« Das wusste Thorst Schmitt zwar nicht, aber als Argument kam es ihm gelegen. Und irgendwie hatte es auch Charme, einmal nicht im Fall eines Toten zu ermitteln. Kim Fleischer war bislang nur vermisst. »Ich habe mit dem zuständigen Leiter der Vermisstenabteilung gesprochen. Pfeiffer hat nichts dagegen, wenn wir uns in den Fall reinhängen.«

»Aber ich habe was dagegen.«

»Mensch, Lars, nur weil du hier den Frust schiebst, kannst du doch deinen Leuten nicht die Arbeit verbieten.«

»Um drei will der Direktor die Akte vollständig auf seinem Tisch haben, jetzt ist es zwei. Und ich habe keine Lust, mich vor versammelter Mannschaft zur Sau machen zu lassen. Du kannst den Job gern übernehmen.«

Dass Schmitt diesen Job nicht übernehmen konnte, dafür hatten Kohlund und die andren gesorgt. Er gönnte dem Chef den Stress. Er könnte ihm jetzt auch seine Hilfe anbieten. Doch das tat Schmitt nicht. Natürlich nicht.

»Lars, woran willst du denn die Schabowski ermitteln lassen? Gibst du ihr auch so einen alten Schinken wie dem Merghentin, damit du sie los wirst?«

»Nun tu doch nicht so, als hätten wir überhaupt nichts zu tun. Der Vietnamese im Clara-Park. Der

Kindstod in Gohlis. Der Raubmord auf der Schumann-Straße. Wir können uns vor Arbeit nicht retten, aber die Schabowski und du, ihr wollt einen Vermissten suchen. Das fällt nicht in unser Aufgabengebiet!«

»Vielleicht verhindern wir so einen Mord.«

Das war großes Geschütz und völlig aus der Luft gegriffen, aber Schmitt kämpfte nicht in eigener Sache, er wollte Agnes Schabowski beeindrucken. *Ja, Sie sind der richtige Partner.* Er würde ihr richtiger Partner sein. Und wenn er den Chef nicht überzeugte, dann hatte Kollegin Schabowski bald die Akte von dem Vietnamesen und der asiatischen Mafia auf ihrem Tisch. Aussichtslos, nach Schmitts Meinung. Vielleicht würde ein frustrierter Leiter der Mordkommission sie in zehn Jahren einem neuen Kollegen zur Aufarbeitung geben, damit der sich gleich die Zähne ausbiss und wusste, wo es langging. Aussichtslos war auch die Sache mit der Leiche im Baum. Schmitt verstand Kohlund nicht. Wenn er Merghentin los sein wollte, gab es doch leichtere Wege.

»Vielleicht verhindern wir einen Mord!«, sagte Schmitt noch einmal.

Kohlund blickte auf, obwohl er die Unterschriftsmappe noch nicht bis zum Ende durchblättert hatte. Prävention war immer ein Argument, dem sich keiner verschloss.

»Du reißt dich um Arbeit. Mann, Thorst, so kenn ich dich gar nicht.«

War das Ironie? Schmitt war sich da nicht sicher. »Vielleicht muss ich einfach mal nur auf andere Gedanken kommen. Immer nur Tod und Tod und Tod.

Mal was anderes, dachte ich eben. Und wenn sich keiner drum kümmert …«

Er hatte ihn! Er hatte ihn im Sack. Thorst Schmitt sah es an der Reaktion seines Chefs. Die Wut war aus dessen Gesicht gewichen, er blickte Schmitt ernst an. Lars Kohlund würde Ja sagen.

Der Chef suchte nach Worten und musste sich räuspern. »Was Neues bei Gabriele?«

»Nichts Neues. Immer das Gleiche.«

Schmitt hatte Gabriele nicht erwähnt und auch nicht gemeint. So etwas fand er unlauteren Wettbewerb. Aber er hatte Kohlund auf den Gedanken gebracht, und dem schlug sofort das Gewissen. Wenn der es so wollte, dann bitte.

»Ich muss mich mal bei ihr sehen lassen«, brummte der Chef.

»Das wird ihr nichts nützen. Und für das medizinische Personal musst du's nicht tun.«

»Ich tu es für Gabriele. Besteht denn noch Hoffnung?«

»Die Hoffnung stirbt bekanntermaßen zuletzt. Die Patientin liegt und krampft und wird stündlich gewendet und künstlich ernährt. Das EKG zeigt den Herzschlag. Das EEG zeigt nichts im Gehirn. Gar nichts. Da ist nur Leere. Manchmal denke ich, sie wäre besser gestorben. Das ist weder Leben noch Tod, und dieses Dazwischen ist für uns alle eine Belastung.«

»Kein Mensch weiß, ob Gabriele nicht doch alles mitkriegt. Sie wacht wieder auf. Du kannst deine Frau nicht einfach aufgeben, Thorst.«

»Mann, ihr Gehirn steht auf null. Unter dem Schädelknochen fließt nichts mehr. Sie haben alles versucht, nicht ein Mal kam eine Reaktion. Da sind nur Striche, so wie sie es im Fernsehen immer zeigen. Grüne gerade Striche. Keine Welle. Keine Zacken. Kein nichts.«

»Wird vielleicht wieder.«

»Das sind so Sätze, die kann ich nicht mehr hören. Mann, begreif es doch, Lars, meine Frau ist eine Fress-Scheiss-Maschine. Sie ist kein Mensch mehr. Nicht mal ein Tier. Die zeigen wenigstens Reaktionen.«

So auf den Punkt gebracht, waren die Sätze selbst für Kohlund zu hart, zu pessimistisch. So deutlich hatte der sich Gabrieles Lage wohl noch nie vor Augen geführt. Er schien die Unterschriften vergessen zu haben, holte eine Flasche aus seinem Schreibtisch und zog sich einen Stuhl neben Schmitt. Der Chef bot dem Kollegen den Klaren gleich aus der Flasche. Schmitt fühlte sich an Ferienlager und Schullandheimaufenthalte erinnert. Er nahm einen Schluck und gab die Flasche Kohlund zurück.

»Das ist nicht einfach.«

»Das ist, verdammt noch mal, große Scheiße. Alles, was du dir so vorgestellt hattest, mit einem Mal weg, aus heiterem Himmel.«

Noch waren es die Sätze, die jeder von ihm erwartete. Aber wenn Lars noch weiterbohrte, dann konnte Schmitt für nichts garantieren. Es war die Katastrophe schlechthin. Er hatte plötzlich die Verantwortung für seine Töchter. Gut, Annika war im Studium, aber Claire im Abi. Und Claire wollte weder die Fürstenschule noch Grimma für ihre zwei letzten

Jahre verlassen. Claire blieb bei Nasreddin el Atassi, einem Marokkaner und ehemaligen Kneipenbesitzer. Schmitt als Vater stand völlig daneben und war doch mittendrin. An ihn wandte sich das Jugendamt, er verteilte die Finanzen, er hatte den Schreibkram und alles andere am Halse. Zu Hause hatte sich für Thorst Schmitt gar nichts verändert. Da war und blieb er allein. Annika hatte sich ein Zimmer in einer WG gesucht. Für Claire war Nasreddin el Atassi die väterliche Bezugsperson. Dabei managte er, Thorst Schmitt, diese Familie. Es war ungerecht. Ungerecht! Und Gabriele lag im Koma und sagte zu allem kein Wort.

Schmitt griff selbst zur Flasche. »Beschissen wäre geprahlt.«

Kohlund legte ihm die Hand auf die Schulter. So nah waren sie sich selten gekommen, und sie kannten sich seit der Ausbildung. Die Zeiten waren schon so lange her, dass sie gar nicht mehr wahr waren.

Kohlund trommelte auf den Tisch. Die Flasche mit Korn schob er beiseite, dann atmete der Chef der Mord zwo endlich aus. »Wenn die andere Arbeit nicht leidet, dann kümmert euch eben um diesen Vermissten. Und Pfeiffer weiß Bescheid?«

»Ja, er weiß Bescheid.« Schmitt nickte. Er hatte den Chef dort, wo er ihn haben wollte.

Kohlund stand auf und reichte ihm die Hand, wie um noch einmal sein Beileid zu bekunden. Schmitt musste innerlich grinsen. Bestimmte Dinge waren ein Garant für bevorzugte Behandlung. Wenn er sie noch gezielter einsetzen würde …

»Liegt sie noch immer auf derselben Station?«

»Ja. Noch liegt Gabriele auf derselben Station. Aber sie wollen sie in ein Heim verlegen. Auch die Ärzte geben die Hoffnungen auf.«

Kohlund hatte wirklich ein schlechtes Gewissen. Schmitt nickte und angelte noch einmal nach der Flasche. Sein Chef widersprach nicht.

»Mach Schluss für heute, du hast genügend Überstunden, das wird nichts mehr. Ruh dich aus. Und richte Gabriele einen Gruß von mir aus.«

»Sie wird's nicht verstehen. Sie versteht überhaupt nichts. Sie wird niemals wieder etwas verstehen.«

Kohlund nahm den Klaren und stellte ihn zurück in den Schreibtisch. Und Schmitt schlich aus dem Zimmer mit schweren Gedanken an Gabriele, Annika und Claire, vielleicht auch an Nasreddin el Atassi. Und doch war er irgendwie auch mit sich zufrieden.

Manuela Hohmann blickte hoch, als er in ihr Vorzimmer trat. »Ist was passiert?«

»Hohmännchen, irgendetwas ist immer passiert. Meistens nichts Gutes, und wir machen trotzdem das Beste daraus. So wie immer.«

Der Sekretärin lachte. »Sie lassen sich auch niemals unterkriegen, das gefällt mir.«

Schmitt schlug die Tür zu. Die Hohmann war sicherlich darüber erschrocken. Seine Bürotür schloss er sehr leise, obwohl es die Hohmann nicht hören konnte.

Selten war Schmitt so frohgemut aus den Räumen des Chefs gekommen. Fehlte nur noch, dass er pfiff. Der Kommissar holte den nächsten Schluck aus seinem Schreibtisch, goss sich den Schnaps aber in ein Glas. Er war kein Prolet und ein Säufer schon gar nicht. Der Alkohol tat Schmitt gut. Er hatte die Bitte der Schabowski durchgeboxt. *Er war der Richtige!*

Als er bei der Kollegin ans Büro klopfte, fand er es leer. Ein bisschen sauer war Schmitt schon darüber. Trotzdem war es ihm nicht unrecht, dass er so früh Feierabend machen konnte. Er war seit drei Wochen nicht bei Gabriele gewesen. Ihr war es egal, ob er täglich oder überhaupt nicht kam. Allein sein Gewissen trieb Schmitt an ihr Bett.

Die Unikliniken lagen nicht weit vom Präsidium entfernt. Er lief vorbei an Stadtbibliothek und Stalinarchitektur. An den Birken hingen Lämmerschwänze. In den Schaufenstern war Ostern. Schokohasen. Schokoriegel. Weine. Kastagnetten. Manchmal zweifelte er am Verstand der Dekorateure.

An einem Imbissstand aß Schmitt einen Döner. Gabriele hatte früher sie Knoblauch gehasst, jetzt konnte sie ihn nicht mehr riechen.

Vorm Gebäude der Intensivmedizin qualmte eine Horde Studenten. Sie lachten. Schmitt missbilligte ihre gute Laune vor dem Krankenhaus. Aber ihre Verwandten lagen nicht darinnen im Sterben. Vielleicht freuten sie sich nach bestandener Prüfung oder auf die Osterfeuer. Schmitt würde für niemanden Geschenke verstecken, seine Eier würde niemand suchen.

»Schön, Sie zu sehen.«

Die Floskel der Dame hinter der Empfangstheke empfand Schmitt als Vorwurf. Er war zu lange nicht hier gewesen. Sie hatte sicher die Tage gezählt. Er hatte sich zu wenig um seine Frau gekümmert. Er hatte es anderen überlassen. Nicht mal Blumen hatte er für die Kranke dabei. *Schön, Sie zu sehen!* Nein, es war nicht schön, und es ihm würde besser gefallen, wenn er diese Dame nicht sehen müsste. Es war reine Pflicht, dass er ab und an hier auftauchte. Was würden die Kinder und die Verwandten, was würde Nasreddin el Atassi sonst von ihm denken. Freiwillig hätte sich Schmitt diese Tortur niemals angetan.

Nur in ganz seltenen Momenten wusste Schmitt, warum er bei Gabriele am Bett saß. Dann verstanden sie sich wie vor ewigen Zeiten. Da hätten sie beide die Welt umarmen mögen. *Schön, Sie zu sehen!* Die Liebe war groß gewesen, und Unglück vollkommen undenkbar. Balaton. Annikas Geburt. Das erste Westgeld. In solchen Momenten küsste er Gabriele, und es war Schmitt egal, ob ihn die Schwestern beobachteten und über ihn lachten. Er glättete seiner Frau zärtlich das Haar, streichelte ihre Wangen und küsste sie nochmals. Gabriele brummte und schlug mit dem Arm.

An der Zimmertür stand sein Name – Schmitt –, und als er sie öffnete, saß Annika am Bett ihrer Mutter und las ihr vor. Wahrscheinlich einen Artikel, den sie geschrieben hatte und der veröffentlicht worden war oder auch nicht. Annika studierte an der Universität Journalistik. Sie schaute hoch, und Schmitt legte die Hand auf ihre Schulter. *Schön, Sie zu sehen!* Annika entzog sich ihm mit einem Ruck. Wahrscheinlich hatten seine Finger ihr wehgetan. Nein, es war nicht leicht. Und manchmal wünschte sich Schmitt, die

Zeit zurückdrehen zu können. Er stellte für sich einen Stuhl neben seine Frau und seine Tochter.

»Lies weiter. Ich höre dir zu.«

Das Herz schlägt indisch. Wenig Resonanz auf Rente mit 67. Feuerwehr löscht Waschmaschine. Annika las von Arbeitslosenzahlen, Verbraucherschutz, vom Stadtparlament und der Wettervorhersage. *Vornehmlich heiter.* Chrysler suchte einen Käufer. Bei Mercedes stieg der Kurs. In Leipzig verschoben sich die Preise beim Neubau der Universität nach oben. Mit einem Wiederbeginn der Bauarbeiten konnte gerechnet werden. *Na, fein!* Schmitt hatte mit nichts anderem gerechnet. Museumsneubau. City-Tunnel. Öffentliche Bauten wurden nie billiger, und keinen schien das zu stören. Und das Museum war bis heute nicht fertig und würde es wohl auch niemals werden. Dem City-Tunnel, der Röhre unter der Stadt, hatten sie vor Baubeginn schon drei Jahre mehr Zeit gegeben als in der Planung. Der Termin würde sich weiter nach hinten verschieben. Und wer brauchte das Ding? Schmitt war schneller von Bahnhof zu Bahnhof gelaufen, als dass er mit dieser neuen U-Bahn je fahren könnte. Aber sie bauten und bauten. *Leonie* hatten sie den Bohrer getauft. Wie auch immer: Leipzig wollte kein Kopfbahnhof mehr sein. Aber sie hatten den größten und bekamen noch einen Tunnel dazu. Wie schön. Manchmal schienen Schmitt die potemkinschen Dörfer der Gegenwart viel größer als die, die der Sozialismus je hätte erbauen können.

»Und so was schreibst du?«

»Das steht in der Zeitung.«

»Ach so. Ich dachte, du liest Mutti was Eigenes vor.«

Annika hatte das Studium nicht aufgegeben. Schmitt hatte es ihr nahegelegt, denn mit ihrem ersten Artikel war Annika gescheitert. Nicht bei der Zeitung, die druckten ihn auf Seite eins. Nein, Annika hatte den Freund darüber verloren. Ihm war der Job über sein Leben gegangen. Schmitt hoffte, dass Annika vorsichtiger war. Sie las weiter.

Schmitt fühlte sich um Jahre zurückversetzt. Es war ein bisschen wie Kinder ins Bett bringen, und es war wie früher. Gabriele oder er hatten Annika und Claire immer die obligatorische Gutenachtgeschichte vorgelesen, und dann gehörte der Abend ihnen allein. Manche Momente möchte man auf ewig festhalten.

»Heute hat sie mit den Augen gezwinkert. Und der Arzt sagt, zum Zähneputzen öffnet sie endlich den Mund. Ein Fortschritt.«

Schmitt glaubte nicht daran. »Gehen wir noch was essen?«

Der Bayerische Bahnhof lag in den Bauarbeiten des City-Tunnels. Den Portikus der *Sæchs. Bayerschen Staats-Eisenbahn* hatten Fachleute verschoben. Nach Fertigstellung sollte er wieder an den angestammten Platz rutschen. Bauleute und Politiker nannten Termine wie bei der Planwirtschaft ehedem. Keiner wurde eingehalten. Sie nahmen Platz, Schmitt bestellte Bier, Brauart des Hauses und Annika KiBa. Er lud seine Tochter zum Essen ein. *Lauchsuppe. Rostbrätl. Und einen kleinen Salat.*

»Ich glaube nicht, dass Mutti etwas von den Schlagzeilen versteht.«

»Ich lese sie ihr trotzdem vor. Sie versteht alles. Sie bekommt alles mit.«

»Nein.«

»Doch. Hast du's gehört? Heute haben Muttis ehemalige Kollegen die Textilbude besetzt.«

»Was haben die besetzt?«

»Die Firma, in der Mutti gearbeitet hat. *Amar Textil.*«

Gabriele hatte jahrelang in dem Betrieb malocht. Schichtdienst. Die Kinder hatten zum Glück eine Oma, die sie beaufsichtigen konnte. Nach der Wende war der Betrieb auf Rentabilität geschrumpft worden. Achtzig Prozent hatte die Entlassungsquote betragen. Die restlichen Werktätigen sollten jetzt daran glauben.

»Die haben die Bude besetzt?«

»Ja.«

»Das sieht ja richtig nach Klassenkampf aus.«

»Delthoff hat's von Beginn an auf Pleite angelegt. Und trotzdem wird ihm der Richter recht geben, und die letzten hundert Textilarbeiterinnen werden zum Arbeitsamt laufen müssen.«

»Da laufen sie nicht alleine hin. Du kennst doch die Zahlen.«

Annika reagierte nicht auf Schmitts Bemerkung. »Dieser Delthoff ist ein Schwein!«

Schmitt schnitt am Brätl, und doch setzte der Name sich bei ihm fest. Delthoff. Delthoff hatte er schon mal gehört. Annika stocherte im Salat.

»Wie hieß noch mal der Chef?«

»Armin Delthoff.«

Da war der Fall der Schabowski. Der spektakuläre Prozess des vermissten Anwalts.

»Der Anwalt von diesem Delthoff ist seit voriger Woche verschwunden. Und jetzt besetzen sie den Betrieb?«

»Der Anwalt ist weg? Was soll denn das heißen?«

»Eben weg. Gegangen. Gekidnappt. Was weiß denn ich?«

Die Tochter hielt im Salatstechen inne. »Papa, wirklich? Der Anwalt vom Delthoff ist verschwunden?«

»Ja. Wir ermitteln.«

»Kann ich die Schlagzeile haben? Das ist eine Sensation!«

»Kind, iss erst einmal auf.«

»Ich will diese Schlagzeile! Die kommt auf Seite eins!«

»Oh, mein Gott, Annika. Du weißt doch, wie es das letzte Mal ausgegangen ist.«

»Das ist mein Job!«

Schmitt schüttelte den Kopf und kaute auf einem zähen Stück Fleisch. *Annika, lass es sein!* Doch das würde sie niemals tun. Schmitt kannte seine Tochter.

9.

»... und dann ist er in die Wälder gegangen und hat seinen privaten Krieg geführt. Mehr als dreihundert Mann hat seine Armee umfasst. Hat ihm aber nichts genützt. Anno 1540 hat man den Helden aufs Rad geflochten.«

Grischa hörte Kilians Geschichten gern. Kilian erzählte von markigen Männern, schlimmen Mördern und hochedlen Frauen. Er erzählte oft, er erzählte gut. Zumal, wenn er aufmerksame Zuhörer hatte. Und Grischa erlag immer wieder Kilian und seinen Geschichten.

Sie waren unterwegs. Der Wagen war voller Kisten und Kartons, gefüllt mit Flyern, Programmheften und Postkarten. *Premiere im April: Der Mann ohne Vergangenheit – Deutsche Schule: Gießen, Hamburg, Hildesheim, Leipzig – Frisör vs. Stoff: J. C. Woyzeck.* Es war Kilians Job, er fuhr Touren, um aktuelle Werbung in Ständer zu stecken und überholtes Material zu entsorgen. Der Service war ein gutes Geschäft, die Karten und Flyer wurden entnommen. Oft waren Kilian und seine Kollegen selbst vom Einfallsreichtum der Werbemacher begeistert. Die schönsten Postkarten lagen zu Hause in einer Kiste wie Fotos aus alten Zeiten. Manchmal saßen Kilian und Grischa davor und erinnerten sich. *»Alles ist gut, so wie es ist, für eine Weile, dann nicht mehr« – Horns Ende.*

Heute wurde im Umland von Leipzig verteilt. Klein Wölkau. Köstritz. Bad Düben. In Kneipen, Gaststätten, Bibliotheken, Sonnenstudios und Döner-Buden standen die Ständer für die Werbe-Postkarten. Zweimal pro Woche musste neu bestückt, aufgefüllt und getauscht werden. Einer der Fahrer war unpässlich, die Frühlingsgrippe grassierte mit Magen-Darm-Infekten, Kilian hatte die Tour übernommen. Er hatte

Grischa gebeten, ihn zu begleiten, doch zuerst hatte der nicht gewollt.

»Ewig nur Akten und Fernsehen. Du musst auch mal raus!«

»Ich werde es Kohlund beweisen!«

»Komm, fahr mit.«

Grischa hatte dann doch nachgegeben und nun saß er neben Kilian, und sie durchfuhren die Gegend nördlich von Leipzig. Kleinstädte in der Ebene, die vom Boom der großen Stadt partizipierten oder auch nicht. *Bad Düben – Das Tor zum Naturpark Dübener Heide.* Tourismusexperten hatten das gesundheitsfördernde Klima der Heide entdeckt, Wasserbehandlungen und Moorbäder gepriesen. Eine Brauerei hatte auf das Privileg des Schwedenkönigs Gustav Adolf gesetzt und braute *das Schwarze mit der blonden Seele.* Und immer wieder traf man auf die Spuren eines Helden. Michael Kohlhaas. Jährlich gab es ein Fest: Vermarktung ist alles, und aus Wahrheit wird Legende.

»Kohlhaas hieß nicht Michael, sondern Hans und Kohlhase. Kleist hat ihn endgültig zum Phantom geschrieben. Aber hier hat der Herr zu Schnaditz und Wellaune ihm die Pferde als Pfand genommen und sie zuschanden geritten. Kaufmann Kohlhase ist daraufhin zu spät zur Messe nach Leipzig gekommen und hat sein gesamtes Kapital verloren. Er wollte seine Pferde nach dem Bankrott auslösen, sie waren das Einzige, was Kohlhase noch besaß, aber seine Pferde hatte der zu Schnaditz zu Schindmähren gemacht, für die Kohlhase kaum Geld erhalten konnte. Der Herr zu Schnaditz hat gelacht, als ihn der Kohlhase verklagt hat. Der hohe Herr hat auch den Prozess nicht ernst genommen. Der sächsische Kurfürst ließ das Gericht zu Wittenberg wissen, wie es zu entscheiden habe, und so hat es entschieden. Der zu Schnaditz bekam recht. Kohlhase schrieb Petition um Petition. Doch selbst Martin Luther ließ sich vor dem Kohlhase verleugnen und hat einen Brief verfasst, der dem Betrogenen Demut und Verzicht auf Rache empfahl. Doch der Kohlhase hat in einem Fehdebrief dem sächsischen Fürsten den Krieg erklärt.«

»Von der Geschichte ist nicht mehr viel übrig, außer das Fest.«

»Und das Schloss in Schnaditz. Wir biegen mal ab. Ist das okay?«

Die Arbeit war getan, die Drucksachen verteilt. Kilian steuerte den Wagen auf eine Straße, die kaum einspurig befahrbar war. Nach wenigen hundert Metern sahen sie einen backsteinernen Turm mit deutscher Flagge, darunter die Ruine, die vom Schloss übrig geblieben war. Das Gebäude schien unbewohnt und verfiel.

Kilian holte den Rollstuhl, und sie machten sich auf den Weg. Seit Jahrzehnten war an dem Gemäuer nichts mehr getan worden. Rampen zeugten von einer landwirtschaftlichen Nutzung. Klingeln ließen auf Wohnungen schließen. Doch die Fenster waren leer und die Scheiben eingeschossen, Türen mit Ketten und Schlössern verriegelt. In Ecken lag Müll, Bauschutt und Elektroschrott. Die Herren zu Schnaditz waren spätesten '45 gegangen. Sowjetische Besatzung. Bodenreform. Arbeitermacht. Der Sozialismus hatte das Schloss verkommen lassen. Dem Denkmalsschutz war dieser Bau offensichtlich entgangen.

Grischa und Kilian besahen sich die Reste des einst mächtigen Schlosses. Es war deutlich, welche Respektspersonen einst hier residiert haben mussten. Anno 1530 hatten die Herren des Schlosses uneingeschränkt über Land und Menschen geherrscht.

»As ollen Sie ier?« Aus einer der Dachluken schrie eine Alte zu ihnen herunter.

Sie hatten die Frau gar nicht bemerkt. »Bloß mal gucken.«

Sie lächelten peinlich berührt nach oben, als hätte sie die Alte bei etwas Verbotenem ertappt.

»Ich komme su Ihnen!«

Wenig später öffnete sich knarrend eine der Türen, und die Alte hutzelte auf die beiden zu, Trainingshose bis unter die Brust. Der rote Pullover zeigte Flecken. Graugelbe Haare fielen aus einem schlampig gebundenen Gacksch. Die Alte roch nach Alkohol, die Zähne fehlten. Sie war schlecht zu verstehen.

»Ollen Sie kaufen?«

»Was?«

»Das Sloss ier.«

»Nein, das wollen wir nicht kaufen. Aber hier hat doch der Peiniger vom Kohlhase gewohnt.« Kilian ließ sich auf ein Gespräch ein, obwohl die Alte offensichtlich weder zu klaren Worten noch einem logischen Gedanken fähig war.

Sie wedelte mit den Händen und wies auf die Türen. »Achsehn Amilien aren ier susammen. Ein Leben und Geschrei im Ofe, das gönnen ie ich nicht orstellen duhn, junger Mann. Die Kinger. Die Ühner. Un Schweine mitten drinne.«

Sie lächelte in sich hinein. Vielleicht war sie Bäuerin in der LPG gewesen. Oder Kindergärtnerin. Verkäuferin. Oder was man sonst auf dem Lande arbeiten kann. Umsiedlerin? Sie musste von den Fünfzigerjahren erzählen. Dass Schweine hier frei herumliefen, konnte sich Grischa auch zu sozialistischen Zeiten nicht vorstellen. Anscheinend hatte die Alte zu leben gewusst, sie schien die Einzige, die hier überlebt hatte. Bereits zur Wende musste die Frau das Rentenalter überschritten haben. Achtzig Jahre gab ihr Grischa Merghentin. Achtzig oder darüber.

»Nicht orstellbar, as hier los ar!«

»Nein, bei dem, was man sieht.«

Grischa war die Alte und ihr Auftritt peinlich. Vielleicht machten sie ihr Angst, dass sie ihr das Dach überm Kopf wegkaufen könnten. Grischa wollte sich nicht mit ihr unterhalten. Aber Kilian beugte sich, um die Alte besser verstehen zu können.

»Sie ollen's nicht kaufen?«

Vielleicht hatten großspurige Pläne die Alte verschreckt. Wahrscheinlich hatten potente Investoren die Immobilie wieder und wieder begutachtet, hatten Hotels und Erlebnisgastronomie geplant, dabei aber die Bevölkerung vor Ort nicht beachtet. Grischa wusste genau, wie Unternehmer und Glücksritter den Osten nach Gewinnen und Renditen abgegrast hatten. Kilians Oma hatten sie Boden und Scheune ausgeräumt, alles, was antik und wertvoll schien, war verschwunden. Die Oma hatte die tausend Mark unter die Enkel verteilt. Und diese Alte bangte ums Obdach, das man ihr noch gelassen hatte. Grischa hatte genug von diesen Geschichten und dieser Angst. Seit Jahren hörte er zu, seit Jahren hatte sich nichts geändert. Kilian redete weiter. Grischa versuchte, aus eigener Kraft auf dem unebenen Boden weiter zu rollen.

»Nein, wir gucken hier nur nach dem Kohlhase und nach dem Schnaditz.«

»Ein Sloss kostet Geld!«

»Auf Wiedersehen.« Kilian ging ihm nach.

»As kostet Millionen! Die aben Sie nicht!« Die Alte schrie hinter ihnen. Sie hob den Arm und ballte die Faust. »Ehen Sie! Sie aben ier nichts erloren!«

Kilian erreichte den Rollstuhl und schob Grischa wieder. »Bedauernswert«, sagte er.

»Das ist geblieben vom Herrn zu Schnaditz. Kein gutes Ende.«

»Vielleicht findet sich doch noch eine Bürgerinitiative, die das Schloss wieder aufbaut.«

»Aber der Herr zu Schnaditz war ja nicht der positive Held der Geschichte. Er war nur der Sieger.«

»Der Kohlhase hat in den Wäldern eine beträchtliche Mannschaft um sich geschart. Sie haben die Reichen beraubt und an die Armen verteilt.«

»Das ist noch schlimmer als Robin Hood.«

»Nein, besser. Es ist eine deutsche Geschichte. Kohlhase hat einen reichen Kaufmann gekidnappt, der mit einem Staatsekretär verwandt war. Er dachte, der könnte vielleicht die Mächtigen unter Druck setzen, und Kohlhase bekäme dann sein Recht. Der

Herr Staatssekretär aber löste seinen Verwandten nicht aus. Nicht für Fürsprache und nicht für Geld. Er konnte es nicht. Das ist so wie heute. Es ist zum Gemetzel gekommen.«

»Zimperlich waren die damals nicht.«

»Geschnappt haben die erst seinen Kumpel, dann den Kohlhase selbst, und haben ihn in Berlin hingerichtet. Am Strausberger Platz. Da steht heute der Springbrunnen mitten in der Stalinallee.«

»Eine schöne Geschichte.«

»Und wahr.«

Sie waren am Auto angelangt. Kilian klappte den Rollstuhl zusammen und verstaute ihn zwischen Postkarten und Kisten.

»Sag mal, können wir nicht noch an der Landsberger Straße vorbeifahren? Ich würde mir die Stelle von dem Toten im Baum gern mal ansehen.«

»Dein Chef hat dir einen unlösbaren Fall in den Kopf gesetzt, Grischa. Das wird nie was.«

»Ich will nur mal die Stelle sehen. Verstehst du, wegen dem Eindruck.«

»Den wirst du nicht kriegen. Die Straße ist stillgelegt seit ein paar Jahren. Sie haben eine neue Straße gerade durchs Feld geschlagen. Die alte war'n Unfallschwerpunkt, da hat es am laufenden Meter geknallt. Vor allem dann mit den Westwagen, die waren viel größer. Außerdem hatte die Landsberger nur zwei Spuren, zu wenig für den heutigen Verkehr. Jetzt ist's eine Allee ohne Bäume mit Ampeln, und Landsberger heißt sie auch nicht mehr.«

»Ich will nur mal sehen.«

Kilian hatte nichts dagegen. Er hatte Feierabend. »Ist kein Umweg.«

Sie zuckelten auf der Landstraße hinter einem Lkw her. Als Kilian endlich überholen konnte, hingen sie hinter dem nächsten Laster. Die Eile hatte Grischa gepackt. Er wollte den Unfallort sehen. Er wollte sehen, wo der unbekannte Tote im Baum gehangen hatte.

»Kannst du nicht überholen?«

»Wir haben doch keinen Termin.«

»Doch. *Dr. House* und *In aller Freundschaft* fängt bald an.«

Der Spruch war nicht ganz ernst gemeint. Doch seit Grischas unfreiwilligen Aufenthalten in diversen Einrichtungen des Gesundheitswesens hatte er eine widersinnige Vorliebe für Ärzte-Serien entwickelt. Und er bedauerte sehr, dass nachmittags nur Hotel- und Fürsten-Telenovelas über die Mattscheibe flimmerten. Er hätte Kliniken, Blaulicht, Tod und Wiederbelebung bevorzugt, denn dann hätte er sich vor sechs Uhr ungestört die Soaps reinziehen können. Abends weigerte sich Kilian beharrlich mitzugucken. Grischa hatte einen alten Schwarz-weiß-Kofferfernseher aktiviert und zog sich damit ins Schlafzimmer oder die Küche zurück. Das Wohnzimmer gehört nach Feierabend dem werktätigen Volke, also Kilian. Wenn Kilian in der Wohnung war, sah Grischa sich nichts im Fernsehen an, von dem er wusste, dass es sein Freund nicht mochte. Jedenfalls sah er es nicht mit ihm zusammen an. Da war er eigen.

Manchmal stellte sich Grischa die Frage, was er an

den tränenrührigen Geschichten fand. Wahrscheinlich wollte er sehen, dass auch andere vom Schicksal getroffen wurden, dass es jeden treffen konnte. Nach besonders herzergreifenden Storys liefen Grischa die Tränen übers Gesicht, und er wollte gern wissen, hätte er seine eigene Geschichte als Film gesehen, ob er auch darüber geweint hätte. Er war sich nicht sicher.

Der Fall mit dem unbekannten Toten faszinierte ihn. Im TV hätten mitfühlende Kommissare eine unglaubliche Geschichte zum Vorschein gezerrt. Die Mütter im Film hätten geweint. In der Akte war keine Mutter von dem Toten im Baum vermerkt. Niemand schien diesen Menschen gekannt zu haben. Das war eine Geschichte, die jede Soap in den Schatten stellte. Grischa liebte solche Geschichten. Er würde es Kohlund beweisen.

Leipzig-Nord, Radefeld hieß die Autobahnabfahrt, Kilian setzte den Blinker. Sie fuhren Richtung City, doch schon nach wenigen Metern stoppte Kilian rechts am Straßenrand vor einer rot-weißen Begrenzung. »Bitte.«

Neben der neuen Piste sah Grischa die alte Landsberger Straße verkommen. Losgelöst vom Verkehr nutzten sie Radfahrer und Skater. Kilian holte den Rollstuhl, Grischa setzte sich hinein und fuhr los.

»Und diese Stelle da nach hundert Metern, da wo der Wald beginnt und dein Toter im Baum hing, diese Stelle nennen die Leipziger die Kavalierskurve.« Kilian schlug seinen Erzählton an, ein neue Geschichte würde gleich folgen.

»Verschon mich, Kilian. Ich kenne deine Fantasie.

Manchmal find ich das schön. Aber jetzt ermittle ich in einem ungeklärten Todesfall.«

»Ehrlich, Grischa, ganz ehrlich. Das dort ist die Kavalierskurve, weil anno 1908 eines der ersten Automobile da in den Baum gekracht ist. Der Fahrer hat es überlebt, aber sein Automobil war nur noch Schrott.«

»Das erzähl deiner Oma!«

»Die hat es mir doch erzählt!«

Grischa ließ den Rollstuhl auf den Asphalt der alten Landsberger rollen. Er betrachtete den Waldrand, es mussten dieselben Bäume sein. 1992 hatte in einem von ihnen die Leiche gehangen. Grischa vermutete, dass die dritte Linde der Todesbaum war. Da war der Unfallwagen dagegengeknallt. Die Insassen konnten sich retten. Diese Linde schien ihm am stärksten. Die davorstehenden Bäume wären bei solch einem Aufprall umgeknickt. Die Wiese würde eine Rollstuhlfahrt kaum zulassen, doch Grischa bat Kilian, ihn über den unebenen Boden zu schieben.

»Der Mercedes-Simplex war die Sensation anno 1908 in der Messestadt. Der junge Mann wollte die Damen beeindrucken, er konnte es sich leisten, kam aus einer reichen Familie und als Zweitgeborener konnte er ein Leben ohne Verantwortung führen. Jedenfalls, dieser Kavalier hatte kaum seinen Wagen gekauft und in Leipzig ein paar Runden gedreht, da ist er genau hier an einen Baum gedonnert. Exitus für das schöne Automobil. Der Fahrer kam mit ein paar bösen Blessuren davon.«

»Wahrlich eine traurige Geschichte.«

»Einem entgegenkommenden Fuhrwerk hätte er ausweichen müssen, hat der Kavalier behauptet. Nur war kein Pferdewagen in der Nähe zu sehen. Auch die Nachforschungen der Polizei waren erfolglos. Man hat geglaubt, der junge Mann wollte damit über seine mangelnde Fahrkunst hinwegtäuschen.«

»Beim Spott kennt der Mitmensch kein Erbarmen. Eine schöne Geschichte. So wahr und so alt.« Grischa lästerte gern über die Schwächen von anderen. Allerdings konnte er auch über sich selbst herzlich lachen.

»Seitdem heißt dieser Knick hier in der Straße Kavalierskurve, Dank dem Kavalier von 1908. Abgesehen davon hat es immer wieder hier in der Kurve geknallt. Leipziger meiden die Straße und nutzen die anderen Zubringer zur Autobahn, denn jeder, der vom Westen oder aus Berlin kam, ist stracks diese Strecke nach Leipzig reingefahren. Und Touristen, Messegäste und Bonzen kannten die Kavalierskurve nicht. Einen Sekretär vom ZK hat's erwischt, der sollte den Genossen die Leviten lesen. Die Genossen haben gefeiert.«

»Allerdings war die Leiche im Baum bestimmt kein Verkehrsunfall, ob Genosse oder nicht. Wie soll sich der Fahrer denn in den Baum hängen?«

»Ich sage dir, der Kohlund will dich nur testen. Das ist ein ganz fieser Trick.«

»Glaube ich nicht.«

Offiziell und vor Kilian gab es Grischa nicht zu, doch im Stillen hatte er auch seine Zweifel. Kohlund wollte ihn mit diesem Fall aufs Ruheteil schieben.

Aber da hatte sich Kohlund geirrt. »Der will den Fall vom Tisch haben. Ein ungelöster Tod kratzt an seiner Ehre als Kriminalpolizist. Und dass er mir diesen Fall überträgt, sehe ich ganz im Gegensatz zu dir als Vertrauensbeweis.«

»Fünfzehn Jahre her, wen soll das denn interessieren?«

»Ungeklärte Tode interessieren immer. Muss ich dir Namen nennen? Mozart. Kennedy eins und Kennedy zwei. König Ludwig. Marilyn Monroe, die Nitribitt, Barschel.«

»Ich habe verstanden. Der Kohlund wird sich eins lachen.«

Grischa lachte nicht. »Hast du nicht noch Postkarten auszufahren?«

Kilian sah auf die Uhr. »*In aller Freundschaft* beginnt gleich.«

10.

Geht die Arbeit, geht die Hoffnung! Wir sind kein Selbstbedienungsladen! 40 Jahre geschuftet, Perspektive Hartz IV!

Sie hatten die Plakate selber gemalt, keine Gewerkschaft hatte die Transparente gesponsert. Die Schrift wirkte krakelig und unprofessionell, doch die Empörung vor dem Werkstor war echt. Frauen mit offenen Mänteln standen vor den Feuern, die in Blechfässern loderten. Einige führten einen Tanz zum Warmwerden auf. Andere hielten dampfende Pötte mit Tee oder Glühwein. Sobald die Sonne nicht schien, wehte der Wind kalt.

Amar Textil stand über dem Betriebseingang. *Betriebsausweise sind unverlangt vorzuzeigen!* Das Schild rostete an der Seite, das Emaille war aufgeplatzt. Ein Gitter versperrte auch den Betriebsangehörigen den Einlass. Eine Kette war durch die Stäbe gezogen, das Schloss schien kompakt. Vor dem Tor standen ein Hund und eine Traube von Menschen. Dreißig, schätzte Agnes Schabowski, dreißig bestimmt. Zwei Fernsehteams filmten zwischen den Protestierenden. Ein Mann Mitte fünfzig stellte sich engagiert der Presse. Mikrofone vor dem Gesicht. Eine Journalistin stenografierte. Immer wieder wurde das Interview durch kurze Sprechchöre unterbrochen. »Gerechtigkeit! Delthoff – raus! Arbeit hier! Sonst gehen wir!«, glaubte die Schabowski zu verstehen.

Die Kommissare der Mord zwo stiegen aus dem Dienstfahrzeug, mit dem sie zum Kampf der Mitarbeiter von *Amar Textil* ums Überleben gefahren waren. Vielleicht erfuhren sie hier etwas über das Verschwinden von Kim Fleischer.

Offensichtlich waren die Betriebsbesetzerinnen auf ihren Chef nicht gut zu sprechen. Armin Delthoff wollte die Filiale seines Unternehmens in Leipzig schließen. Vor vier Jahren hatten die Schlagzeilen anders gelautet: *Hoffnung für geschundene Branche – Delthoff übernimmt Amar Textil.* Die Verantwortlichen der Stadt hatten mit dem Unternehmer posiert und angestoßen. Sie hatte die Übernahme damals wie einen Sieg gefeiert, der Wirtschaftsdezernent hatte optimistische

Statements von sich gegeben. Delthoff lobte die Qualifikationen und den Arbeitswillen im Osten: *Solche engagierten Mitarbeiter kann sich jeder Unternehmer nur wünschen!*

Optimistische Worte fand keiner mehr, weder Delthoff noch seine engagierten Mitarbeiter. Der Betrieb stand vor dem Bankrott. Aus für die textile Produktion in Leipzig. Zu retten war nichts mehr. *Wenn er das gewusst hätte,* ließ Firmenchef Delthoff vernehmen. *Er hat es gewusst,* entgegnete der Betriebsrat. Die Fronten waren verhärtet. Die Parteien trafen sich vor Gericht, doch es wurde absehbar, dass der Unternehmenschef das Recht auf seiner Seite hatte. Die Wut der Werktätigen kochte über. *Delthoff – Verbrecher!* Anscheinend hatte sich Delthoff den Ruin seiner Leipziger Filiale anders vorgestellt, mit einem solch massiven Protest hatte er nicht gerechnet. Der Unternehmer sagte nichts mehr, und er war auch nirgends mehr zu sehen. Jedenfalls nicht hier vor Ort in seinem Werk. Auch die Verantwortlichen der Stadt schwiegen. Niemand verlangte Auskunft über den Verbleib der Fördermillionen, die Delthoff einkassiert hatte. Nur die Demonstranten stellten noch Fragen.

»Mensch, Gisela!« Thorst Schmitt ging auf eine rundliche Frau zu und begrüßte sie mit Handschlag.

»Thorst? Was machst du denn hier?«

»Die Polizei, dein Freund und Helfer.«

Alle lachten pflichtschuldig, und Agnes Schabowski lachte mit.

»Nein wirklich, wir suchen den Anwalt des Herrn Delthoff«, sagte Schmitt.

»Denkst du, der lässt sich hier sehen? Weit gefehlt. Der sitzt doch am Schreibtisch und macht alles platt.«

Weitere Frauen hatten sich zu Schmitt gestellt. Sie schienen den Kommissar gut zu kennen. Sie sprachen über alte Zeiten und Textilien, die nur für den Export hergestellt wurden. »Die neuen Maschinen hat er an profitablere Orte geschafft. Wir sind dem Delthoff doch völlig wurscht«, sagte eine.

Die anderen nickten und holten tief Luft. Die Schabowski befürchtete, dass sie ihr gleich den Sprechchor ins Ohr brüllen würden. Doch die Frauen blieben still.

»Und Gabriele?«, kam die leise Frage von Gisela.

Schmitt blickte zu Boden und antwortete heiser: »Es besteht keine Hoffnung. Es hat nie Hoffnung gegeben.«

»Mein Gott, solche Schweine. Ein Glück, dass ihr wenigstens die Täter habt. Die müsste man …« Gisela sagte nicht, was man müsste.

Schmitt nickte und war trotz Nachfrage zu keiner weiteren Äußerung zu veranlassen. Dann schwiegen auch die Frauen.

»Tja, Gisela, du, wir müssen«, sagte der Kommissar abrupt. Sie verabschiedeten Schmitt mit Handschlag. Er versprach ihnen Unterstützung und was Menschen sonst angesichts dieser Probleme versprechen. *Mut, Hoffnung, und alles wird gut.* Gisela und die anderen wollten Gabriele so schnell wie möglich besuchen. Das sagten sie wenigstens.

»Aber du siehst, jetzt werden wir hier gebraucht. Sonst geht alles den Bach runter.«

»Wo ist denn eure Einsatzleitung?«

Gisela wies auf eine stattliche Frau, die Zettel verteilte. »Mit uns hat die kaum Arbeit.«

Etwas Wehmut glaubte Agnes Schabowski im Blick von Kommissar Schmitt zu erkennen, als sie zur Einsatzleitung hinübergingen.

»Kolleginnen meiner Frau«, sagte Schmitt. »Sieht nicht gut aus. Die werden bald wirklich auf der Straße stehen und nicht nur zum Protest. Gabriele ist schon vor Jahren raus aus der Bude.« Er seufzte.

Die Schabowski sah betreten zur Seite. Schmitt sprach, als käme seine Frau wieder ins Leben zurück. Er glaubte wohl daran. Sie schnitt dieses Thema nie an, und Schmitt hielt es genauso. Sie waren sich nie sehr nahe gewesen, auch wenn sich jetzt so etwas wie eine zarte Freundschaft zwischen ihnen entwickelte, mit der die Schabowski schon nicht mehr gerechnet hatte.

Thorst Schmitt näherte sich der verantwortlichen Dame, die ihnen interessiert entgegenschaute. Agnes Schabowski hielt sich im Hintergrund und überließ Schmitt auch weiterhin die Initiative. Der Kollege kannte sich mit ostdeutscher Befindlichkeit besser aus, er pflegte sie selbst, und Schmitt kannte die Leute. Wenn die Schabowski ehrlich war, dann gestand sie sich ein, dass sie die Reaktionen der Befragten befürchtete, wenn diese sie ihrer westlichen Herkunft überführten. Sie kam sich eh schon vor, als würde sie mit falschen Karten spielen. Nein, Ost und West hatten längst nicht zusammengefunden, auch wenn Politik und Medien es immer wieder behaupteten.

Schmitt hatte gelächelt, als sie ihn bat, die Fragen zu stellen. *Immer zu Diensten, Frau Kollegin!* Mein Gott, wie der grinste. Schmitt glaubte doch nicht etwa, dass sie anders als rein dienstlich mit ihm verkehren wollte?

Die Einsatzleiterin reichte ihnen wortlos Flugblätter. *Kein Ausverkauf! Wir produzieren weiter!* Offenbar vermutete sie, dass sie beide Reporter waren, die über den Betrieb und seine Besetzung berichten wollten. Die Frau trug eine Anstecknadel *Überlebenskampf Amar Textil.* Die Schabowski hätte eine Machete in der Hand der Protestierenden nicht überrascht. *Überlebenskampf Amar Textil* – das klang wie wildgewordene Natur und Dschungel, und das hier war das Basiscamp.

»Kann ich Ihnen helfen?«, fragte die Frau.

»Natürlich können Sie das.«

Die Schabowski bewunderte Schmitts sicheres Auftreten. Zwei Ossis hatten sich offensichtlich erkannt und sofort Sympathie füreinander gefunden. Die Kommissarin stand wie das dritte Rad am Wagen daneben.

Schmitt lächelte. »Kennen Sie Kim Fleischer?«

Die Frau überlegte nur kurz. »Delthoffs Anwalt?«

»Ja.«

»Der ist nicht hier. Die Täter sind selten am Ort ihrer Taten zu finden. Die ziehen es vor zu flüchten.«

»Fleischer trägt an der Misere«, und Schmitt wies mit großer Geste über Demonstranten, TV-Teams und brennende Fässer, »sicherlich überhaupt keine Schuld. Er vertritt eine der streitenden Parteien.

Rechtlichen Beistand kann sich jeder in seinem Kampf suchen.«

»Mag sein. Aber Recht kann auch einseitig ausgelegt werden. Und dann ist es Unrecht.«

Es entstand eine Pause, in der die Worte ihre Wirkung entfalteten. Schmitt holte Luft und setzte erneut an. »Ich suche Kim Fleischer. Wir möchten gar nicht über den Zustand dieses Betriebes oder der Gesellschaft an sich diskutieren.«

»Ich habe Ihre Frage beantwortet.«

Die Sympathie der Gesprächspartner füreinander war merklich gesunken. Die Frau vom *Überlebenskampf Amar Textil* bat eine der Mitstreiterinnen um einen Glühwein. Die Schabowski verstand das Flüstern. »Was wollen denn die?« Die Wortführerin zuckte die Schultern: *Presse*. Ihre Kollegin schrie eine weitere Parole und hielt ihnen ihr Plakat entgegen. *Wir bleiben hier!*

Schmitt fand es an der Zeit, sich vorzustellen. Er zückte seinen Ausweis. »Schmitt, Kriminalpolizei. Meine Kollegin, Oberkommissarin Schabowski.«

Agnes Schabowski nickte in die überraschten Gesichter.

»Na, endlich wird gegen Verbrecher ermittelt!«

Die Frau schien wirklich erleichtert. Und mit diesem Satz der Einsatzleitung zogen die Kommissare Aufmerksamkeit auf sich. Blicke wandten sich ihnen zu. Demonstrantinnen kamen näher. Nur Gisela blieb mit ihren Kolleginnen auf Abstand, ihnen würde Schmitt nichts Neues erzählen können.

»Wir wissen bestimmt nicht, wohin Delthoff die

Gelder transferiert hat. Sie sind hier an der falschen Adresse, in den Chefetagen müssen Sie suchen. Wir sind die, die er beschissen hat, der Herr Delthoff!«

»Ich suche keine Millionen, sondern Kim Fleischer. Der Anwalt ist verschwunden.«

»Dann hat er von einem aussichtslosen Fall die Finger gelassen. Das nenne ich Weitsicht.«

Schmitt unterhielt sich immer noch nur mit der Frau mit dem Sticker vom *Überlebenskampf.* Andere unterbrachen das Gespräch nicht, die Rollen waren bei dieser Demonstration verteilt.

»Uns stellt sich die Frage: Ist Herr Fleischer freiwillig oder gezwungenermaßen verschwunden?«

»Denken Sie, wir verstecken ihn hier? Schauen Sie sich um, wir haben nichts zu verbergen. Anders als der Herr Delthoff.«

Die engagierte Frau deutete ins Rund. Die Demonstranten öffneten eine Gasse, sodass die Kommissare zum Tor hin und darüber blicken konnten. Am Gitter gab der Hund Laut und fletschte die Zähne.

»Ist er dahinter?«

»Im Betrieb ist kein Mensch. Warum sollte Kim Fleischer bei uns sein?«

»Vielleicht wollen Sie ihn als Pfand in den Verhandlungen nutzen?«

»Herr Kommissar, wir kämpfen mit ehrlichen Mitteln.«

»Aber das passt Ihnen doch in den Kram, dass der Anwalt seinen Job nicht mehr ausübt. Ihre Sache steht doch jetzt besser da vor Gericht?«

»Da sollten Sie den Richter fragen, nicht mich.

Mich müssen Sie nicht überzeugen. Ich weiß, wer hier für die gerechte Sache steht.«

Die Frau stampfte auf, damit sie ihren Gag auch begriffen. Das sah aus und hörte sich an wie die Klassenkämpfe der zwanziger Jahre. Jedenfalls stellte sich Agnes Schabowski die so vor.

»Sollten wir nicht zum Ernst der Sache übergehen, Frau …?«

»Bendoreit-Kommon, Margrit Bendoreit-Kommon. Fraueninitiative Süd-West Baden.«

Die Schabowski war verblüfft. Die Wortführerin stammte gar nicht aus dem Osten und nahm trotzdem die Interessen der Leipziger Kolleginnen wahr. Diese Frau war geschult, sie lenkte den Arbeitskampf in gewohnte Bahnen. Sie kannte sich aus. Vielleicht hatten sie die Arbeiterinnen von *Amar Textil* deswegen geholt. Vielleicht waren sie sich ihrer Wut und ihrer Macht gar nicht so sicher. Margrit Bendoreit-Kommon vertrieb diese Zweifel. Sie machte ihnen Mut und sie fand die richtigen Worte. Mittlerweile hatten sich auch Gisela und ihre Kolleginnen zu ihnen gesellt.

»Die Sache ist ernst, meinen Sie etwa, ich scherze? Ich scherze nicht, Herr Kommissar Schmitt. Uns hier ist gewiss nicht zum Lachen.«

Alle Gesichter unter den Transparenten schienen zu nicken.

»Können wir uns irgendwo ungestört unterhalten, Frau Bendoreit-Kommon?«

Die Frau schlug eine Gasse zum Wohnwagen, der hinter den Demonstrantinnen für die Versorgung und als provisorische Geschäftsstelle der Besetzer aufgestellt worden war. Ein Kamerateam kam den Kommissaren entgegen, das sich bei Frau Bendoreit-Kommon bedankte. Die Rollen waren verteilt.

Der Bauwagen besaß den Charme von anno 1970. Die Kommissare wurden an eine hölzerne Tafel gesetzt. Ein Handy klingelte. Frau Bendoreit-Kommon drückte es aus und änderte ihr Strategie. Sie lächelte die Kommissare an, der Arbeitskampf spielte sich vor dem Tor ab, nicht unter sechs Augen. Sie schien nun ernsthaft auf Schmitts Fragen antworten zu wollen.

»Wie kann ich Ihnen also helfen, Herr Kommissar?«

»Sind Sie bei Delthoff angestellt und verlieren Ihren Job, wenn die Frauen hier verlieren?«, fragte Agnes Schabowski und überraschte sich selbst dabei, wie sie in die Befragung eingriff.

Doch Margrit Bendoreit-Kommon hatte mit dieser Frage gerechnet. Sie zögerte nicht mit der Antwort, sie war ihr auch nicht peinlich. »Nein, wir müssen die Frauen hier unterstützen. Manche wissen immer noch nicht, wie diese Gesellschaft tickt. Mit guten Worten und Versprechen kann man sich nicht abfinden. Man muss etwas tun!

»Und Sie glauben, dass das die Angestellten von *Amar Textil* das noch nicht begriffen haben? Die Wende war vor fast zwanzig Jahren, Sie müssen doch die Bevölkerung hier nicht mehr erziehen.«

»Wir haben unsere Erfahrungen angeboten, die Betroffenen wollten sie nutzen. Sie haben uns gebeten zu kommen, sonst wären wir nicht hier, gute Frau.«

»Alles klar!« Schmitt brach das sich anbahnende

Streitgespräch ab. »Frau Bendoreit-Kommon, über Kim Fleischer wissen Sie nichts?«

»Er ist Delthoffs Anwalt, was muss ich mehr wissen?« Sie schaute aus dem Fenster des Bauwagens. »Er unterstützt die Kräfte, die die Wirtschaft des Ostens blockieren. Ich kann die Wut der Arbeiterinnen hier gut verstehen. Für sie hat die EU und der Förderfonds die Mittel bewilligt, nicht dafür, dass ein Herr Delthoff sie in den Westen transferiert.«

»Vielleicht hat der Westen sie auch nötig.«

»Und deshalb wird *Amar Textil* in Leipzig geschlossen?«

»Frau Bendoreit-Kommon, das ist überhaupt nicht unser Thema«, sagte Schmitt. »Dagegen haben wir nichts. Wir suchen nur Kim Fleischer.«

»Ich sage es Ihnen noch mal, hier ist er nicht.«

»Können Sie sich vorstellen, wo er sein könnte?«

»Nein, keine Ahnung.«

Bei Margrit Bendoreit-Kommon klingelte wieder das Handy. Jetzt nahm sie ab, sprach leise, aber verständlich. »Wenn die eine Frau wollen, übernehme ich das Interview. Kümmerst du dich um die Polizisten? Wir sitzen im Wagen.« Pause. »Bis gleich. Bussi.«

Margrit Bendoreit-Kommon sah sie wieder an. Die Schabowski zollte der Inszenierung der Gewerkschafterin Respekt, doch gefallen tat sie ihr nicht. Schmitt schien es nicht anders zu gehen, er verdrehte die Augen und warf ihr ein Lächeln zu, als gäbe es nur sie auf der Welt.

»Kollege kommt gleich.« Die Bendoreit-Kommon stand auf und wandte sich ihren Interviews auf der

Straße zu. Sie ließ die Kommissare im Bauwagen zurück. Auf dem Tisch waren Kaffeeflecke und geschnitzte Brüste zu sehen. Eine Telefonnummer war auf das Holz geschrieben. Nicht mal ein Getränk hatte die Bendoreit-Kommon ihnen angeboten. Die Schabowski hätte es gern abgelehnt.

Die Tür verdunkelte sich, als ein Mann den Bauwagen betrat. Er war groß und übergewichtig. Mit ausgestreckter Hand kam er auf die Kommissare zu. »Müller. Abteilungsleiter. Einer muss ja die Führung hier übernehmen.«

Er lachte selbst über seinen Scherz und nahm den Kommissaren gegenüber Platz.

»Sie arbeiten bei *Amar Textil*?«

»Ja. Und ich will auch weiter da arbeiten.«

»Und warum lassen Sie dann Frau Bendoreit-Kommon für Sie die Interviews geben?«, fragte die Schabowski.

»Ach, wissen Sie, wenn's der Sache dient. Für uns hier steht alles auf dem Spiel.«

Müller seufzte, schob sich die Harre aus der schweißigen Stirn und schien ehrlich am Schicksal des Betriebes zu leiden.

Schmitt übernahm wieder die Gesprächsführung. »Wir suchen Kim Fleischer, Delthoffs Anwalt. Er ist seit Tagen verschwunden.«

»Wundert mich nicht, der hätte mit uns verhandelt. Doch der Delthoff hat keinen Kompromiss mit uns gewollt. Der kämpft das durch. Hopp oder Topp.«

»Fleischer hat Ihnen ein Angebot gemacht?«

»Nein, hat er nicht, aber er hat sich um einen Ausgleich bemüht. Abfindung. Auffanggesellschaft. Ein Deal mit dem Amt. Aber dabei würde Delthoff Kapital verlieren. Und das will er nicht.«

»Deshalb stehen Sie hier auf der Straße?«

»Für gute Worte kann sich keiner was kaufen. Das haben wir im Osten gelernt. Wir hatten dazu Zeit genug.«

»Sehen wir die Sache doch einmal anders, Herr Müller. Es steht Spitz auf Knopf in Ihrem Arbeitskampf. Könnte ein gekidnappter Anwalt nicht für Lösegeld oder eine einvernehmliches Ende hier sorgen? Wäre dann nicht schnell Schluss und Herr Delthoff überredet?«

»Sie sehen zu viele Krimis, Herr Kommissar.« Das breite Gesicht von Müller verzog sich zu einem Grinsen. »So dramatisch ist das Leben nicht.«

»Das sehe ich anders.«

»Wenn Sie das möchten.«

Der Hund am Tor bellte, und Müller erhob sich halb. Auch Schmitt und die Schabowski standen auf.

»So weit erst mal, Herr Müller, wir sehen uns wieder.«

»Ich kann Sie nicht daran hindern. Wir sprechen mit allen.«

»Vielleicht fällt Ihnen ja doch ein, wo sich der Anwalt befindet.«

»Sollte mir etwas zu Ohren kommen, melde ich es. Das verspreche ich dem Herrn Kommissar.«

Sie reichten sich fast feierlich die Hände. Dann traten sie in die Menge vor dem Bauwagen. Reporter hielten ihnen Mikrofone unter die Nasen. Die Presse hatte sie als Kriminalpolizei erkannt. Der Herr Müller hätte gern ihre Fragen beantwortet, so schien es der Schabowski. Aber die Journalisten stellten sie ihnen.

»Hat das Verschwinden Kim Fleischers mit diesem Arbeitskampf hier zu tun?«

Die Frage wurde direkt an Thorst Schmitt gestellt. Alle anderen verstummten. Die Schabowski war überrascht. Woher wussten Reporter vom Verschwinden Kim Fleischers?

In dem Schweigen waren andere Laute überdeutlich zu vernehmen. Der Hund riss an seiner Kette und bellte. Müller beobachtete interessiert das Geschehen. Und Agnes Schabowski glaubte die Journalistin zu kennen.

»Du hast den falschen Job, Annika. Ich sage kein Wort.« Thorst wendete sich ab.

»Ist es wahr, dass Kim Fleischer vermisst wird?«

»Kein Kommentar«, sagte Schmitt im Gehen

Er schob die Schabowski zum Auto. Betriebsbesetzerinnen und Journalisten schauten ihnen nach. Eine Kamera filmte. Der Hund bellte sich heiser.

11.

»Mein Gott, so dämlich kann doch kein Mensch sein!«

Die Schabowski schaute zu Boden. Schmitt wählte seine Worte genüsslich. »Da vermisst ein Anwalt den Kollegen, und du fragst nicht nach seinem aktuellen Fall, ob der vielleicht etwas damit zu tun hat?!«

»Ich habe gefragt. Delthoff ist in der Kanzlei ein Fall unter vielen, und er scheint für Hainar kein Risiko zu bergen. Jedenfalls sieht er keines.«

Schmitt hatte bemerkt, dass Agnes den Zeugen beim Vornamen nannte. Die Kollegin ließ es in diesem Falle eindeutig an Distanz fehlen. Auch seine nächste Frage musste sitzen. Hainar – der Name hörte sich an wie Hävelmann oder Däumling, nach einem richtigen Kerl klang er nicht. Zumindest nicht für Schmitt. *Er scheint für Hainar kein Risiko zu bergen!* Wenn er so was schon hörte! Die Schabowski befand sich hundertprozentig auf dem falschen Dampfer.

»Und dein Hainar hat nichts von Kim Fleischers Vermittlungsbemühungen erzählt?«

»Vielleicht hat er nichts davon gewusst.«

»Jetzt haben die Frauen den Betrieb besetzt. Das muss der Hainar ja wohl mitgekriegt haben!«

»Das konnte doch keiner ahnen!«

»Ich denke, Fleischer hat mit der Gegenseite gesprochen. In einer gemeinsamen Kanzlei weiß man das.«

»Die haben doch erst danach zum Sturm geblasen. Da war Fleischer schon verschwunden. Daran kann es nicht liegen.«

Die Schlussfolgerung der Schabowski war nicht von der Hand zu weisen.

Schmitt war noch immer wütend. »Mensch, wir standen da wie die Deppen! Da laufen ganz andere Dinge, ich habe das im Urin. Die Bendoreit-Kommon, der Müller, die legen ihre Karten nicht vor uns auf den Tisch.«

»Der Delthoff spielt auch nicht mit ehrlichen Mitteln.«

»Für 'ne Million würde ich auch mal betrügen.«

»Nur, dass die Frauen da ihren Job wirklich verlieren.«

»Ja, das ist scheiße.«

Noch immer hatte Schmitt den Wagen nicht gestartet. Sie blickten durch die Fenster hinaus auf die Feuer. Die Sprechchöre waren verstummt. Die Demonstranten schienen weniger zu werden. Es wurde Abend. Kinder warteten daheim. Eingekauft werden musste auch. Mit dem Klassenkampf war's das für heute.

»Hast du die Nummer von diesem Krumpholz?«

»Ja. Handy ist schneller, sagt er.«

Merkte die Schabowski denn gar nichts? Anwälte geben ihre Handynummern nicht freiwillig heraus, sonst würde ihr Job niemals aufhören. Nur gute Freunde erhielten die private Nummer, Familie, Bekannte. Das wusste Schmitt aus Erfahrung. Er hielt es selbst so. Und die Schabowski hatte die Handynummer von Hainar Krumpholz. *Tss, tss.* Aber eigentlich war er nicht überrascht.

»Ich rede mit ihm.«

Die Schabowski nestelte sich an ihrer Bluse. Sie verlor zu schnell die Contenance und überspielte es nicht einmal.

Schmitt legte ihr seine Hand auf den Schenkel. »So schlimm ist das ja auch wieder nicht. Vielleicht hat Krumpholz wirklich nichts davon gewusst. Aber dass die Anwälte sich nicht über den Fall austauschen, das glaube ich nicht. Ich rede mal mit dem Kollegen Krumpholz.«

Die Schabowski führte Schmitts Hand ans Lenkrad zurück und schob ihre Beine in die andere Richtung. »Ich komme mit.«

Schmitt schmunzelte und bemühte sich um einen ernsten Tonfall. »Nein. Ich setze dich irgendwo ab. Ist eh Feierabend. Und ich halte es für besser, wenn ich allein mit dem Anwalt rede.«

Schmitt tippte die Nummer ins Handy, auf Tasten, die ihm zu klein waren, und verabredete sich mit Hainar Krumpholz. Das Gespräch war kurz. Er ließ den Anwalt nicht zu langen Antworten kommen. Dann wandte er sich wieder der Schabowski zu.

»Wo soll ich dich rauslassen?«

»Meinst du nicht, es wäre besser ...« Die Schabowski gab noch immer nicht auf.

Schmitt schüttelte den Kopf. »Nein, meine ich nicht. Wo willst du hin?«

»Fregestraße.«

Hatte Schmitt es sich doch gedacht – die Kollegin wohnte im noblen Viertel. Gründerzeit. Jugendstil. Hübsch renoviert. Normalverdienende konnten und wollten sich dieses Viertel nicht leisten. Nur Zugereiste mit einem fetten Job zogen dahin. Keine Kneipe konnte sich dort halten. Die Lärmbelästigung war den Mietern zu hoch. Kein Supermarkt fand Platz in der Nähe. Der hätte die Gegend verschandelt. Die Tante-Emma-Läden gingen ein. Die waren der Klientel zu teuer, die kaufte auch auf der grünen Wiese wie jeder Proll. Hier wollten die Besserverdiener unter sich sein und ihre Ruhe haben. Ins Waldstraßenviertel würde Schmitt niemals ziehen. Aber die Schabowski wohnte genau da. Und der noble Anwalt namens Hainar gleich daneben. Das wusste die Kollegin sicher. Sie kannte Hainar, hatte seine Handynummer auswendig im Kopf. Deshalb ließ er sich erst recht nicht von der Kollegin begleiten. Diesen Anwalt musste sich Schmitt alleine anschauen.

Hainar Krumpholz las Schmitt auf dem goldenen Klingelschild und drückte den Knopf. Der Summer ertönte. Die Tür öffnete leise mit einem Klicken. Der hohe Hausflur war mit Blütenmustern in klassischen Farben bemalt, grün, braun und gelb. Die Treppen waren mit roten Bastmatten belegt, die von goldenen Stangen in Form gehalten wurden. Das Geländer war im Farbton passend, wenn auch wackelig. Schmitt stieg die Treppen hinauf und verzichtete auf den Fahrstuhl.

Krumpholz stand in der Tür. Im Hintergrund erklang leise Musik. Klavierkonzert. Klassik. Das Lächeln des Anwalts wirkte steril und eingeübt, die Haare waren gefärbt. Seine Schneidezähne blitzten. Guter Zahnarzt, dachte Schmitt.

»Es freut mich, dass endlich ermittelt wird«, sagte Krumpholz, als er den Weg in die Wohnung freigab,

»Meine Kollegin hat bereits mit Ihnen gesprochen. Warum haben Sie ihr nicht alles erzählt? Auch sie ist Kommissarin und versteht ihren Job. Oder haben Sie etwas gegen Frauen?«

»Neinn ganz im Gegenteil. Aber kommen Sie doch erst mal herein.«

An den Wänden im Flur hingen Grafiken. Originale. Der Garderobenständer war ein funktionales Gestell aus Metall. Auf den knarrenden Dielen lag kein Teppich, an der Decke hingen Stuck und Strahler, die die Bilder ausleuchteten. Krumpholz bat den Kommissar nach links in die Stube.

Aus den Boxen drang die klassische Klaviermusik. Der Breitwandfernseher lief ohne Ton und zeigte ein Fest mit Volksmusikanten.

»Ich lass ihn immer im Hintergrund laufen. Ist man nicht so allein. So ist ein wenig Leben in der Bude.«

Der Anwalt lachte, schaltete den Fernseher aber nicht aus. Schmitt musterte das Interieur. Eine Vitrine mit Kristall und Meissener Porzellan. Motiv *Rote Koralle* erkannte der Kommissar. Bücherregale mit Lexika und Reihenbibliotheken. Die Bände der Weltliteratur waren im gleichen Design nummeriert. *Die Päpstin* lag auf dem Couchtisch, als Taschenbuch. Das Sofa nannte dieser Anwalt bestimmt Chaiselongue. Schmitt setzte sich drauf. Ein Kissen fiel von der Lehne.

»Einen Kaffee?«

»Einen Kognak, wenn Sie den haben.«

»Einen spanischen. Der wird Ihnen gefallen.«

Krumpholz ging in die Knie und holte eine Kognakflasche aus dem Buffet. Er öffnete sie und hielt dem Kommissar die Flasche unter die Nase. Schmitt zeigte sich beeindruckt. Krumpholz goss zwei Schwenker unangemessen voll und hob sein Glas. »Auf einen glücklichen Ausgang.«

»Wollen wir's hoffen.«

Schmitt schluckte schnell. Solch einen Abgang war seine Kehle nicht gewöhnt. Das war Qualität, die Schmitt selten trank. Im TV schunkelten sie. Im CD-Player lief das Klavierkonzert zum Fortissimo auf.

»Habe ich zu viel versprochen?«

»Warum verschweigen Sie uns die Tatsachen im Fall Armin Delthoff und der *Amar Textil?*«

»Was soll ich verschweigen?« Der Anwalt verschluckte sich beinahe am edlen Kognak.

Schmitt stellte sein Glas neben *Die Päpstin.* »Fleischer hat mit Müller und dem Betriebsrat verhandelt.«

»Sagen wir, er hat die Lage sondiert.« Krumpholz schlug die Beine übereinander.

»Die Angebote waren nicht ernst gemeint?«

»Man muss die Vorstellungen der Gegenseite kennen, wenn man überlegt, ob man darauf eingehen könnte.«

»Sie treffen sich vor Gericht. Das sieht mir nicht wie eine Einigung aus.«

»Wir können die Forderungen des Betriebsrates unmöglich erfüllen ... Darf ich dem Herrn Kommissar nachschenken?«

Noch bevor Schmitt antworten konnte, schob ihm Krumpholz das gefüllte Glas zu. Das Glas des Anwalts war noch halb gefüllt. Krumpholz nippte nur daran.

»Warum haben Sie meiner Kollegin das nicht erzählt? Wir hätten uns sofort auf den Fall Delthoff konzentrieren können.«

»Kims Verschwinden hat damit doch nichts zu tun. Fast zwei Wochen halten die ihn doch nicht fest, ohne etwas zu sagen.«

»Was macht Sie da so sicher?«

»Die Leute kämpfen um ihren Job. Warum sollen sie einen Anwalt entführen und keine Forderungen stellen. Das ist doch absurd.«

»Aber Ihre Seite ist ohne Kim Fleischer doch merklich geschwächt.«

»Wer sagt denn das?«

Der Kommissar konnte sich nicht erinnern, ob es überhaupt jemand gesagt hatte. Er trank den zweiten Kognak aus Spanien auf ex. Das Getränk brannte nicht und verursachte im Magen ein Wohlgefühl. Schmitt schielte nach dem Namen des Getränks, aber das Etikett lag nicht in seinem Sichtbereich. Im TV klatschten sie stumm frenetischen Beifall. Das Klavier spielte leiser.

»Aber Sie meinen doch auch, dass die Leute von *Amar Textil* ein Motiv haben, den Anwalt ihres Gegners zu entführen?«

»Dann hätten sie mich auch mitnehmen müssen. So ist das nur 'ne halbe Sache.« Krumpholz drehte den Schwenker in seiner Hand. Der spanische Kognak schwappte fast über den Rand. »Herr Kommissar, es ist logisch, dass streitende Parteien im Geheimen verhandeln. Der Richter hat uns einen Vergleich nahegelegt. Kim hat sich mit Herrn Müller getroffen. Sie haben geredet, doch sie konnten sich nicht einigen. Die Vorstellungen beider Parteien gehen doch sehr weit auseinander.«

»Sie schachern um die Arbeiterinnen wie Vieh, oder was soll das heißen?«

»Jede Gewerkschaft verhandelt. Jeder Betrieb kämpft um seine Leute und sucht nach der besten Lösung. Denken Sie, dass Herrn Delthoff nicht auch das Schicksal seiner Mitarbeiter am Herzen liegt? Wir sind doch keine Unmenschen.«

»Schön gesagt, aber ich glaube Ihnen kein Wort.«

Schmitt goss sich selbst ungeschickt aus der Flasche nach. Der edle Kognak tropfte auf den Buchrücken der *Päpstin*. Als er die Flasche wieder abstellte, hatte er vergessen, sich das Etikett anzusehen. *Mist. Der schmeckt wirklich nicht übel.* Über den Bildschirm tanzte stumm das Fernsehballett.

»Herr Delthoff ist nicht der Mann, als den Sie ihn hinstellen wollen. Er denkt durchaus sozial. Aber ein Unternehmer kann sich doch nicht in die Pleite reiten, nur um Ihr soziales Empfinden zu befriedigen. Der Sozialismus ist gescheitert, und *Amar Textil* ist nicht die einzige Pleite in Deutschland. Ich habe die Zahlen da, wollen Sie sie sehen? Ich suche sie gern für Sie heraus.«

»Sie haben Ihre Hausaufgaben erledigt, davon bin ich überzeugt. Und natürlich weiß ich, dass Delthoff nicht als Einziger in der Stadt Konkurs anmeldet. Aber dass ein Anwalt verschwindet, ist so häufig nun wieder nicht.«

»Und deshalb denke ich, dass Kims Verschwinden mit Delthoff gar nichts zu tun hat.«

»Sie verzeihen, aber ich bin da anderer Meinung.«

»Das ist Ihr Recht, Herr Kommissar, Ihr gutes

Recht. Zeigen Sie es den Arschlöchern aus dem Westen mal so richtig. Zeigen Sie's mir. Sie fühlen sich noch immer als armer Ossi, den der böse Wessi ausnehmen will. Herr Kommissar, diesen Krieg müssen wir nicht führen. Er ist lächerlich.«

Schmitt schluckte Kognak. Der Anwalt griff zur Flasche. Logisch, dass die Schabowski mit diesem Typen gut auskam. Die waren beide in den Osten gekommen, um Karriere auf den Schultern von andern zu machen. Sie benahmen sich wie Besatzer und wunderten sich, wenn die Sympathiewellen nicht über ihnen zusammenschlugen. Schmitt fand diesen Krumpholz zum Kotzen. Sollte die Schabowski doch mit diesem Typen ficken. Sie hatte ihn, Hauptkommissar Thorst Schmitt, als Mann und im Bett gar nicht verdient. Und er hatte schon gedacht, die Kollegin hätte endlich begriffen. Aber die Kollegin Schabowski hatte nichts begriffen, gar nichts. Schade, aber nicht zu ändern. Und Schmitt hatte sich wer weiß wo schon mit der netten Kollegin gesehen. Gefahr erkannt, Gefahr gebannt. Die Schabowski schlug er sich lieber aus dem Kopf.

»Darf ich Ihnen nachschenken, Herr Kommissar?«

»Nein, danke.«

Krumpholz stellte die Flasche direkt auf *Die Päpstin*. »Wissen Sie, was mich an Ihnen so stört?«

Schmitt schaute dem Anwalt ins Gesicht.

»Sie wollen Ihre Vorurteile immer wieder bestätigt haben. Kim und ich, wir versuchen wirklich, das Beste für *Amar Textil* herauszuholen. Aber Herr Müller und Konsorten schrauben ihre Forderungen höher und höher. Die spielen Ihnen die Gutmenschen nur vor. Ihresgleichen und die Presse fallen immer wieder drauf rein.«

Darüber wollte Schmitt nicht nachdenken. Er suchte einen Anwalt, der wurde vermisst, und dessen Kollege schwatzte ihm dämliches Zeug vor. Der CD-Player war stumm, nur noch seine Lämpchen leuchteten. Er seufzte und hob die Schultern. »Nun gut, wenn Sie uns nichts sagen wollen, dann sagen Sie eben nichts. Beschweren Sie sich aber nicht, wenn Ihrem Kollegen wirklich etwas passiert ist. Wir haben unser Möglichstes versucht.«

»Mensch Schmitt, der Grund für Kims Verschwinden muss woanders liegen. Ich zermartere mir seit Tagen das Hirn. Ich kann keinen Grund finden, warum der Kim einfach verschwindet. Wir sind seit Studientagen befreundet. Wenn Kim alles hinschmeißen wollte, hätte er mir das gesagt.«

Krumpholz klang jetzt ehrlich, er sprach eher mit sich als mit dem Kommissar aus dem Osten.

»Sein Vater hat Geld. Aber warum wird dann kein Geld gefordert? Einfach verschwinden, das nützt doch niemandem etwas.«

»Selbstmord?«

»Ausgeschlossen. Kim hätte doch Carina niemals sitzen lassen. Die können gar nicht ohne einander. Und auch ein Unfall kann es nicht sein. Ich habe jedes Krankenhaus im Umkreis abtelefoniert. Nicht nur einmal.«

»Wir haben auch alle Krankenhäuser und Meldungen gecheckt, selbst über die Landesgrenzen hinaus. Höchstens der Unfall war tödlich, und jemand hat die Leiche entsorgt.«

»Unwahrscheinlich.«

»Unwahrscheinlich.«

Krumpholz und Schmitt sahen sich an, und fast meinte der Kommissar, Sympathie für den Anwalt zu spüren.

»Der Dienstag, an dem er verschwand, war ein Tag wie jeder andere. Da war nichts Besonderes.« Krumpholz drehte das Glas und schaute auf den kreisenden Kognak.

»Außer, dass Kim Fleischer nie zu Hause ankam.« Im TV überreichte der Moderator einen Blumenstrauß an eine ältere Dame, die vor Freude tonlos weinte. Schmitt fragte: »Gibt es denn Motive für einen gewaltsamen Tod?«

»Wie meinen Sie das?«

»Hatten Sie Fälle, wo Mandanten oder Verklagte Ihnen Rache angedroht haben?«

»Sie meinen, ein Klient hat Kim ermordet?« Krumpholz sah erschrocken auf.

»Seit fast zwei Wochen gibt es von Ihrem Kollegen kein Lebenszeichen. Das ist wirklich bedenklich. Nach meinen Erfahrungen bei der Kriminalpolizei ...«

»Mord.«

Das Wort stand im Raum wie ein Felsen. Im Fernsehen gab's Volkstanz.

12.

Kim Fleischer wusste, dass er nicht schrie.

Er wusste es.

Die Stimmbänder hatten ihm versagt. Ein schriller Ton und dann nichts mehr. Das war vor Stunden gewesen. Einem halben Tag, einem ganzen?

Kim Fleischer klopfte gegen das Metall der Kellertür. Er zählte die Nieten. Fünfundzwanzig von rechts oben nach links unten. Fünfundzwanzig von rechts unten nach links oben. In der Mitte trafen sie sich. Neunundvierzig Nieten. Und siebzig Nieten fassten die Metallplatte ein. Rundherum siebzig. Insgesamt einhundertneunzehn. Einhundertneunzehn Nieten waren auf dieser Tür. Die Tür öffnete sich nicht. Sie hing fest in den Angeln. Die Metallplatten waren nicht zu verrücken. Er schlug kraftlos dagegen.

Nach der Wut hatte ihn Panik befallen. Er kam aus diesem Erdloch nicht raus. Mehrmals meinte er, vorbeifahrende Autos zu hören, Kinderstimmen, Katzengekreische. Ihn hörte keiner. Und keiner kam in den Keller zurück.

Durst quälte ihn. Hunger. In seiner Tasche fand er das stille Wasser für den Prozess. Während der Verhandlung hatte er nur eine Flasche getrunken. Die andere hatte er im Keller längst schon geleert. Vor Stunden? Einem halben Tag? Einem ganzen?

Kim Fleischer wusste, dass er schrie.

Er wusste es.

Er wusste es nicht.

Rohre liefen durch den Keller. Er tastete sie in der

Dunkelheit ab. Tropfen hingen manchmal daran. Wenn er den Hackklotz darunter rollte, konnte er am Rohr entlang schlecken. Kim Fleischer bildete sich ein, dass dies seinen Durst stillte. Inzwischen wusste er, dass sich nach Stunden, nach einem halben Tag, am Rohr erneut Tropfen bildeten. Er leckte nach Plan an den Rohren. Von rechts hinten nach links vorn. Von rechts hinten nach links vorn.

Er hatte versucht, die Rohre zu zerschlagen. Um an Wasser zu kommen. Um Handwerker zu provozieren. Die Rohre hielten. Sie gaben einen hohlen Ton von sich, den keiner hörte.

Kim Fleischer wusste, dass er nicht schrie.

Er wusste es.

Er hörte Getier durch den Kellerraum huschen. Ratten? Er wusste es nicht. Sie kamen herein, und sie kamen wieder hinaus. Nur er fand keinen Weg.

Asseln und Spinnen mussten hier unten hausen. Die waren in jedem Keller zu finden. Er hatte als Kind mit ihnen gespielt. Einen Zoo aufgebaut. Die Oma hatte entsetzlich geschrieen und alles zerstört. Er musste Asseln hier finden und Spinnen. Er fand sie. Er stopfte sie sich in den Mund und schmeckte nur Dreck. Aber er aß kleines Getier, das den Hunger stillte. Manchmal glaubte er, seinen Hunger nicht mehr zu spüren. Manchmal glaubte er, er sei satt.

Nagten Tiere an ihm? Liefen sie über ihn hinweg, während er schlief? Er spürte sie. Er spürte den Lufthauch. Das Piepen und Fauchen. Kim Fleischer konnte die Tiere nicht greifen. Sie waren zu schnell. Aber irgendwann würde es ihm gelingen. In Tieren war Blut. Und Blut war gut gegen den Durst. Und das Fleisch gut gegen den Hunger. Kim Fleischer sehnte sich nach Schnitzel und Eisbein. Er sah Hochzeitstorten und kalte Buffets. Er griff mit vollen Händen in Salat, in Nudeln, in Reis. Fleisch hing ihm zwischen den Zähnen, er stopfte mehr und mehr in sich hinein. Er kotzte den Dreck wieder aus. Sein Magen krampfte sich zusammen. Kim Fleischer wand sich, doch er kotzte nicht. Es waren höllische Schmerzen.

Kim Fleischer wusste, dass er schrie.

Er wusste es.

Er wusste es nicht.

Er kaute am Leder der Aktentasche. Sein Speichel machte es kaum geschmeidig. Er biss sich die Mundschleimhaut wund. Sein eigenes Blut machte ihm den Rachen feucht. Es tat dann weniger weh. Der Wüstenwind blies sanfter in Luftröhre und Lungen.

Kim Fleischer sah sich am Mittelmeerstrand. Er sah sich in Hawaii-Hemd und Badelatschen. Er rutschte aus in einer Dusche, aus der der Sand lief, der Sand lief und lief. Es fühlte sich an wie sprudelndes Wasser. Kim Fleischer fühlte sich sauber. Er hatte sehr lang auf Hygiene verzichten müssen. Er roch seinen Schweiß nicht mehr.

Kim Fleischer klopfte gegen das Metall der Kellertür. Er zählte die Nieten. Fünfundzwanzig von rechts oben nach links unten. Fünfundzwanzig von rechts unten nach links oben. In der Mitte trafen sie sich. Neunundvierzig Nieten. Und siebzig Nieten fassten die Metallplatte ein. Rundherum siebzig. Insgesamt einhundertneunzehn. Einhundertneunzehn Nieten waren auf dieser Tür. Die Tür öffnete sich nicht. Sie hing fest in den Angeln. Die Metallplatten waren nicht zu verrücken. Er schlug kraftlos dagegen. Die Katzen lachten über ihn. Er lachte mit ihnen.

Kim Fleischer wusste, dass er nicht schrie.

Er wusste es.

Die Stimmbänder hatten ihm versagt. Vor Stunden? Einem halben Tag? Einem ganzen?

Kim Fleischer wusste, dass er schrie.

Sie würden ihn finden.

Schreien. Klopfen. Schlagen. Einhundertneunzehn Nieten an einer Tür.

Sie würden ihn finden.

Wie lange schon. Wie lang? Zwei Tage, drei, eine Woche, eineinhalb, zwei?

Kim Fleischer dachte: Ich werde sterben.

Er wusste es. Er wusste es nicht.

13.

»Das war's, Kollegen.«

Die Akte des Kofferraummörders war geschlossen und der Staatsanwaltschaft übergeben. Diese formulierte die Anklage, und vielleicht mussten Kohlund oder Schmitt noch vor Gericht aussagen. Routine, keine Komplikationen. Hauptkommissar Lars Kohlund gab die letzten Papiere der Hohmann, und die schickte sie auf den internen Dienstweg.

Es überraschte den Chef der Mord zwo, dass weder die Schabowski noch Thorst Schmitt den Raum nach

Sitzungsschluss verließen. Die zwei blieben sitzen und forderten von ihm ein inoffizielles Gespräch.

»Was gibt's?«

»Wir haben im Fall des vermissten Anwalts recherchiert.«

»Das wolltet ihr tun. Ja.«

»Wir denken an Mord.«

»Was macht euch da sicher?«

»Nichts. Ein Gefühl.«

Agnes Schabowski hatte das Reden übernommen. Schmitt lehnte sich in den Stuhl zurück. Kohlund schenkte sich Kaffee nach, der ihm noch immer zu heiß war.

»Nichts deutet darauf hin, dass Kim Fleischer freiwillig verschwunden ist. Nichts. Ich gehe von Mord aus.«

Ein Satz wie ein Fallbeil. Die Kollegin strich sich die Haare unter das Band, das ihre Frisur notdürftig zusammenhielt. Die Strähnen rutschten immer wieder hervor, so oft sie sie auch zurückschob. Schmitt zählte offensichtlich die Knöpfe an seinem Revers. Erster. Zweiter. Der dritte wurde streng untersucht. Schmitt schien seiner Kollegin nicht zuzustimmen.

»Warum?«, fragte Kohlund.

»Weil alles andere keinen Sinn ergibt.«

Kohlund wandte sich zu Schmitt. »Ist das auch deine Meinung?«

Schmitt sah auf. »Mord ist eine Option. Fakt ist, der Mann bleibt verschwunden, und keiner weiß, warum er abgehauen sein soll. Er hat ja in keinem Unrechtsstaat gelebt.« Ein Hüsteln, was wohl ein Lachen sein sollte. »Seine Kanzlei läuft wie geschmiert, sagt der Partner. Warum soll der lügen?«

»Wir könnten die Unterlagen über die letzten Fälle prüfen«, fiel ihm die Schabowski ins Wort. »Da hat er nichts dagegen, der Herr Krumpholz. Wenn es uns hilft ...«

Schmitt überhörte den Einwurf. *»Und die Freundin heult sich die Guckaugen aus«*, zitierte er ein vergessenes Lied. »Wenn du mich fragst, Lars, da ist was passiert. So ein Glücksmensch begeht keinen Selbstmord. Der verlässt das perfekte Leben nicht einfach so. Besser kann es nicht werden.«

»Millionäre haben den Bettler gespielt, weil sie es im goldenen Käfig nicht mehr ausgehalten haben.«

»Kim Fleischer war weder Millionär noch hat ihn Obdachlosigkeit fasziniert. Er hatte Familie. Eine Tochter –«

»Stieftochter«, fuhr die Schabowski dazwischen. Schmitt warf ihr einen bösen Blick zu. Die Kollegin sah sofort in ihren Schoß. Kohlund nippte am Kaffee, der ihm nicht mehr gleich die Zunge verbrannte.

Schmitt redete weiter. »– die er an Kindes statt annehmen wollte.«

»Kim Fleischer hat mit Carina die Zukunft geplant. Sie wollten heiraten. Es schien alles so überaus glücklich. Seine Eltern waren einverstanden. Ihre sowieso. Die Verwandtschaft. Die Freunde. Perfekter kann's gar nicht laufen. Warum soll so ein Mensch abhauen?«

»Das hat der Vater des Kindes doch sicher anders gesehen?«

»Der Vater der kleinen Myriam ist auf dem Bau

in Norwegen. Dort hat er überhaupt einen Job. Auf den Aufschwung hier hat er nicht warten wollen. Wir haben sein Alibi per Amtshilfe überprüft, er schuftet in den Bergen. Und einfach so kommt man nicht von den norwegischen Bergen nach Leipzig hin und wieder zurück. Diesen Verdacht schließen wir aus.«

»Na ja.« Kohlund spürte dem Holz auf seinem Schreibtisch nach. Wahrscheinlich hatte dieser Tisch schon zu Kaisers Zeiten in Büros gestanden. Der Tisch war ein Monstrum, solche Möbel stellten sie heute nur noch in Handarbeit her. Wenn überhaupt. Ein Blick aus dem Fenster zeigte dem Kommissar Sonne. Zu Ostern würde es sicher regnen. Das war immer so. Allerdings hatte der Chef der Mord zwo Bereitschaft, da war er sich des schlechten Wetters nicht sicher. Trotzdem planten Alexia und er eine Tour zur Burg Gnandstein. Die Kinder hatten gleich abgewunken. Sie hatten Besseres vor, und Kohlund konnte sie verstehen. Frischte er eben mit der Gattin allein die gemeinsamen Erinnerungen auf. Aber auch gegen Dienst hätte er nichts. Sein Leben war eine verfahrene Kiste. Wie der Schmitt damit bloß klar kam? Dessen Exfrau lag im Koma. Die Kinder halb flügge, nun war er ungefragt wieder der Vater. In solch einer Situation hätte Kohlund wahrscheinlich schon längst kapituliert. Doch Schmitt verblüffte ihn täglich mit bester Laune. Auch jetzt.

»Tja, ein Fall mit nichts in der Hand. Haben wir selten.«

»Was wollt ihr tun?«

»Ermitteln. Agnes hat dieses Verbrechen gerochen. Ich rieche es auch.«

Die Schabowski sah zum Kollegen, und Schmitt nickte ihr zu, als hätte es niemals Differenzen zwischen ihnen gegeben. Und mit einem Mal waren die Kollegen per Du. War ihm da etwas entgangen?

»Gut. Wenn ihr meint, dann eröffnen wir ein Ermittlungsverfahren.«

»Meinen wir.«

»Setzen wir den Apparat in Gang.«

»Lieber ein Mal zu viel als zu wenig.«

Wollte Schmitt die Schabowski beeindrucken? Auf Plattitüden stand die sicherlich nicht. Aber Kohlund konnte sich irren, oft hatten ihn gerade Frauen überrascht.

»Ich informiere Miersch und die Kollegen. Die Leitung der Ermittlungen übernimmst du, Thorst.«

Schmitt nickte. Und Kohlund ordnete mit Vehemenz seine Akten. Die beiden begriffen, der Chef hatte jetzt andere Arbeit zu tun, und verließen den Raum.

»Nach Ihnen, liebe Kollegin.«

Die Schabowski ging wie ein Champion, und Schmitt klopfte ihr wirklich auf die Schulter. Seltsame Allianz.

Ostern. In wenigen Tagen war Ostern. Schmitt würde eine halb tote Gabriele besuchen. Miersch seine Frau in München. Alle würden die Familie pflegen, den Frühling entdecken und die Liebe natürlich. Lars Kohlund entdeckte nichts. Aus seiner Beziehung zu Alexia war die Leidenschaft raus. Er machte sich nichts vor. Wann hatten sie zuletzt miteinander geschlafen? Vor drei Monaten? Vier? Gut, sie lebten in einer Wohnung, aber sie lebten aneinander vorbei. Früher war das gemeinsame Abendbrot Basar und Austauschbörse der Probleme gewesen. Die Kinder hatten von guten Noten oder den schlechten erzählt, von Tadeln und Klassenfahrten. Gisbert und Charlotte saßen schon lang nicht mehr mit ihnen am Tisch. Wenn sie aß, dann mümmelte die Tochter am Salat wegen ihrer Figur. Da halfen keine Worte der Mutter und die des Vaters gleich gar nicht. Gisbert war verliebt und hatte gar keinen Platz für Familie und andere Pflichten. Ein wenig beneidete Kohlund seinen Sohn. Als er Alexia kennenlernte, hatte er auch die Welt vergessen. Und jetzt planten er und die Gattin Ostern eine Tour zur Burg Gnandstein. Wandern. Vielleicht nahmen sie die Oma mit, die brauchte mal Pause von der Pflege des dementen Opas. Wälder. Alte Steine. *Etwas für die Gesundheit tun,* hatte Alexia gemeint, *du musst mal raus aus dem Trott.* Asexueller ging's nimmer. So alt war er doch noch nicht.

Das Telefon läutete, und die Hohmann meldete Merghentin an. Der fehlte ihm noch, aber er hatte um einen Termin gebeten, und Kohlund hatte sich heute mit ihm verabredet. Merghentin! Wie die Schicksalsschläge den auch trafen, der ließ sich nicht unterkriegen. Immer fröhlich und dabei noch einen Scherz auf den Lippen. Sein Lachen konnte begeistern. Nicht nur die Hohmann lag dabei fast auf dem Boden. Kohlund hörte ihr begeistertes Schreien durch seine Tür. *Nicht möglich! Das ist doch nicht möglich, Herr Merghentin!* Wie stand das denn bei ihm mit dem Sex? Sex war nicht mehr möglich, hatte er gesagt, doch offensichtlich schien er ihn nicht zu vermissen oder nicht zu brauchen. Oder hatte er von anderen Möglichkeiten der Lust aneinander gesprochen?

Jetzt hatte Merghentin seinen Termin bei ihm im Büro. Der Kollege nahm den toten Mann im Baum ernst. Zwei Mal hatte Merghentin ihn bereits kontaktiert und mit Fragen gelöchert. Kohlund hatte keine Antworten und den Fall fast vergessen. Nein, es war keine gute Idee gewesen, den Gelähmten mit einem unlösbaren Fall ruhig zu stellen. Merghentin wurde lebendig. Kohlund war sauer und bemühte sich um ein Lächeln. Er traf stets die falschen Entscheidungen. *Scheißposten! Scheißostern!*

Die Hohmann öffnete die Tür mit einem zu ernstem Gesicht. Sie würde gleich loslachen. Was hatte der Merghentin der bloß erzählt?

»Der Kollege Merghentin wäre jetzt da.«

Kohlund nickte und bemühte sich um Lockerheit. Die Hohmann schloss die Tür hinter dem Rollstuhl. Kohlund hörte ihr Lachen. Er brachte kaum ein Lächeln zustande.

»Ah, Kollege Merghentin, welch eine Freude! Bringen Sie mir die Lösung des Falles?«

»Sie haben Humor. Den schätze ich so an Ihnen, Chef.«

Kohlund verschluckte sich. Grischa Merghentin schob den Rollstuhl direkt vor seinen Schreibtisch und holte die Akte aus der Tasche. Der Chef der Mord zwo wurde diesen Toten einfach nicht los. Seine Hand zur Begrüßung hätte Merghentin fast übersehen.

»Morgen, Chef, schöner Tag heute, nicht?«

Kohlund setzte sich. Stets auf den Kollegen herabblicken zu müssen, war ihm unangenehm. Aug in Aug saßen sie sich nun gegenüber, und Merghentin stapelte neben der Akte seine Notizen. Mein Gott, es gab Fälle, die nie geklärt werden konnten. Und dieser Merghentin hängte sich hier rein, als hinge sein Leben von diesem Toten ab.

»Was gibt's denn Neues?«

»Nichts. Absolut nichts.«

»Was wollen Sie dann von mir?«

»Ein paar Antworten, die nicht in der Akte stehen.«

»Ich war doch mit dem Fall gar nicht beschäftigt. Da waren andere dran. Der Schmitt. Mein damaliger Chef, Queißer.«

»Der Queißer war doch da nicht mehr Chef. Miersch hatte das Kommando hier bereits übernommen.«

Kohlund tat, als denke er nach. Klar war Hartmut Queißer damals nicht mehr der Chef der Mordkommission gewesen. Die Leitungsebene war nach dem Tag der Deutschen Einheit sehr schnell mit Kräften aus den alten Bundesländern besetzt worden. Weil sie hier im Osten ja nichts von der Arbeit der Kriminalpolizei wussten! Weil die das ihnen ja erst beibringen mussten! Mann, die hatten sich in die Sessel geflätzt und jeden Tag das Rad neu erfunden. Und dann hatten sie evaluiert, was so viel hieß wie, die Kader- und Parteiakten gewälzt. An Eides statt hatten alle Ossis erklären müssen, niemals mit der Stasi in Kontakt gewesen zu sein. Die meisten hatten an Eides statt unterschrieben. Wenige waren freiwillig aus dem Amt geschieden. Manche hatten abgewartet und wurden überführt.

Der Leiter der Leipziger Mordkommission, Hartmut Queißer, war seinen Posten im neuen Deutschland sofort los und fristete die Tage bis zur Pensionierung bei unerledigten Fällen. Die neuen Genossen taten ihn in die Ablage, und Queißer ließ es mit sich geschehen. Lars Kohlund erinnerte sich, Queißer hatte im Fall des Toten im Baum als letzte Instanz ermittelt. Doch auch Queißer hatte ihn nicht klären können. Jetzt wühlte Grischa Merghentin in den alten Papieren. Kohlund musste doch blöde gewesen sein, dem Rollstuhlfahrer diesen Fall zur neuerlichen Bearbeitung zu übergeben. Vor anderthalb Wochen hatte er das noch als eine brillante Idee empfunden. Jetzt saß Merghentin vor ihm am Tisch, und seine Augen leuchteten. Kohlund fragte sich, wie es Queißer wohl ging?

»Die Landsberger Straße ist Unfallschwerpunkt.«

»Nee, die haben sie begradigt. Fährste glatt durch. Vierspurig.«

»Die Landsberger Straße war Unfallschwerpunkt, genau an dieser Stelle sind viele in den Tod gerast.«

»Die haben aber doch nicht im Baum gehangen.«

»Ich frage ja nur, ob man je nach einem Zusammenhang mit einem Unfall gesucht hat.«

»Nach was für einen Zusammenhang sollte man denn da suchen?«

»Keine Ahnung. Aber es ist doch ungewöhnlich, dass seit 1908 dort Menschen im Auto an die Bäume knallen, und dann hängt im Geäst eine Leiche wie der Erzengel persönlich.«

»Sie verblüffen mich, Merghentin, Sie verblüffen mich, ehrlich, aber ich kapier nicht, was Sie damit meinen.«

»An dieser Stelle sind immer wieder Menschen gestorben. Die Kurve war gefährlich.«

»Kavalierskurve nennt sie der Volksmund in Leipzig.«

»Davon zum Beispiel steht nichts in der Akte.«

»Warum denn? In anderen Häusern sind auch Menschen durch Mord, Unfall, Suizid oder nach langer Krankheit gestorben. Die Wohnungen stehen doch danach nicht leer. Es wird gelebt. Es wird gestorben. Da dürfte ja keiner mehr ins Krankenhaus. An manchen Orten stirbt man öfter. Die Unfallstelle hat doch nichts mit der Leiche im Baum zu tun. Das wäre Parapsychologie. Haben Sie etwa das Übersinnliche entdeckt?«

Eine geschickt gesetzte Provokation, meinte Kohlund, die Merghentin aber überhörte.

»Ich finde diese vielen Leichen an einer Stelle doch auffällig. Und dann hängt einer drüber, als würde er auf all diese Toten hinuntersehen, fast als würde er gezwungen dazu. Das ist doch kein Zufall.«

»Das ist doch Quatsch! Worauf wollen Sie hinaus?«

»Ich habe in den Zeitungen geblättert. Zwei, drei Leichen im Jahr hat die Verkehrspolizei dort zu Protokoll genommen.«

»Auch deswegen hat man eine neue Straße gebaut.«

»Tja, aber ...«

»Hat die Verkehrspolizei einen Zusammenhang feststellen können?«

»Nein, die Kollegen haben gar nicht danach gefragt.«

»Dann fragen Sie doch die Kollegen.«

»Das werde ich tun. Und ich wollte Sie fragen, ob Sie mir die Adresse Ihres alten Chefs geben könnten. Ich würde mich gern mit Herrn Queißer unterhalten. Der hat doch diesen Fall abschließend untersucht. Er muss Gründe gehabt haben, das Verfahren einzustellen. Mich interessiert, welche.«

»Major Queißer ist auf die Polizei insgesamt und im Besonderen auf die Kollegen aus dem Westen nicht gut zu sprechen.«

»Ich werde mich um einen behutsamen Umgang bemühen.«

Lars Kohlund blickte auf, Merghentin lachte. Der freut sich bestimmt auf Ostern und die freien Tage mit seinem Mann. Trotz Behinderung. Trotz schlechtem Wetter. *Mein Gott, kann es Leuten gut gehen!* Kohlund suchte in seinem Notizbuch nach der Adresse und der Telefonnummer seines alten Chefs und Mentors. Ob es eine gute Idee war, dem Merghentin die Adresse zu geben? Queißer wohnte im Leipziger Osten. Hinfahren hätte Kohlund den Kollegen können, aber bei Straßennamen und Hausnummer musste der Leiter der Mordkommission passen.

»Ob Queißer sich noch daran erinnert?«

»An seinen letzten Fall erinnert sich jeder Kriminalbeamte. Zumal, wenn er ihn nicht erfolgreich abschließen konnte.«

»Merghentin, Sie sind eine Klette und krankgeschrieben. Ich weiß nicht, warum ich dieses Gespräch mit Ihnen führe.«

»Sie wollen die Statistik der Mord zwo verbessern, und ich bin für die Altlasten zuständig.«

Da musste Kohlund wirklich lachen und rief der Hohmann über die Wechselsprechanlage zu: »Geben Sie mir doch mal Straße und Hausnummer des Kollegen Queißer, Frau Hohmann.«

Das Gerät gab eigenartige Geräusche von sich, hören konnte der Chef der Mord zwo seine Sekretärin aber noch. Die Hohmann sagte: »Wenn Sie Ihn besuchen, sagen Sie ihm auch einen schönen Gruß von mir, ja?«

Kohlund kam es so vor, als würde sie singen. »Ich besuche ihn nicht, ich brauche nur seine Adresse.«

»Ich übermittle gern Ihren Gruß, Frau Hohmann, und ich notiere.« Merghentin hatte sich einfach so ins Gespräch gemischt. Kohlund faszinierte dieser Enthusiasmus. Der freut sich, und die Hohmann freut sich auch. Jedenfalls sang ihre Stimme noch immer, als sie Merghentin Queißers Adresse nannte.

Und mich ... mich kotzt alles an.

14.

»Idiot!«

Hartmut Queißer brüllte und dabei riss ihm die Wunde im Mundwinkel wieder auf. Seit Wochen versuchte er, diesem kleinen verdammten Schnitt Herr zu werden, doch der Mundwinkel heilte nicht. »Verdammter Idiot!«

Der Rollstuhl stand ihm im Weg, er lag fast über dem Fahrer. Mit einer Hand umarmte er die harte Lehne, mit der anderen versuchte er krampfhaft, Mülltüten und Mülleimer festzuhalten. Das gelang nicht ganz. Joghurtbecher und Silberpapier fielen auf den Bürgersteig. Besonders peinlich war ihm die Packung Kukident. Er sammelte sie schnell wieder ein, doch der Typ im Rollstuhl hatte sie sicher bereits gesehen. Er fuhr sich mit der Zunge über die im Mundwinkel schmerzende Stelle.

»'tschuldigung«, sagte der Typ.

Entschuldigte er sich für das Im-Weg-Stehen oder hatte er eine Frage an ihn? Beides passte Queißer nicht in den Kram. Das Wegbringen des Mülls hatte er wochenlang vor sich hergeschoben, es stank schon in der Wohnung, daran hatte er es bemerkt. Und als Queißer sich nun endlich aufgerafft hatte, den Müll zu entsorgen, stand ihm dieses Ding hier im Wege, und er konnte seinen Abfall ohne Handschuhe aufklauben.

»Wissen Sie, ob Herr Hartmut Queißer hier wohnt? Die Klingelschilder sind mir zu hoch, ich kann sie nicht lesen.«

Der wollte zu ihm! *Ich gebe mich nicht zu erkennen*, war Queißers erster Gedanke. Er schob Margarinedosen, Tetrapacks und Packpapier zurück in den Eimer und den Beutel. Reste von Milch und Saft tropften ihm auf die Finger. Ein Stück Plaste geriet ihm unter den Nagel. *Der kann mich mal!*

»Verdammt! Was stehen Sie hier denn im Weg herum?«

»Sie sind Hartmut Queißer.« Der Typ grinste. »Genauso hat mir Lars Kohlund Sie beschrieben. Aufbrausend, exakt, selbstbewusst.«

»Ich habe zu tun.« Damit wollte Queißer am Rollstuhl vorbei zu den Müllcontainern. Doch der Typ schob sich ihm erneut in den Weg.

»Ich bin nicht mehr im Dienst. Ihre Fragen können Sie sich sparen.«

»Hauptkommissar Kohlund hat bereits mit Ihnen gesprochen?«

Ja, was denn sonst! Und Queißer hatte dem Leutnant und zeitweisen Freund bereits gehörig den Kopf gewaschen. Der konnte ihm doch nicht Leute auf den Hals hetzen, nur weil er sie selbst loswerden wollte. Das hier war also besagter Oberkommissar Merghentin. Auf den ersten Blick keine Tunte, aber mit Schwulen hatte er nie gut gekonnt. Jedenfalls hatte er offiziell keinen je in seiner Abteilung gehabt. Heute war das ja eine Epidemie, kein Gewerk ohne seinen Quotenhomo. Bald müsste man sich dafür entschuldigen, dass man normal veranlagt war. Die Stelle in seinem Mundwinkel juckte. Mit der Zunge löste er so was wie Grind. Damit lag die Wunde jetzt wieder offen.

»Merghentin ist mein Name. Grischa Merghentin.«

»Meinen kennen Sie ja schon.«

Nein, Behinderte waren niemals sein Fall. Nun hetzte sie Kohlund ihm auf den Hals. Queißer hatte sich stets um den Durchschnitt bemüht. Sagte die Statistik zweimal pro Woche Sex, hatte er zweimal in der Woche Sex. Auch bei Alkoholkonsum und Tabakverbrauch lag er im Mittel. Durchschnittsbürger in allen Belangen, da schöpften Verdächtige, Verbrecher und Monster keinen Verdacht. Queißer war ein guter Kriminalpolizist gewesen. Seine Aufklärungsquote lag über dem Durchschnitt, darauf war er stolz, auch heute noch stolz. Doch seine Erfolge hatten bei der Evaluierung keine Rolle gespielt. Queißer hatte das Alter für den Vorruhestand. Sie legten ihm nahe, diesen zu nutzen. *Fast so viel Geld wie bei acht Stunden Arbeit! Und nur freie Zeit. Mann, Queißer, Sie sind ein Glückskind!* Das sah er anders.

Der Typ im Rollstuhl hatte ein offenes Lachen und seine Zähne, die waren noch echt. Zum Glück hatte Queißer, bevor er seine Wohnung verließ, das Gebiss eingeschoben. Die Packung Kukident hatte der junge Kollege trotzdem gesehen, da war sich der alte Kriminalpolizist sicher. Er betastete die schmerzende Stelle am Mund.

»Für mich ist das Kapitel beendet. Kein Interesse, junger Mann.«

Hätte lieber gar nichts sagen sollen, der Kohlund. Queißer ertrug seinen Schüler hin und wieder auf ein Bierchen, aber von der Arbeit und den alten Kollegen wollte Hartmut Queißer nie wieder etwas hören. Es interessierte ihn nicht. Und jetzt fiel er fast auf diesen Oberkommissar, der alles erfüllte, was er nicht mochte: behindert, schwul, Wessi. Hätte dieser Merghentin geklingelt, hätte sich Queißer verleugnet und hinter der Gardine mal aus dem Fenster geschmult. Jetzt saß der ihm gegenüber bei den Mülltonnen. Er hätte im Bett bleiben sollen. Sicher wuchs ein Barthaar in der Wunde am Mundwinkel. Er musste sich das mal vor dem Spiegel betrachten.

»Ich möchte nur kurz mit Ihnen reden. Vielleicht finden wir gemeinsam eine Spur.«

»Drei Jahre haben wir ermittelt. Nichts, was eine Spur gewesen wäre. Nichts. Ein Toter im Baum, als hätte der lebend nie existiert.«

Mitleid kannte Queißer nicht. Dieser Mensch würde ihn nicht überreden. *Nein!*

»Wissen Sie, Herr Queißer, ich glaube, Hauptkommissar Kohlund will mich ins Aus manövrieren. Er gibt mir den Fall, den selbst der große Queißer nie hat lösen können. Und weil ich das nicht kann, bin ich draußen.«

Queißer wusste nicht, wovon dieser Typ sprach.

»Sehen Sie selbst, Major Queißer, ich bin ein Wrack. Als Mitleidsnummer für die *Aktion Mensch* vielleicht noch vorzeigbar. Aber bei der Kriminalpolizei arbeiten Kerle! Die wollen mich da raus haben. Die kommen besser ohne mich klar.«

»Ich bin schon draußen.«

»Ich dachte, Sie sind freiwillig aus dem Polizeidienst geschieden.«

»In den Akten wird's so stehen.«

»Akten muss man lesen können. Queißer, ich will's denen zeigen. Dem Miersch und dem Kohlund. Der Fall ist lösbar, das wissen Sie auch.«

»Dann hätte ich ihn gelöst.«

»Schaffen Sie den Müll endlich fort, und wir reden ein Stück.«

Queißer wurde sich wieder seines Abfalls bewusst und lief zu den Tonnen, die zum Himmel stanken. Dieser Merghentin würde ihn nicht überzeugen. *Nein!* An der Ehre wollte er ihn packen. Das hatten die Genossen damals auch versucht. Und sie hatten's geschafft. Ja, er hatte seinen Verstand oft der Parteidisziplin untergeordnet. Ja, er hatte zur Waffe gegriffen, als man es ihm '89 befahl. Nein, er hätte sie nie eingesetzt. Aber wer würde ihm das glauben? Die Genossen besaßen ein langes Gedächtnis. Und die neuen Machthaber entschieden nach Aktenlage und nicht nach Person. Er wollte sich ihnen nicht noch mal zum Fraß vorwerfen lassen. Sie hatten ihn kleingekriegt. Er hatte sich für den Ruhestand entschieden, nicht für die Streichung der Hälfte seiner Dienstjahre. Wäre er geblieben, er hätte angefangen, als wäre er grad von der Schule gekommen. Und wer gab die Befehle? Schnösel wie dieser Miersch. Der da im Rollstuhl war auch nicht im Osten aufgewachsen. Queißer lehnte es ab, mit solchen Kollegen zu arbeiten. Und Queißer konnte ablehnen.

Der Deckel knarrte. Der Biomüll dampfte. Hartmut Queißer stopfte seinen Dreck oben drauf.

»Meine Antwort ist Nein, und sie bleibt Nein.«

»Einmal entschieden, heißt bei Ihnen für immer. Sie revidieren nie etwas und pflegen Ihre Vorurteile. Es muss so sein, weil es so sein muss. Alles andere würde Ihre ganzen mühsam aufgebauten Vorurteile zum Einsturz bringen. Da ginge dann das nächste

Weltbild flöten. Mensch, Herr Queißer, ich verlange ja nicht, dass Sie mit mir auf Streife gehen, aber ein paar Fragen werden Sie mir doch beantworten können.«

»Ich bringe den Mülleimer hoch.«

»Ich warte auf Sie.«

Hartmut Queißer stapfte in den dritten Stock. Der Typ würde warten, da war er sich sicher. Was sollte er sagen? Es war aus und vorbei. Die alten Zeiten kamen nicht wieder. Als Queißer aus dem Fenster schaute, hatte Merghentin seinen Sitzplatz gedreht und blickte zur Straße. Die Marquarten von gegenüber machte sich schon auf den Weg, wer das wohl war, der da im Rollstuhl. Das würde Gesprächsstoff geben. Dabei war Queißer froh, dass er dieser Straßengemeinschaft seit Jahren keinen Gesprächsstoff lieferte. Jetzt stand der Merghentin da, und die Marquarten ging auf ihn los. Queißer war schneller als die Dame und kam völlig außer Atem unten an.

»Fahrstuhl ist nicht, und ich kann Sie nicht hoch zu mir tragen. Wo gehen wir hin?«

»Sie kennen sich aus. In der Gegend bin ich ganz selten.«

Ausrede. Diese Wessis wollten doch die Stadt gar nicht kennenlernen. Auch nicht den Osten. Siebzig Prozent von denen waren noch nie auf dem Gebiet der DDR gewesen. Queißer interpretierte auch diese Zahl als geschönt. *In der Gegend bin ich ganz selten.* Er hätte gar nicht herkommen müssen. Und wieder fühlte er mit der Zunge an der gewissen Stelle im Winkel. Half da wohl ein Medikament?

»Der Park ist nicht weit weg.«

»Dann fahren wir hin.«

»Soll ich Sie schieben?«

Queißer überquerte mit Merghentin die Prager und nahm einen Seitenweg hin zum Friedenspark. Da joggten zur Morgenzeit Studenten, die die Gewichtsreduzierung wahrlich nicht nötig gehabt hätten. Auf einer Wiese verrenkten sich vier Personen in asiatischer Meditation *Yoga* oder *Tai-Chi* oder wie das Zeug hieß. In China übten so ganze Regimenter auf Plätzen und Alleen, das hatte Queißer im Fernsehen gesehen. Einer sprach vor, und die Gruppe hob langsam das andere Bein.

Er schob Merghentin neben eine Bank. Fünf Minuten konnte er sich schon in die Sonne setzen. Queißer nahm selbst Platz und schaute zu der meditierenden Meute.

»Was wollen Sie eigentlich?«

»Ich habe mich beim Chef der Mord zwo wieder dienstbereit gemeldet, und Kohlund schiebt mir so eine verstaubte Akte in die Hand, mit der ich mich einarbeiten könnte, um den polizeilichen Aufgaben gewachsen zu sein. Und ich werde verdammt noch mal das Gefühl nicht los, dass der Kohlund schon längst ohne mich plant. Ich bin raus aus der Nummer. Nicht mal zum Quotenfreak bin ich geeignet.«

»Kann passieren.«

»Nee, das passiert nicht! Sehen Sie doch mal, Major Queißer, da hängt einer im Baum, unter dem seit fast hundert Jahren Menschen in den Tod fahren. Da hängt der doch dort nicht ohne Grund.«

»Wir haben keinen gefunden. Wir wissen ja nicht mal, wie der Mann hieß.«

»Erzählen Sie mal.«

»Sie haben die Akte doch gelesen, Merghentin. Was soll ich Ihnen Neues berichten?«

»Major Queißer, Sie haben sich doch auch bei den Verhören wieder und wieder das Gleiche erzählen lassen.«

Konnte er nichts gegen sagen. Queißer wagte einen verstohlenen Blick auf seinen Gesprächspartner. Der sah zu den asiatischen Meditateuren. Die schoben jetzt ihre Arme immer wieder am Körper entlang, und wenn ihre Hand der Sonne am nächsten war, schrien sie *Ah!* Dann schoben sie ihre Hände zurück.

»Ein Auto ist gegen den Baum gefahren. Ein Kopf ist ihnen aufs Wagendach geknallt. Daraufhin stellen wir fest, im Baum hängt eine Leiche.«

»Und wäre das Auto nicht dagegen gerast, hätte keiner diese Leiche entdeckt?«

»Wie denn? Gehen Sie durch den Wald und gucken nach oben? Nicht mal hier im Park tun wir das. Außerdem kann man nur im Winter ohne die Blätter überhaupt was erkennen.«

»Was heißt, er sollte gar nicht entdeckt werden. Es war purer Zufall, dass er es wurde.«

»Ein Stück vom Bein war schon weg.«

»Auch der Schädel im Feld allein hätte nicht zu dem Mann im Baum geführt?«

»Sicherlich nicht.« Worauf wollte der junge Mann hinaus? Allmählich regte sich die Neugierde in Queißer. Vielleicht war dieser Westkommissar doch nicht so übel, wie er gedacht hatte.

»Und wie genau hat der Mann da im Baum gehangen?«

»Der hatte eine Schlinge um den Hals. Ob das die Todesursache war, hat der Arzt nicht mehr feststellen können.« Jaenicke, sicher war das Jaenicke gewesen. Aber genau konnte sich Queißer nicht erinnern.

»Selbstmord?«

»Könnte sein. Aber das Seil war um den Bauch des Toten gewickelt, um seine Beine, und die Füße standen auf einem Ast. Das spricht gegen den Selbstmord.«

»Warum bindet man sich an, wo auch immer?«

»Damit man nicht weg kann.«

»Eben. Vielleicht wollte der Mensch da im Baum im Baum bleiben. Für immer.«

»Warum denn das?«

»Weil ihn etwas da gehalten hat. Weil er einen Grund hatte, genau über dieser Stelle zu hängen.«

»Und das hat mit einem Unfall zu tun?«

»So meine Vermutung.«

»Wäre zumindest eine Idee, auf die wir nicht gekommen sind. Er bringt sich an der Stelle um, an der seine Liebsten umgekommen sind.«

»Er fühlte sich schuldig.«

»Tote gab es genug.« Queißer lächelte Merghentin an. Die Meditierenden packten ihre Sachen. Er war versucht, ihnen einen Befehl zum Abmarsch zu geben.

»Müsste man in den Archiven mal nachschauen, was so passiert ist.«

»Ja. Wenn Sie aber bereits darauf gekommen sind, warum fragen Sie mich?«

»Weil mir sonst keiner glaubt. Und irgendeine Unterstützung will man schon haben, bevor Kohlund sich totlacht.«

»Und da fragen Sie mich?«

»Sie kennen den Fall und könnten mich vielleicht in die Archive begleiten. Die sind so langweilig. Wenigstens zum Kaffeetrinken will man einen Gesprächspartner haben.«

Hartmut Queißer war überzeugt, dass er mit diesem Kollegen hier seinen Spaß haben würde. Und was noch wichtiger war, er könnte seinen letzten Fall abschließen. Merghentins Kombinationen klangen einleuchtend. Vielleicht zeitigte sie auch Erfolg. Hauptkommissar Kohlund müsste Merghentins Arbeit anerkennen und ihn wieder ins Team holen. Wenn das nicht eh von vornherein seine Absicht gewesen war. Queißer kannte seinen Schüler. Er hätte selbst so gehandelt. Vorausgesetzt, er wäre auf diesen Dreh hier gekommen. Sein Mundwinkel schmerzte nur leicht.

»Um die Ecke ist noch ein Imbiss. Ich lade Sie ein, Merghentin.«

»Ich sage Ja. Übrigens, gegen offene Lippen hilft Kamillensalbe. Sagt meine Mutter.«

»Wenn die das sagt, sollte ich es damit probieren.«

15.

»Weiterhin möchte ich Sie auf eine Vermisstenmeldung aufmerksam machen. Seit heute genau zwölf Tagen gibt es von dem in Leipzig ansässigen Rechtsanwalt Dr. Kim Fleischer kein Lebenszeichen. Wir nehmen weder private noch berufliche Gründe für sein Verschwinden an. Ich möchte Sie bitten, diese Nachricht entsprechend Ihren Möglichkeiten zu platzieren. Hinweise nimmt jede Polizeidienststelle entgegen, auf Wunsch auch anonym.« Kriminaldirektor Konstantin Miersch beendete die Ausführungen der wöchentlichen Pressekonferenz. »Für Ihre Fragen stehen Ihnen die Kollegen sehr gern zur Verfügung.«

Auch der Pressesprecher sammelte seine Akten zusammen. Sie rechneten nicht mit einem Journalistengespräch. Überhaupt war die Konferenz heute nur mäßig besucht. Das beruhigte Thorst Schmitt, er nahm solche Termine in Vertretung seines Chefs nicht gern war. Er redete nicht gern in der Öffentlichkeit, sein Auftreten kam ihm zu linkisch vor.

Da saßen sie vor ihm: die Biederstedt, *Bild*, die Herren und Damen der Printorgane. Skandalreporter Joseph Hönig fehlte entschuldigt. Er fuhr auf Skiern in den Alpen seinen Resturlaub ab, hatte Kriminaldirektor Konstantin Miersch scherzhaft die Konferenz eröffnet. *Zumindest ich vermisse ihn sehr.*

»Ich stelle die Fragen für ihn.« Die Biederstedt, *Bild*, sorgte für einen Lacher. Nur ein Rundfunkmikrofon hatte man vor ihnen auf dem Podium platziert. Der *mdr* und das *Sachsen Fernsehen* hatten ihre Kameras an der hinteren Wand postiert. Die Männer waren bereits am Umbau. Der Pressesprecher hatte ihnen ein Interview versprochen. Zwei Diebstähle in der Kleingartenkolonie »Grüne Aue«, ein gescheiterter Taxiraub, eine versuchte Vergewaltigung nach einem Diskothekenbesuch in den Promenaden ums Zentrum der Stadt. Selbst für ungeübte Teilnehmer wie Hauptkommissar Schmitt war diese Pressekonferenz unspektakulär. Und er war erleichtert, dass keiner der Journalisten die Brisanz im Fall Fleischer erkannte. Doch da hob ausgerechnet Annika die Hand. Der Pressesprecher gab ihr das Wort.

»Gibt es bei diesem Vermisstenfall Fleischer gar keinen Hinweis?«

»Gar keinen.«

Schmitt schüttelte kaum merklich den Kopf. Annika musste doch dieses Zeichen verstehen. *Mensch, Mädel, ich gebe dir gern noch mehr Tipps, aber das muss doch nicht vor der Konkurrenz passieren. Du musst noch viel lernen.* Er wollte sowieso mit seiner Tochter sprechen. Wegen Gabriele. Das war kein Zustand. Sie mussten eine Entscheidung treffen, wie lange noch und ob überhaupt.

Schmitt betrachtete die Sache emotionslos und nüchtern. Ins Leben zurückholen konnte Ärzte Gabriele nie, da war nichts mehr zu machen. Er hatte die Bilder der menschlichen Wracks im TV gesehen, die mümmelten unverständliche Worte und geiferten sich auf Lätzchen, Pullover und Hosen. Seiner Frau wollte er dieses Elend ersparen. Außerdem lag Gabriele sowieso nur im Bett und zeigte keinerlei Reaktionen. Der Arzt hatte ihn zur Seite genommen und ihn gebeten, dieses künstliche Im-Leben-Halten zu überdenken. Seit mehr als einem Jahr hatte sich Gabrieles Zustand nicht verbessert. Verschlechtert hatte er sich allerdings auch nicht.

»Ich frage mich, ob das Verschwinden des Anwalts mit der Betriebsbesetzung bei *Amar Textil* in Verbindung stehen kann.«

Sicher könnte es damit in Verbindung stehen. *Es könnte, Annika, könnte, Konjunktiv, Möglichkeitsform.*

»Dafür haben wir keine Beweise.«

»Ich frage, weil ...«

Der Rest ging im Gemurmel ihrer Journalistenkollegen unter, die längst ihre Sachen gepackt hatten und jetzt auch Annikas Frage überhörten. Ihnen saß die Uhr im Nacken. Redaktionsleiter hatten keine Zeit, und Muße gab's im Medienbetrieb schon gar nicht. Annika wiederholte ihre Frage, die wieder keiner verstand. Und Schmitt bat insgeheim inständig, sie möge jetzt den Mund halten. Annika wollte doch die Tatsache exklusiv, warum stellte sie ihre Fragen dann vor versammelter Meute? *Du musst noch viel lernen.*

»Das war's dann Kollegen, ich danke für Ihre Aufmerksamkeit.«

Da verstand ja Schmitt mehr von diesem Geschäft als seine Tochter. Was ihm erneut bewies, dass Annika für den Journalistenjob ungeeignet war. Völlig ungeeignet. Das hatte schon ihr erster Fall bewiesen. Vor lauter Ehrgeiz hatte Annika die Gefahren übersehen, und ihr Freund, der ebenfalls Journalist werden wollte, war dabei umgekommen.

Schmitt erhob sich und versuchte, den Blick seiner Tochter auf sich zu ziehen. Als sie zu ihm herüberschaute, wies er mit einer kurzen Kopfbewegung zur Nebentür. Annika hatte verstanden und lächelte.

»Warum fragt keiner nach Delthoff bei der Konferenz?«

Die Antwort konnte Schmitt ihr nicht geben. »Vielleicht, weil keiner drauf kommt. Oder weil's keinen interessiert. Oder vielleicht, weil es gar keine Verbindung gibt.«

»Doch. Es gibt einen Zusammenhang, ich spüre es, ich spür's.«

»Mit Gefühl kommt man weder bei der Presse noch bei der Polizei weiter.«

Schmitt sprach wider besseren Wissens. Sehr oft hatte die Intuition Kriminalisten auf die richtige Spur geführt. Hercule Poirot kam ohne sie gar nicht aus, und Miss Marple und der Wallander und wie sie nicht alle hießen auch nicht. Gabriele hatte den Bücherschrank voll mit Kriminalromanen. Und auch bei der Mord zwo hatten sie schon oft auf den vermeintlichen Zufall vertraut. Auf das Gespür, auf ihre Nase. Doch hier roch Schmitt gar nichts, so sehr er auch schnüffelte. Die Verbindung zwischen Delthoff und seinem Anwalt hatte nichts damit zu tun, warum Fleischer verschwunden war. Schmitt war sich da sicher, doch seine Tochter überzeugte er nicht.

»Da stehen hundert Frauen und demonstrieren. Und das soll mit Fleischer nichts zu tun haben? Der war der Anwalt von dem Kerl, der Muttis Kolleginnen entlässt und dabei noch Geld absahnt.«

»Ja und? Vernebelt dir nicht die Tatsache das Hirn, dass Mutti genau dort gearbeitet hat?«

»Na, sag mal, das hat mit Mutti doch gar nichts zu tun. Die hat ja längst nicht mehr in der Bude gearbeitet. Aber in der Wirtschaft wird mit harten Bandagen gekämpft. Da gibt es Opfer. Schau dir die Schlagzeilen an.«

»Wirtschaftskämpfe finden auf dem Börsenparkett oder bei den Banken statt, aber doch nicht mit Gewalt und vorgehaltener Pistole. Und bei deiner Theorie müssten ja die armen Frauen den Anwalt –«

»Da steckt mehr dahinter«, unterbrach sie ihn. »Da werden ganz unsaubere Spielchen gespielt.«

»Sicher, Annika, sicher. Und du darfst auch gern darüber schreiben. Was willst du denn wissen?«

Annika blickte ihren Vater an, als wäre der vom Mond herabgestiegen. Sie suchte nach Worten. »Willst du mich nicht gerade vom Gegenteil überzeugen?«, fragte sie schließlich.

»Und würdest du mir das als Journalistin glauben und auf deine Fragen verzichten?«

»Nein.« Annika griff nach Notizbuch und Stift. »Natürlich verzichte ich nicht. Was hast du zu sagen?«

Schmitt wusste, dass er mit unlauteren Mitteln arbeitete. Aber keiner der Journalisten hatte diese Frage gestellt, und niemand konnte etwas dagegen haben, wenn eine junge Volontärin zu ihm den direkten Kontakt suchte, weil sie öffentlich nicht zu Wort gekommen war. Schmitt entschied sich für den Skandal, und wenn die Presse hinter Delthoff, Müller und Konsorten her war, dann hatten er und die Schabowski Ruhe, um andere Spuren zu verfolgen.

»Es stimmt. Fleischer ist der wortführende Anwalt im Prozess um die *Amar Textil.* Auf Empfehlung des Gerichts hat er versucht, zwischen den Parteien zu vermitteln. Allerdings haben beide Seiten das Gespräch abgelehnt.«

»Warum?«

»Warum? Um die Vergleichssumme in die Höhe zu treiben.«

»Inklusive des Risikos, den Prozess ganz zu verlieren?«

»Man muss verlieren können. Aber die Chancen auf den Gewinn sind verlockend.«

»Wer versucht denn, den größten Profit rauszuschlagen?«

»Die Betriebsbesetzerinnen jedenfalls nicht. Das ist meiner Meinung nach nur ein Geplänkel, um die Öffentlichkeit zu täuschen. Muttis Kolleginnen haben, glaube ich, die Hoffnung bereits aufgegeben. Ich habe mit Gisela und anderen Frauen gesprochen. Optimistisch klangen die nicht.«

Schmitt sah sie vor sich, die Arbeiterinnen. Tapfer hatten sie die Plakate hochgehalten. Den Kampf hatten Frau Bendoreit-Kommon und Herr Müller übernommen. Um die Belange der Belegschaft von *Amar Textil* schienen sie sich jedoch nur wenig zu kümmern.

»Du meinst …«

»Sie hätten's verdient. Aber die Spitzen von Betriebsräten und Gewerkschaften sind einem persönlichen Vorteil nicht abgeneigt. Ich würde da mal nachbohren, Annika. Rede mit Gisela. Da scheint mir manches im Argen, nur kann ich von der Kriminalpolizei da gar nichts tun.«

»Danke, Papa, ich werde mich darum kümmern. Hoffentlich kriege ich den Artikel dann los. Immer dieselben Jammer-Schlagzeilen will keiner lesen.«

»Das liegt am System, meine ich.«

»Für das ihr damals auf die Straße gegangen seid.«

»Manchmal könnt es einem fast leid tun ... Sag mal, hast du noch Zeit auf einen Kaffee. Wir müssten mal über Mutti –«

»Geht es ihr besser?« Annika stand die erwartungsvolle Freude ins Gesicht geschrieben. »Ich habe gewusst, dass sie zu uns zurückkommt.«

Offenbar hatte auch seine Tochter Gabriele schon im Jenseits gesehen. Wo sie nach Schmitts Meinung immer noch war, und von dort kam nie wieder jemand zurück.

»Annika, Mutti wird sterben. Wir sollten ihr es erleichtern.«

»Sag mal, spinnst du? Steigt dir dein Mordskram zu Kopfe. Mutti lebt.«

»Kind, sie lebt nicht, selbst die Ärzte meinen ...«

»Sie lebt! Und sie wird wieder gesund.«

»Du machst dir doch nur selbst was vor, Annika. Du weißt, dass das nicht stimmt.«

»Doch! Doch!«

Annika sank an Schmitts Hals und schluchzte. Er konnte sich nicht erinnern, dass sie das als Kind jemals getan hätte.

»Wir können die Apparate nicht abschalten. Das wäre Mord! Mord!«

Schmitt streichelte seiner Tochter sanft über das Haar.

16.

»Das ist ein Skandal!«

Kaum hatte Kohlund das Zimmer betreten, knallte er Agnes Schabowski die Zeitung auf den Tisch. *Anwalt gekidnappt?* stand in großen Lettern auf Seite eins. Und darunter *Betriebsbesetzung bei* Amar Textil *im Zwielicht. Von Annika Schmitt.* »Haben Sie davon gewusst? Hat Schmitt das mit Ihnen abgesprochen.«

»Nein. Worum geht es?«

»Um diesen Mist hier! Das kann doch nicht wahr sein! Und von Ihnen lass ich mir diesen Fall aufdrängen, ich selten dämliches Rindvieh. Diesen Vermisstenfall hätte gut der Pfeiffer machen können. Jetzt haben wieder wir diese Geier von der Presse am Arsch.«

»Vielleicht hat Annika ja recht mit dem, was sie schreibt.«

Die Schabowski war noch nicht über die Hauptschlagzeile hinausgekommen und vermutete nur, was Annika geschrieben hatte. Doch sie konnte sich den Inhalt auch denken. Warum der Chef ausrastete, blieb ihr ein Rätsel. Die Presse bekam bei ihm keinen Fuß in die Tür, ob Hönig, ob die Biederstedt, *Bild*, oder jetzt Annika Schmitt.

»Da muss ihr Schmitt etwas gesteckt haben. Der Kriminalrat jedenfalls tobt. Der will uns zur Sitzung in zwanzig Minuten. Ich sag Ihnen gleich, das ist Ihr Fall. Sie haben ihn haben wollen, um diesen Anwalt zu retten. Jetzt sitzen wir drin in der Scheiße. Guten Tag!«

Damit war die Tür wieder zu und Kohlund verschwunden. Die Schabowski überflog den Artikel. *Ein Vermisstenfall beschäftigt die Polizei. Rechtsanwalt Kim Fleischer ist seit zwölf Tagen verschwunden. »Es besteht kein Anlass zu Panik, so etwas kommt jeden Tag vor«, berichtet der ermittelnde Kommissar.* Schmitts Namen verschwieg Annika. Falls sie die Informationen wirklich von Schmitt hatte. Auf der Pressekonferenz waren sie nicht ins Detail gegangen, hatte er ihr erzählt. *Dabei ist jener Kim Fleischer Anwalt in einem der spektakulärsten Wirtschaftsprozesse in dieser Stadt:* Amar Textil. *Suchte der Anwalt die Vermittlung, wie Zeugen behaupten? War er einer der streitenden Parteien im Wege? Seit Wochen läuft der Kampf der Arbeiterinnen von* Amar Textil *um den Erhalt ihrer Arbeitsplätze. Eine Fortbestandsgarantie konnte der Firmenchef Armin Delthoff nicht geben, jetzt steht das gesamte Werk zur Disposition. Um dem Ausverkauf ihrer Firma zu verhindern, halten die Werktätigen den Betrieb besetzt. Weder Armin Delthoff noch die Arbeitervertretung konnten bislang zu einer von beiden Seiten akzeptiertbaren Einigung gelangen. Die Fronten sind so verhärtet, dass der Fall* Amar Textil *zurzeit die Gerichte beschäftigt. Auf unsere Interviewanfragen verwiesen die Beteiligten auf das laufende Verfahren. Und jetzt ist der Anwalt von Armin Delthoff verschwunden. Seit Tagen gibt es von ihm kein Lebenszeichen. Die Vermutung liegt nahe, dass ein Zusammenhang zwischen dem mysteriösen Verschwinden und dem Arbeitskampf besteht.*

Die Schabowski konnte an dem Artikel nichts Skandalöses entdecken. Wahrscheinlich hätte sie einen solchen Artikel selbst ähnlich verfasst. Annika stellte die richtigen Fragen. Es war verwunderlich, dass der Anwalt genau in dem Moment verschwand, als der Prozess begann. Diese Fragen durfte man doch stellen. Sie und Schmitt stellten sie auch. Wollte Kohlund die Antworten etwa nicht hören?

Sie holte sich bei der Hohmann einen Kaffee, begab sich ins Büro des Chefs und setzte sich an den langen Tisch. Keine Minute später stürmte der Direktor herein und rief noch im Gehen: »Alle da?«

Konstantin Miersch war übel gelaunt. Das hörte man und das sah man ihm auch an. Sein Kopf glühte, als sei der Herzinfarkt nah. Der Hemdkragen war dem Direktor eindeutig zu eng. Aber Miersch zog den Schlips noch straffer. Seine Hände trommelten auf der Tischplatte. Die Schabowski und Schmitt schauten gelassen. Kohlund wich dem Blick aller aus. Wahrscheinlich hatte er seinen Anschiss schon erhalten.

»Wie kann die Zeitung einen Zusammenhang zwischen Delthoff und diesem Fleischer herstellen?«

»Der Zusammenhang existiert. Fleischer ist Delthoffs Anwalt.« Die Schabowski glaubte, Miersch würde kollabieren.

»Aber mit Fleischers Verschwinden hat Delthoff doch nichts zu tun!«

»Das hat auch keiner behauptet.«

»*Die Vermutung liegt nahe, dass ein Zusammenhang zwischen dem Verschwinden und dem Arbeitskampf besteht.* Was soll das denn sonst heißen?«

»Dass es eine Vermutung ist, die durch nichts bewiesen ist«, erwiderte die Schabowski. »Eine Vermutung, Herr Direktor.«

»Der Wirtschaftsdezernent ruft mich an. Der Delthoff ruft mich an. Seine Frau steht in meinem Vorzimmer rum. Und ich weiß von nichts. Ich weiß nicht einmal, dass Sie in dieser Richtung ermitteln. Ich hätte das auch niemals gutgeheißen.«

»Wir können doch nicht verhindern, dass sich Journalisten Gedanken machen. Sie waren doch auf der Pressekonferenz dabei. Mehr hat keiner den Medien gesagt.« Die Schabowski war sich sicher, dass das der Wahrheit entsprach. Sie traute Schmitt nicht zu, dass er Interna ausplauderte. Annika war es dagegen gut zuzutrauen, dass sie einen solchen Artikel verfasste. Der Vater im Präsidium und die Tochter bei der Zeitung – Miersch war diese Familienbeziehung offensichtlich noch unbekannt, sonst hätte er Schmitt in die Zange genommen.

Vielleicht hatte Schmitt seine Tochter nur auf Offensichtliches hingewiesen. Weil sonst der Kampf von *Amar Textil* in den Kurzmeldungen untergegangen wäre. Weil nach zwei Tagen niemand mehr darüber schrieb. Sie hatte jedenfalls Sympathie für diese Frauen. Annika hatte sie auch. Es waren die ehemaligen

Kolleginnen ihrer Mutter, vielleicht hatte sie mit Giselas Kindern gespielt. Die Schabowski verstand nicht, warum sich der Kriminaldirektor so echauffierte.

»Herr Direktor, es liegt kein Grund vor, in Panik zu geraten. Niemand hat Delthoff verdächtigt.«

»Die Öffentlichkeit sieht das anders. Diese Betriebsbesetzung wird zum Politikum, und wir sind daran schuld. Diese dilettantische Ermittlung hat erst diese Richtung gewiesen.«

»Vielleicht ist der Umgang des Herrn Delthoff mit den Fördermitteln und den Arbeitsplätzen das Politikum«, sagte Schmitt gelassen.

Miersch fehlten die Worte. Kohlund sah aus dem Fenster.

»So kommen Sie mir nicht aus dieser Sache heraus. So nicht!«, brüllte der Kriminaldirektor und verließ im Stechschritt den Raum. Die Tür schlug hinter ihm ins Schloss. Putz bröckelte von der Wand, und das Fensterglas vibrierte. Die drei Kommissare schwiegen.

Nach Minuten schob Manuela Hohmann den Kopf durch die Tür und servierte frischen Kaffee.

»Dem machen seine Freunde Druck«, sagte Kohlund. »Und ich muss es ausbaden.«

»Ab einer bestimmten Leitungsebene muss man die Verantwortung wahrnehmen, auch wenn es einem persönlich vielleicht nicht gefällt.« Schmitt schenkte sich frischen Kaffee ein.

»Die schauen uns jetzt genau auf die Finger. Wir können uns keinen Fehler mehr leisten.«

»Mensch, Lars, wir haben keinen Fehler begangen.

Und dass in der Stadt über ihre Unternehmer und die Betriebe diskutiert wird, kann doch nicht falsch sein. *DHL, BMW, Porsche* ... wenn es gut läuft, berichten sie gern. Aber wenn es nicht läuft, dann soll davon kein Wörtchen in der Zeitung stehen? Warum regt sich Delthoff denn so auf, wenn alles mit rechten Dingen zugegangen ist?«

Die Schabowski sagte: »Hainar Krumpholz, der Kollege des Vermissten, meint, die Fördermittel wurden richtig verwendet. Die Arbeitsplätze werden zu recht abgebaut. Sonst hätten er und Kim Fleischer den Fall niemals übernommen.«

»Das mag ja sein. Ich vermute nur, da liegt einiges im Argen. Deswegen der Aufstand. Deswegen die Brüllerei. Ich sage nur, getroffene Hunde ...« Damit trank Thorst Schmitt einen Schluck Kaffee.

»Thorst, das ist einfach scheiße.« Kohlund hatte sich noch nicht wieder im Griff, das hörte die Schabowski an seiner Lautstärke. »Und das ist wirklich nicht Aufgabe der Polizei.«

»Du schwatzt doch täglich vom engagierten Bürger. Und jetzt schreibt die Zeitung mal was und setzt sich ein, da ist es dir auch wieder nicht recht.«

»Diesen Artikel hat deine Tochter geschrieben. Wenn der Direktor das erfährt, dann –«

»Sippenhaft ist in diesem Staate verboten. Oder irre ich mich?«

»Raus! Macht euch raus!« Kohlund sprang so hektisch auf, dass die Kaffeekanne auf dem Tisch klirrend an eine Tasse stieß. »Und kommt erst wieder rein, wenn ihr diesen Fleischer gefunden habt.«

»Wir arbeiten mit allen verfügbaren Kräften.« Schmitt zwinkerte der Schabowski zu, als stünden sie bei einer Verschwörung auf derselben Seite. Und vielleicht taten sie's auch.

Sie grüßten die Hohmann, die hinter ihrem Computer verschwand. Offensichtlich war das Gebrüll von Kohlund auch im Vorzimmer zu vernehmen gewesen. Die Hohmann schüttelte vorwurfsvoll den Kopf, sie hatte die Launen des Chefs abzufangen.

Als sie auf dem Gang standen, meinte Schmitt: »Wie wär's mit einem Kaffee, liebe Agnes?«

»Kaffee ist nicht mein Fall. Der von der Hohmann liegt mir immer noch im Magen.«

»Dann nimm doch ein Wasser. Ich geb dir eins aus.«

»Herzlichen Dank, lieber Thorst.« Es hätte ironisch klingen sollen, aber Schmitt hatte es anders offensichtlich verstanden.

Er strahlte sie an. »Liebe Agnes, für dich tue ich alles.«

Oh Gott, sie musste diesem Geplänkel ein Ende bereiten, der Schmitt glaubte sonst, sie wäre seinem Charme endgültig erlegen. Dabei hätte sie sich viel lieber dem Charme von Hainar Krumpholz hingegeben.

Schmitt zog die Getränke aus dem Automaten, während die Schabowski die Situation überdachte. Das war nicht normal, was mit dem Kollegen Schmitt und ihr abging. Sie hatte ihn um einen Rat gebeten und wollte nicht den Mann privat noch dazu. Überhaupt, wie benahm sich Schmitt seit neuestem? Der schmierige Kommissar als Verteidiger der sozial Benachteiligten mit rechtsstaatlichen Mitteln? Der hatte seine Tochter gebrieft, da war sich die Schabowski inzwischen sicher. Und sie verteidigte den Kerl noch vor dem Chef und dem Direktor. Sie hatte gelogen. Und Schmitt nutzte das aus. Sie musste den Kollegen in die Schranken weisen, unbedingt und sofort. Schmitt kämpfte, er engagierte sich, vielleicht aus Sympathie für die Kolleginnen seiner Frau. Agnes Schabowski wollte niemals so mit ihm zusammengeraten. Da taten sich Abgründe auf. Abgründe!

Schmitt lächelte sie an. »Bitte, Frau Kollegin.«

»Wir waren doch schon beim du.« Hatte sie das wirklich gesagt? Sie nippte schnell am Sprudel und verschluckte sich.

Da schrie die Hohmann über den Gang: »Telefon! Frau Kommissarin, schnell. Telefon!«

Die Schabowski eilte ins Vorzimmer des Chefs zurück und griff zum Hörer. Am anderen Ende der Leitung sprach Carina John. »Er hat sich gemeldet. Kim hat sich gemeldet!«

»Wie?!«

»Kommen Sie schnell. Schnell!«

17.

Grischa Merghentin fühlte sich immer noch unsicher. Zwei Tage war er mit Kilian zur Probe durch die Stadt gefahren. Alle potenziellen Gefahrensituationen hatte er bestanden, wie früher in der Fahrschule mit dem strengen Fahrlehrer. *Setzen Sie rechtzeitig den Blinker! Mehr Gas! Überholen nicht im zweiten Gang! Mensch, machen Sie, dass Sie von dieser Kreuzung runterkommen!* Merghentin hatte seine praktische Prüfung damals nicht bestanden, wurde ein zweites Mal geprüft und absolvierte da den Parcours mit Bravour. Doch konnte er nie den Verdacht abschütteln, dass ihn sein Fahrlehrer absichtlich hatte durchfallen lassen, um noch mehr Geld zu kassieren. Damals hatte das Merghentin wenig gejuckt, die Oma hatte bezahlt. Sie hätte fast jede Summe gezahlt, denn der Enkel übernahm fortan die Fahrdienste, die ihre Tochter nie gern erledigt hatte. So fuhr Merghentin mit Oma über Land, zu Klassentreffen und Bridge-Nachmittagen. Hauptsache, er stand zum vereinbarten Termin zur Verfügung, und Oma musste nicht warten.

Doch jetzt zitterte Merghentin vor jeder Ampel. *Gang eingelegt? Richtige Spur? Fuhr der hinten nicht zu nah auf?* Major a.D. Hartmut Queißer wohnte am anderen Ende der City, Merghentin müsste quer durch das Stadtzentrum und zum Archiv, dann wieder zurück. Der Kommissar nahm nicht den schnellsten Weg, er nahm den komplikationslosesten am Clara-Park vorbei zum Bayerischen Bahnhof, dann Johannisallee, Ostplatz und fertig. Doch im Kreisverkehr hatte sich ein Laster quer gestellt, es ging erst einmal gar nichts mehr, und Merghentin steckte im Stau. Gewitztere Fahrer holten aus, wendeten ihre Wagen und fuhren verkehrtherum im Kreisel. Grischa Merghentin war sich in seinem neuen Gefährt einfach nicht sicher. Er stand und blieb stehen.

Der Major a. D. würde zwar auf ihn warten, doch Merghentin machte gleich beim ersten Treffen keinen guten Eindruck. Er malte sich bereits aus, dass ihre Zusammenarbeit sofort wieder beendet wäre. Dabei hatte es doch so gut begonnen. Queißer hatte sich von Merghentins Enthusiasmus mitreißen lassen, die Idee vom Selbstmord nach einem Unfall fand er einleuchtend. Wer nichts mehr zu verlieren hatte, könnte sich am Ort des Unglücks erhängt haben. Queißer war begeistert und wollte mit Merghentin ermitteln. *Junger Mann, man braucht schon mal einen, mit dem man das alles bequatschen kann. Sie haben mich überzeugt. Ich bin dabei.* Der Oberkommissar hatte genickt und war stolz darauf, den eigensinnigen Zausel bekehrt zu haben. Kohlund würde sich wundern.

Aber nun stand Merghentin im Stau. Hinter ihm hupten Ungeduldige. Er richtete sich auf Wartezeit ein, die Polizei war noch gar nicht vor Ort. Das konnte dauern.

Merghentin hatte die Akte nochmals gelesen. Er hatte die Entdecker der Leiche selbst befragt. Das Ehepaar mochte sich nach all dieser Zeit nicht gern erinnern. *Was machen denn Sie, wenn Ihnen ein Schädel aufs Dach fällt! Der Schädel war echt. Haut und Knochen. Es hat ausgesehen, als würde er grinsen.* Gegrinst hatte der Schädel mit Sicherheit nicht. Wer Selbstmord begeht, hat nichts mehr zu lachen.

Ansonsten war von den Zeugen nichts Neues zu erfahren. Ihnen hatte einer die Kurve geschnitten, der Fahrer hätte grad so noch ausweichen können, und rumms! Das war's dann gewesen. *Ich hatte mit dem Leben schon abgeschlossen. Es ist aber glimpflich ausgegangen. Wir fahren noch immer dieselbe Marke, einen Peugeot.* Den beiden saß der Schrecken immer noch in den Knochen, das sah Merghentin ihnen an. *Und die Kinder! Die Tochter studiert. Und Martin kann sich an den Unfall zum Glück gar nicht erinnern. Er dachte, der Schädel sei ein Ball, und wollte mit dem Ding spielen. Mein Gott, ich seh' das noch vor mir! Ekelhaft. Einfach nur ekelhaft ist das gewesen! Dieser Kopf erscheint mir noch heute manchmal im Traum.* Die Mutter schüttelte sich auch jetzt. *Wie die Leiche in diesen Baum kam, wissen wir nicht. Wären wir nicht gewesen, vielleicht hinge sie noch immer da.* Merghentin stimmte zu, es war nur der Zufall, der den Toten entdeckte. Weitere Fragen stellte er nicht, sie wussten nicht mehr, hatten ihm alles gesagt. Der Kommissar hatte ihnen nur die schlechten Erinnerungen wieder ins Gedächtnis gerufen. Doch nun wollte es Merghentin erst recht wissen. Und Major a.D. Queißer auch. Der Tote im Baum war ihr gemeinsamer Fall.

Der Lastwagenfahrer schaffte es doch, seinen Lkw wieder in die Fahrbahn zu bringen. Der Stau löste sich auf. Die Sirenen der Polizei erklangen in der Ferne. Sie würden nichts mehr zu regeln haben.

Merghentin fuhr weiter. Mozartstraße, Riemannstraße, Bayerischer Bahnhof. Wenn er ehrlich war, dann quälten ihn die Zweifel, ob er vor Hartmut Queißer bestehen würde. Jahrzehntelang war der Alte die Respektsperson der Leipziger Kripo gewesen. Noch heute sprachen Kohlund und Schmitt nur mit Hochachtung und Stolz von ihrem ehemaligen Leiter, der Legende. Und jetzt arbeitete Merghentin mit diesem sagenumwobenen Mann zusammen. Der junge Kommissar war sich nicht sicher, wie sich diese Zusammenarbeit gestalten würde. Hoffentlich kam noch ein Stau, der das Treffen verzögerte. Doch der Verkehr rollte flüssig.

Vor Queißers Haus hupte Merghentin. Es hatte etwas von einem Rendezvous oder einer Irrfahrt ins Glück. Der Major winkte ihm aus dem Fenster, Sekunden später öffnete er die Beifahrertür.

»Guten Morgen«, sagte Merghentin.

»Na, so früh ist es ja nicht mehr, Herr Kollege.«

»Es gab Stau am Kreisel vorm Clara-Park.«

»Früher hätte ich solche Ausreden nicht gelten lassen. Aber als Rentner, was ist da Zeit? Ich habe uns bei Brigitte schon angemeldet. Sie legt uns die richtigen Akten schon mal raus. Wir haben zu tun.«

»Da bin ich mir sicher.«

Grischa Merghentin war erleichtert, dass Queißer ihn nicht zur Räson rief. Und mit der Archivdame hatte der Major a. D. auch schon geredet. Er war aktiv, dieser alte Genosse. Das lag am Fall, und ein wenig auch an ihm. Merghentins Laune konnte besser nicht werden. Und dass er Angst vor diesem neuen Wagen haben konnte, war eine Lüge.

Die Akten lagerten im Keller des Nebengebäudes des Polizeipräsidiums, bevor sie nach zwanzig Jahren vernichtet oder ins Staatsarchiv überführt wurden. Ein Fahrstuhl brachte die Kommissare ins Untergeschoss. Mit Schiebegitter und rumpelnden Geräuschen, sodass man nicht sicher sein konnte, ob man das Ziel erreichte. Die Dame, die sie begrüßte, war sicher Brigitte, so wie sich Queißer benahm.

»Die vor '86 sind vernichtet. Das Staatsarchiv wird nicht jeden Verkehrsunfall aufbewahren. Aber dort könnten Sie auch noch fündig werden. Ich habe die infrage kommenden Akten rausgelegt.«

Brigitte zeigte auf einen Tisch, und Queißer rollte Merghentin in seinem Stuhl dorthin. Es waren drei Stapel Unfallakten. Merghentin fühlte über die Aktendeckel, als seien sie Samt oder Seide. Im Film würde es stauben. Aber Brigitte war offensichtlich mit einem Lappen über die Pappen gefahren.

Die Archivarin lächelte. »Viel Spaß, meine Herren, bei Bedarf kann ich Ihnen noch mehr Akten bringen. Erst einmal haben Sie nur die Fälle die Kavalierskurve betreffend.«

»Das wird hoffentlich reichen. Herzlichen Dank, meine Liebe.«

Der alte Herr war ein Charmeur.

»An einem Tisch wird es für uns zu eng, Herr Merghentin, ich nehme diesen.«

Queißer setzte sich zwei Tische entfernt und trug einen Stapel der Akten dorthin. Das war die größtmögliche Distanz in dem kleinen fensterlosen Raum. Leuchtstoffröhren aus DDR-Zeiten flackerten an der Decke. Lange würde es Merghentin hier drinnen nicht aushalten.

Die Anzahl der Fälle schien dem Kommissar beträchtlich. Wenn das wirklich alles die Unfallakten aus der Kavalierskurve waren, war es dringend notwendig gewesen, diesen Gefahrenpunkt zu beseitigen. Merghentin hatte die neue Straße gesehen. Viersprurig, am Rande nur Wiese. In zehn Jahren würde niemand mehr die Kavalierskurve kennen. Der Kommissar nahm die erste Akte vom Stoß.

1995, ein Motorradunfall. Der kam rein zeitlich nicht infrage. Vor 1992 musste der Unfall passiert sein. Wahrscheinlich noch eher, denn der Köper hing laut Gutachten der Gerichtsmedizin seit mehr als zehn Monaten dort im Baum, und im Oktober hatte man ihn gefunden. Merghentin durchforstete die Stapel erst mal nach Jahreszahlen und sortierte aus.

»Sie arbeiten aber sehr schnell.« Queißer hatte sich bereits in eine Akte vertieft, aber die Betriebsamkeit seines Kollegen war ihm nicht entgangen.

»Es kommen nicht alle Jahre infrage. Vorausgesetzt unsere Theorie stimmt, muss der Unfall vor 1992 passiert sein. Und nach mehr als zehn Jahren bringt sich niemand mehr um. Ich rechne da zeitnah. Drei, vier Jahre, mehr können nicht dazwischen liegen. 1988 bis 1992, schätze ich.«

»Möglich.« Begeistert schien der Alte von Merghentins Schlussfolgerungen nicht zu sein.

»Aber die Anzahl der Unfälle in dieser Kurve ist doch erschreckend. Warum hat man denn nie etwas gegen diesen Unfallschwerpunkt getan?«

»Da müssten Sie ja jede Kreuzung sperren, da knallt's auch mindestens vier, fünf Mal im Jahr. Tabaksmühle. Hauptbahnhof. Die Kollegen haben zu tun. Und haben Sie nicht eben von einem Stau am Clara-Park erzählt? Bestimmt hat's da auch gekracht.«

»Sah nicht so aus. Die Polizei war noch gar nicht im Einsatz.«

»Aber gerufen haben wird man sie schon.«

»Ja, ich habe die Martinshörner gehört. Aber da war der Stau schon wieder vorbei.«

»Sehen Sie, und auch diesen Einsatz werden die Kollegen protokollieren müssen, und es entsteht eine Akte. Und solche haben wir hier auch auf dem Tisch. Brigitte hat ja die Akten nicht für uns vorsortiert. Den Job müssen wir schon selber tun. Aber Ihr Ausschlussverfahren hat etwas für sich, junger Mann, da kann ich meine Akte hier auch gleich daneben legen.«

Das interpretierte Merghentin als Kompliment, und er lächelte und las.

Ein Lkw hatte 1988 eine Ladung mit Reifen verloren, Anwohner und Fahrer hatten einen Gutteil schon verschwinden lassen, bevor die Polizei eintraf. Ein Mädchen fühlte sich 1991 verfolgt, einen Verdächtigen konnte die Polizeistreife festnehmen. Die Anzeige stellte sich als ein Eifersuchtsdrama heraus. Einem Radfahrer war ein Audi voll hinten rein gefahren. Der Krankenhausaufenthalt des Verletzten dauerte mehr als vier Monate, der Radfahrer reichte Klage ein.

Alles keine Fälle, die Merghentin interessierten. Und doch legte er die Akten nur langsam beiseite. Vielleicht fand sich im banalsten Vorfall die entscheidende Spur. Und zwischen den Aktendeckeln wurden Menschen und die Vergangenheit lebendig. *Ich bin darüber belehrt worden, daß ich jetzt von einem Untersuchungsorgan der Volkspolizei als Zeuge zur Sache gehört werde, und daß ich mich bei wissentlicher oder fahrlässiger falscher Zeugenaussage nach dem Gesetz strafbar mache. Ich habe von dem Fleischermeister Steiert bzw. seiner Ehefrau beim Kauf von Fleischwaren am Mittwoch, dem 16. 2. 1987, vormittags, erfahren, daß in unserer Wohnnähe schon wieder ein Autounfall passiert sein soll. Bei diesem Gespräch habe ich nicht erfahren, wann das geschehen sein soll. Erst bei späteren Gesprächen habe ich erfahren, daß am Dienstag, dem 15. 2. 1987, spätabends der Unfall passiert sein soll. Dies hörte ich im Geschäft von Hahnemann, Lebensmittelgeschäft, von einer Kundin, die mir zwar vom Sehen bekannt ist, die ich aber namentlich nicht kenne. Ich habe dann am Donnerstag, dem 17. 2. 1987, die Volkspolizei verständigt, daß ich eine Aussage zu machen habe, die evtl. mit der ganzen Angelegenheit in Zusammenhang stehen könnte. Ich wurde mit einer anderen Stelle der Volkspolizei verbunden und dort wurde mir gesagt, daß ich noch heute bei der Dienststelle der Volkspolizei erscheinen soll. Ich habe folgende Beobachtung gemacht …*

Eine Fahrerfluchtgeschichte. Die käme nach Merghentins Theorie in Betracht. Er legte die Akte auf den Stapel zur genaueren Begutachtung und griff nach der Nächsten. *Unfall mit tödlichem Ausgang.*

»Schauen Sie mal, Merghentin, das könnte was sein.«

Queißer kam an seinen Tisch und breitete lose Blätter vor Merghentin aus.

»Mutter und Kind gestorben. Nur der Fahrer hat überlebt. Er spricht hier davon, dass ihn ein entgegenkommendes Fahrzeug zu diesem Ausweichmanöver gezwungen habe. Der Mann geht nie von seiner Behauptung ab, und er hat seine Familie verloren. Das Kind war gerade vier Monate alt und die beiden Eltern noch kein Jahr verheiratet. Der hat alles verloren. Vielleicht ist das ein Grund für einen Selbstmord. Da scheint's, können wir mit unseren Recherchen beginnen.«

»Da könnten Sie recht haben.«

»Ich lege die Akte mal raus. Dass wir so schnell hier fündig werden, kann ich aber nicht glauben.«

»Ich auch nicht.« Merghentin sah verstohlen auf seine Uhr. Sie saßen bereits knapp vier Stunden im Archiv. Und zwischendurch war Queißer nur einmal rauchen gegangen. Von wegen, *dass wir so schnell hier fündig werden*.

Trotzdem, dieser Unfall mit toter Frau samt Kind blieb Merghentin im Kopf. Er hatte das untrügliche Gefühl, das der Fall mit dem Toten im Baum im Zusammenhang stand. Queißer hatte den richtigen Riecher oder einfach nur Glück beim Suchen gehabt. Dennoch durchsuchte der Kommissar weiter den Stoß vor ihm nach Anhaltspunkten. Fünf infrage kommende Fälle hatte er bereits zur Seite gelegt. Merghentin war gründlich. Und er wollte nicht noch einen Tag bei diesem Licht in diesem Keller verbringen.

18.

»Das Haus redet nicht mehr. Es ist stumm.«

»Oma, das Haus kann nicht reden. Sie reißen es ab.«

»Fünfzig Jahre habe ich da gewohnt. Fünfzig Jahre.«

Agnes Schabowski hatte weder Zeit noch Geduld, sich das Geschwätz der Alten anzuhören. Das Haus wurde von der Sonne beschienen, die Fenster waren noch immer leere Höhlen. Fetzen alter Tapete waren sichtbar und eine hängen gebliebene Lampe. Die Schabowski sah den Putz bröckeln. In der Dachrinne gediehen Pflanzen und ein kleiner Baum. Ein altes Kleid wehte an einem Schornstein. Abrissbirne und Bagger waren bestellt. Die alte Frau kratzte Futter für ihre Katzen aus der Dose. Die Untertassen schienen zu einem alten Service zu gehören, Lindenblätter im Goldrand.

»Es stirbt.«

Die Alte streichelte über die porösen Ziegel und rief ihre Tiere.

»Miez, miez, miez!«

Ein fetter Kater strich um die Hauswand. Ein anderer heulte fünf Meter entfernt und getraute sich nicht, sich auf das Mahl zu stürzen. Die Alte rief immer noch einmal.

»Miez, miez, miez!«

Carina John hatte am Telefon gesagt, sie hätte ein Zeichen von Kim Fleischer erhalten. Er lebt, da sei sie sich sicher. Kim lebt! Carina war am Telefon kaum zu verstehen gewesen. *Ein Zeichen! Gott sei Dank!* Die Schabowski sagte *Ich bin sofort bei Ihnen!* und verließ ihren Arbeitsplatz. Und nun stand ihr wieder diese Alte im Weg und erzählte Märchen.

Hoffentlich hatte Carina wirklich ein Zeichen, das den Fall Fleischer beenden würde. Die Kommissarin wünschte es ihr.

Myriam öffnete die Tür. »Mutti telefoniert«, sagte sie.

Die Schabowski trat leise ins Wohnzimmer, sie wollte Carina nicht beim Telefonieren stören. Die junge Frau winkte ihr einen *Guten Tag!* und bat die Kommissarin mit einer Geste, auf dem Sofa Platz zu nehmen. Vor der Schabowski auf dem Tisch stand eine Schale mit Obst, daneben lag ein Schlüsselanhänger. Die Decke darunter war handgestickt.

»Nein, Vati, ich habe nicht mit ihm gesprochen. Aber seinen Talisman können nur die Entführer besitzen. Wer denn sonst?« Offensichtlich hatte der Vati am anderen Ende der Leitung Ideen. »Das ist doch Quatsch, wie soll denn so etwas passieren! Sie haben mir seinen Schlüsselanhänger zugeschickt. Ja, dieses Teufelchen vom Hexentanzplatz. Myriam war auch ganz närrisch danach, aber wir haben vergessen, ihr eins zu kaufen. Und Kim hat seins nicht rausrücken wollen.« Am anderen Ende wurde offenbar etwas gesagt, dass Carina traf. »Das habe ich doch gar nicht gesagt! Nein, ich konnte mich nie beklagen. Ja, Kim hat sich rührend um meine Tochter gekümmert.« Sie blickte mit einem bedauernden Lächeln zur Kommissarin und zuckte die Schultern. Die Schabowski winkte ab, sie hatte Zeit.

»Das muss nicht sein, ihr hattet doch andere Pläne.« Offensichtlich waren diese Pläne geändert worden. »Nein, was soll ich dagegen haben? Kim ist euer Sohn.« Wahrscheinlich war Herr Fleischer senior am Apparat und erläuterte Carina seine Vorhaben bei der Suche nach seinem Kind. Carina verlor ihre Geduld. »Nein, das wäre ja noch schöner! Natürlich könnt ihr hier schlafen, wie die anderen Male auch. Was soll sich denn daran geändert haben?« Dann schwieg sie, und ihr Gesicht wurde starr. »Also das, Herr Fleischer, ist eine gemeine Unterstellung!« Carina war den Tränen nah. Die Schabowski überlegte, ob sie zu ihr hingehen und sie trösten sollte. Oder war es besser, diese Situation einfach zu ignorieren? »Dann nehmt eben ein Hotel! Es werden sich ja welche im Internet finden. Zu einem Gespräch bin ich gerne bereit.«

Carina knallte den Hörer auf die Gabel und ließ sich in einen der Sessel fallen. »Das waren Kims Eltern. Sie wollen kommen.«

Das Telefonat hatte sie erschüttert. Carina hatte sich wirklich gefreut, endlich etwas von ihrem verschwunden Mann in der Hand zu haben. Seine Eltern hatten ihren Optimismus gedämpft, ihr wahrscheinlich Vorwürfe gemacht. Sie nahm das Teufelchen in ihre Hände. Die Äußerungen von Kims Vater hatten sie aus der Fassung gebracht. Für Minuten konnte sich Carina kaum beruhigen. Die Kommissarin ließ ihr Zeit.

Im Wohnzimmer war sie beim ersten Besuch nicht gewesen. Es war ein Mansardenraum. An den Schrägen hingen Pflanzen und Kunst. Frei schwebend gab das dem Raum eine sehr wohnliche Atmosphäre. Die Regale an den Wänden waren mit Reisemitbringseln gefüllt. *Grüße vom Titisee. Picknick überm Death Valley. Enzianlikör. Ein Männeken Pis.* Wahrscheinlich Erinnerungen an gemeinsame Tage. Oder Carina war bereits vor ihrer Beziehung mit Kim viel gereist. Vielleicht waren es auch Geschenke, die die Welt hierher ins Zimmer bringen sollten. Eine Stereoanlage, HiFi modernster Qualität, Dolby-Surround in den Ecken, CD-Türme und ein Regal voller Tonträger. *Metallica. Waltari. Gustav Mahler.* Namen und Titel ließen auf einen Mann schließen. Aber die Kommissarin ging von ihrem Geschmack aus. Am Rande konnte sie *Gitte, Silly* und *Herricht & Preil II* lesen. Seltsame Mischung.

»Ich glaube, ich brauch einen Schnaps.« Carina schien sich wieder etwas im Griff zu haben. »Sie auch?«

Agnes Schabowski war nicht überrascht, lehnte jedoch das Angebot ab.

»Sherry. Kim schenkte den nur zu besonderen Anlässen aus.« Carina wollte ihr die Flasche reichen, doch die Kommissarin verneinte erneut, obwohl sie merkte, dass es ihrer Gastgeberin unangenehm war, wenn sie allein am Nachmittag trank. Den Sherry hatte sie aus dem Schrank neben einem ukrainisch bemalten Teller an der Wand geholt. Der Alkohol hatte eine goldgelbe Farbe und war über den Tisch hin zu riechen.

»Was ist denn passiert, Frau John?«

»Myriam hat Kims Talisman auf dem Briefkasten

gefunden. Hier, diesen Teufel. Den haben wir vor Monaten mal im Urlaub gekauft.« Carina reichte der Schabowski den Schlüsselanhänger über den Tisch.

Dicke Backen, eine fleischige Nase, ein Dreizack als Waffe in der rechten Hand. Haare, die denen von Pumuckl ähnelten. Viele Leute befestigten solchen Tand an ihrem Bund für die Schlüssel, um sie besser sehen und greifen zu können. Oder weil es ein Geschenk von Oma, den Kindern oder einem Lover gewesen war. Die Schabowski konnte an dem Teufel nichts Besonderes erkennen.

»Den hatte er mit?«

»Den hatte er immer an seinem Schlüsselbund hängen. Den gibt er ganz bestimmt nicht freiwillig aus der Hand.«

»Wo haben Sie ihn gefunden?«

»Myriam hat ihn im Treppenhaus auf den Postkästen entdeckt.«

»Einfach so? Keine Nachricht, kein Brief?«

»Myriam hat nichts gesehen.« Carina war den Tränen nahe. »Aber das kann sie Ihnen auch selber erzählen. Myriam, kommst du mal?«

Die Tochter lehnte sich in die Tür. Sie trug Jeans mit Schlag, ein T-Shirt mit einer glitzernden Stadtsilhouette. *I love NY.* Sie war kaum mehr ein Kind, die Brüste im Wachsen, die Hüfte schon fraulich. Ihre Haltung hatte sie Models abgeguckt. Sie entdeckte gerade die Erwachsenenwelt. Ein schwieriges Alter. Myriam blickte interessiert. Sie stand im Mittelpunkt, war abgeklärt.

»Der lag obendrauf.«

»Und sonst nichts?«

»Nein.«

»Wann hast du ihn denn gefunden?«

»Als ich aus der Schule gekommen bin, hat er dort gelegen.«

Agnes Schabowski blickte zu Carina, die nickte. Myriam wechselte die Haltung und lehnte sich an die andere Seite der Tür.

»Haben Sie nachgesehen, ob ein Brief dabeilag?«, fragte die Kommissarin Carina.

»Ja. In den Kästen, auf dem Boden. Sogar im Altpapier. Nichts. Ich habe die Nachbarn gefragt. Nichts. Unsere Haustür ist selten verschlossen. Ich habe gedacht, vielleicht hat jemand den Brief gefunden. Aber es hat auch keiner gesehen, wer Kims Talisman auf die Briefkästen gelegt hat.«

Die Schabowski seufzte. »Wir haben also nichts außer diesem Teufelchen hier.«

»Aber das ist doch ein Zeichen. Kim hat uns ein Zeichen geschickt. Er lebt. Ich weiß es ganz sicher. Und Myriam hätte es mir gar nicht gesagt, wenn ich nicht den Teufel in ihrem Zimmer gefunden hätte.«

Myriam verdrehte die Augen und fuhr mit dem Finger über die Buchstaben auf ihrem T-Shirt. *I love NY.* Vielleicht war sie mit Carina und Kim einmal in den USA gewesen. Die Schabowski war nur als Studentin gereist, danach hatten ihr die anstrengende Ausbildung und Paul keine Zeit mehr gelassen.

»Frau John, wir haben nichts weiter als dieses Ding da.« Die Kommissarin zeigte auf den grinsenden Teufel neben den Bananen und Mandarinen. Oh mein

Gott! *Ding* für das Zeichen des Freundes, das war eindeutig die falsche Wortwahl. Die Schabowski bemühte sich um Professionalität. »Vielleicht hat Herr Fleischer den Anhänger schon viel früher verloren. Vielleicht hat ihn jemand aus der Gegend im Haus abgeben wollen.«

»Den Teufel hätte er niemals vergessen. Kim hat geglaubt, dass der ihm Glück bringt. Wissen Sie, das war wie bei den Schwimmern und Springern oder den Frauen beim Fußball, die nehmen auch immer einen Talisman mit, damit sie gewinnen. Andere hängen sich was um den Hals oder schlagen das Kreuz zu ihrer Sicherheit. Kim hatte das Teufelchen immer in der Tasche, in der Kanzlei, vor Gericht. Nachts hat er ihn aufs Nachtschränkchen gelegt. Selbst wenn wir miteinander geschlafen haben, hat das Teufelchen zugeschaut. Meistens. Nein, den hat er nicht aus der Hand gelassen. Selbst Myriam hat ihn Kim nicht abschwatzen können.«

Myriam blickte betreten zu Boden und dann wieder hoch. »Wenn Kim nicht zurückkommt, krieg ich dann das Teufelchen?«, fragte sie leise.

»Myriam!«

Der Schrei der Mutter war zu schrill und zu laut. Das Mädchen fuhr erschrocken zusammen und verzog sich in sein Zimmer. Carina nahm den Teufel in beide Hände, streichelte, knetete, küsste ihn. Der Kommissarin war es peinlich, die Frau bei solch intimer Handlung beobachten zu müssen. Sie setzte sich neben die schluchzende Carina und nahm ihr das Teufelchen aus den Händen.

»Nur den Teufel, was soll das denn bedeuten? Ich weiß doch, dass mein Kim lebt. Ich muss ihm helfen! Noch besteht Hoffnung, ich weiß das. Ich weiß das.«

Wieder brach Carina weinend zusammen. Die Schabowski zögerte, ihr den Arm um die Schulter zu legen. Gefühle waren noch nie ihre Sache gewesen. Merghentin hätte mit Carina geweint, und zum Schluss hätte sie ihn getröstet. Aber die Schabowski war nicht Merghentin.

»Warum nur das Teufelchen, warum keine Nachricht? Haben Sie eine Idee?«, fragte sie.

»Weil Kids den Brief geklaut haben. Weil den jemand als Gag einfach mitgenommen hat. Weil der Überbringer nicht gewusst hat, in welchen Kasten er gehört ... Ich weiß es nicht! Ich weiß nur, das Teufelchen ist ein Zeichen. Er will mit mir reden, mein Kim, er schreit um Hilfe, und wenn ich nicht komme, dann stirbt er. Ich weiß das. Wie kann ich Kim nur helfen?«

Darauf wusste die Kommissarin keine Antwort. »Ich gehe mal und befrage die Nachbarn.«

Carina nickte und zuckte mit den Schultern. »Das habe ich schon getan.«

Die Schabowski schenkte ihr noch ein Glas von dem Sherry ein. Dann verließ sie die Wohnung.

Die Angestellten der Physiotherapie im Erdgeschoss hatten gar nichts bemerkt. Sie bekamen ihre Post in die Praxis und hatten gar keinen Postkasten am Hauseingang. Als die Kommissarin bat, den heutigen Eingang nochmals durchzusehen, tat es die Auszubildende, ohne zu protestieren. Das Mädchen schaute durch Werbematerial, in Medikamentenkartons und in Briefe. Nichts. Nichts, was ungewöhnlich erschien oder die Aufmerksamkeit der Kommissarin erregte. Von den Mietern traf sie nur in zwei Wohnungen jemanden an. Beide Male erhielt die Schabowski eine abschlägige Antwort. Nein. Nein, nichts gesehen, nichts bemerkt. Und Briefe! Täglich trägt man hier kiloweise Prospekte, Kataloge und Wurfsendungen rein. Eine ältere Dame hielt ihr drei Probepackungen *Vernel Pfirsichblüte* entgegen. *Testen Sie den neuen Duft!*

»Ich habe mir alle genommen, auch das hilft beim Sparen. Wollen Sie die mir jetzt wegnehmen. Ist das ein Verbrechen? Oder was?«

Die Kommissarin verneinte und bedankte sich für die Auskunft. Die ältere Dame schloss erleichtert die Tür. Offensichtlich meinte sie wirklich, ihre Mitmieter betrogen zu haben.

Die Briefkästen waren eine Einheitsproduktion aus einem grobbehauenen Messingimitat. Die Namensschilder hatte der gleiche Betrieb geprägt. Plaste mit schwarzen Buchstaben. *Meier* zeigte Spuren von Gewalt und war kaum noch zu erkennen.

Hinter die Kästen konnte nichts fallen. Darunter lag nichts. Carina hatte bereits mehrmals gesucht. Die Kommissarin stieg wieder nach oben. Die verzweifelte Frau im Wohnzimmer trank noch immer gegen ihren Schmerz an. Tochter Myriam war nicht zu sehen.

»Das ist ein Zeichen, das Sie ernst nehmen müssen.« Carinas Aussprache war nicht mehr besonders artikuliert. Sie stieß mit der Zunge an Zähne und Gaumen.

»Wir nehmen es ernst, Frau John. Wir nehmen es ernst.« Die Kommissarin wusste allerdings nicht, wie sie diesen Fund deuten sollte. Aber ein Hinweis war er ohne Zweifel. Vielleicht hatten wirklich Kids den Brief der Entführer entwendet. Vielleicht meldeten die sich per Videobotschaft oder Zeitung.

»Auf Wiedersehen.«

»Ja. Machen Sie's gut.«

»Vielleicht legen Sie sich schlafen, Frau John. Es wird Ihnen guttun.«

»Und wer macht für Myriam Abendbrot? Ich kann mich nicht gehen lassen.«

Doch Myriam hatte bereits die Schnitten geschmiert und trug sie ins Wohnzimmer. Offensichtlich litt sie mit ihrer Mutter. Sie begleitete auch die Schabowski zur Tür.

»Tschüss, Myriam!«

»Vielleicht ist Kim gegangen und hat mir den Teufel geschenkt. Ich finde ihn schön«, sagte das Mädchen.

»Ich glaub nicht, dass Kim fortgegangen ist. Aber vielleicht kannst du den Teufel doch behalten, wenn Kim wieder da ist. Ich würd mit ihm reden.«

»Ich habe es mir gewünscht. Ganz doll gewünscht, dass ich den Teufel bekomme. Und es gibt einen Ort, wo Wünsche wahr werden können, wenn man es ganz doll will. Und jetzt ist der Teufel bei mir.« Myriam lächelte und nickte irgendwie glücklich.

»Es gibt keine Orte, wo sich Wünsche erfüllen«,

sagte die Schabowski. Sie wollte dem Kind die Illusion nicht zerstören, aber einen Ort für Wünsche gab es nicht. Sie hätte sich selbst manchmal einen Ort gewünscht, an dem ihre Hoffnungen wahr werden könnten. Doch ihre Hoffnungen hatten sich selten erfüllt. Die Wirklichkeit konnte einen erdrücken.

»Die Oma hat mir einen gezeigt.«

»Die Oma erzählt Märchen, Myriam.« Die Kommissarin wollte dem Mädchen über die Haare streichen, doch es zuckte zurück. »Wenn du Kim fragst, kannst du den Teufel sicher behalten.«

»Kim kann ich nicht fragen.«

»Du fragst ihn, wenn er wieder da ist.«

»Aber ich habe den Teufel ja jetzt schon. Warum soll ich da fragen?«

Was sollte sie darauf antworten? Die Kommissarin stieg die Stufen nach unten. Auf den Briefkästen lagen neue Werbeprospekte. *Die Nr. 1 eröffnet die Gartensaison!*

Die Märchenoma stand noch immer bei ihrem Haus und den Katzen. Die Schabowski schlug einen anderen Weg ein. Nach dem Ort zu fragen, wo Wünsche wahr werden, getraute sich die Kommissarin nicht.

19.

»Kannst du mich hören?«

Sie hörte ihn nicht. Gabriele zeigte keinerlei bewusste Reaktionen. Die Maschinen liefen und pressten ihr Kalorien, Vitamine, Flüssigkeit und Medikamente in den Magen. Was die Patientin ausschiss und pisste, wurde in Windeln entsorgt. Die Ärzte schauten nicht einmal mehr zur Visite is Zimmer. Der Zustand von Gabriele änderte sich nicht.

Thorst Schmitt hatte sich einen Stuhl zum Kopfende des Bettes gezogen. Die Sonne schien ihm auf den Rücken. Gabriele lag wie in einem unruhigen Schlaf. Ihre Lider zitterten, aus tiefer Kehle kamen röchelnde Laute. Die Hände waren an den Unterarm gezogen, sie würden niemals mehr nach etwas greifen können, Muskelschwund. Arme und Beine waren nur noch Haut und Knochen, auch wenn sie der Physiotherapeut in der Woche ein Mal am Tag bewegte. Die Schwestern wendeten die Patientin drei Mal pro Tag. Links. Rechts. Mitte. Jedes Mal grauste es Schmitt, wenn er Gabriele so sah.

Doch heute musste sich der Kommissar nicht zwingen, sich an Gabrieles Bett zu setzen. Er hatte entschieden, was für seine Frau das Beste war. Er wollte ihr Leiden nicht verlängern. Schmitt war bereit, auf alle lebenserhaltendenden Maßnahmen zu verzichten. Gabriele hätte es so gewollt. Sie hatte bereits in jungen Jahren darüber gesprochen, auch wenn sie mit solch einem Ende niemals gerechnet hatte. Ihre Organe hätte sie gespendet. In den Zeiten der DDR galt die Widerspruchslösung, heute erfand man sie neu. Auch Schmitt gäbe seine Organe, wenn sie anderen das Leben verlängern konnten. Dafür müsste er tot sein. Gabriele atmete noch. Aber war das Leben?

Seine Töchter und Nasreddin el Atassi stellten sich

der Frage nicht. Sie ließen Gabriele hier liegen. Sie besuchten sie wöchentlich zu genau festgelegten Terminen, sie hatten einen Zeitplan erstellt. Sie lasen der Mutter vor, spielten Spiele mit ihr, zeigten ihr DVDs und Bilderbücher. Sie machten sich Hoffnung, wo es keine mehr gab. Schmitt hatte sich diesen Illusionen nie hingegeben. Gabriele war nicht zu retten. Es war Schluss, aus, ihr Leben war vorbei. Schmitt konnte sich trennen. Das hatte er immer bewiesen. Schmitt konnte Neues beginnen. Er trauerte nicht. Er glaubte an keine goldene Zukunft, wie sie seit Menschengedenken von Scharlatanen versprochen wurde. Schmitt war Realist und Atheist, zumindest was er darunter verstand. Deswegen hatte er auch den Beruf eines Kommissars gewählt. Er liebte seinen Job, liebte ihn wirklich.

Der Fall des vermissten Kim Fleischer war ein Problem. So einfach, wie Schmitt es sich vorgestellt hatte, war dieser Fall nicht zu lösen. Der Mann war nicht nach einer Sauftour aufgetaucht. Keiner hatte ihn in einem Bordell gefunden. Es kam keine Post von Übersee an die Heimatadresse. Er hob kein Geld ab vom Konto, benutzte seine Kreditkarten nicht. Kim Fleischer blieb verschwunden. Doch so musste Schmitt die enge Zusammenarbeit mit Kommissarin Schabowski noch nicht beenden. Es gab immer einen Grund, sie in ihrem Büro zu besuchen.

Kim Fleischer hat nicht einfach alles so stehen und liegen lassen. Das passte nicht zu seinem bisherigen Leben. Der Kommissar hatte recherchiert. Hungen war eine Kleinstadt in Hessen. Schmitt kannte solche

Orte: gutbürgerlich. Das soziale Gefälle klaffte nicht weit auseinander. Schützenverein und Erntedankfest. Einen Italiener. Einen Griechen. Bei ihnen speiste man gern. Eine Siedlung mit Russlanddeutschen am Rande der Stadt. In Leipzig war das anders. Man hatte sich die halbe Million Einwohner erkämpft und etwas kosten lassen. Leipzig war eine Metropole und würde es bleiben. Die Stadt war kein Provinznest wie Hungen oder Dresden.

Kim Fleischer war in Hungen aufgewachsen, zur Schule gegangen, hatte dort das Abitur abgelegt. Er hatte die Tradition des Vaters weitergeführt. Anwalt für Sozial- und Steuerrecht. Vielleicht hatte der junge Fleischer zu Beginn gegen diesen festgelegten Lebensplan aufbegehrt, doch er war ihm trotzdem gefolgt. Und Kim Fleischer war erfolgreich. Studium in Heidelberg, Mitglied in einer Burschenschaft mit Corpsgeist und Fechtkämpfen. Ein erfolgreicher Abschluss in Jura. Auch da folgte er der Tradition des Vaters, der der gleichen Buschenschaft angehört und Anfang der Siebziger am Neckar seine Promotion verteidigt hatte. *Grundprobleme der kollektiven Koalitionsfreiheit, Rechtsquellen- und interpretationstheoretische Bemerkungen zur legislativen und judikativen Konkretisierung des Art. 9.*

Fleischer hatte sein Promotionsthema bereits im Hinblick auf sein zukünftiges Arbeitsumfeld gewählt. *Entgeltfindung und Entgeltstrukturen in der Metallindustrie, der Textil- und Bekleidungsindustrie und im Bankgewerbe unter besonderer Berücksichtigung der Unternehmen in den neuen Bundesländern.* Der

Kommissar hatte die Dissertationen nicht per Fernleihe bestellt, aber hochachtungsvoll über die Titel gestaunt.

Nach der Promotion begann Fleischer sofort in Leipzig in der Rechtsanwaltskanzlei *Dr. Fleischer, Krumpholz und Partner*. Sein Vater hatte schon, sobald die Möglichkeit bestand, am Standort des ehemaligen Reichsgerichtes eine Dependance seines Unternehmens eröffnet. *Fleischer, Fleischer & Co.* residierte jahrelang vis-à-vis des Monumentalbaus. Erst der Sohn hatte die Büroräume in eine verkehrstechnisch ruhigere Lage verlegt und dem Unternehmen einen neuen Namen gegeben. Kim Fleischer, Hainar Krumpholz und Partner blickten auf den Johanna-Park und einen Kinderspielplatz. Eine Terrasse hatte die Villa. Dort ließen sich in Ruhe Klageschriften, Verhandlungen und Plädoyers vorbereiten.

Schmitt beneidete den jungen Anwalt nicht. Nicht um den Job und nicht um sein Privatleben. Erkundigungen im Umfeld zeigten nicht viele soziale Kontakte. Ganz oben stand natürlich der Partner Hainar Krumpholz. Den kannte Fleischer aus Jugendzeiten, Studium und Burschenschaft. Beide waren zusammen nach Leipzig gekommen. Sie übernahmen fast immer gemeinsam die Fälle. Bis vor eineinhalb Jahren hatten sie sich auch eine Wohnung geteilt. Dann war Kim Fleischer zu Carina gezogen.

Zeugen bestätigten, dass die beiden sich sehr liebten. Carina und Kim taten fast nichts mehr ohne einander. Eine glückliche Familie, bekundeten Freunde und Bekannte angesichts der trauten Dreisamkeit in der Wohnung in der Reclamstraße. Denn die Tochter Carinas gehörte dazu, und Kim Fleischer hat sich offenbar sehr bemüht, Myriam ein guter Vater zu sein. Klar war das nicht immer einfach. Aber er hatte Verständnis und ging auf Myriam zu. Er erfüllte ihr viele Wünsche. *Manchmal zu viel,* hatte Carinas Mutter erzählt. Und die beiden hatten sich eigene Kinder gewünscht. Eine Spitzen-West-Ost-Beziehung. *Wenn Sie mich fragen, bilderbuchmäßig. Wenn es nur überall so liefe.* Schmitt hatte keinen Grund, dem zu widersprechen.

Zwei Krankenschwestern betraten das Zimmer. Schmitt nickte zum Gruß. Er schob seinen Stuhl zurück unter den Esstisch, der der Patientin nichts nutzte. Manche Besucher tranken hier vielleicht Kaffee und feierten Geburts- und Hochzeitstage. Am Bett von Gabriele hatte noch niemand gefeiert. Schmitt hatte seine geschiedene Frau zu ihrem Geburtstag besucht und seine Blumen in die Krankenhaus-Vase gestellt. Annika, Claire und deren Wunschpapa Nasreddin el Atassi hatten vielleicht länger an ihrem Bett gesessen, doch Schmitt konnte sich nicht vorstellen, dass sie im Zimmer hier auf Gabriele angestoßen hatten. *Happy birthday, liebe Gabi, happy birthday to you.*

Die Krankenschwestern rollten Gabriele zur Seite, schoben das Laken zurück und überzogen die Matratze auf dieser Seite neu. Von der anderen Seite aus machten sie es genauso. Danach rückten sie die Patientin in eine veränderte Lage. Ihre Knie wurden in einen größeren Winkel gestellt. Den Kopf legten die Schwestern nach links, weg vom Fenster. Schmitt musste mit seinem Stuhl auf die andere Seite des Bettes rutschen, wollte er seiner Frau weiterhin ins Gesicht sehen. Gabriele bekam von allem nichts mit. Schmitt war überzeugt, dass seine Frau nicht nur bewusst-, sondern auch geistlos war. Sie würde nie wieder Gabriele Schmitt sein. Sie war eine Hülle, in die man krampfhaft versuchte, vergangenes Leben einzuhauchen. Vergebens. Alles vergebens.

Die Fälle der Kanzlei *Dr. Fleischer, Krumpholz und Partner* betrafen meist das Wirtschafts-, Insolvenz- und Steuerrecht. Die Anwälte hatten die Nachfolgeinstitution der Treuhand vertreten, kleinere Unternehmen bei Konkursverschleppung, größere bei Arbeitsrechtsangelegenheiten. *Dr. Fleischer, Krumpholz und Partner* standen selten auf Seiten von Einzelpersonen. Sie vertraten meist Geschäfts- und Leitungsebenen, und sie hatten selten verloren.

Es lag in der Natur der Sache, dass Kim Fleischer & Co. auf Negativlisten standen. Vielen war nach den Prozessen finanzielle Zuwendung versagt geblieben, von Wiedereinstellungen ganz zu schweigen. Sicher hatten sich auch Hass, Rachegefühle und Rachepläne aufgebaut, die aber wohl kaum ausgeführt worden waren. Vielleicht endeten sie in bösen Worten oder Briefen. *Zwei Mal hat man uns mit Schlägen gedroht*, hatte Hainar Krumpholz zu Protokoll gegeben. Doch keiner der Anwälte von *Dr. Fleischer, Krumpholz und Partner* war je geschlagen worden. Wenn doch, hätten sie sich zu wehren gewusst. *Zweimal wöchentlich Fitness. Ausgleich für den Stress hier im Büro und vor Gericht.* Schmitt hatte genickt.

Die derzeitigen Fälle bewegten sich alle im Rahmen des Verhandelbaren und steuerten auf einen von beiden Seiten vertretbaren Kompromiss zu. Keine Diskrepanzen, die eine Gewalttat rechtfertigten. Tagesgeschäfte, Routine. Einzig im Fall *Amar Textil* und Armin Delthoff schlugen die Wogen hoch. Und in den letzten Tagen schlugen sie höher. Mitglieder des Stadtrates, gar des Landesparlamentes, waren auf den Fall aufmerksam geworden und versuchten, politisch ihr Kapital daraus zu schlagen. Gremien waren beauftragt worden, um die Fördermittelvergabe und Kreditgewährung zu prüfen. Delthoff sah das weniger gelassen, als die Anwälte vermutet hätten. *Das bezahl ich mit meinem guten Namen! Verdammt!* Delthoff war sauer, berichtete sein Anwalt, und der kannte den Unternehmer. Krumpholz hatte Einsicht in alle Unterlagen gehabt. *Ein Ehrenmann! Herr Delthoff greift doch nicht zu solch brutalen und ungesetzlichen Mitteln.*

Schmitt konnte sich auch nicht vorstellen, welcher Partei das Verschwinden des Anwalts nun nützen sollte. Zumal offenbar niemand bereit war, dieses menschliche Kapital einzusetzen. Es waren keine Geldforderungen gestellt worden. Keine Millionen sollten auf Konten transferiert, keine Goldbarren weitergereicht werden. Entführung aus finanziellem Grund schlossen Schmitt und die Schabowski aus. Ein Kidnapping, um die Familie, den Vater zu erpressen? Doch wer? Und warum?

Eine Schwester richtete Gabriele die Kissen und die Decke. Die andere kontrollierte Tropf, Kanülen und Apparate. Alles war in Ordnung. Die Schwestern nickten Schmitt freundlich zu. »Wir trinken grad einen Kaffee. Sollen wir Ihnen eine Tasse mitkochen?«

»Danke, ich sage nicht Nein.«

Wahrscheinlich war das ein dezenter Hinweis, dass er dem Pflegepersonal mal wieder eine Aufmerksamkeit zukommen lassen sollte. Aber eigentlich widerstrebte das dem Kommissar. Kein überführter Mörder hatte sich je bei ihm als Ermittler bedankt. Ihre Opfer waren meistens tot und konnten nicht mehr mit Kaffee oder Blumen in seiner Tür stehen. Familienangehörige waren in Schock oder Trauer und erwarteten von den Polizisten, dass diese ihre Pflicht taten. Und der Job einer Krankenschwester war es, Kranke zu pflegen. Warum sollte er ihnen Kaffee, Pralinen und Kuchen ins Zimmer stellen? Sie hatten einen Beruf, sie wurden dafür bezahlt.

Eduard Fleischer hatte sich 2002 aus dem Berufsleben zurückgezogen. Seine private Vorsorge reichte aus, um angenehm auf dem Altenteil zu leben. Fleischer senior reiste viel, er las, er schrieb. Drei Bücher entstammten bereits seiner Feder, darunter sein *Benimmbuch für Juristen*. Damit wollte Fleischer senior Gutes und vor allem wohl Humorvolles leisten. Diesen Berufsknigge holte Schmitt jetzt aus der Tasche. Er hatte ihn gekauft, um daraus der Gattin vorzulesen und sich zu informieren. *Früher litten wir an Verbrechen, heute leiden wir an Gesetzen* zitierte Rechtsanwalt Eduard Fleischer Tacitus. *Ein Anwalt oder ein anderer Rechtsbeistand, welcher bei den ihm in dieser Eigenschaft anvertrauten Angelegenheiten in derselben Rechtssache beiden Parteien durch Rat oder Beistand pflichtwidrig dient, wird mit einer Freiheitsstrafe von drei Monaten bis zu fünf Jahren bestraft.* Hatte Fleischer junior gegen diese Regel verstoßen, indem er versucht hatte, einen Kompromiss zwischen den Arbeiterinnen und Delthoff zu finden? Krumpholz sagte Nein. Schmitt hatte keinen Grund, daran zu zweifeln.

Der Rechtsanwalt hat den Referendar, der im Vorbereitungsdienst bei ihm beschäftigt ist, in den Aufgaben eines Rechtsanwalts zu unterweisen, ihn anzuleiten und ihm Gelegenheit zur praktischen Arbeit zu geben. Wer waren die Partner auf dem Namensschild der Kanzlei? Bislang hatte er weder einen gesprochen noch einen gesehen. Lag da ein Motiv? Konkurrenz unter Kollegen? Zurzeit war Hainar Krumpholz der Chef der Kanzlei. Sollte das vielleicht so bleiben?

»Der Kaffee ist fertig!«, rief die Schwester durch die Tür.

»Oder soll ich Ihnen ’ne Tasse hierher bringen?«

»Nicht doch, der Aufwand. Und ich schwatze gern mit Ihnen mal ein paar Minuten. Kein leichter Job hier, was?«

Der Kommissar erhob sich und packte seine Sachen zusammen, den Juristenknigge des alten Fleischer, die Vermisstenakte. Und Schmitt nahm zwei der Fotos vom Nachttisch. Die hatte er dort platziert, als noch Hoffnung bestand, dass Gabriele irgendwann einmal wieder zu Bewusstsein kommen würde. Sie würde nie wieder aus dem Koma aufwachen. Die Bilder hier waren sinnlos. Sinnlos auch, dass er stets wieder hierher kam. Sinnlos. Sinnlos dieser Tod.

Die Schwestern lachten, als er das Stationszimmer betrat.

20.

»Ist Kim Fleischer am Leben?«

Auf diese Frage wusste Agnes Schabowski keine Antwort. Thorst Schmitt musste sie geben. Er saß allein als Vertretung der ermittelnden Beamten vor den Journalisten, offiziell begleitete ihn nur der Pressesprecher. Direktor Miersch und Kohlund waren entschuldigt. Sie hatten ausführlich darüber diskutiert, ob der Gang vor die Presse den Ermittlungen helfen konnte und hatten sich dafür entschieden. Alle. Auch Miersch. Auch Oberkommissarin Agnes Schabowski.

Schmitt nahm seine Aufgabe ernst und war erstaunlich sicher in Auftreten und Formulierung. Neben ihm wirkte Carina John unangenehm erschrocken. Die Frau konnte nicht glauben, dass ihr Freund bereits tot war. Um ihn zu retten, saß sie vor der versammelten Presse. Hier wurde die Schlagzeile der nächsten Tage produziert. *Entführung! Diese Frau bangt um ihren Mann!* Nur um diesen Mann zu retten, saß Carina John hier. Die Angst stand ihr ins Gesicht geschrieben, Tränen liefen ihr über die Wangen. Und die Biederstedt, *Bild*, fragte emotionslos: *Ist Kim Fleischer am Leben?*

Schmitt hatte die Schabowski gebeten, ihn bei der

Konferenz moralisch zu unterstützen. *Lassen Sie mich nicht hängen, verehrte Kollegin! Und auch die John braucht Ihre Unterstützung.* Deswegen saß sie hier in der letzten Reihe und betrachtete das Schauspiel. Sie hätte wahrscheinlich nicht so locker und eloquent wie Kollege Schmitt auf die Fragen reagiert. Der war sich seiner Bühnenpräsenz sehr bewusst. Carina wirkte verloren neben ihm. Schmitt lächelte, wenn er Agnes Schabowski anblickte. Aber vielleicht galt sein Lächeln auch der Biederstedt, *Bild*. Sie saß vor der Kommissarin, allerdings in der ersten Reihe.

»Es ist möglich, dass er noch lebt.«

»Was wissen Sie denn überhaupt?« Die Biederstedt, *Bild*, hatte eindeutig Hönigs Job übernommen, sonst war er es, der die Polizeivertreter mit unangenehmen Fragen in Rage brachte. Selbst Annika Schmitt zog genervt eine Grimasse.

»Nicht viel«, antwortete der Kommissar, als hätte er Routine in diesem Spiel. Die Schabowski hatte ihm diese nicht zugetraut. »Unter anderem deshalb haben wir zu diesem Pressegespräch geladen. Bislang haben wir keinen Kontakt zu den Entführern von Herrn Fleischer. Wir würden gerne mit ihnen reden. Veröffentlichen Sie unsere Bitte. Deswegen möchte Frau John über Sie ihre Worte an die Entführer richten.«

Schmitt nickte Carina zu, die hatte verstanden und zog sich das Mikrofon, allerdings zu nah, vor den Mund. Es dröhnte, bevor der Tontechniker die Lautstärke einpegeln konnte. Carinas Stimme war belegt, und sie räusperte sich. Der Techniker war nochmals gefordert.

»Ja, also, Verzeihung, ich mache so was hier zum ersten Mal.«

Die Journalisten nickten verständnisvoll.

Carina wurde sicherer. »Mein Appell gilt den Leuten, die mir Kim entführt haben. Ich möchte meinen Mann wieder. Geben Sie mir ein Zeichen. Sagen Sie mir, was wir bezahlen sollen. Ich werde die Summe auftreiben. Ich tue alles, was Sie verlangen. Bitte, bitte, lassen Sie ihn am Leben! Ich tue alles, was Sie wollen. Alles!«

Schmitt schien zusammenzuzucken, er wandte rasch den Kopf zu Carina John. Wahrscheinlich sagte die Frau nicht das, was sie verabredet hatten. Doch Carina hatte sich in Rage geredet und sprach immer weiter. Die Journalisten waren entzückt über den emotionalen Ausbruch. Ein Kameramann lächelte dem anderen zu: *Tolle Bilder!*

»Kim, wenn du mich hörst, ich liebe dich. Ich liebe dich. Ich werde dich immer lieben. Halte durch! Alles wird gut. Ich weiß es.«

Und nochmals: *Ich liebe dich*. Die harten Presseleute waren sichtlich bewegt.

Schmitt bat um Fragen.

»Woraus schließen Sie denn, dass eine Entführung vorliegt?« Wieder die Biederstedt, *Bild*.

»Wir wissen es nicht. Es ist aber anzunehmen, dass eine erste Kontaktaufnahme mit den Tätern scheiterte. Wir haben nur diesen Schlüsselanhänger gefunden, der allerdings nach Aussagen der Zeugen ein eindeutiges Identifikationsmerkmal von Kim Fleischer ist. Mehr haben wir nicht.«

Schmitt versuchte, den ewiggleichen Fragen von vornherein auszuweichen, vielleicht wollte er auch Carina schützen und die Pressekonferenz schnell beenden. Doch das gelang ihm nicht. Schon wieder hoben sich Hände.

»Den Anhänger kann er doch sonstwann verloren haben.«

Genau das hatte Thorst Schmitt vor einigen Minuten in seinem Statement auch angesprochen.

»Das ist nicht anzunehmen«, sagte er jetzt. »Kim Fleischer ist seit zwei Wochen verschwunden. Da hätte man den Schlüssel gefunden. Er wurde auf dem Briefkasten platziert. Er passte nicht durch den Schlitz. Allerdings war dem Anhänger kein Begleitbrief beigelegt, wie das üblich wäre in einem Erpressungsfall.«

»Wer, denken Sie, steckt hinter einer Entführung?«

Die Meute witterte den spektakulären Fall. Leipzig konnte deutschlandweit Schlagzeilen machen. Die Geliebte in Tränen, und ihr Appell in die Kamera: *Ich liebe dich!* Das machte sich gut. Die Schabowski sah die Titelblätter schon vor sich. Eine Story, die Herzen erweichte. Kein Sexualmonster wurde gesucht. Hier ging es um echte Liebe, Tränen und Gewalt. Was wollten die Journalisten mehr?

»Keine Ahnung«, war Schmitts ehrliche Antwort. »Der Fall ist uns allen ein Rätsel.«

»Warum gehen Sie erst jetzt damit an die Öffentlichkeit? Immerhin steht ein Menschenleben auf dem Spiel.«

Die Stifte hielten im Schreiben inne. Das Surren der Kameras war in der Stille laut zu hören. Alle Gesichter im Raum blickten auf Schmitt. Der Pressesprecher auf dem Podium blätterte in seinen Papieren, als könnte er dort eine Antwort finden. Er fand sie natürlich nicht und lächelte verlegen in die Runde. Carina weinte still.

Schmitt holte Luft. »Jeder Gang an die Öffentlichkeit birgt Risiken.«

»Aber er zeigt eben auch Erfolg. Wir hätten so manchen Mörder nicht so schnell gefunden, wenn sie das Fahndungsfoto nicht permanent immer wieder veröffentlicht hätten.«

Da war er, der obligatorische Verweis auf spektakuläre Mordfälle, bei denen die Medien die Polizei aktiv unterstützt hatten. Selbst wenn ein Fall erfolgreich zu Ende gebracht war, wurde die Polizei immer für ihre Fahndungsmaßnahmen kritisiert. Keiner konnte es der Presse recht machen. Weder Täter oder Polizei noch überhaupt irgendwer.

Eine weitere Stimme schloss sich, ohne auf eine Antwort zu warten, dem Vorredner an. »Der Kontakt zu Geiselnehmern geht oft nur über die Presse, ob im Irak oder Gladbeck. Fühlen Sie sich diesem Fall denn überhaupt gewachsen?«

»Verehrte Kollegen, ich bitte Sie, nicht überzureagieren. Ein Mensch ist seit vierzehn Tagen verschwunden. Das ist für Freunde und Verwandte furchtbar, aber nicht außergewöhnlich. Wir haben einen Hinweis gefunden und schlussfolgern nun, dass Kim Fleischer nicht freiwillig verschwunden ist. Deswegen sitzt Frau John hier neben mir. Aber die Motive für sein Verschwinden bleiben weiterhin unklar. Wir wollen nichts unversucht lassen.«

»Sie sind sicher, dass Fleischer lebt?«

Carina schluchzte laut auf. Agnes Schabowski stellte sich die Pressekonferenz vor, wenn sie tatsächlich Kim Fleischers Leiche finden sollten. Die Meute würde sich auf Carina und Myriam stürzen. Die Kommissarin holte tief Luft. Manchmal konnte sie sich des Gefühls nicht erwehren, dass Fleischer bereits tot war. Sie atmete hörbar wieder aus. Der Journalist neben ihr fühlte sich offenbar gestört und bedachte sie mit einem vorwurfsvollen Blick. Die Schabowski hätte ihm eine scheuern können.

»Und der Arbeitskampf bei *Amar Textil* steht nicht damit im Zusammenhang?«

»Frau Biederstedt, je nachdem wie groß Sie die Kreise ziehen wollen, steht alles mit allem in Zusammenhang. Ich erinnere mich da an eine Kampagne unter dem Slogan *Ein Schmetterling kann einen Taifun auslösen.* Wir wollen uns nicht mit solchen Kinkerlitzchen aufhalten. Ich habe Ihnen die uns bekannten Tatsachen genannt.«

»Ich finde schon, dass die Brisanz dieses Falles zu spät erkannt wurde. Sie haben uns diese Informationen, sie haben uns den Fall einfach verschwiegen.«

Beifälliges Nicken wider besseren Wissens. Nur Annika Schmitt schien vom Verhalten ihrer Kollegen peinlich berührt. Oder sie hatte Mitleid mit Carina und mit ihrem Vater. Auch die Schabowski kam die Show wie eine Raubtierfütterung vor. Hoffentlich musste sie nie in solch einer angespannten Atmosphäre Rede und Antwort stehen. Schmitt suchte ihren Blick, der in diesem Moment keineswegs dienstlich auf ihr ruhte. Die Schabowski fühlte sich ertappt. Wollte der Schmitt etwas von ihr? Wollte er ihr den Helden beweisen? Hatte sie ihm Anlass dazu gegeben? Bitte nicht.

»Wenn Sie keine Fragen mehr haben …« Der Pressechef nutzte die entstandene Pause, um die Konferenz zu beenden. Sie hatte bereits länger als anberaumt gedauert. Die Erwartung der Journalisten nach einer spektakulären Meldung war befriedigt worden, sie hatten Lunte gerochen.

»Noch eine Frage«, kam es da von der Biederstedt, *Bild*. »Warum werden eigentlich bestimmte Kolleginnen besser mit Informationen versorgt als der Rest von uns?«

Schmitt schien die Frage nicht zu verstehen, die Schabowski schon. Auch Annika kapierte sofort, worauf die Biederstedt, *Bild*, hinauswollte. Sie zeigte auf die Tochter des Kriminalkommissars. Und nun verlor Schmitt doch die Fassung, als er endlich begriff.

»Unsere Kollegin Annika Schmitt hat eindeutig Insider-Informationen erhalten. Wir hatten den Zusammenhang von *Amar Textil* und Kim Fleischer ja noch gar nicht herstellen können. Wieso hat die Kollegin davon gewusst? Von der offiziellen Pressekonferenz kann sie das nicht haben. Ich habe alles auf Band.« Die Biederstedt, *Bild*, hielt ihr Diktafon in die Höhe. Beifällig nickten Kollegen ihr zu.

Die Stimmung im Raum hatte sich merklich gewandelt. Agnes Schabowski glaubte, den eisigen Windhauch zu spüren, der auch Carina John vorn auf dem Podium erschreckte. Sie hatte sich die Arme um den Körper geschlungen. Es konnte nicht kalt sein. Die Fenster im Raum waren geschlossen. Und draußen herrschten hochsommerliche Temperaturen, obwohl erst Frühling war.

»Ich weiß nicht, worauf Sie hinauswollen«, sagte Schmitt mit einem trotzigen Unterton in der Stimme.

»Doch, Herr Kommissar, Sie wissen es nur zu gut. Die Kollegin Schmitt ist Ihre Tochter.«

Ein Raunen ging durch den Saal. Die Journalisten schauten sich an. In den meisten Gesichtern sah die Schabowski Überraschung.

»Sie haben uns ganz bewusst nicht alle Tatsachen genannt, Herr Hauptkommissar, um sie Ihrer Tochter dann exklusiv zu diktieren.«

»Das ist eine Unterstellung!«

»Wollen Sie leugnen, dass Annika Schmitt Ihre Tochter ist, Herr Hauptkommissar Schmitt?«

Die Schabowski war alarmiert. Die Biederstedt, *Bild*, hatte sich Schmitt vorgenommen. Sie sezierte ihn genüsslich. Ganz offensichtlich war den meisten ihrer Kollegen das Verwandtschaftsverhältnis zwischen Volontärin und Hauptkommissar unbekannt gewesen. Die Biederstedt, *Bild*, zitierte: *»Anwalt gekidnappt? Betriebsbesetzung bei* Amar Textil *im Zwielicht.* Und so weiter. Blablabla … Dann: *Die Vermutung liegt nahe, dass ein Zusammenhang zwischen dem mysteriösen Verschwinden und dem Arbeits-*

kampf besteht. Für mich liegt hier die Vermutung nahe, Herr Hauptkommissar Schmitt, dass Sie uns ganz bewusst im Unklaren gelassen haben, um Ihre Tochter mit Insider-Tipps zu versorgen. Das ist eine Unverschämtheit!«

Der letzte Satz hallte in dem betretenen Schweigen nach, das den Raum erfüllte. Carina schien sich am Nordpol zu befinden und suchte offenbar unter dem Tisch nach etwas Wärme. Schmitt sah nicht mehr zu Agnes Schabowski. Er suchte nach Worten.

»Sie sagen die Unwahrheit. Und Sie wissen es, Frau Biederstedt!«

»Nein, ich decke die Wahrheit auf, Ihre unsauberen Spielchen. Auf der gesamten Pressekonferenz vor drei Tagen kein Wort von Fleischer und der *Amar Textil*, und jetzt werfen Sie, Herr Hauptkommissar Schmitt, uns vor, wir würden überreagieren. Wir konnten vom Fall Fleischer nichts wissen, denn Sie haben uns darüber nichts erzählt.«

»Auf der letzten Pressekonferenz wurden Sie über alles informiert, was zum damaligen Zeitpunkt bekannt war. Sie haben nur nicht zugehört. Für Sie war das Routine, was es für die ermittelnden Kommissare nie war.«

Die Biederstedt, *Bild*, kostete ihren Triumph aus. Ihre Enthüllung würde morgen die Schlagzeilen dominieren, genauso wie die Liebe zwischen Carina John und dem verschwundenen Anwalt. Ein Kriminalpolizist hatte seine Objektivität verloren und hatte bestimmte Informationen nur an bestimmte Teile der Presse lanciert. Doch wenn nicht ihre Zeitung die

Insider-Informationen erhielt, dann ließ Biederstedt, *Bild*, solche Vorteilsnahme nicht zu. Vor allem hatte sich diese Dame Schmitt zu ihrem Feind erkoren. Schmitt war deutlich verstört. Die Schabowski fragte sich warum. Machte ihr Kollege vielleicht doch der Biederstedt, *Bild*, schöne Augen, und nicht ihr?

In den hinteren Reihen wurde gesprochen. »Ich habe die Fragen gestellt. Ich ...« Keiner verstand, was Annika zu sagen hatte. Sie wollte mit zaghafter Stimme retten, was nicht mehr zu retten war. Die Biederstedt, *Bild*, war siegesgewiss und wandte sich nun Schmitts Tochter zu.

»Natürlich haben Sie ihm die Frage gestellt, Kindchen. Natürlich. Der Papa wird Ihnen das schon vorher erklärt haben, damit Sie groß rauskommen. Damit Sie die Titelgeschichte bekommen. Man erkennt doch die Worte, die er Ihnen in den Mund gelegt hat und die Sie da so feierlich zitieren. *Es besteht kein Anlass zur Panik, so etwas kommt jeden Tag vor, berichtet der ermittelnde Kommissar.* Frau Kollegin, das ist kein Stil, mit dem Sie Karriere machen werden. Das ist unerlaubte Vorteilsnahme. Sie sind draußen, mein Kind.«

»Ich bitte doch, das Gespräch auf einem sachlichen Niveau fortzusetzen«, verschaffte sich der Pressesprecher mühsam Gehör. Die Biederstedt, *Bild*, und Annika Schmitt maßen sich mit Blicken. Schmitt auf der Bühne war sichtlich geschockt, was gegen ihn sprach. Er hätte die Biederstedt, *Bild*, längst unterbrechen müssen. Er hätte die Faktenlage klarstellen sollen. Die Schabowski erinnerte sich, was Schmitt ihr erzählt hatte. Keiner hatte in der letzten Konferenz eine Frage gestellt, keiner der etablierten Journalistengemeinde. Annika hatte sich schüchtern gemeldet. Keiner hatte ihr Aufmerksamkeit geschenkt. Alle waren schnell zurück an ihre Schreibtische gegangen. Ein Anwalt wurde vermisst. Kein Mitja, keine Andrea, keine kleine Yvonne. Ein verschwundener Anwalt war kein Fall für die Schlagzeilen der nächsten Wochen. Er war Routine. Nur erwies sich diese Routine doch als skandalträchtig. Die Biederstedt, *Bild*, hatte die Schlagzeile nicht gerochen, jetzt wollte sie dem Anschiss von ihrem Chef zuvorkommen. Denn natürlich würde der ihr die Frage stellen: *Warum erst heute, Frau Kollegin? Im Konkurrenzblatt hat's längst schon gestanden!* Die Biederstedt, *Bild*, würde auf Annika Schmitt und ihren Vater bei der Kriminalpolizei zeigen. Und alle würden ihr glauben. *Im Sinne der Anklage – schuldig!*

So ging das nicht! Die Schabowski erhob sich. Die Runde der Journalisten blickte auf sie. Sie sah in die Augen von Thorst Schmitt. Tat sie es für ihn? Die Presse hatte Carina John vergessen, das Thema Liebesgeschichte war vom Tisch.

»Wenn ich eines mal klarstellen darf«, sagte die Schabowski. »Ich gehöre zum Ermittlungsteam im Fall Kim Fleischer.« Kommissarin Schabowski betrat die Bühne. »Mein Kollege Schmitt hat Ihnen auf der besagten Pressekonferenz alle bis dahin bekannten Fakten genannt. Doch keinem von Ihnen ist ein möglicher Zusammenhang zwischen *Amar Textil* und Kim Fleischer aufgefallen, niemand hat eine Frage gestellt, obwohl Sie reichlich Gelegenheit dazu hatten.«

Die Schabowski fühlte, dass sie die Meute in ihren

Bann schlug. Sie stand hier für die Wahrheit ein. Sie kämpfte. Selbst die in eisiger Trauer versunkene Carina zeigte Interesse.

»Nur Frau Schmitt hat die Frage gestellt, die niemand von Ihnen interessierte.« Die Schabowski hoffte, dass das der Wahrheit entsprach. Aber warum sollte Schmitt sie angelogen haben? »Frau Biederstedt, hören Sie sich doch Ihr Band einmal genau an. Ich bezweifle stark, dass es bis zum Ende der Konferenz läuft. Sie hatten sich doch Ihre Story bereits ausgewählt. Was hätte da noch kommen sollen?«

Die Biederstedt, *Bild*, setzte an zu einer Entgegnung. Mit einer autoritären Geste schnitt die Schabowski ihr das Wort ab. »Stellen Sie Ihr Band an, Frau Biederstedt, wir wollen es hören. Oder hat vielleicht sonst jemand im Raum die Aufzeichnung der letzten Konferenz zur Hand?«

Die Biederstedt schaute sich Hilfe suchend um. Die Kameraleute schüttelten die Köpfe. Andere Kollegen senkten den Blick, waren aber weiterhin aufmerksam bei der Sache. Die Biederstedt, *Bild*, kramte in ihrem Täschchen und zog ein Brillenetui und Autoschlüssel heraus. Das Diktiergerät fand ihr Nachbar in der Manteltasche seiner Kollegin. Es lief noch. Die Biederstedt, *Bild*, suchte nach der kleinen Kassette, dann legte sie sie ein. Rauschen und leise Worte. *Ich frage mich, ob das Verschwinden des Anwalts mit der Betriebsbesetzung bei* Amar Textil *in Verbindung stehen kann.* Annikas Worte. Der vermeintliche Skandal zerplatzte. Die Biederstedt, *Bild*, packte mit hochrotem Kopf ihre Unterlagen zusammen. Die Pressekonferenz löste sich auf. Die Journalisten verließen schweigend den Raum.

Dann stand Schmitt vor Agnes Schabowski. Sie war auf einen Stuhl gesunken, von sich selbst überrascht.

»Danke.«

Sie blickte ihn an.

»Den Sekt heute Abend schlägst du mir nicht aus.«

Wahrscheinlich nickte Agnes Schabowski. Dann bat Carina um Schmitts Begleitung. Die Kommissarin blickte den beiden hinterher, auch noch, als sie längst verschwunden waren. Was würde Schmitt von ihr denken? Warum hatte sie ihn ohne Kenntnis aller Tatsachen so vehement verteidigt?

21.

Kim Fleischer konnte nicht denken.

Kim Fleischer dachte nicht.

Jeder Atemzug war ein Vulkanausbruch im eigenen Körper. Luftröhre und Lunge verglühten. Er atmete flach. Er atmete gar nicht. Die Sinne schwanden. Kim Fleischer befand sich in Wüsten voll Wasser. Er surfte auf Feuerteichen zur Sonnenwende.

Das Ablecken der Rohre nach Tropfen von Öl, Wasser oder sonst was hatte er aufgegeben. Kim Fleischer hatte das Gefühl, seine Zunge bliebe am Eisen, Putz, Dreck einfach kleben.

Kim Fleischer saß unter der Kohlenschräge des Fensters. Vielleicht war auf der Straße *Kohlen für Reuter* zu lesen. Er hatte den Kinderschriftzug oft gesehen und darüber gelacht. Er erinnerte an Zeiten, wo Lastwagen Kohle auf Straßen gekippt hatten. Emsige Mieter schaufelten den Brennstoff in ihre Keller und holten tagtäglich volle Eimer nach oben. Bei seiner Oma hatte noch so ein Kohleneimer gestanden. Sie sammelte darin Biomüll. Die Oma. Der Vater. Mutter. Kindertage und Spielzeug.

Kim Fleischer konnte nicht denken.

Kim Fleischer dachte nicht.

Jeder Atemzug war ein Vulkanausbruch im eigenen Körper. Asche auf Haut, Haaren und Zunge. Kim Fleischer fühlte seinen Körper verschrumpeln. Wie vergessene Kartoffeln im offenen Feuer. Er fühlte sich in seinem Körper wie in einem Kleid, das zu weit war. Er konnte sich darin bewegen. Er gehörte nicht mehr dazu.

Das Kauen auf Leder hatte Kim Fleischer längst aufgegeben. Vor zwei Tagen, drei, einer Woche, eineinhalb, zwei? Sein Rachen ein Sandsturm. So stellte er sich die Sahara vor. Urlaub. Monte Carlo. New York. Die Grotte von Lourdes.

Kim Fleischer konnte nicht denken.

Kim Fleischer dachte nicht.

Jeder Atemzug war ein Vulkanausbruch im eigenen Körper. Vor zwei Tagen, drei, einer Woche hatte er sich noch blutig gebissen, um die Glut der Wüste nicht mehr zu spüren. Er spürte sie stärker. Und trotzdem schmeckte das Blut. Es schmeckten Fingernägel und Haare, wenn sie nicht sofort verglühten. Sie waren ihm Mahlzeit so wie Klöße, Rindsroulade oder Kraudelahu.

Seinen Urin hatte Kim Fleischer vor Tagen noch in den Wasserflaschen gefangen. Wie lang war das her. Jetzt konnte er keinen Tropfen mehr pissen.

Kim Fleischer war ausgebrannt. Leer.

Kim Fleischer konnte nicht denken.

Kim Fleischer dachte nicht.

Manchmal glaubte er, dass auf seinem Körper Insekten liefen. An der Schuhsohle nagten die Ratten. Vor drei Tagen, zwei, hatte er noch die Asseln gefangen und zerkaut. Jetzt konnte er das nicht mehr. Es war das Ende.

Kim Fleischer konnte nicht denken.

Kim Fleischer dachte nicht.

Es nahm nie ein Ende.

Einhundertneunzehn Nieten hatte die Tür. Sie blieb verschlossen. Auf ewig. Keiner hatte gehört. Kim Fleischer war vergessen worden. Einfach so. Das war das Ende. Das Ende von allem.

Kim Fleischer dachte: Ich werde sterben.

Er konnte nicht denken, doch er wusste es.

Kim Fleischer starb.

22.

»Wir hätten nicht über die Autobahn fahren sollen!«

»Ich weise sämtliche Schuld von mir. Ich kenne mich hier nicht aus.«

»Verdammt. Wir kommen zu spät.«

»Ich rufe Frau Zylke an. Mütter sorgen sich immer gleich.«

»Ich kann's doch nicht ändern! Sehen Sie, wie dieser Arsch fährt?«

Hartmut Queißer drückte die Hupe und war von dem Besuch in Radegast immer weniger überzeugt. Mann, der Wagen vor ihm schlich, kaum zu glauben! Und Überholen war unmöglich. Dieser Merghentin mit seinen Scheißideen und seiner Überzeugungskraft. Er hätte gleich sagen sollen: *Da kommt nichts bei rum.* Hätte er sich nur nicht von diesem jugendlichen Übermut und der Ermittlungslust anstecken lassen. Jetzt saß Hartmut Queißer im Auto. Der Verkehr zog sich hin. Wahrscheinlich ein Unfall am Schkeuditzer Kreuz. Überholen war nicht, und endlos vor ihnen nur Heckscheiben. Queißer fluchte. Sie hatten noch nicht einmal Schkeuditz erreicht.

Kommissar Merghentin hatte den Kontakt zu Annelore Zylke hergestellt und sich telefonisch bei der alten Frau gemeldet. Vielleicht war es ihr Sohn, der in der Kavalierskurve im Baum gehangen hatte. Tobias Zylke hatte 1988 bei einem Autounfall seine vier Monate alte Tochter und seine Frau verloren. Dieser Schicksalsschlag könnte das Motiv für einen seltsamen Selbstmord sein. Die Mutter hatte am Telefon gesagt, an diesem Tag wäre auch ihr Tobias gestorben. Irgendwann war er verschwunden. Annelore Zylke wusste, dass sich ihr Sohn das Leben genommen hatte. Sie hatte damals einen Zettel gefunden. *Ich habe es getan!*

Merghentin hatte die Akte aus dem Polizeiarchiv mit nach Hause genommen. Er wollte den Fall genauestens prüfen. Queißer hatte nichts dagegen. Er wusste, dass der junge Kommissar um Ehre und Beruf kämpfte. Merghentin konnte noch gewinnen. Queißer hatte man beides schon vor mehr als fünfzehn Jahren genommen.

Merghentin telefonierte. Annelore Zylke hatte offenbar Verständnis für die Verspätung. Der junge Kommissar bedankte sich überschwänglich, zu tuntig für Queißers Geschmack. *Schwul eben.* Dann drückte Merghentin auf den Knopf seines Handys.

»Sie wartet auf uns. Sie hat sowieso keine Termine in ihrem Alter, sagt sie.«

»Wie alt ist sie denn?«

»Um die siebzig, nehme ich an.«

»Schauen Sie doch nach in den Akten. Ehe wir in Radegast sind, vergeht sowieso noch der halbe Tag.«

Im Schritttempo kam der Verkehr Meter um Meter voran. Die S-Bahn fuhr an ihnen vorbei und machte Tempo. Die Fahrer im flüssigen Gegenverkehr lachten wahrscheinlich schadenfroh über die Misere auf der Gegenfahrbahn. Queißer und Merghentin steckten fest. *Was für eine verdammt blöde Idee!*

»Das ist doch kein Zustand hier!«

»Achtundsechzig. Frau Zylke ist achtundsechzig.«

»Na fein, der quetscht sich rotzfrech dazwischen! Arschloch!«

Queißer schlug auf das Lenkrad.

Merghentin lächelte und blätterte in der Akte. »Wie alt sind Sie eigentlich, Herr Queißer?«

»Neunundsechzig.«

»Dann werden Sie sich mit Frau Zylke sicher verstehen. Stellen Sie ihr die Fragen?«

»Ich weiß doch gar nicht, was ich fragen sollte.

Diese Fahrt war Ihre verrückte Idee. Und ich selten dämliches Rindvieh lass mich überzeugen. Schauen Sie doch auf diesen Verkehr. Übel. Ganz übel.«

»Vor einer Woche waren Sie von meiner Idee schwer begeistert und konnten es nicht abwarten, in diese Richtung zu ermitteln.«

»Die Maueröffnung hat mich auch schwer begeistert. Hat sich aber gelegt, die Begeisterung.«

Hartmut Queißer suchte nach Ausweichmöglichkeiten auf die andere Spur. Da waren keine. Seine Frau hatte längere Strecken mit ihm im Auto gehasst. Und nach seinen Ausweichmanövern saß Familie Queißer meist noch länger im Verkehr fest oder verfuhr sich auf Nebenstraßen und Feldwegen. Er hätte Merghentin vor seinem Fahrstil warnen sollen.

»Sie hätten nicht mitfahren müssen«, sagte Merghentin.

»Ich bedaure es auch. Was hätte ich nicht alles im Fernsehen gucken und im Bett lesen können!«

»Da wir uns aber auf dem Weg nach Sachsen-Anhalt befinden, um vielleicht einen alten Mordfall zu klären, hat Bedauern jetzt wenig Zweck. Die nächste Abfahrt kommt auch erst in fünfzehn Kilometern. Da müssen Sie durch.«

»Muss ich nicht!«

»Aber umkehren ist doch wirklich keine Alternative.«

»Wahrscheinlich haben Sie recht.«

»Ich sollte mit Ihnen vielleicht noch mal die Fakten durchgehen. Am besten ich lese Ihnen die Protokolle vor, da bekommt man einen besseren Eindruck.«

Merghentin griff nach der Akte Tobias Zylke. Queißer stöhnte innerlich. Er hätte sich nicht darauf einlassen sollen. So ein Schwachsinn! Und dieser Merghentin war so was von überzeugt von seiner Idee.

Endlich rollte der Verkehr, wenn auch sehr langsam. Merghentin las vor:

Zur Sache gehört wurde
Name: Zylke
Vorname: Tobias
Geboren: 27. 2. 1965
Geburtsort: Köthen
Wohnort: Radegast
Beruf: Landwirtschaftstechniker
und gibt auf Befragen im Krankenhaus folgendes an:
Er sei am 12. 11. 1988 auf der Rückfahrt zu seinem Heimatort auf der Landsberger Straße Höhe Kilometerstein 76 (sog. Kavalierskurve) von einem entgegenkommenden schwarzen *Tatra* (Typ und Nummer unbekannt) aus der Spur gedrängt worden. Durch dieses rechtsseitige Ausweichen sei sein Pkw, *Trabant 601 deluxe,* von der Fahrbahn abgekommen und aufs Feld geschleudert worden. Nach mehrmaligem Überschlagen sei das Fahrzeug an einen Baum geprallt. Zylke behauptet, bewußtlos gewesen zu sein. Nach Wiedererlangung seines Bewußtseins habe er seine Frau mit dem Kopf am Fenster der hinteren Beifahrerseite leblos gesehen. Der Kinderwagen hätte quer im Auto gelegen und das Kind leblos auf dem Armaturenbrett. Zylke hät-

te sofort versucht, sich aus dem *Trabant 601 deluxe* zu befreien, allerdings sei ihm das erst nach einer halben Stunde gelungen. Auf Befragen gibt er an, daß seine Uhr noch funktionstüchtig gewesen sei. Das Kind hätte er zwischendurch auf seinen Schoß gezogen, ihm aber nicht mehr helfen können. Zylke hätte geschrieen, aber der fließende Verkehr habe ihn nicht gehört und das verunfallte Fahrzeug wohl nicht bemerkt. Es muß darauf hingewiesen werden, daß auf der Landsberger Straße kein Fußgängerverkehr herrscht, da diese Straße als Autobahnzubringer dient und außerhalb von Ortsgrenzen liegt. Nachdem er seine Tür öffnen konnte, habe er sich zur Fahrbahn begeben und sich auf diese gestellt. Die anhaltenden Wagen haben per Notruf in Lindenthal um 18:12 Uhr die Polizei verständigt. Er sei danach in ärztliche Obhut übergeben worden. Im Uniklinikum habe man Schädel-, Rippen- und einen Bruch der Mittelhand diagnostiziert. Ihm gehe es den Umständen entsprechend gut. Der Augenarzt hat keine Minderung der Sehkraft festgestellt. Zylke bleibt auch nach Vorlage der verkehrspolizeilichen Untersuchungen bei der Aussage, es habe ihn ein *Tatra* im Gegenverkehr von der Fahrbahn gedrängt.

Kurzmitteilung vom 12. 11. '88
Die verkehrstechnische Untersuchung hat am Unfallort, Landsberger Straße, Kilometerstein 76, keine Hinweise (Bremsspuren etc.) erbracht, daß ein zweiter Wagen am Unfall beteiligt gewesen sei. Ein ausführliches Gutachten folgt.

Gerichtsmedizinisches Gutachten: Heike Zylke
1. Als Todesursache ist ein Genickbruch zwischen 4. und 5. Halswirbel festzustellen.
2. Bei der Sektion fanden sich kleinere Schnitt- und Schürfwunden, die auf den beschriebenen Unfallhergang schließen lassen.
3. Abwehrverletzungen sind nicht festzustellen, Wundlagen und Verletzungen lassen auf einen Schutz des neben ihr befindlichen Kindes vor dem Kinderwagen schließen.
4. Fremdeinwirkung ist auszuschließen.

Gerichtsmedizinisches Gutachten: Cathleen Zylke
1. Der Tod ist die Folge eines ungebremsten Aufpralls an der Frontscheibe. Todesursächlich waren die darauf erfolgten Schädel- und Hirnverletzungen.
2. Andere Verletzungen und Knochenbrüche sind Resultat obig beschriebenen Hergangs.
3. Fremdeinwirkung ist auszuschließen.

Merghentin blickte von der Akte hoch und schaute kurz wie abwesend aus dem Fenster. Dann wandte er sich zu Queißer. »Denken Sie, es gab einen Unfallverursacher im Gegenverkehr?«

»Warum soll ich an der Gewissenhaftigkeit meiner Kollegen zweifeln?«

Queißer hatte im ersten Augenschein die Akte nur flüchtig durchblättert, nicht auf die Details geachtet. Merghentin war von dem Geschehen 1988 noch immer sichtlich beeindruckt.

»Dieser Zylke hat in einer Minute den Sinn seines Lebens verloren. Zeugen beschreiben ihn als liebevollen Gatten und fürsorglichen Vater. Schrecklich.«

»Werter Herr Kollege, schrecklich ist letztendlich jeder Tod, besonders der eigene. Und da bin ich näher dran, als mir lieb ist.«

Die Hinweisschilder zeigten die Ausfahrt Landsberg an. Merghentin blickte schweigend in die Landschaft. Queißer überholte in zügigem Tempo fünf vor ihm fahrende Laster. *So macht Fahren Spaß!*

»Eigentlich könnten sie für diese Warenbewegungen auf Autobahnen gleich Transportbänder einführen. Dieser Verkehr soll sich in zehn Jahren noch mal verdoppeln. Aber gleichzeitig diskutieren wir über Klimaschutz und Tariferhöhung bei der Bahn. Das soll einer begreifen.«

»Der junge Mann hat diesen Verlust nie verkraftet, steht in den Akten.«

»Deshalb ist der Fall für mich infrage gekommen.«

»Tobias Zylke steht bei mir auch ganz oben auf der Liste.«

Wenn Merghentin seiner Sache tatsächlich so sicher war, brauchte er es ja nicht stets zu wiederholen. Queißer gähnte. Um sechs hatte er heute Morgen rausgemusst, um den jungen Kollegen nach Radegast zu chauffieren. Er hatte sich in seinem Rentnerdasein an andere Aufwachzeiten gewöhnt. Nun gut, sein Auto musste mal wieder in Höchstgeschwindigkeit durchgeblasen werden. Da kam diese Fahrt nach Radegast gerade recht. Lange Strecken fuhr Queißer kaum noch. Wohin hätte er fahren sollen?

»Wir wühlen bei der Mutter von diesem Tobias alles wieder auf. Und wenn das dann nicht stimmt …«

Jetzt bekam dieser verkrüppelte Frischling auch noch Gewissensbisse! »Mensch, Merghentin, wollen Sie einen Fall klären oder auf Mitleid machen? Ich kann Ihre Idee zu dem Fall auch der Presse mitteilen. Die machen daraus eine wunderhübsche Geschichte. Vor allem der Hönig. Ich sehe die Leserinnen schon weinen. Auch Sie.«

»Im Elend der anderen sollte man sich nicht suhlen.«

»Da müssen Sie Ihrer Gesellschaftsordnung aber noch einiges beibringen.« Queißer klang verbittert, er merkte es selbst.

»Meine Gesellschaftsordnung haben die Leipziger doch unbedingt haben wollen.«

»Manche bedauern das jetzt.«

»Sie auch?«

Queißer schwieg und überholte. Er hatte sich an den Vorruhestand gewöhnt. Zu Ostzeiten hätte er zehn Jahre länger im Job gestanden. Den Verlust von Rapporten und linientreuen Forderungen bedauerte Queißer überhaupt nicht. Die Gängelei seiner Vorgesetzten hatte ihm oft die Nerven geraubt. Dass er nicht mehr unters Volk kam, mit Menschen redete und einsam war, konnte er schließlich nicht dem Kapitalismus anlasten, obwohl es Queißer manchmal gern täte. Sein Lieschen war vor fünf Jahren gestorben. Der Sohn war der Arbeit in die Schweiz nachgezogen. Sie telefonierten unregelmäßig. Den Sohn und die Enkelkinder sah Hartmut Queißer sehr selten.

Aber er fühlte sich für große Fahrten in die Schweiz zu alt. Was konnte er sich also über die Einsamkeit beschweren? Und wenn er diesem Merghentin davon erzählte, würde der lachen, da war sich Queißer sicher. Der würde ihn einfach auslachen. Das hätte Queißer nicht ertragen. Das nicht.

»Wir müssen hier runter.«

Hartmut Queißer setzte den Blinker. *Zörbig. Bitterfeld. Köthen.* Die anderen fuhren Richtung Hamburg, Berlin. »Wir sind gleich da und fast noch pünktlich.«

»Ja.«

Merghentin war schweigsam. Er war aufgeregt wegen des Gesprächs mit Tobias Zylkes Mutter. Der Oma der toten Cathleen. Queißer würde die Fragen stellen. Der Kollege Merghentin war wohl doch noch nicht wieder ganz zum Dienst in der Kriminalpolizei fähig. Gefühle mussten bei den Ermittlungen außen vor bleiben. Queißer war Profi. Auch jetzt noch.

Die Gegend wirkte nicht verlassen, sie wirkte vergessen. Kaum Autos, kein Betrieb auf den Feldern. In Zörbig hutzelte eine Frau über die Straße. Die Einkaufsstätten waren verbarrikadiert. *Hol Fix. Mechanische Werkstatt.* Der Kleinbus einer Bäckerei stand am Straßenrand, daneben dasselbe Modell von *Wurstwaren Domschke.* Die Verkaufskräfte blickten ihnen freundlich entgegen. Die Polizisten fuhren vorbei.

Radegast war übersichtlich angelegt. Hinweisschilder verwiesen auf das Gestüt, doch Pferde waren nirgends zu sehen. Die standen sicher auf Wiesen, und die Reiter ritten durch den Wald. Seine Enkeltochter hatte ihm Bilder von Pferden gemalt. Es gab offenbar ein Alter, wo Mädchen und Pferde nicht zu trennen waren. Der Opa sollte sie endlich mal besuchen. Sie wollte ihm die Pferde zeigen. Und reiten konnte sie auch schon. Nach Leipzig kam sein Sohn mit den Kindern selten. In Queißers Zweiraumwohnung gab es kaum Platz zum Schlafen. Und mit den Hotels … Die Preise waren nicht niedrig. Ausreden, um einander nicht zu besuchen, gab es viele. Auf beiden Seiten.

Annelore Zylkes Haus war ein Bau aus den Dreißigerjahren. Etwas trutzig und abgekommen stand es zwischen den anderen Häusern der Siedlung. Blumen blühten im Vorgarten, Beete konnte Queißer nicht erkennen. Ein geflochtener Strohring zierte die Tür. Seine Farben waren verblasst. Queißer stoppte das Auto und half Merghentin beim Einstieg in den Rollstuhl. Annelore Zylke kam ihnen bereits entgegen. Stattlich wirkte sie in ihrem Kostüm. Sehr robust. Wahrscheinlich hatte sie sich für die Kommissare schick gemacht. Die Haare lagen in einer Dauerwelle, eine Brosche war an den wogenden Busen gesteckt. Sie kam Queißer älter vor, als sie war. Doch war sie beinah sein Jahrgang. Machte er auch einen so altbackenen Eindruck?

»Sie sind die Herren von der Polizei aus Leipzig?«

Die zwei Kommissare nickten. Frau Zylke reichte ihnen die Hand. »Es freut mich, dass Sie ihn immer noch suchen.«

»Wir wissen nicht, ob wir ihn gefunden haben, Frau Zylke. Zu guten Hoffnungen gibt das keinen Anlass.«

»Vielleicht kommen Sie erst einmal herein. Der

Kaffee dürfte durchgelaufen sein. Ich habe den Tisch schon gedeckt.«

Queißer bemerkte die Stufen zur Eingangstür. Sollte er Merghentin tragen?

»Der Tisch steht im Freien?«

Die Frage Merghentins überraschte Frau Zylke genauso wie Hartmut Queißer. Doch die alte Dame fing sich schnell. »Nein, steht er nicht. Aber wenn Sie möchten, kann ich schnell auch draußen eindecken.«

»Bei dem Wetter, ja. Der Weg hier führt doch in den Garten?«

Die Zufahrt zur Garage hatten die Zylkes mit Pflastersteinen belegt. Merghentin rollte mit seinem Gefährt darauf zu.

»Ja. Gleich um die Ecke. Soll ich Ihnen helfen?«

Das fehlte noch, dass die alte Frau den Rollstuhl schob, und er stand daneben. Queißer klemmte sich hinter Merghentin. Frau Zylke kümmerte sich um Kaffee und Geschirr.

Hinter dem Garten sahen sie ebenerdig die Terrasse. In der Rabatte davor blühten die Tulpen. Der Kirschbaum daneben setzte gerade erst zur Blüte an. Alles war sehr grün. In Leipzig sah für Queißer alles grau aus.

»So ein Häuschen ist schon was Schönes.« Grischa Merghentin war in Andacht verfallen. »Diese Ruhe, und die Vögel. Und was für eine Aussicht.«

Hinter dem Anwesen Annelore Zylkes erstreckten sich Felder. Und weiter rechts grasten Pferde. Eine Schaukel stand davor im blühenden Garten. Hinten links war der Kompost. Nach der kleinen Barriere rollte sich Merghentin selbst unter den Tisch und hielt sein Gesicht in die Sonne.

»Das ist wie Urlaub.«

»Sie würden es in dieser Einsamkeit doch keine zwei Tage aushalten, Merghentin.«

»Träumen darf man doch, oder?«

Annelore Zylke brachte auf einem Tablett Tassen, Kaffee und einen Teller mit Kuchen. Queißer half beim Eindecken. Frau Zylke schenkte Kaffee aus. Er roch gut. Kein Wasser mit Bohne.

»Himmlisch!«

»Ich werde das Häuschen im Herbst verkaufen.«

»Warum denn, Frau Zylke?«

»Wer weiß, was noch kommt? Noch geht es, aber besser sich bewusst von allem trennen, als im eigenen Häuschen zu verfaulen. Ich habe keine Familie mehr. Wer soll hier einziehen? Ich habe den Platz beim betreuten Wohnen schon bestätigt bekommen.«

»In Radegast?«

»Nein, aber Köthen liegt nicht weit weg. Und es ist gut so.«

Offensichtlich war es das nicht. Annelore Zylke sah auf den Boden. Queißer glaubte, ihre Schultern zucken zu sehen. Er widerstand dem Impuls, die Frau zu trösten.

»Die Schaukel dort hat Tobias schon für die Cathleen gebaut gehabt. Der Buddelkasten sollte gleich hier links neben die Terrasse.« Annelore Zylke fiel das Sprechen sichtlich schwer. Ihr Sohn war seit fünfzehn Jahren verschwunden.

»Er hat sich bei Ihnen nie wieder gemeldet?«

»Warum denn? Er hatte doch alles verloren.«

»Tobias hatte doch Sie.«

»Natürlich ist eine Mutter immer für ihre Kinder da. Aber sie kann ihnen doch nicht Frau und die eigenen Kinder ersetzen. Er war nie wieder glücklich, mein Tobias. Er ist mit Heike und Cathleen gestorben.«

»Und dann ist er einfach gegangen?«

»Nein, er hat diesen Mann im schwarzen *Tatra* gesucht. Das war wie eine Manie. Er hat sogar einen Detektiv beauftragt. Nur hat er den *Tatra* auch nicht gefunden. Der Unfall war ja auch lange her. Und irgendwann war Tobias wohl alles zu viel.« Frau Zylke weinte leise. »Und dass er da nicht mehr leben wollte, kann ich verstehen. Auch wenn Selbstmord nie die Lösung ist. Die Hoffnung auf Rache hat Tobias noch im Leben gehalten. Aber als es auch die nicht mehr gab, war es aus.«

Sie nahm endlich Platz. Auch Queißer setzte sich vor eine Tasse Kaffee. Frau Zylke griff nach dem Teller mit Kuchen. »Heute gebacken. Sonst hab ich ja keinen, der bei mir Kuchen isst.«

Queißer konnte nicht ablehnen. Merghentin langte zu.

»Die Kirschen sind aus dem Glas. Frische sind noch nicht.« Sie blickte zum Baum. Queißer glaubte, die Knospen am Kirschbaum zu riechen.

»Tobias' Lieblingskuchen, das vergisst man nicht ...« Dann änderte Frau Zylke ihre Haltung und sah den Kommissaren offen ins Gesicht. »Warum sind Sie nach so vielen Jahren gekommen?«

»Wir arbeiten an einem sehr alten Fall«, sagte Queißer. »1992 ist eine Leiche in dem Baum, an dem der Unfall passiert war, gefunden worden. Vielleicht hat Tobias genau dort Selbstmord begangen.«

Schweigen. Queißer nippte am Kaffee. Merghentin nahm ein zweites Stück Kirschkuchen, als wollte er mit diesem Appetit der Mutter den Sohn ersetzen.

»Ja, vielleicht«, sagte sie nachdenklich.

»Und deshalb wollten wir Sie fragen, ob Sie nicht irgendetwas haben, woran noch Spuren von Ihrem Sohn haften. Eine DNA-Analyse würde Ihnen und uns endlich Klarheit bringen.«

»Ist das denn nach so langer Zeit noch möglich?«

»Man kann es versuchen.«

»Ich denk schon, wir werden was finden. Ich habe aus den Zimmern von Tobi, Heike und Kathi nie etwas weggenommen. Ich fand's pietätlos. Es ist alles so, wie es war. Nun hat's doch einen Sinn, dass ich nichts weggeschmissen habe.«

Queißer stach mit der Gabel große Stücke vom Kuchen. Er schmeckte wirklich ausgezeichnet.

»Hat denn die Leiche ein Grab?«

Die Kommissare blickten sich an. Diese Frage hatte sich im Präsidium noch niemand gestellt.

»Vielleicht kann man sie umbetten lassen. Tobias würde sich freuen, hier begraben zu sein. Und ich hätte einen Grund, nicht nach Köthen zu ziehen. Ich könnte bei meinem Sohn bleiben. In meiner Heimat.«

23.

»Was sollte denn diese Scheiße im Fernsehen?!«, brüllte der Kriminaldirektor dem Chef der Mord zwo ins Ohr. Kohlund nahm den Hörer in die andere Hand.

»Sofort zum Rapport! Trommeln Sie Ihre Dilettanten zusammen! Und lassen Sie sich verdammt gute Antworten einfallen. Mir rennen sie hier die Bude ein mit Ihrem Verbrechen des Jahrhunderts.«

Noch ehe Lars Kohlund zu einer Antwort fähig war, hatte der Direktor die Leitung unterbrochen. Kohlund hatte gehofft, einen Tag, wenigstens ein paar Stunden Freizeit zu haben. Und jetzt, nach einem erfolgreich verbrachten Nachmittag beim Einkaufen, in der *Pinguin-Eisbar* und im Kino, orderte ihn der Direktor zurück an seinen Arbeitsplatz. Miersch war zwar cholerisch und bestand auf Einhaltung von Befehlsketten und Verantwortlichkeiten, aber dass er Kohlund nach Wochen ohne Dienstpause aus der Freizeit holte, war Premiere. Miersch wusste genau, wie viel er seinen Ermittlern zumuten konnte. Kohlund hatte bereits auf dem Dienstweg eine Beschwerde einreichen wollen. Monate war er ohne Ermittlungspause nur mit Kofferraummörder, Großfahndung Mitja und Brandstiftung Tag und Nacht beschäftigt gewesen. Alexia und Familie drohten mit Streik, Scheidung und anderem mehr, wenn er nicht bald wieder auftauchen würde. Und kaum war Lars Kohlund daheim aufgetaucht, befahl Miersch ihn zum Rapport.

Was sollte denn diese Scheiße im Fernsehen?! Kohlund hatte im Fernsehen nichts aufregendes gesehen, doch wenn Miersch ihn in seiner Freizeit in diesem Tonfall übers Telefon anschrie, mussten Dämme im Präsidium gebrochen sein. Vielleicht sogar auf der Leitungsebene darüber. Freizeit war für den Chef der Mord zwo nicht länger. Miersch hatte sich nicht mal entschuldigt, er hatte befohlen.

Kohlund hielt das Telefon noch in der Hand, als Alexia an ihm vorbei in die Küche lief. Mit einem Lächeln, das mehr vom Abend erwarten ließ. Doch an Sex und Gefühl konnte der Hauptkommissar nicht mehr denken. *Lassen Sie sich verdammt gute Antworten einfallen! Dilettanten* hatte der Direktor seine Kommissare noch nie genannt. Jetzt war es so weit. Der Chef der Mord zwo überlegte, was vorgefallen sein könnte, dass Miersch dermaßen die guten Manieren verlor. Er hatte keine Ahnung. Kohlund musste die Kollegen benachrichtigen. 18 Uhr 20. War einer von ihnen noch im Büro?

»Mensch, Schabowski, gut, dass ich Sie erreiche. Was hat denn der Kriminalrat? Brüllt mir hier die Bude zusammen, und ich weiß von nichts.«

Alexia schielte aus der Küchentür, drohte mit dem Finger und warf einen Kussmund. Der Kommissar winkte ab, er war mit anderem beschäftigt.

Kohlund hörte minutenlang zu, dann schrie er: »Großfahndung nach Kim Fleischer? Entführung? Ein Plasteteufelchen ist doch kein Bekennervideo und auch kein Drohbrief! Da rennt man doch nicht sofort vor die Presse! Dilettanten! *Das Verbrechen des Jahrhunderts!*« Von wegen! Kohlund knallte den Hörer auf die Gabel.

Alexia stellte sich vor ihn hin und stemmte die Hände in ihre sichtbaren Hüften. Kohlund glaubte *Kochlöffel, Liebesentzug* und *das letzte Mal* in ihrem Gesicht lesen zu können. Er wehrte ab und bat seine Frau mit Gesten, die Küchentür wieder zu schließen. Alexia schüttelte den Kopf und kam näher.

»Laut Gesetz kann der Partner Sex einklagen vor dem Gericht.«

»Verletzung der ehelichen Pflichten? Was soll denn das heißen, bitte schön?«

Alexia schüttelte den Kopf. Vielleicht liefen ihr jetzt sogar Tränen übers Gesicht. Ihre Fäuste trommelten auf Kohlunds Brustkorb. Er schob sie von sich, doch Alexia ließ sich nicht wegschieben.

»Was sind wir denn für dich? Die Unterhaltung für die paar freien Minuten? Ein Vater hat Pflichten! Ein Mann hat sie auch. Vom Bett will ich da gar nicht reden!«

Die Schabowski im Ohr, war Kohlund zu keiner Reaktion fähig. Brüsk schaffte er sich den Platz, ging in die Garderobe und nahm seine Aktentasche.

»Wenn du jetzt gehst, Herr Kommissar, wenn du jetzt gehst, bin ich unter Garantie nicht mehr da, wenn du heimkommst.«

»Spielen wir wieder das alte Spiel eben mal andersherum. Auch schön. Das letzte Mal wurde ich nicht mehr reingelassen. Mensch, Alexia, ich habe keine Wahl. Das Präsidium steht Kopf.«

»Ich habe auch keine Wahl«, sagte Alexia leise, fast nur für sich. »Ich brauche dich, meinem Vater geht's schlecht, Alzheimer lautet die Diagnose.« Kohlund wollte den Arm um ihre Schultern legen, doch sie verweigerte die Annäherung.

»Du bist nie da, wenn ich dich brauche! Zwölf Wochen nur zum Schlafen zu Hause. Wenn überhaupt. Die Kinder kennen ihren Vater gar nicht. Gisbert steht vorm Abschluss. Es interessiert den Herrn Vater nicht einmal. Charlotte hat Liebeskummer und Probleme mit Mathe und hätte vielleicht auch mal männlichen Beistand gebraucht. Ich muss mich um meine Eltern kümmern. Aber nein! Mord duldet keinen Aufschub! Die ersten Stunden sind entscheidend! Offensichtlich gibt es bei Mord immer nur erste Stunden. Du würdest es doch nicht mal bemerken, wenn ein Mord hier in unserer Wohnung passiert und ich tot auf dem Bett liege. Du würdest nicht merken, wenn ich zur Mörderin würde. Es fehlt nicht mehr viel, Lars. Und eins ist gewiss: Mein erstes Opfer bist du!«

Kohlund hielt beim Schnürsenkelbinden inne. Alexia hatte vollkommen recht. Es war wahr, dass er seit Wochen die Wohnung nur als Schlafgast kannte. Die Kinder hatte er gestern, vorgestern, irgendwann mal gesehen. Sie hatten gegrüßt und waren in ihren Zimmern verschwunden, als wäre der Vater ein Hotelgast. Er wusste, dass Alexia täglich zur Mutter fuhr und den Vater betreute. Er trat auf seine Frau zu. »Ich kann es nicht ändern.« Er zuckte mit den Schultern, die Aktentasche im Blick.

»Ich kann es auch nicht ändern.« Alexia drehte sich um und wich bewusst seinem Kuss aus, verschwand in der Küche. Die Tür schlug hinter ihr zu.

Kohlund band seinen Schnürsenkel fest, griff nach

Tasche und Schlüssel und schloss die Wohnungstür leise. Als wäre er ein Verbrecher, der sich davonschlich.

Der rote *VW* der Familie stand auf der Straße. Garagen gab es hier nicht. Und den Mangel an Parkplatz versuchte die Wohnungsbaugenossenschaft in Profit umzuschlagen. Achtzig Euro pro Monat, dann konnte man sein Auto garantiert abstellen. Sicher war es damit aber nicht. Kohlund stellte sich jedes Mal auf einen Schock ein, wenn er an seinem Auto nach Schadspuren suchte. Es waren keine neuen hinzugekommen, die Reifen waren nicht zerstochen. Und doch fühlte er sich wohl im Neubaugebiet, aber es war nicht die beste Wohngegend.

Die Kastanien wollten zu blühen beginnen. Die Freisitze der Kneipen füllten sich wieder. Plakate empfahlen das *Ostermesse Spektakel, Mr. Bean, Best of Musical* und *Echtholzmöbel.* Der Imbiss leuchtete: *Heiße Hühner & Halbe Hähnchen.* Der Kommissar hatte keinen Appetit. Alexia und die Kinder würde wieder ohne ihn essen.

Verdammt. Verdammt. Er hatte nie das Gefühl gehabt, dass der Fall Kim Fleischer ein Fall für die Mord zwo sein sollte. Aber Schmitt und die Schabowski hatten es geschafft, ihn zu überreden. Ja, das Verschwinden Kim Fleischers war keine Routine mehr. Sicher gab es die Möglichkeiten Erpressung, Kidnapping, sogar politische Ziele. Kohlund hatte genickt, als er die verwegenen Theorien der Kollegen hörte. Zugestimmt hatte er ihnen nicht. Er hatte keine Initiative ergriffen, er hatte den Dingen den Lauf gelassen. Lars

Kohlund hatte seine Pflichten als Chef nicht erfüllt. Miersch kochte. Jetzt war die Kacke am Dampfen! Kohlund hatte versagt.

Fahrgäste stiegen am Haltepunkt aus der Straßenbahn. Die Ampeln sprangen auf Rot. Dem Kommissar verging die Zeit nicht schnell genug. Miersch würde völlig seine Fassung verlieren. Er würde noch mehr toben und schreien und sich den Designerschlips vom Hals reißen. Kohlund hatte nur Bruchstücke von dem vernommen, was die Schabowski ihm am Telefon gesagt hatte. *Presseskandal. Der Kollege Schmitt mittendrin.* Er kannte die neusten Entwicklungen im Fall Kim Fleischer nicht. Kohlund hatte sich vier Tage für die Familie Zeit nehmen wollen. Anderthalb waren daraus geworden. Knapp dreißig Stunden. Jetzt fuhr der Chef der Mord zwo wieder eilig zum Rapport beim Direktor. *Was sollte denn diese Scheiße im Fernsehen?!*

Kohlund kannte Schmitt seit Jahren. Wie konnte dem ein offenbar so massiver Fehler unterlaufen? Kohlund hatte stets gesunde Distanz zu den Medien gewahrt. Er stand nicht gern namentlich in Presseorganen und vor der Kamera. Nur äußerst ungern ging er ins Studio *Kripo live.* Und jetzt setzte sich Schmitt vor die Pressemeute und verlegte das Verbrechen des Jahrhunderts an die Pleiße. Sagenhafte Gewalttäter hatten in dieser Stadt nie gewütet. Woyzeck war eine Sozialtragödie, die Büchner gefunden hatte, weil Mediziner sich stritten, ob dieser Mörder irr oder zurechnungsfähig gewesen war. Woyzeck wurde geköpft, 1824 war es ein Volksfest auf dem Markt. Die Fressbuden standen. Getränke wurden gereicht. Woyzecks Mord war kein *Verbrechen des Jahrhunderts.* Und der Fall Fleischer war es erst recht nicht. Kohlund fuhr in den Hof des Präsidiums. Dort hatte er seinen offiziellen Parkplatz sicher, auch ohne Bezahlung.

Mierschs Stimme drang schon durch die Tür des Büros. Kohlunds Klopfen überhörte man drinnen. Der Chef der Mord zwo trat ohne Aufforderung ein. Der Direktor verbot sich ansonsten solche Überfälle. Heute legte er keinen Wert auf Formalitäten.

»Endlich! Sie wohnen doch nicht in Bad Lausick!«

Am Konferenztisch saßen die Schabowski und Schmitt. Der Direktor zeigte auf den dritten Stuhl der Anklagebank. Miersch stand zur vollen Höhe aufgerichtet auf der Gegenseite. Kohlund fühlte sich an das Plakat *Dimitroff contra Göring* erinnert. Das Bild war in seinem Lesebuch abgebildet gewesen. Sie hatten als Schüler dem antifaschistischen Bulgaren schmutzige Wörter in den Mund geschrieben. Hermann Göring war dafür einfach zu klein.

Kohlund fühlte sich vollkommen unwissend. Er wusste nur die groben Fakten vom Fall Fleischer, Delthoff und Carina John. Die Namen kannte er, aber keine Details. Der Kriminaldirektor stürzte auf ihn zu und wedelte gefährlich mit den Zeitungen in seiner Hand. »Und Sie erzählen mir, Sie haben von alldem nichts gewusst?

»Nein, davon wusste ich wirklich nichts.«

»Nichts von der Konferenz? Nichts von dieser Zeugin, die ins Mikrofon *Ich liebe dich, ich liebe dich* schluchzt? Sie wussten auch nicht, dass Ihr werter Kollege seine Tochter mit Informationen begünstigt?«

Die Schabowski setzte zu einer Entgegnung an. Miersch hob die Hand. Sie schwieg.

»*Brisant* weint mit Carina John. *ntv* wiederholt stündlich den Appell an die Entführer. Haben Sie aus dem Fenster gesehen? Die internationale Presse schlägt ihre Zelte auf. Und Sie, Kohlund, als Chef meiner zweiten Mordkommission, wollen von alldem nichts gewusst haben?« Die letzten Worte waren geschrieen.

»Sie selbst haben mir vier freie Tage genehmigt.«

»Das entbindet Sie doch nicht von der Verantwortung!«

»Ich dachte, die tragen Sie.«

Das war ein Tiefschlag für Miersch. Der Kriminalrat kam zur Ruhe und setzte sich auf seinen Thron hinter dem Schreibtisch. Da wirkte er klein und verschwand fast hinter den Aktenbergen und dem Monitor. Konstantin Miersch sonnte sich gern in den Erfolgen seiner Leipziger Kriminalpolizei, doch bei kritischen Fragen überließ er seinen Untergebenen die Antworten. Er hatte bei Amtsantritt versprochen, dass er *denen im Osten* unbedingt helfen wolle. *Es ist mir eine Verpflichtung, das Meinige für die Deutsche Einheit zu tun!* Nur hatten die hiesigen Kollegen ihm diesen Altruismus nie geglaubt. Queißer und andere waren schimpfend gegangen. Und Miersch war ja auch wirklich nur Kraft Parteibuch und Beziehungen in den Direktorenstuhl des Leipziger Polizeipräsidiums gehievt worden. Jetzt saß er da und war seinem Job nicht gewachsen.

»Vielleicht sollte ich die Vorgänge einmal aus meiner Sicht schildern.« Schmitt nahm seine Verantwortung wahr. Das überraschte Kohlund. Aber dieses Debakel hatte endgültig bewiesen, dass Kohlund der richtige Mann auf dem Chefposten der Mordkommission zwei war. Nicht Schmitt. Doch der Kollege klang mitnichten kleinlaut.

»Ich möchte klarstellen, dass meine Tochter von mir niemals als Journalistin bevorzugt wurde. Ich habe ihr die Fragen beantwortet, die auf der Pressekonferenz keiner hören wollte. Agnes kann das bestätigen.«

Ein Blick von Schmitt hin zur Schabowski, die errötete. Zwischen ihnen musste etwas laufen, vorgefallen war auf jeden Fall etwas. *Agnes kann das bestätigen* – süßlicher konnte es kaum klingen. Ein Verhältnis am Arbeitsplatz würde Kohlund nie dulden. *Tatort* und diverse andere Krimiserien lebten von solchen Beziehungen, weil sie sonst nichts zu erzählen hatten. Weil sie die Verbrechen noch garnieren mussten, von wegen Zuschaueremphase und Einschaltquote. Kohlund hätte es zu keinem Kollegen gezogen, weder zur Schabowski, zur Beetz, auch nicht zu Schmitt oder Merghentin. Er hatte genug, wenn er diese Larven auf Arbeit sehen musste. Sie sich privat auch noch anzutun, kam ihm nicht in den Sinn. Dabei hatten die Familien Schmitt und Kohlund vor Jahren noch zusammen ihre Freizeit verbracht. Doch das waren auch andere Zeiten gewesen.

»Annika hat nur das geschrieben, was ohnehin in der Pressekonferenz verlautbart wurde.«

Mein Gott, wie gedrechselt quatschte denn Schmitt? Seit der vor den Journalisten sitzen durfte, dachte der wohl –

»Die Biederstedt wollte mir an den Karren fahren. Aber Agnes wird bestätigen, dass …«

So wie der rumeierte, der Herr Schmitt, musste der Dreck am Stecken haben. Die Schabowski schob er als Kronzeugin vor. Da war einiges unsauber gelaufen. Schmitt hatte seine Kompetenzen überschritten. Der Direktor sah das wohl ähnlich.

»Quatschen Sie doch nicht rum, Schmitt! Was die drucken, ist wichtig. Und da stehen nicht nur Sie beide da wie die Deppen, sondern wir alle.« Miersch donnerte mit der Hand auf den Tisch. Die Schabowski zuckte zusammen.

Schmitt fuhr unbeeindruckt fort: »Dass wir Carina John um Hilfe bitten, war die Idee Ihrer eigenen Presseabteilung. Wenn Kim Fleischer wirklich irgendwo gefangen gehalten wird, sollten wir handeln. Das war die Devise. Ich kann mir nicht vorstellen, dass das nicht genehmigt war. Sie haben doch –«

Miersch unterbrach ihn. »So habe ich das keinesfalls gutgeheißen. Sie zerren die arme Frau vor die Meute. Bundesweit sind wir die Titelstory, Herr Schmitt, das habe ich nicht gewollt. Sie haben eindeutig Ihre Kompetenzen überschritten. Das war ja schlimmer als der brutalste Spielfilm. Haben Sie *Brisant* und *Explosiv* und was weiß ich noch gesehen? Das können Sie doch nicht als solide Polizeiarbeit bezeichnen. Dieses Gefühlsdrama wird dem Ernst der Lage doch gar nicht gerecht. Vor allem, es wird schamlos übertrieben. Der

Fall Kim Fleischer hat doch nichts mit organisierter Kriminalität zu tun!«

»Das haben wir auch niemals gesagt. Das sind reine Spekulationen der Presse. Die Öffentlichkeit sollte informiert werde. Das haben wir getan. Ich kann keinem Journalisten vorschreiben, was er sendet oder schreibt.« Schmitt gab sich nicht verloren, er kämpfte. »Die Entscheidung wurde nicht von mir alleine getroffen. Wir alle fanden es richtig, die Öffentlichkeit zu informieren. Wenn Kim Fleischer wirklich entführt wurde, müssen wir handeln.«

»Haben sich denn die Entführer gemeldet?«, fragte Kohlund. Er wollte diese unsachliche Diskussion irgendwie beenden.

»Keine Nachricht. Kein Zeichen.«

»Warum entführe ich jemanden, wenn ich nicht Profit daraus schlagen will? Das ist doch unlogisch.«

»Vielleicht ist das Schlimmste bereits passiert«, sagte die Schabowski leise, und doch stand dieser Satz wie ein Fallbeil im Raum. Alle sahen zu Boden und schwiegen.

»Dann gehen wir jetzt von Mord aus.« Konstantin Miersch stellte den Fakt sachlich fest.

»Und wenn der Anwalt wirklich nur aussteigen wollte? Gomera. Feuerland. Man kann heute einfach verschwinden. Für tot kann er erst nach sieben Jahren erklärt werden.« Schmitt versuchte, sich als verantwortlicher und kompetenter Ermittler ins Gedächtnis seiner Vorgesetzten zu bringen. »Eine mögliche Entführung war ja nur ein möglicher Ermittlungsansatz.«

»Die Presse sieht das aber ganz anders, Herr Kommissar Schmitt. Aber klar, die Ermittlung muss weitergehen. Nur übernimmt ab sofort wieder Hauptkommissar Kohlund die Verantwortung. Schmitt, Ihnen ist der Fall entzogen.«

Schmitt hatte verstanden. Die Schabowski blickte ihn mitleidig an.

»Kohlund, die Interviewanfragen beantworten ab sofort Sie. Die Journalisten warten. Und quatschen Sie bitte nicht solchen Mist wie Ihr Herr Kollege!«

»Ich bin nicht auf dem neuesten Ermittlungsstand.«

»Dann arbeiten Sie sich ein. Kollegin Schabowski wird Sie unterstützen, nicht wahr?«

Die Schabowski nickte schüchtern. Kohlund wollte protestieren, doch Miersch fuhr ihm über den Mund.

»Das war's dann.«

Kohlund überlegte, wie er es Alexia beibringen sollte, dass er mit einem neuen Fall beauftragt worden war. Sie würde es immer für eine Ausrede halten, er hatte keine Chance. *Du musst wissen, was dir wichtig ist!*

Der Kriminaldirektor verwies sie seines Zimmers. Die Kommissare gingen ohne ein Wort.

24.

»Ich will Sie sprechen!«

Die Stimme am Telefon ließ keinen Widerspruch zu. Der Anrufer war gewöhnt, dass man nach seinen Befehlen handelte. »Ich will Sie sprechen. Heute. Sofort.«

»Meine Dienstzeit dauert bis siebzehn Uhr. Ich bin im Präsidium.«

»Eher privat.«

»Herr Fleischer, ich denke, es geht um den Fall Ihres Sohnes. Dann können Sie mich im Präsidium aufsuchen. Jederzeit. Ich bin hier.«

Eduard Fleischer wollte das Gespräch nicht in den offiziellen Räumen führen. Die Schabowski hatte dafür Verständnis. Sie begegnete immer wieder Menschen, die, wenn sie konnten, Polizeibüros auswichen. Wäre sie selbst Zeugin, würde sie auch ein Café, einen Park, sogar die eigene Wohnung dem nüchternen Dienstraum vorziehen. Ihr Zimmer wirkte trotz der Topfpflanzen kühl und wie ein Möbellager. Franziska Beetz kümmerte sich um die Vegetation. Während sie im Urlaub war, hatte Agnes Schabowski das Gießen vergessen. Die Yucca-Palme und der Affenbrotbaum fristeten ein kärgliches Dasein und zeigten kaum noch Grün.

Vielleicht konnte Kim Fleischers Vater zur Lösung des Falles etwas beitragen, vielleicht konnte er neue Hinweise geben. Die Kommissarin wich dem Treffen nicht aus. Fragte sich nur, wo? Eduard Fleischer kannte in Leipzig nur den Hauptbahnhof, das Gewandhaus und den *Kaffeebaum*. Agnes Schabowski entschied sich für das Restaurant.

»15:30 Uhr?«

»15:30 Uhr.«

Nun saß die Hauptkommissarin auf dem Freisitz vorm Restaurant und beobachtete die flanierenden Touristen. Stadtführer erklärten die Stadt. *Dr. Jürgen Schneider. Witwe Lehmann. Friedrich Schiller.* Ein

Platz mit Geschichte. Das Haus *Zum arabischen Coffe-Baum* kannte sie, und das Restaurant kannte sogar Eduard Fleischer. Hier hatten alle namhaften Bürger und Gäste der Stadt gesessen. Bach, Schumann, Kohl, Masur und Moik. Und de Maizière. Operndiven, Kabarettisten, blaues Blut. Und Politiker, so sie denn Leipzig ihre Aufwartung machten. Das Gebäude war mit Ostfördermitteln renoviert worden. Es war ein Publikumsmagnet und ein Muss in dieser Stadt. Eduard Fleischer hatte den *Kaffeebaum* bereits besichtigt, deshalb hatte er ihn als Treffpunkt vorgeschlagen.

Als Agnes Schabowski eintraf, sah sie keinen, den sie nach den Fotos Kim Fleischers als Vater zuordnen würde. Sie nahm allein an einem Tisch Platz. Ältere Damen beäugten sie, während sie Plätzchen in die Tassen ditschten und die News ihrer alten Tage besprachen. Zugereiste probierten den Sachsenkaffee. Der hatte ja angeblich Tradition. Einige Gäste saßen hier, um gesehen zu werden. Handys klingelten. Agnes musste fremden Gesprächen lauschen. Einheimische mieden den *Drallewatsch* und überließen die Kneipenmeile gern den Touristen.

15:40 Uhr. Die Kommissarin blickte in vorbeilaufende Gesichter. Manche lächelten zurück. Ein gut aussehender Mann fragte, ob der Platz neben ihr noch frei sei. Agnes Schabowski musste verneinen und hätte den Termin mit Eduard Fleischer gern verschoben. Sie bestellte Milchkaffee bei einer Kellnerin in einem roten Kostüm. Elegant wippte die sich die Serviette über den Arm.

»Entschuldigen Sie bitte! Meine Frau kämpft mit

den Strapazen der Reise. Ich musste sie erst noch ins Bett bringen.« Ein großer Mann stand vor der Kommissarin, der maßgeschneiderte Anzug überspielte den Bauchansatz. Das silberne Haar war voll und exakt gescheitelt, der Bart sehr gepflegt und wahrscheinlich nach der anstrengenden Fahrt erst einmal gestutzt. Eduard Fleischers Lächeln war offen und zeigte ihr Implantate. Dieser Mann entsprach ganz dem Bild, das sie sich von ihm gemacht hatte. Gepflegt, autoritär, machtbewusst. Sie fragte sich, woran Kims Vater sie erkannt hatte.

Die Schabowski erhob sich und reichte ihm die Hand. »Dr. Fleischer?«

»Derselbe. Ich habe Sie sofort erkannt. Diese gewisse gezwungene Ungezwungenheit sieht man immer bei Kommissaren. Das bringt die Erfahrung mit sich. Vierzig Jahre habe ich im Gerichtssaal meinen Mann gestanden.«

Wie sie vermutet hatte. Die Schabowski ahnte, was folgen würde und kürzte Dr. Fleischers Erfahrungsbericht gnadenlos ab. »Was wollen Sie mir erzählen, Herr Fleischer?« Mal sehen, ob er sie wegen des fehlenden Doktorentitels anmahnen würde. »Können Sie uns helfen, Ihren Sohn zu finden?«

»Konkrete Spuren habe ich nicht. Aber dass diese Frau dahintersteckt, ist doch offensichtlich.« Auf seinen akademischen Titel legte Eduard Fleischer wohl keinen gesteigerten Wert.

»Sie meinen Carina John? Das ist mir bislang nicht aufgefallen.«

Agnes Schabowski konnte sich nicht vorstellen,

dass Carina am Verschwinden ihres Freundes irgendeine Schuld trug. Der Schock der jungen Frau war nicht gespielt. Sie lebten schon seit fast einem Jahr in einer eheähnlichen Gemeinschaft. Carina litt, sie litt wirklich. Das sagte die Berufserfahrung der Kommissarin.

»Diese Frau ist doch nicht ehrlich. Rangeschmissen hat sie sich an meinen Sohn und ihn ausgesaugt. Der wusste nicht mehr, wo links oder rechts ist. Ganz gezielt ist die auf Kim losgegangen. Ganz gezielt. Mein Sohn hatte gar keine Chance.«

»Wie kommen Sie denn auf diese Idee?«

»Das liegt doch glasklar auf der Hand. Diese John hatte nichts, war nichts und ohne meinen Sohn wäre sie auch nichts geworden. Schauen Sie sich doch dieses Trampel mal an!«

»Wie bitte?« Die Kommissarin hatte wirklich Verständnisschwierigkeiten.

»Sie sind keine Leipzigerin?«

»Doch. Aber wenn Sie nach meinem Geburtsort fragen, der liegt im Westen.«

»Dann kennen Sie doch das Problem. Es ist ein Sport hier im Osten: Angle dir einen reichen Wessi, und das Leben wird leichter.«

»Das ist doch im Westen genauso. Wir träumen alle einen unerfüllbaren Traum.«

Dr. Eduard Fleischer blickte die Kommissarin erstaunt an. Diese bereute den letzte Satz sofort. Aber manchmal stellte auch sie sich vor, wie es wäre mit Johnny Depp auf der Couch, mit Brad Pitt im Bett oder mit einem Millionär an der Hand, und sei er so alt wie Methusalem. Ja, an manchen Tagen würde sich auch Agnes Schabowski verkaufen, um ein Mal fürs Leben nicht mehr arbeiten zu müssen. Die einschlägigen Hochglanzmagazine las sie heimlich und gab sie schnell ihrer Nachbarin weiter. *Super Illu, Goldenes Blatt* oder die *Gala* sollte keiner in ihrem Hausmüll entdecken.

»Gott, für die hier war doch Republikgeburtstag und Urlaub am Schwarzen Meer das Ziel aller Wünsche.«

»Wie bitte?« Agnes Schabowski glaubte schon wieder nicht recht zu verstehen. Das waren ja Ansichten aus dem Kalten Krieg. Nahm Fleischer senior Carina übel, dass sie ihm den Sohn genommen hatte? Als Frau aus dem Osten? Hatte Fleischer Größeres mit seinem Sohn vor? Es klang so. Sie kannte solche Argumente von ihren Eltern.

»Warum hassen Sie Carina John?«

»Hassen ist ein zu großes Wort. Hassen Sie Hütchenspieler oder Ihre Putzfrau?«

»Wenn die mir alles nehmen würde, was mir lieb und teuer ist, dann schon.«

Jetzt schluckte der Herr Doktor und winkte der Bedienung. Die Frau im roten Kostüm trat lächelnd heran.

»Latte macchiato und ein Wasser.«

»Mit oder ohne?«

»Mit Glas sollt's schon sein.«

Das Mädchen lachte und wedelte mit ihrer Serviette Krümel vom Tisch. »Sprudel oder nicht Sprudel?«

»Mit Kohlensäure.«

Das Rokoko- oder Mittelaltermädchen entschwebte mit seinem Tablett. Die Schabowski hielt sich die Tasse vors Gesicht, ihr waren das Gespräch und dieser Herr Doktor zuwider. Dem alten Herrn war das offenbar auch aufgefallen, er bemühte sich um Sachlichkeit. Es klang wie ein Plädoyer vor Gericht. Dr. Eduard Fleischer hätte nur noch aufstehen müssen. »Diese Carina John hat sich doch schon mit Häuschen im Grünen gesehen. Jährlich Urlaub auf den Kanaren. Skikurs und Opernabonnement. Die ganze kleine Piefigkeit, die die DDR ausgemacht hat. Nein, nein, diese Frau war für meinen Sohn nicht die Richtige.«

Was an diesem Leben so schlimm sein sollte, konnte der Herr Papa sicher nicht sagen, denn wahrscheinlich lebte er ganz genauso.

»Deswegen versteckt Carina John doch Herrn Fleischer nicht. Sie will mit ihm leben, und sie war sehr glücklich mit ihm. Viel eher hätten Sie doch einen Grund, Ihren Sohn zu entführen. Augenscheinlich hat er sich doch von Ihnen getrennt, Herr Fleischer.«

Der Anwalt nahm es als Scherz. »Gott bewahre. Kim war alt genug, um selbst Entscheidungen zu treffen. Die Kinder gehen ihre eigenen Wege. Aber wegen dieser Frau einfach so die Heimat und die Karriere aufgeben …«

»Ich dachte, Sie haben diese Dependance in Leipzig gegründet? Gleich nach der Wende. Die war doch als Kanzlei für Ihren Sohn gedacht, oder nicht?«

»Frau Kommissarin, damals wollte man helfen. Die Demokratie aufbauen und die Marktwirtschaft einführen. Wir haben geholfen. Die Sache läuft.«

»Das klingt wie eine politische Sonntagsrede, Herr Fleischer. Die mögen wir hier nicht mehr hören.«

»Sie klingen ja schon wie die aus dem Osten.«

»Ja, und wie die aus dem Osten sollte Ihr Sohn wohl nicht werden? Frau aus Leipzig, alleinstehend mit Kind, ist Ihnen nicht recht? Der Sohn sollte wohl heim in den Westen, oder wie verstehe ich Sie richtig?«

Der Rechtsanwalt blitzte sie an, sprach aber weiter. »Bei uns hat Kim doch alles. Und seiner Mutter geht es schlecht.«

»Sie sprechen von Ihrer Gattin?«

Bevor Eduard Fleischer die Frage richtig verstehen konnte, reichte ihm das Serviermädchen das Wasser mit Kohlensäure und den bestellten Latte macchiato.

»Wohl bekomm's!«

»In Hungen ist alles bereitet«, sagte der Anwalt und trank einen Schluck. »Das Haus, die Kanzlei, der Klientenstamm. Alles.«

»Vielleicht will sich Ihr Sohn nicht ins gemachte Nest setzen? Vielleicht liebt er Carina John wirklich? Vielleicht hatte er hier Heimatgefühle. Ich jedenfalls habe sie.«

Fleischer senior rührte im Kaffee. Touristengruppen wurden über die Geschichte des Hauses vom *Kaffeebaum* aufgeklärt. Ein Pärchen küsste sich versonnen. Ein Mann im Trainingsanzug bot eine Obdachlosenzeitung feil, die keiner kaufte.

»Man lässt nicht so einfach alles stehen und liegen.« Auch Kims Vater konnte sich das Verschwinden des Sohnes nicht erklären, das wurde der Schabowski klar.

»Manchmal schon«, sagte die Schabowki und bemerkte gleich, dass Dr. Fleischer ihre innere Anteilnahme nicht entgangen war.

»Dann kann ich mit Ihnen nicht sprechen. Sie ermitteln in diesem Fall nicht objektiv!«

»Mehr Wessis als mich gibt es nicht in unsrer Abteilung. Ich oder keine.«

Die Schabowski und Dr. Fleischer nippten an ihren Tassen und schätzten einander ab. Was er ihr hatte einreden wollen, zog bei der Kommissarin nicht so, wie der Herr Doktor es sich vorgestellt hatte. Der Rechtsanwalt suchte nach einer neuen Strategie. Schließlich ergriff die Kommissarin das Wort.

»Herr Fleischer, ich kann Ihren Schmerz gut verstehen. Mein Sohn ist zwar noch nicht so groß wie Ihrer, aber trotzdem ... Wenn Ihnen etwas verdächtig erscheint, sagen Sie es uns. Wir beziehen alle Ihre Hinweise gern in die Ermittlungen ein.«

Eduard Fleischer überlegte sich seine Sätze. Er hatte seine Gefühle unter Kontrolle. Die Schabowski bemühte sich so zu tun, als hätte es das bisherige Gespräch nicht gegeben.

»Sehen Sie, ich kann mir nicht erklären, warum mein Sohn einfach verschwindet.«

»Erklären kann Kim Fleischers Verschwinden bislang keiner.« Die Kommissarin stellte bedacht ihre Tasse ab.

»Und das verstehe ich nicht. Neunzig Prozent der Gewalttaten passieren in der Familie.«

»Aber das heißt doch nicht, dass Carina John etwas mit dem Verschwinden zu tun haben muss.«

»Streng genommen sicherlich nicht. Aber sie hat von dieser Beziehung nur profitiert. Mein Sohn …«

Der Vater legte der Kommissarin seinen Verdacht nochmals sehr nahe. Die Schabowski hatte sich bislang nie überlegt, ob Carina als Täterin infrage kommen könnte. Ein Motiv würde sich bei ihr sicherlich finden lassen.

»Sie denken, Ihr Sohn wollte die Beziehung zu Carina John beenden?«

»Ich nehme es an.«

Der Herr Doktor ließ die Vermutung erst auf die Kommissarin wirken, bevor er ihr einen Brief über den Tisch reichte. »Ich habe die entscheidenden Stellen für Sie unterstrichen.«

Agnes Schabowski nahm das Papier und begann zu lesen. *Sicher gibt es auch Schwierigkeiten. Aber wo gibt es die nicht … Ihr Chef hat Carina mit Kündigung gedroht, wenn sie die Normen in diesem Monat wieder nicht schafft … Ich kann nicht verstehen, dass Arbeitgeber hier ganz bewusst die Notlagen ausnutzen …* Sprach hier der Familienvater Kim Fleischer und der Anwalt im Prozess Delthoff gegen *Amar Textil*? *Ich liebe Carina, aber das Zusammenleben ist nicht immer ganz einfach. Myriam will ebenfalls die Aufmerksamkeit ihrer Mutter. Ich muss noch viel tun, damit mich die Kleine als Vater akzeptiert. Doch ansonsten genieß ich das Leben, die Liebe und die Sonne. Der Sommer scheint dieses Jahr schon vor Ostern Einzug zu halten. Ist es bei euch auch so schön und so warm?* Der weitere Text schien private Dinge zu behandeln, die für das Verschwinden Kim Fleischers nicht von Belang waren. Agnes Schabowski faltete das Schriftstück zusammen und schob es ins Kuvert.

»Ich würde das nicht als Trennungswunsch interpretieren.«

»Aber da lief nicht alles rund. Ich kann Ihnen noch andere Briefe zeigen.«

»Wollen Sie sagen, damit andeuten, dass Carina John Ihren Sohn ermordet hat?«

Der Herr Doktor antwortete nicht und bezahlte die Rechnung. Auch die von Agnes Schabowski.

»Ich sage gar nichts«, sagte Eduard Fleischer, dann stand er auf. »Den Brief können Sie behalten. Es ist eine Kopie.«

»Danke.«

»Glauben Sie mir, diese Frau trägt die Schuld. Ich weiß es. Ich weiß es wirklich.«

Das *Auf Wiedersehen* murmelte der Anwalt dann bereits im Abgang. Den Gruß der Kommissarin hörte er nicht.

»Darf es für Sie noch etwas sein?«

Die Bedienung im schönen Kostüm lächelte freundlich.

25.

»Sie würden in meiner Position nicht anders entscheiden.«

Armin Delthoff schob den Oberkörper nach vorn und schaute Lars Kohlund direkt in die Augen. Der

Chef der Mord zwo wusste, dass er mit diesem Gespräch einer Lösung des Falles Kim Fleischer nicht näher kam. Aber Miersch hatte ihm die Verantwortung übertragen. Schmitt war raus aus den Ermittlungen, und jemand musste mit dem Unternehmer sprechen. Nicht nur die Presse vermutete bei ihm die Ursache des Verbrechens. Also führte Lars Kohlund das Gespräch selbst.

»Sie würden auch nicht anders entscheiden können.«

Kohlund hatte nie Unternehmer werden wollen. Jeden Monat ein festes Gehalt auf dem Konto war sicherer, als tagtäglich auf dem freien Markt um den Lebensunterhalt und die Einnahmen kämpfen zu müssen. Wobei der finanzielle Erfolg noch nicht einmal sicher war. Der Mann dem Kommissar gegenüber besaß jene Nonchalance, die Kohlund nie haben würde. Armin Delthoff beherrschte den Raum. Seine Position war ihm in jeder Geste anzusehen, man hörte sie in jedem Wort. An Armin Delthoff nagten keine Zweifel. Er war von sich überzeugt. Und er überzeugte andere.

»Glauben Sie mir, es fällt wirklich nicht leicht, den Betrieb hier aufzugeben. Ich liebe die Stadt. Die Menschen hier haben eine Zukunft verdient, doch ich kann sie ihnen leider nicht geben. Meine Geschäfte laufen nicht so wie erwartet.«

»Das erzählen Sie denjenigen, die vor Ihren Betriebstoren stehen.«

»Das werde ich tun.«

»Aber Sie haben es noch nicht getan.«

Armin Delthoff zuckte mit den Schultern und lächelte gequält. Einstudierte Gesten, dachte der Hauptkommissar; er hatte während seiner Dienstzeit alle Zeichen der Lüge kennengelernt. Delthoff täuschte Kohlunds Auge nicht.

»Was denken Sie, warum wir uns hier hinterm *Volkshaus* treffen?«, fragte der Unternehmer.

»Verraten Sie's mir.«

»Weil ich einvernehmlich mit der Gewerkschaft nach der besten Lösung suche. Meine Angestellten werden nicht in die Arbeitslosigkeit stürzen. Das will ich nicht.«

Delthoff schien wirklich nach Alternativen zu suchen, wenn es wirklich der Wahrheit entsprach, dass er im Gewerkschaftshaus mit den Verantwortlichen sprach. Von ernst zu nehmenden Verhandlungen war bislang nichts nach außen gedrungen. Sonst berichtete die Presse über jeden Schritt im Arbeitskampf, doch bei *Amar Textil* wusste niemand, dass beide Seiten überhaupt im Gespräch waren.

»Mit wem sprechen Sie denn?«

»Mit dem Betriebsrat. Mit Wolf-Diethard Müller. Ein verständiger Mensch. Und mit der Gewerkschaft natürlich.«

»Sie handeln einen Deal aus, sagen die Demonstranten. Um die Arbeiterinnen geht es dabei gar nicht. Hauptsache, Betriebsrat Müller hat seinen Profit.«

»Vertrauen Sie mir. Wir suchen nach einer einvernehmlichen Lösung.«

Armin Delthoff nahm einen sehr schmalen Zigarillo aus einem Etui und paffte Kohlund an. Der mochte den Geruch nicht und wedelte die Qualmwölkchen Richtung Fenster.

»Bald wird man als sozialer Aussatz betrachtet, nur weil man raucht. Zum Glück kann man im Sommer draußen sitzen. Dabei haben wir erst April.« Ironisch klangen Delthoffs Worte nicht.

»Sie suchen mit Wolf-Diethard Müller nach einer Lösung für alle. Oder suchen Sie nach einer Lösung für Wolf-Diethard Müller?«

»Fähige Kräfte sind selten. Ich würde mich freuen, wenn ich ihn ins Stammwerk mit übernehmen könnte.«

»Mit besserem Gehalt.«

»Herr Kommissar, ich frage doch auch nicht, wie viel Sie verdienen.«

Ich bekomme nie so viel, wie ich verdiene, war da wohl die Antwort, die jeder erwartete, doch Kohlund hasste solche Sprüche. So wie Delthoff den Kommissar musterte und in sich hineinlächelte, erwartete wohl auch er ein Bonmot dieses Kalibers. Kohlund fand diesen Unternehmertypen immer widerwärtiger. Und die Bedienung ließ sich auch nicht blicken. Sie hatten vor einer Viertelstunde bestellt. Jedenfalls sagte das Kohlunds innere Uhr. Delthoff paffte ein weiteres Wölkchen gen Himmel.

»Aber Müller macht doch ganz schön gegen Sie mobil. Kräfte von außerhalb verstärken seine Mannschaft.«

»Herr Kommissar, das ist ein Spiel, und ich spiele es gern. Es gibt Riten, auf die keiner verzichten kann. Das ist bei jeder Lohnverhandlung so. Dann wird geplänkelt, gedroht und schließlich wird sich geeinigt. Haben Sie noch nie die Berichte über Tarifverhandlungen im Fernsehen gesehen?«

Kohlund überhörte diese Worte. »Die Frauen stehen doch nicht zum Spaß auf der Straße. Die kämpfen um ihren Job.«

»Das können sie ruhig tun.«

»Sie reden grad so, als wäre Ihnen das vollkommen egal.«

»Ich bin für die Maßnahmen eines Betriebsrates nun wirklich nicht verantwortlich. Wenn sie das so beschlossen haben, sollen sie es so tun.«

»Am Ende sind die Arbeitsplätze im Westen und die Fördergelder auch.«

Kohlund hätte jetzt gern mit dem Glas auf den Tisch gehauen, mit der blanken Faust sah die Geste zu sehr nach Klassenkampf aus. Er wusste, dass er Delthoff als Revoluzzer nicht gefährlich werden konnte. Der würde nur lachen. Und Kohlund könnte das verstehen. Mittlerweile kam ihm der Kampf um *Amar Textil* schon wie ein schlechtes Schauspiel vor. Nur leider waren die Frauen ihren Job am Ende wirklich los. *Amar Textil* machte dicht.

»Soll ich meine Maschinen denn hier verrosten lassen?«

»Es waren doch Gelder des Kontingents *Aufbau Ost*, die Ihnen den Kauf der Maschinen erst möglich gemacht haben.«

»Und deshalb soll ich die moderne Technik jetzt hier vergammeln lassen? Die Maschinen waren teuer genug und müssen produzieren.«

»In Leipzig sollten sie das. Wenn sie jetzt in Ulm Hosen nähen, finde ich das unredlich.«

»Sie reden wie alle, die von der Sache nichts verstehen. Wissen Sie, es fällt mir nicht leicht, nach all diesen Ausfällen und Unterstellungen Ruhe zu bewahren. Schauen Sie in die Zeitung, keiner hat für den Unternehmer und das Geschäft Verständnis. Ich sitze quasi wie auf der Anklagebank und habe dabei nur das Beste gewollt.«

»Die Fakten zählen. Die Maschinen produzieren in den alten Bundesländern mit Geldern, die für den Osten bestimmt waren. Darum demonstriert die Belegschaft ja auch auf der Straße.«

»Ich stehe mit ihnen im Gespräch.«

»Die Resultate stehen doch schon vorher fest. Wolf-Diethard Müller ist Ihr Mann, nicht die Frauen auf der Straße. Die werden noch zu anderen Mitteln greifen, da bin ich mir sicher.«

»Das haben sie schon. Sie versuchen, mich zu erpressen.«

Der Kommissar glaubte, nicht richtig verstanden zu haben. Der Qualm des Zigarillos roch mit einem Mal angenehm würzig. Delthoff war offensichtlich in Diskussionen und solchen Überraschungsmomenten geschult. Seine Argumente beeindruckten und würden am Ende jeden überzeugen. *Denn wer kämpft für das Recht, der hat immer recht!* Ganz wie bei der Partei ehedem, dachte Kohlund, ich muss mich wehren. Aber gegen wen? Ändern könnte er nichts. Delthoff sah sich nach der Bedienung um. Der Qualm des Zigarillos zog in sanften Nebeln unter den Sonnenschirm. »Ich frage mich, für wen ich mich hier verwende.«

»Sie empfinden die Demonstration als Erpressung?« Kohlund war wirklich erstaunt. »Ich denke, es ist alles ein Spiel?«

»Nein.«

»Doch kein Spiel?«

»Was sagen Sie dazu?« Armin Delthoff griff in die Innentasche seines Jacketts und reichte dem Kommissar einen zerknitterten Umschlag. Das zweimal gefaltete Papier hatte keinen Absender, eine Unterschrift war nirgends zu sehen. *Benehmen Sie sich menschlich, und auch wir werden Kim Fleischer menschlich behandeln. Sollte über unseren Betrieb wirklich bereits das letzte Wort gesprochen sein, haben Sie das Ende von Kim Fleischer zu verantworten. Er ist unser Pfand. Retten Sie* Amar Textil, *und Ihrem Anwalt wird nichts geschehen. Andernfalls können wir für sein Leben nicht garantieren.* Langsam faltete Kohlund den Brief zusammen. »Wann haben Sie dieses Schreiben erhalten?«

»Vor einer Woche, vielleicht vor zwei. Es hat in meinem Fach im Hotel gelegen. Die Empfangsdame konnte sich nicht an den Überbringer erinnern.«

»Den Brief behalte ich.« Kohlund steckte das Schreiben in seine Jacketttasche.

»Bitte.« Armin Delthoff machte eine Geste, als hätte er Kohlund gerade Geld gespendet. *Widerling!*

Sein Temperament hielt Kohlund fast nicht länger auf dem Stuhl. Er sprach durch den Qualm von Delthoffs Zigarillos. »Und sie haben es nicht nötig gefunden, uns von diesem Schreiben zu unterrichten?« Der Kommissar sprach so laut, dass die Gäste des Biergartens sich zu ihnen umdrehten. Kohlunds Augen blickten dem Unternehmer direkt ins Gesicht. »Verdammt noch mal, der ist von den Entführern!«

Delthoff wischte den Einwand beiseite. »Offensichtlich ist Kim Fleischer noch am Leben, oder haben Sie seine Leiche gefunden?«

»Wer weiß von diesem Brief?«

»Wolf-Diethard Müller. Wir wollten es nicht an die große Glocke hängen und haben Stillschweigen vereinbart. Keiner kann erwarten, dass ich darauf eingehe. Eine Kurzschlussreaktion. Der Betriebsrat sieht das genauso. Wir finden einen Kompromiss, doch auf solche Spielchen lass ich mich nicht ein. Wenn ich die Presse über das Schreiben informiere, wird die Position des Betriebsrates noch schlechter.«

»Sind Sie so siegesgewiss?«

»Nach diesem Brief? Natürlich.«

Kohlund konnte es einfach nicht fassen. Da behielten Delthoff und Müller Beweismittel zurück, nur weil sie nicht an den Wahrheitsgehalt des Schreibens glaubten und ihr abgekartetes Spielchen spielen wollten. Der Brief würde das Schicksal von *Amar Textil* besiegeln, und Delthoff reizte das aus. Er wollte bei diesem Spiel gewinnen. *Wer konnte verdammt noch mal glauben, dass man den Unternehmer mit einer solchen Erpressung umstimmen könnte. Dilettanten!* Lars Kohlund fasste es nicht, dass die Demonstranten mit so durchschaubaren und gesetzeswidrigen Mitteln um ihr Recht kämpften.

»Darf ich servieren?« Ein blondes Mädel trat näher und brachte Apfelsaftschorle und ein Glas Bier an den Tisch.

»Holen Sie Ihre Getränke erst vom Markt? Oder warum dauert das so lange?«

Die Bedienung war sichtlich erschrocken, doch sie fing sich sofort wieder. »Wir hatten Schichtwechsel.«

»Wissen Sie, wie mich das interessiert? Ich bin zahlender Gast und möchte schnellstmöglich bedient werden!«

Das Mädel ließ sich von Kohlunds unerwartetem Ausbruch wenig beirren. Sie wedelte Brotkrümel und Staub mit einem Tuch vom Tisch. Die Aschereste von Delthoffs Zigarillos wirbelten auf. Mit diesem unprofessionellen Auftreten konnte sie keine Fachkraft sein. Kohlund war versucht, der Bedienung einen Vortrag zu halten. Delthoff dagegen bedankte sich höflich. »Danke für das Bier. Ich würde dann noch eine Ofenkartoffel bestellen.«

Das Mädel nickte und verschwand. Delthoff blickte ihr nach. »Sie muss sich zum Studium was dazu verdienen. Nicht einfach.«

»Unglaublich!« Kohlund konnte nur noch den Kopf schütteln. »Ich werde Sie wegen Behinderung der Ermittlungen belangen. Das ist ein Brief der Erpresser!« Der Kommissar holte ihn wieder aus seinem Jackett und wedelte dem Unternehmer damit vor den Augen herum.

»Woher wissen Sie das denn?«

»Das sieht man doch.« Kohlund zeigte auf den Brief zwischen ihnen. Delthoff drückte seinen Zigarillo aus und genoss einen Schluck Bier. Kohlund echauffierte sich weiter. »Hier steht es. Sie können für Kim Fleischers Leben nicht garantieren. Wer als die Entführer sollte so was schreiben?«

»Herr Kommissar, das ist niemals ein Erpresserbrief. Das sind Trittbrettfahrer. Kein Ultimatum, keine Forderungssumme. Überhaupt keine Forderung und kein zweiter Brief. Das sind Dilettanten, die aus Fleischers Verschwinden Kapital schlagen wollten.«

»Ich denke, aus Fleischers Verschwinden können die kein Kapital schlagen.«

»Sie kämpfen um die Arbeitsplätze, und da ist ihnen jedes Mittel recht. Auch so ein bekloppter Erpresserbrief. Fragen Sie die Demonstranten, ich bin sicher, sie werden es gestehen. Das Nervenkostüm von denen ist am Ende, das sage ich Ihnen.«

Mit einem Mal erschien Kohlund der Brief selbst wie ein dilettantischer Schrieb, als vergeblicher Anker in höchster Not. *Sollte über unseren Betrieb wirklich bereits das letzte Wort gesprochen sein, haben Sie das Ende von Kim Fleischer zu verantworten.* Das war nicht der Duktus von eiskalten Verbrechern. Entführer drohten anders. Die schickten Fotos, nutzten die Medien. Kohlund sah die Bilder vor sich. Sie wurden fast täglich gesendet. *Familie Waller. Familie Krause. René Bräunlich* Der Brief passte nicht zum Vorgehen von wirklichen Erpressern. Aber vielleicht hatte er gerade deswegen etwas mit dem Verschwinden von Kim Fleischer zu tun.

»Darf ich servieren?«

Das blonde Mädel stellte die dampfende Ofenkartoffel vor Delthoff auf den Tisch. Der schaute ihr lächelnd ins Gesicht. »Danke schön. Und ich nehme gleich noch ein Bier.«

»Sofort.«

Die Kartoffel hatte nicht halb so lange gedauert wie die Getränke. Kohlund war beleidigt. Das Mädel blickte auch ihn freundlich an. »Darf es auch für Sie noch was sein?«

»Ich möchte zahlen.«

Delthoff genoss die Kartoffel. »Ausgezeichnet, Frollein, ausgezeichnet.«

Die Blonde hörte nicht auf zu lächeln und sagte zu Kohlund, ohne ihn anzusehen: »Rechnung kommt gleich, der Herr.«

26.

»Der Kommissar ist nicht da.«

»Und wo könnte ich ihn finden?«

»Warum sollte ich Ihnen das verraten?«

Hartmut Queißer holte tief Luft und zwang sich, nicht gewaltsam in die Wohnung einzudringen. Er konnte sich nicht erinnern, wie er ehedem in solchen Situationen gehandelt hatte. Wahrscheinlich hätte er freundlich gelächelt und versucht, seinen Gesprächspartner zu überzeugen. Doch der Mann war ihm schon vom Anblick unsympathisch. Das Haar modisch geschoren, nur über der Stirn hatte der Frisör eine Strähne länger stehen lassen. Queißer war überzeugt, dass die Haare gefärbt und gesprayt waren. Überhaupt sah der Typ unheimlich gelackt aus. Weißes T-Shirt über zu dürren Armen. Kurze Hosen zeigten gebräunte Beine. Gummischlappen, die zwischen den Zehen gehalten wurden. *Flipflops* an Männerfüßen fand Queißer unerträglich. Womöglich trug dieser Typ solche Dinger auch auf der Straße. Queißers Vorurteile wurden alle bestätigt. *Schwuchtel!*

»Bitte sagen Sie mir, wo sich Grischa Merghentin aufhält. Ich habe ihm eine wichtige Mitteilung zu machen.« Queißer war über seine Wortwahl erstaunt. Er redete in Floskeln wie ein Beamter. Würde er an seiner eigenen Tür auf solche Art angesprochen, er würde sie sofort und lautstark wieder schließen.

»Was wollen Sie denn von Herrn Merghentin?« Die Stimme war einfach zu hoch und zu weich.

»Ich möchte ihn sprechen. Dienstlich.«

»Herr Merghentin ist krankgeschrieben, dienstlich kann ihn da niemand sprechen wollen.«

Zweifellos hatte der jugendlich-frische Mann in der Wohnungstür recht. Queißer wusste nicht, wie weit Merghentin seinen Freund in ihre gemeinsamen Ermittlungen eingeweiht hatte. Denn der Mann musste wohl Merghentins Freund sein. Zumindest stand der Lackaffe in Merghentins Wohnung.

Queißer war sich unsicher, wie und ob er den Fall vom Mann im Baum ansprechen konnte. Noch peinlicher war ihm, dass er den Namen von Merghentins Freund vergessen hatte. Und an der Tür sah Queißer kein Schild. Wahrscheinlich hatte Merghentin ihm sowieso nie einen Namen genannt. Der hatte immer nur von seinem *Männe* gesprochen. *Eigentlich ist der gar nicht mein Typ. Aber ich liebe ihn. Können Sie mir das erklären?*

Queißer konnte es nicht. So wie der Typ hier im Rahmen hing, schien er eher als Model geeignet. Zu schlank, zu schön, zu künstlich. Mit Grischa Merghentin kam er aus, aber mit dieser Tunte würde er freiwillig kein Wort wechseln. Der erinnerte ihn auch noch an seine Schwiegertochter, Queißer konnte die bis heute nicht leiden. Dabei war sein Sohn bereits dreizehn Jahre mit Sibylla verheiratet. Es blieb Queißer unverständlich, warum sympathische Menschen mit widerlichen Typen zusammenleben konnten. So deprimiert mussten sich Vertreter fühlen. Allein der Blick von dem Typen. Jetzt strich der sich auch noch über seine spärlichen Haare.

»Tja, also, ich ...«

Die Tunte lächelte. Queißer verstummte. Wenn er weiterredete, würde er stottern. Dieser Mann brachte ihn aus der Fassung. Das durfte doch nicht wahr sein!

»Sind Sie Hartmut Queißer?«

Er nickte manierlich, und der Typ gab die Wohnungstür frei. »Kommen Sie rein. Aber der Grischa ist wirklich nicht da.«

»Ich möchte nicht stören.«

»Sie stören nicht.«

Der Typ trat zur Seite und wies mit dem Arm durch den Flur. »Zweite Tür links. Und nehmen Sie die Unordnung einfach nicht zur Kenntnis, Herr Major.«

Unordnung konnte Queißer nicht erkennen. In seinen eignen vier Wände würde er nie eine solche

Ordnung kriegen. Keine Hose, kein Hemd hing über Sofa oder Stuhl. Die Blumentöpfe zeigten kein welkes Blatt. Die Fenster schienen erst gestern geputzt worden zu sein. Die Sonne spiegelte sich im Glas. Ein altes Buffet und ein riesiger Bücherschrank standen an der Wand, gegenüber hing ein abstraktes Gemälde. Queißer hätte einen hellen Farbton erwartet, doch das Bild war dunkel und wirkte bedrohlich.

»Bitte setzen Sie sich. Grischa müsste gleich kommen.«

»Ich kann auch später noch mal ...« Warum saß er eigentlich in diesem Zimmer? Mit diesem Typen wollte er doch gar nicht reden. Aber vielleicht konnte er jetzt gleich wieder gehen. Queißer nahm gar nicht erst Platz.

»Ach was! Was kann ich anbieten?«

In diesem Ambiente schien Wein angebracht, doch dafür war es zu früh. Der Typ würde Wasser trinken. Queißer war sich da sicher. »Ich nehme einen Saft, wenn Sie welchen haben.«

»Apfel? Orange? Birne? Banane?«

»Bringen Sie den, der Ihnen als Erstes im Weg steht.«

»Klasse Antwort. Muss ich mir merken.«

Wenn der seinen Namen kannte, musste Merghentin zu Hause von dem alten Bullen erzählt haben. Allein der Gedanke war Queißer unangenehm, aber er konnte nicht sagen warum. Wollte er nicht, dass Schwule über ihn redeten? Bei Merghentin störte es ihn nicht. Und der war schwul. Stockschwul, wie er selbst sagte. Jetzt saß Queißer hier bei Merghentins

Freund und kannte nicht einmal dessen Namen. *Peinlich.* Vielleicht lag ein alter Brief neben dem Sofa, auf dem er unauffällig einen Namen lesen konnte.

Hartmut Queißer hörte die Tunte in der Küche rumoren. Schranktür auf, Schranktür zu. Glasgeklirre. Er würde seinen Saft in diesem Ambiente auf einem Tablett serviert bekommen. Merghentins Freund kam mit Plastebecher und Tetrapack zurück ins Zimmer. Queißer schenkte sich Multivitaminsaft ein und probierte. Der Karottengeschmack überwog.

»Grischa muss auch mal raus.«

»Auch mir fällt die Decke manchmal auf den Kopf.«

»Deswegen find ich es toll, dass Sie Grischa mit diesem alten Fall so begeistern. Allein wäre der wohl schon verzweifelt und hätte aufgegeben.«

»Meinen Sie wirklich?«

»Ja.«

Hartmut Queißer hätte sich beinahe verschluckt. Er half dem Freund dieses Typen? Merghentin würde ohne ihn gar nicht ermitteln? Von dieser Seite hatte er die Ermittlung noch nicht betrachtet. Er hatte gedacht, er sei für Merghentin nur Mittel zum Zweck, er kannte sich in der Vergangenheit und der DDR einfach besser aus, war an den damaligen Untersuchungen direkt beteiligt gewesen. Und jetzt sagte ihm dieser Typ, ohne seine Mitarbeit würde der Grischa Merghentin gar nicht weiterermitteln. Das änderte die Voraussetzungen ihrer Zusammenarbeit, oder?

»Es war mit Grischa nicht mehr auszuhalten. Der saß nur noch da. Völlig apathisch. Ohne Aufgabe war das kein Leben mit ihm. Und nur Haushalt ... Da war mein Grischa noch nie der Typ für. Ihm hatten die Arbeit und die Kollegen gefehlt.«

Queißer war versucht zu sagen, *mir auch. Mir hat das auch gefehlt.* Das aber hätte er niemals zugegeben. Er gestand es sich ja selbst nicht ein. Und der Mann redete über seinen Freund mit ihm, als sei der mit Queißer schon Jahre bekannt.

»Und dann knallt der Arsch von einem Chef ihm so einen unlösbaren Fall auf den Tisch! Nur wenn er den löst, gehört Grischa wieder zum Team. Eine Frechheit nenne ich das.«

Von seiner Warte aus hatte der Mann sicher recht. Er sorgte sich um seinen Freund. Und Kohlund spielte mit unfairen Mitteln, das wusste auch Queißer. Er hätte auf Kohlunds Finte nicht reinfallen dürfen. Jetzt saß er in der Falle und hatte Verpflichtungen. Wie groß diese waren, wurde ihm mehr und mehr deutlich. Und eigentlich saß er doch hier und wollte die gemeinsamen Ermittlungen beenden. Der Tote im Baum war kein Fall für ihn und für Merghentin schon gar nicht. Er würde ungelöst bleiben. Keiner würde den Toten im Baum jemals identifizieren können. »Jeder Kriminalist weiß, dass man nicht so schnell aufgeben soll. Man darf nicht aufgeben.« Das war doch nicht Hartmut Queißer, der so etwas sagte. Oder doch?

»Diesen Unbekannten im Baum wird nie einer identifizieren. Es haben doch schon so viele versucht, diesen Fall aufzuklären. Grischa wird das auch nicht schaffen.«

»Wenn Sie weiter so reden, knall ich Ihnen noch

eine«, sagte Hartmut Queißer, ohne dass er sich überlegte, was er da eigentlich sagte. Genau das Gegenteil hatte er sagen wollen. Alle Spuren verliefen im Nichts. Das wollte er Grischa Merghentin heute sagen. Berger von der Technik hatte ihn angerufen und die letzte Hoffnung zerstört. Die DNA-Analyse hatte keine Übereinstimmung ergeben. Der Tote im Baum war nicht Tobias Zylke. Frau Zylke würde ins Altenheim nach Köthen ziehen, auf dem Radegaster Friedhof würde ihr Sohn nicht seine letzte Ruhestätte finden. Die Idee von Merghentin hatte sich brillant angehört, aber auch sie war kein Ansatz zur Lösung. Deswegen hatte Hartmut Queißer Merghentin aufgesucht, er musste ihm sagen, dass auch ihre Ermittlung im Sande verlaufen war. Zu lange her der Fall. Zu wenig Interesse. Es war die Geschichte eines Unbekannten, sie würde für immer ein Geheimnis bleiben.

Merghentins Freund saß Queißer gegenüber, und der Mann freute sich wirklich. Eine schizophrene Situation. »Ich habe Grischa immer gesagt, dass Sie in diesem Falle nicht aufgeben werden.«

Der Typ ging von völlig falschen Voraussetzungen aus. Verdammt, Queißer musste die Sache jetzt richtigstellen. »Ich habe ihn ja schon einmal aufgegeben.«

»Doch nur weil Sie mussten. Grischa hat mir erzählt, dass man Sie unschön aus dem Polizeidienst entfernt hat.«

»Meine Zeit war gekommen.«

»So ein Quatsch! Man kann doch nicht sämtliche Erfahrung in den Ruhestand schicken, nur weil die auch einem anderen Staate gedient hat. Die Menschen sind doch noch dieselben. Sagen Sie bitte nicht, Sie haben freiwillig aufgehört.«

»Das nicht. Aber …«

»Ich kenne viele, die gehen mussten. Was da für Potenzial auf die Halde gekippt wurde … Ein Freund von mir hatte Bio studiert, der verkauft jetzt Versicherungen. Eine Bekannte war Lehrerin, die kümmert sich jetzt nur noch um ihren Mann. Grischa ist Kriminalkommissar mit Leib und Seele. Wenn der seinen Job verliert, dann sieht der keinen Sinn mehr im Leben.«

»So schlimm?«

»Noch schlimmer.«

Der Freund schwieg und zupfte die Decke auf dem Couchtisch gerade. Queißer schenkte sich Multivitaminsaft nach. Trotz der Karotten.

»Wenn Grischa es nicht mehr aushält, fährt er zu der Stelle, wo es passiert ist.«

»Ich verstehe nicht ganz …«

»Er fährt auf den Strich, wo einer ihm das Messer in den Bauch gerammt hat. Ich weiß nicht, warum. Vielleicht hofft er, dem Täter wieder zu begegnen. Ich hab keine Ahnung. Aber ich mache mir Sorgen.«

Queißer tat, als würde er trinken. Der Freund sprach weiter, ohne ihn anzusehen. Der brauchte wohl einen, bei dem er sich alles von der Seele reden konnte. Doch bitte nicht bei ihm!

»Sie haben ihm wieder Hoffnung gemacht. Der Kohlund hat ihm doch diesen Fall nur gegeben, um Grischa endgültig los zu sein. Wer arbeitet denn gern mit Menschen im Rollstuhl und einem Homo noch dazu. Sie haben da keine Vorurteile Herr Queißer. Ich möchte mich dafür bedanken.«

Der Typ stand wirklich auf und reichte ihm die Hand. Queißer erhob sich, schlug ein und wusste, dass er den Mann jetzt belog. Den Saftbecher drehte der Major hinter dem Rücken, er konnte nicht mal seine Finger wie bei einem falschen Schwur kreuzen. Verdammt, er hätte Merghentin telefonisch von Bergers negativem Ergebnis berichten sollen. Jetzt saß Queißer hier fest.

»Es macht Mut, wenn es solche Menschen wie Sie auf der Welt gibt.«

»Ich glaube, Sie überschätzen meine Qualitäten ganz gewaltig.«

»Nein, das tue ich nicht. Es müsste mehr solche Leute wie Sie geben. Dann sähe vieles besser aus.«

Noch peinlicher konnte die Situation nicht werden. Queißer musste hier raus. Er war überfordert. In eine solche Lage hatte ihn weder seine Frau noch sein Sohn, weder Kohlund noch überhaupt wer gebracht. Und von dieser Tucke ihm gegenüber kannte Queißer nicht einmal den Namen.

»Ich würde dann mal ...« Hartmut Queißer stellte den Becher zurück auf den Tisch.

»Grischa ist bestimmt im Park. Wenn er nachher nach Hause kommt, schließt er sich ein. Es ist nicht leicht, mit ihm zusammenzuleben.«

»Aber Sie lieben ihn doch.«

»Sonst hielte ich das doch gar nicht aus.«

Queißer redete nicht wie Queißer. Wenn Kohlund ihn jetzt sähe, würde er lachen.

»Wo sagen Sie, kann ich Grischa jetzt finden?«

»Im Park, da wo der Schwulenstrich früher war und sich manchmal noch Männer hinterm Busch treffen.«

»Ist ja nicht weit.«

»Vielleicht hat Grischa gerade deswegen diese Wohnung hier nehmen wollen. Er sitzt dort fast täglich und wartet, ich weiß nicht auf was.«

»Ich versuch mal mein Glück.«

»Er wird sich freuen. Ihre Arbeit zusammen richtet ihn auf.«

Berger von der Technik hatte ihre Zusammenarbeit vor zwei Stunden beendet. Der Fall würde als ewig ungelöst bei den Akten verbleiben. Queißer wusste nicht, ob er Merghentin wirklich suchen sollte.

»Vielen Dank, Major Queißer. Vielen Dank.«

Der winkte ihm von der Haustür aus hinterher. Queißer kickte einen Stein auf die Straße. Ein Auto hupte. Queißer zeigte dem Fahrer die Faust. *Peinlich! Einfach nur peinlich!*

27.

»Du kommst mit!«

»Ich bin raus aus dem Fall, hat der Direktor persönlich befohlen.«

»Thorst! Wir haben einen Fall Kim Fleischer, und du wirst nicht hier sitzen und mit der Hohmann flirten.«

»Ich wollte ins Krankenhaus zu Gabriele.«

Schmitt hatte seine Trumpfkarte gezogen, doch Kohlund beeindruckte sie nicht.

»Das ist nicht fair, und ich habe die Befehlsgewalt. Von Suspendierung hat Miersch nichts gesagt. Gabriele freut sich auch noch zwei Stunden später über deinen Besuch.«

»Sehr witzig!«

»Also!« Mit einer Geste forderte Kohlund den Kollegen zur Mitarbeit auf. Schmitt tat nichts dergleichen.

»Du benimmst dich schlimmer als eine Primadonna. Du kennst Gabrieles Kolleginnen, dir werden sie mehr sagen als mir.«

»Dafür bin ich euch gut genug.«

»Mein Gott! Nicht mal die Schabowski oder Merghentin legen so ein Gezicke hin! Auf jetzt!«

Schmitt packte seine Sachen zusammen. Kohlund war erleichtert und gleichzeitig wütend. Die Zusammenarbeit gestaltete sich stets schwieriger. Zuerst der verpasste Chefposten, danach andere Befindlichkeiten. Kohlund bemühte sich bei Schmitt um Verständnis und Rücksichtnahme, aber immer öfter riss ihm der Geduldsfaden. Danach machte Kohlund sich immer Vorwürfe, den Kollegen zu streng zu behandeln. Zwei Töchter. Den ausländischen Freund Gabrieles. Und eine Frau, die nicht mehr im Leben weilte, aber nicht starb. Schmitt trug die Verantwortung, er hielt die Bande zusammen. Kohlund wunderte sich, wie der Kollege dieser Belastung standhielt. Aber aus dem Arbeitsalltag der Mordkommission konnte und wollte er Schmitt nicht heraushalten. Der Kollege hatte nicht um eine Beurlaubung gebeten. Hauptkommissar Schmitt war vollwertiges Mitglied im Kollektiv und nicht behindert.

»Wir fahren zu *Amar Textil*.«

»Wenn's denn sein muss.« Betont gelassen nahm Schmitt seine Pflichten wahr.

»Hol den Wagen.« Damit händigte der Chef der Mord zwo Schmitt die Autoschlüssel aus.

»Du benimmst dich wie Derrick.«

Schmitt lachte über seinen eigenen Witz. Kohlund klopfte dem Kollegen auf die Schulter.

Das Betriebstor war geschlossen. Davor hockte der Hund. Mit müden Augen widmete das Tier dem Fahrzeug kaum einen Blick. Die Transparente bewegte der Wind. *Geht die Arbeit, geht die Hoffnung! Wir sind kein Selbstbedienungsladen! 40 Jahre geschuftet – Perspektive Hartz IV!* Die Folie war an vielen Stellen gerissen. *Wir haben eure Lügen … satt* war nur bei einem Windhauch zu lesen. Der Bauwagen der Demonstrationsleitung schien verwaist. Als Kohlund die Klinke drückte, öffnete sich die Tür nicht.

»Der Protest hat sich verlaufen.«

»Du stehst doch auch nicht tagelang sinnlos einfach so rum.« Schmitt versuchte vergeblich, das *satt* wieder in einer ordentlichen Position festzubinden.

Der Hund strich um Kohlunds Beine. Von Frau Bendoreit-Kommon und dem Herrn Müller fanden die Kommissare keine Spur.

»Ist Delthoff denn auf die Forderungen eingegangen?« Kohlund schaute durch die Bauwagenfenster, konnte jedoch nichts erkennen.

»Nicht dass ich wüsste«

»Und warum ist keiner mehr hier?«

»Die haben fast vierzehn Tage hier gestanden. Tag für Tag. Auch nächtelang.«

»Und wo sind sie jetzt?«

»Zu Hause, nehme ich an. Offiziell wird noch immer gestreikt, aber ich glaube nicht, dass Herr Delthoff die Bude noch mal öffnen wird. Der macht hier gleich dicht. Da kam die Besetzung wie gerufen.«

»So einfach wird er den Betrieb nicht schließen können.«

»Herr Müller wird schon eine Lösung finden.« Schmitt kraulte den Hund unter der Schnauze und hinter den Ohren. Geifer lief ihm über die Hand.

Kohlund rüttelte am Betriebstor. »Weißt du, wo Gabrieles Kolleginnen wohnen?«

»Eigentlich nicht.«

Wäre diese Blamage eines missglückten Zeugengesprächs einem anderen Kollegen passiert, hätte ihm Hauptkommissar Lars Kohlund mangelnde Recherche vorgeworfen. Er hätte sich informieren müssen, ob die Betriebsbesetzerinnen den Betrieb noch besetzten. Doch er hatte nicht einmal die Zeitung gelesen. Es interessierte ihn nicht, und hätte Miersch ihm diesen Fall nicht aufgebrummt, würde es Kohlund auch weiterhin nicht interessieren. Und Schmitt hatte ihn voll auflaufen lassen, denn garantiert hatte er gewusst, dass die Kolleginnen nicht mehr vorm Tor standen. Schmitt war mit dem Fall Fleischer beschäftigt, seine Frau hatte bei *Amar Textil* gearbeitet. Schmitt hatte genau gewusst, dass hier keiner mehr vor Ort war. Er hatte Kohlund trotzdem hierher gefahren. Und er hatte sich fahren lassen. *Scheiße!* Kohlund ärgerte sich und konnte seine Wut nicht einmal an dem Kollegen abreagieren. Schmitt würde lachen. Im Büro hätte die Hohmann jetzt einen Kaffee kochen müssen. Der wäre ihm dann zu heiß, zu stark, zu labbrig oder sonst was gewesen. Jetzt stand der Chef der Mord zwo mit Schmitt in der Prärie und konnte nur ins Präsidium zurückfahren. *Einen erfolgreichen Ausflug nenne ich das. Scheiße!*

»Die Gisela hat vor zehn Jahren in Grünau gewohnt. Ich kenne zwar nicht den Straßennamen, aber das Haus würde ich vielleicht noch finden.«

»Schön.«

»Wenn Gisela noch dort wohnt. Wir haben damals zwei Straßen weiter gewohnt.«

»Ich wohne noch immer in Grünau. Und ich will da auch nicht weg.«

Den Satellitenbezirk hatte man vor die Stadtgrenzen gebaut. So sehr sich die Bewohner auch mühten, den üblen Leumund bekam der Stadtteil nicht los. *Sozialismus-Platte. Hartz-VI-Ghetto. Assi-Land.* Trotzdem lebte Kohlund samt Familie gern in Grünau. Das Flair der sozialistischen Hausgemeinschaft hatte sich in seinem Block erhalten. Die Nachbarn waren mit ihnen gealtert, die Kinder groß geworden. Man ging noch immer in die Kaufhalle, auch wenn *Lidl, Aldi* oder *Plus* dranstand. Umzug war bei den Kohlunds noch nie Thema gewesen.

Fahrer hupten hinter ihrem Wagen und wollten wohl schneller durchs Wohngebiet. Schmitt beeindruckte das wenig, er suchte nach Giselas Haus. Auf den ersten Blick unterschieden sich die Wohnblöcke durch nichts außer den Hausnummern und dem Grün und dem Tand auf den Balkonen.

»Bin ich froh, nicht mehr hier wohnen zu müssen.«

»Du musst das nicht immer wieder betonen. Ich wohne hier gern.«

»Karnickelställe. Du hörst jedes Rammeln. Du riechst jedes Gemüse, das unten gekocht wird. Du kennst nicht mal alle Nachbarn mit Namen. Schrecklich.«

»Denkst du, dir geht's in deiner renovierten Chauvi-Bude wirklich besser?«

»Ich fühle mich jedenfalls so.«

Mit der Nase an der Windschutzscheibe durchfuhr Schmitt die schmalen Straßen. Für den heutigen Verkehr waren die nicht geplant. Die Pkws parkten alle Straßen zu.

»Das sah hier früher ganz anders aus.«

»Sie haben die Fassaden neu verputzt.« Kohlund fand die Häuserfronten zumindest abwechslungsreicher als das Einheitsgrau vergangener Zeiten.

»Nee, sie müssen ganze Wohnblöcke abgerissen haben. Deswegen erkenne ich nichts mehr.«

Schmitt fuhr im Schritttempo Kurve um Kurve. Sie stoppten und ließen eine Kindergartengruppe die Fahrbahn passieren. Eine Oma schob ihre Gehhilfe nah an ihnen vorbei. Im Körbchen lagen Waschmittel, Semmeln, *4711* und rote Äpfel.

»Haben wir Chancen, dass du die Gisela findest?«

»Man soll die Hoffnung nicht aufgeben.«

Schließlich parkte Schmitt den Wagen zwischen einem abgebauten *Wartburg*, der Kindern als Spielplatz diente, und einem *VW*. Die Unordnung in dessen Wageninneren ließ den Kommissar auf einen jugendlichen Eigentümer schließen.

»Die Straße ist es. Ich bin mir sicher. Gegenüber der Kaufhalle. Giselas Wohnung muss hier sein.« Schmitt stieg aus und maß die Wohnblöcke. »Der da. Dritter Stock. Den daneben haben sie abgerissen.«

Die Kommissare liefen über eine niedergetrampelte Grünfläche. Kohlund hätte protestiert und den Hauptweg genommen, doch er befand sich seinem Kollegen gegenüber in der Defensive. Nur Schmitt kannte Giselas Adresse.

Schmitt suchte auf den Klingelschildern. *Kretzschmann. Liebert. Weber* zweiter Stock. *Weber* vierter Stock. Schmitt drückte den Knopf mehrmals und lang. Die Wechselsprechanlage schien zu rülpsen. Das *Ja bitte* konnten die Kommissare nur erraten.

»Schmitt hier, Thorst Schmitt. Ich würde gerne mit Gisela sprechen.«

»Wohnt nicht hier.«

»Aber Sie kennen sie? Gisela Weber. Sie arbeitet bei der *Amar Textil*.« Schmitt sprach mit der Wand. Aus den Rillen des Apparates rauschte es. Schmitt legte sein Ohr ans Metall, um überhaupt etwas zu verstehen.

»Sie arbeitet dort nicht mehr. Der Chef hat ihnen allen gekündigt.«

»Wo kann ich Gisela Weber denn treffen?«

»Keine Ahnung. Mutti ist in eine kleinere Wohnung gezogen.«

»Wohin?«

»Schräg rüber, das Punkthochhaus. Da muss ja auch wieder raus. Soll rekonstruiert werden.«

»Und wer sind Sie?«

»Die Tochter.«

Schmitt überlegte wohl, ob und wie er das Gespräch fortsetzen sollte.

»Bist du das, Thorst?«

Der Kommissar schaute sich erschrocken um. Dann erkannte er die Frau, die ihn angesprochen hatte, und reichte ihr die Hand. »Mensch Gisela, genau dich suchen wir.«

Gisela Weber stellte die Einkaufstüten ans Treppengeländer. »Was willste denn?«

Schmitt zögerte.

Kohlund nahm den Brief aus der Tasche und reichte ihn ihr. »Haben Sie das geschrieben, oder wissen Sie, wer das getan haben könnte?«

Gisela Weber las. Der Kommissar kannte den Text auswendig. *Sollte über unseren Betrieb wirklich bereits das letzte Wort gesprochen sein, haben Sie das Ende von Kim Fleischer zu verantworten.*

Gisela Weber ließ das Blatt sinken. »Warum sollen wir so etwas schreiben?« Dann wurde ihre Stimme bitter. »Das letzte Wort ist über uns bereits gesprochen worden. Wir sind nicht mehr im Geschäft. Finito. Aus für *Amar Textil.* Fast vierzig Jahre war ich dabei. Eine Scheißgesellschaft, die so mit der arbeitenden Bevölkerung umgeht. Das habe ich mir nicht träumen lassen. Betrieb zu, und du kannst sehen, wo du bleibst.« Sie wandte sich an Schmitt. »Deine Frau hat das Elend nicht mehr mit ansehen müssen. Die ist abgehauen und hat es richtig gemacht.«

Schmitt blickte zu Boden. »Das kann man auch anders sehen.«

Frau Weber fiel wohl erst jetzt das Schicksal von Gabriele Schmitt wieder ein. Sie trat auf Schmitt zu und nahm ihn einfach in den Arm. Der Kommissar ließ es geschehen. Lars Kohlund zählte derweil Wolken am Himmel. Geregnet hatte es seit Wochen nicht mehr, und es sah nicht so aus, als ob es in den nächsten Stunden regnen würde. Und Ostergeschenke musste er kaufen. Aus den Tüten der Weber blitzte goldenes Stanniolpapier von Schokohasen und buntgespritzte Eier.

Schmitt entwand sich der Umarmung. »Gisela, kennst du diesen Brief?«

»Nein.«

»Wirklich nicht?«

»Mensch, Thorst, warum sollten wir so einen Mist schreiben? Herrn Delthoff hat dieser Brief doch offensichtlich nicht beeindruckt. Das Werk ist zu. Vielleicht zwei Monate Lohn noch, dann stellen wir uns hübsch im Arbeitsamt an.«

»Ihr habt Delthoff nicht damit unter Druck gesetzt?«

Gisela Weber nahm Kohlund den Brief aus der Hand. »So einen Quatsch machen wir nicht. *Sollte über unseren Betrieb wirklich bereits das letzte Wort gesprochen sein.* Wer redet denn so. Wir jedenfalls nicht.«

»Und deine Kolleginnen?«

»Du kannst sie ja fragen. Glaubst du, eine von uns hätte den Anwalt entführt?«

»Ich muss euch fragen.«

»Thorst, das ist einfach absurd.«

»Die Besetzung war es auch.«

»Das war wenigstens eine Möglichkeit, Presse, Gewerkschaft und Öffentlichkeit ein bisschen dafür zu interessieren, was mit uns passiert. Wir waren nicht mehr alleine mit unseren Sorgen.«

»Geändert hat's nichts.«

»Nee, das Aus war vorher schon beschlossene Sache.«

Kohlund stand neben der Weber und Schmitt. Er gehörte nicht zu ihnen, trotzdem konnte er sich auch nicht vorstellen, dass die Betriebsangehörigen von *Amar Textil* diesen Brief geschrieben hatten. Und er glaubte immer weniger, dass dieses Schriftstück wirklich etwas mit dem Verschwinden von Kim Fleischer zu tun hatte.

Gisela Weber griff wieder zu ihren Beuteln. »Für meine Tochter. Ohne Mann mit zwei kleinen Gören hat sie kaum die Zeit und Ruhe zum Einkaufen.« Kohlund sah Bananen, dünnen Salat, *Milupa* und *Pringels*. Die Schachtel einer Fertigpizza war angerissen. Fast sah der Einkauf aus, als wäre er die Zuteilung einer Armentafel. »Noch andere Fragen?«

»Wissen Sie, wo sich Kim Fleischer befindet?«

»Ich kenne diesen Mann nur aus der Zeitung. War's das?«

Die Kommissare nickten. Kohlund war die Situation unangenehm. Er hätte gar nicht hierher fahren sollen. Vor allem nicht mit Schmitt. Der Kommissar fühlte sich wie ein Voyeur.

»Na dann. Viel Glück weiterhin. Und grüß Gabriele.« Die Weber stellte ihre Tüten zur Verabschiedung noch einmal ab und reichte den Kommissaren die Hand, dann klingelte sie. »Ich bin's!« Und die Weber war durch die Haustür verschwunden.

»Hätte ich dir gleich sagen können.«

»Jeder Spur muss man nachgehen.«

»Diese Frauen kämpfen. Die kommen nicht auf so blöde Ideen.«

»Wer aber dann?«

Die Kommissare gingen zum Auto zurück. Aus dem *VW* hämmerten die Bässe eines Rap-Songs. Der junge Mann glotzte.

»Typen im Anzug habe ich hier ja überhaupt noch nie gesehen«, brummte er, als sie ins Auto stiegen.

»Früher haben wir hier alle so ausgesehen.« Kohlund fühlte sich fremd im eigenen Viertel.

Schmitt lachte. »Wohin, Chef?«

Kohlund suchte erst Zigaretten, dann Feuer.

28.

Agnes Schabowski erschrak. Der Mann, der mit dem Pförtner sprach, war Emile. Es war Emile. Sie hatte ihn vergessen wollen, aber nie vergessen können. Emile. Auch er hatte sie gesucht. Warum würde er sonst hier am Empfangsschalter im Polizeipräsidium Leipzig stehen?

Déjà vu! Genau dieselbe Situation hatte sie schon einmal erlebt. Emile Fraconard stand auch heute am Einlass und suchte nach ihr. Doch diesmal betrat sie nicht das Dienstgebäude, heute war sie auf dem Weg nach Hause. Emile hieß natürlich nicht Emile Fraconard, sondern Hainar Krumpholz mit zweimal a. Der Rechtsanwalt hatte tatsächlich auf die Kommissarin gewartet. Mit einem strahlenden Lächeln trat er auf sie zu. Agnes Schabowski hatte das Gefühl, er würde ihr gleich links und rechts Wangenküsschen geben. Das war in Frankreich ja üblich. Hainar küsste sie nicht. Eigentlich schade. Die Schabowski lächelte trotzdem.

»Klasse sehen Sie aus.« Krumpholz musterte sie von Kopf bis Fuß, als sei sie eine Erscheinung. »Sie müssen um diese Zeit Feierabend haben, habe ich mir gedacht.«

»Mein Feierabend hält sich so selten an die Bürozeiten wie der ihre, nehme ich an.«

Hainar Krumpholz wechselte sofort das Thema. »Ich hatte in der Gegend zu tun, und da dachte ich …«

Die Schabowski kannte alle männlichen Ausreden, um ein Gespräch zu beginnen. Hainar Krumpholz erwies sich nicht gerade als innovativ. Allerdings, vermutete die Kommissarin, waren es nicht private Gründe, weshalb er sie hier abpasste. Krumpholz wollte sicherlich die Neuigkeiten im Vermisstenfall seines Kollegen erfahren, oder er wollte ihr Neuigkeiten erzählen. Die Kommissarin konnte ihm nichts Neues mitteilen. Die Ermittlungen liefen. Mehr nicht.

Und eigentlich konnte auch Krumpholz nichts Neues erfahren haben, was sie nicht schon wüssten. War er also doch ihretwegen gekommen?

»Ich bedaure, Herr Krumpholz, ich kann Ihnen …«

Der Rechtsanwalt nahm ihre Hände in seine und sah ihr ins Gesicht. *Mein Gott, diese Augen!* Die Kommissarin dachte an Mittelmeer, Sonne und an Emile. Er war es doch! Das Timbre der Stimme brachte sie zurück in den Flur des Polizeipräsidiums Leipzig.

»Verzeihen Sie, ich musste Sie wiedersehen!«

Also doch! Agnes Schabowski verspürte kurzzeitig ihren Herzschlag im Hals. »Bitte?«

Der Kerl wurde tatsächlich rot. Wie bestand der denn vor Gericht? Dort konnte er doch nicht seine Gefühle so offen zur Schau tragen. Agnes Schabowski wunderte sich, bislang hatte sie Rechtsanwalt für einen Beruf gehalten, der sämtliche Emotionen versteckte. Krumpholz bewies ihr das Gegenteil. Das fand sie irgendwie süß.

»Ich entschuldige mich, und die Situation ist auch saublöd, aber ehrlich, Frau Kommissarin, ich wollte Sie wiedersehen. Ganz privat. Und ich wollte Sie fragen, ob Sie einen Kaffee mit mir trinken.«

Die Schabowski blickte zum Pförtner, der ihr Gespräch aus seiner Kabine interessiert beobachtete. Sie fühlte sich bei etwas Verbotenem ertappt. Emile Fraconard jedoch vor ihr strahlte. Die Kommissarin wollte sein Angebot ablehnen. Sie trank nach Dienstschluss keinen Kaffee. Und sie konnte sich nicht außerdienstlich mit einem Zeugen verabreden. Sie kämpfte eh schon um ihre Objektivität im Fall Fleischer. Bereits bei der ersten Begegnung mit Hainar Krumpholz hatte sie verloren.

»Sehr gern. Was schlagen Sie vor?« Zu einem offenen Lächeln musste sich die Kommissarin nicht zwingen.

»Lassen Sie uns ins Zentrum gehen. Da wird sich was finden.«

»Da findet sich was. Ganz bestimmt findet sich da was.«

Agnes Schabowski verabschiedete sich mit einem kurzen Nicken von den Diensthabenden hinter der Glasscheibe. Garantiert sah der Pförtner ihnen hinterher und machte sich seine Gedanken. Auch in einem Polizeipräsidium herrschten Tratsch und Klatsch. Sei's drum! Die Schabowski verließ mit dem Rechtsanwalt gemeinsam das Gebäude.

Die Frühlingssonne schien immer noch, seit Wochen schon verbrannte sie die Landschaft. Die Nachrichten vermeldeten Horror über Getreidepreise, Rapsanbau und die Lage der Bauern. Die Verbände und Wirtschaftsinstitute rechneten mit Pleiten. Die wärmsten Aprilwochen seit Aufzeichnung des Wetters, meldeten die Agenturen. Agnes Schabowski hatte nichts gegen sonnige Nachmittage einzuwenden, zumal, wenn sie sie mit Emile Fraconard verbringen konnte. Sie achtete auf den Abstand zwischen ihnen. Sie wollte nicht, dass sie wie ein Liebespaar wirkten. Aber warum eigentlich? Krumpholz verringerte die Distanz kontinuierlich.

»Machen Sie Fortschritte im Fall meines vermissten Kollegen?«

Taktik, alles Taktik. Der Rechtsanwalt hatte nicht auf sie gewartet, damit er sie über die Ermittlungen aushorchen konnte. Da müsste er Kohlund oder Schmitt oder den Mann an der Pforte fragen. Hainar Krumpholz hatte auf sie gewartet. Allein nur auf sie! *Machen Sie Fortschritte im Fall meines vermissten Kollegen?* Diese Frage war Taktik, noch getraute sich Krumpholz nicht, die entscheidenden Fragen zu stellen. Agnes Schabowski wartete darauf und formulierte sie vor. Würde er sie sogar duzen?

»Nichts Neues.« Agnes Schabowski bemühte sich um eine behördlichen Klang in ihrer Stimme.

»Aber irgendeine Idee müssen Sie doch haben.«

»Haben Sie denn eine, Herr Krumpholz?«

Agnes Schabowski sah dem Anwalt direkt ins Gesicht und dachte: *Küss mich, du Feigling! Küss mich doch endlich!*

»Ich kann mir einfach nicht denken, was mit Kim passiert sein soll. Carina ruft täglich zweimal bei mir an. Ich kann ihr keine Antworten geben. Deswegen frage ich Sie, wirklich nichts Neues?«

»Nein, Herr Krumpholz, wirklich nichts Neues. Leider.«

Küss mich! War das die Sonne, die ihr das Hirn verbrannte? Sie war mit Hainar Krumpholz noch nicht einmal per Du. Agnes Schabowski war über die Verwirrung ihrer Gefühle überrascht, zugleich aber bestärkte gerade dies ihr Handeln.

»Vielleicht gehen wir nochmals alles durch? Irgendeinen Ansatzpunkt werden wir finden. Meist übersieht man die einfachsten Sachen.«

Gut, dann stellte sie eben erst einmal die offiziell interessierenden Fragen. Die Kommissarin wusste, in dieser Hinsicht würde das Gespräch nichts Neues erbringen. Sie wollte sich nur mit Emile unterhalten. Der Mann löste Erinnerungen in ihr aus. Er sah sehr gut aus. Sie hatte Lust auf Zweisamkeit nicht nur im Café, sondern auch für die Zeit danach. Dabei hatte Agnes Schabowski geglaubt, nach der Dreißig wäre es mit dem Sex vorbei. Bislang war das auch so gewesen. Nicht ganz, aber fast. *Mein Gott, verstehst du mich nicht?* Hainar Krumpholz verstand nichts. Agnes Schabowski sah sich in endlose Gespräche verwickelt. Hainar Krumpholz würde die entscheidenden Fragen niemals stellen.

»Ich kenne das aus dem eignen Beruf«, sagte sie.

Sie liefen in Richtung City, vorbei an der Baustelle für den Tunnel gen Süden. Blaue Rohre säumten die Straße. Das Grundwasser wurde darin in die Gewässer gepumpt. Leipzigs Boden war feucht, voller Braunkohle, und Bauarbeiten gefährlich. Man wartete auf den Erdrutsch, der, allen Berechnungen zum Trotz, kommen würde. Das glaubte nicht nur Agnes Schabowski.

»Dort können wir in der Sonne sitzen.« Hainar Krumpholz wies über die Straße.

»Ein schöner Platz. Da ist ein Tisch frei.«

Galant schob der Anwalt Agnes Schabowski den Stuhl unter den Po. Emile hätte es genauso getan. Krumpholz nahm ihr gegenüber Platz und lächelte gedankenverloren. *Wenigstens nach meiner Hand könntest du greifen!*

Die Kellnerin war unsicher. Sie fragte zweimal, ehe sie die Bestellung richtig verstanden hatte. Ein Latte macchiato und ein Radler waren nun wirklich keine ungewöhnlichen Getränkewünsche.

»Wollen Sie mich aushorchen, Herr Krumpholz, oder warum passen Sie mich ab?«

Er müsste einfach nur sagen: *Sie allein sind der Grund. Ich kann nicht mehr einschlafen, ohne an Sie denken zu müssen!* Doch Krumpholz blickte auf seine Schuhspitzen. Schweißperlen traten ihm auf die Stirn. »Wenn wir den Prozess Delthoff verlieren, können wir unsere Kanzlei schließen. So sieht es aus.«

»Ihnen fehlen die Mandanten?«

»Ja.«

Krumpholz schaute nicht wieder nach oben, auch nicht, als die Kellnerin den Kaffee vor ihn hinstellte, der eigentlich für sie bestimmt war. Agnes Schabowski wechselte Tasse gegen Glas. Krumpholz trank sein Radler mit geschlossenen Augen und fast in einem Zug aus.

»Wir hängen am Tropf von Kims Vater. Ohne ihn haben wir in Leipzig nichts auf die Reihe gekriegt. Er hat uns auch Delthoff als Mandanten verschafft. Verlieren wir den, ist es aus.«

»Hat Herr Delthoff mit der Kündigung des Mandats gedroht?«

»Ja.«

»Aber ist die Sache nicht schon gelaufen, und Sie haben gewonnen? Den Beschäftigten von *Amar Textil* wurde doch bereits gekündigt.«

»Ja. Der Prozess läuft auf einen Vergleich hinaus.

Wir werden ihn als Sieg verkaufen. Sicher. Aber der Delthoff ist sauer. Er hatte sich viel mehr erwartet. Nun zahlt er drauf. Er meint, das sei unsere Schuld. Wir wären zu lasch.«

Die Schabowski schockte diese Enthüllung nicht. Zu sicher war ihr Krumpholz im Auftreten immer erschienen, die Kanzlei in bester Lage hatte sie als zu protzig empfunden. Der Typ, der ihr jetzt gegenüber saß, faszinierte sie allerdings noch mehr. Er war auf ein Maß an Mittelmäßigkeit geschrumpft, das Agnes Schabowski gefiel. Emile lächelte schüchtern, sie hätte ihn trösten mögen.

»Auf ihrer Karte steht *Dr. Fleischer, Krumpholz und Partner*. Wer sind denn die Partner?«

»Es gibt keine. Es hat nie welche gegeben.«

»Und warum diese Lügen?«

»Wer im System bestehen will, kann nicht bescheiden am Rand stehen. Von Pflichtaufträgen der Justiz kann kein Rechtsanwalt auskömmlich existieren. Kaufhausdiebstähle, kleine Steuerhinterziehungen, Schwarzfahrerei. Bei solchem Kram verzweifelt man schon zu Beginn der Karriere.«

»Aber Kim Fleischers Vater unterstützt Sie doch, oder habe ich das falsch verstanden?«

»Nein. Aber Herr Fleischer senior hat seine Zahlungen eingestellt. Er denkt, sein Sohn hat sich aus dem Staub gemacht. Kim hätte gekniffen oder die Fronten gewechselt. Solche Typen sind sein Geld nicht wert. Und diese Nutte als Freundin schon gar nicht. Das sind seine Worte. Alleine kann ich unsere Kanzlei keine drei Monate mehr halten.«

Krumpholz leerte mit einem zweiten Schluck sein Glas. Sein Blick suchte die Kellnerin, doch die war verschwunden. Am Nebentisch nahmen zwei ältere Damen Platz, die freundlich grüßten. Agnes Schabowski nickte zurück. Vielleicht kannte Krumpholz die Frauen, doch den bewegten gerade andere Gedanken. *Kannst du nicht einfach mal aufsehen und mich fragen, ob ich die Nacht mit dir verbringen möchte?* Die Kommissarin rührte in ihrem Latte macchiato. »Keine schöne Situation.«

»Nein.« Endlich sah er sie an. Endlich griff Hainar Krumpholz nach ihrer Hand. Emile Fraconard lächelte, mit der anderen Hand winkte er der Kellnerin und bestellte ein Bier.

»Für dich auch noch was?«

Da war es, das Du. Warum hatte sie sich solche Gedanken gemacht? Es war so einfach, so leicht. Emile Fraconard hatte sie gefunden. Die Zeit ihres Wartens war endlich vorbei. Sie hatte Emile nie sagen können, dass sie ein Kind von ihm hatte. Die Schabowski hatte Emile einfach nicht finden können. Es blieb nur die Erinnerung an zwei Wochen Mittelmeer und Liebe, und es blieb Paul. *Paul, was machst du jetzt grade? Vermisst du die Mami?* Und nun saß Emile Fraconard hier im Café vor ihr, und es war, als wären die Jahre dazwischen gar nicht gewesen. Dieser Mann würde sie nie wieder verlassen, da war sich die Schabowski sicher. Sie lächelte glücklich. Emile zog seine Hand zurück.

»Lügen machen das Leben leichter.«

Sie fühlte sich ertappt und nickte. »Wenn sie auffliegen, ist das Elend noch größer.«

»Man sollte von vornherein nicht lügen.«

»Das kann man nicht immer.« *Mein Gott! Dieses Thema nun bitte nicht gleich zu Beginn!*

»Warum nicht?«

Ja, warum nicht? Warum hatte sie ihren Eltern nie gesagt, wer der Vater von Paul war. Warum hatte sie niemandem gestanden, dass sie diesen Mann liebte? Sie war Jahr für Jahr wieder nach Banyuls-sur-Mer ans Mittelmeer gefahren. Emile hatte sie niemals wieder getroffen. Sie hatte weder eine Adresse noch eine Telefonnummer. Sie hatte nur einen Namen, und später ein Kind. *Paul, mein armer Paul. Mami ist herzlos. Ich weiß, Paul, ich weiß.*

Die Schabowski hätte Liebe und Verständnis nötig gehabt. Paul, der sie an Emile erinnern sollte, wurde behindert geboren. Die Behinderung führte ihr den Verlust des Vaters noch deutlicher und jeden Tag aufs Neue vor Augen. Mit Emile hätte sie diese Herausforderung überstanden. Mit Emile wäre alles gut geworden. Doch Emile hatte sie niemals wiedergesehen.

»Frauen wie Sie schwindeln doch höchstens.« *Wieder beim Sie, er war wieder beim Sie!*

Krumpholz hob sein eben serviertes Bierglas hoch. »Zum Wohle, Frau Kommissarin.«

Die Schabowski konnte nichts dagegen machen. Der Vater ihres Kindes saß vor ihr. Sie musste Emile Fraconard gestehen, sonst tat sie es niemals. *Jetzt oder nie!* »Ich habe mein ganzes Leben gelogen.«

»Wie bitte?« Hainar Krumpholz klang überrascht.

»Meine große Liebe habe ich am Mittelmeer verloren. Mein Kind habe ich verleugnet und ich verleugne es noch. Ich bin vor der Vergangenheit geflohen, habe mir eine ganz neue Zukunft aufbauen wollen. Jetzt sitze ich in einer Stadt, die ich nicht mag, und ihre Menschen mögen mich nicht. So ist das.« *Es war raus!*

Die Schabowski hob ihre Tasse. Sie musste sich einen Kognak bestellen. Krumpholz saß mit offenem Mund da, er rollte den Bierdeckel von links nach rechts und wieder zurück.

»Lügen verbauen einem die Freiheit. Seien Sie froh, dass Ihre Lügen so zeitig aufgeflogen sind. Zwanzig Jahre später ist ein Neubeginn nicht mehr so leicht.« *So ein Schwachsinn! Der Mann verstand nicht. Dieser Mann verstand gar nichts!*

Emiles Hand streichelte wieder die ihre. Agnes Schabowski hatte genau das gewollt und jetzt war es ihr unangenehm. *Lassen Sie das! Bitte, lassen Sie das!* Krumpholz hatte weder die Statur noch den Charakter ihres Emile. Krumpholz war ein kleiner, schäbiger Winkeladvokat, der seine Fähigkeiten maßlos überschätzt hatte. Er war ein kleines, beschissenes Würstchen. Ein Würstchen noch nicht mal mit Senf. Genauso ein Würstchen, wie es Kim Fleischer gewesen war. Sie würde nicht wie Carina John auf das Gesülze hereinfallen. *Nein, das würde sie nicht!* Und solch einem Typen gestand sie ihre Liebe zu Emile Fraconard. Sie brauchte den Schnaps dringend. Sie schnippte mit dem Finger nach der Bedienung, die entweder taub oder woanders war. Krumpholz verließ den Tisch und ging höflich die Kellnerin suchen. *Wie blöd muss man denn sein, um an diesem Mann überhaupt etwas zu finden?* Sie verließ das Café, ohne auf Anwalt oder Kellnerin zu warten. *Gerade noch mal gut gegangen. Aber haarscharf. Was konnte ich denn an diesem Rindvieh nur finden!* Sie lief immer schneller.

Agnes Schabowski begann zu weinen.

29.

»Hören Sie es?«

Die alte Frau hielt Carina John am Ärmel.

»Hören Sie es?«

»Oma, bitte erzähl deine Märchen anderen, nicht mir. Häuser schreien nicht um Hilfe. Sie sind stumm.« Carina versuchte, sich loszumachen.

Die Alte packte sie jedoch nur noch fester mit ihren Klauen. »Es ist wohl gestorben. Es sagt keinen Ton mehr.«

Sie holte Luft. Für die Geschichten der Alten hatte sie weder Zeit noch die Nerven. Feiertage waren immer mit Stress verbunden. Ostern im Besonderen: Myriam erwartete Geschenke, da blieb sie ein Kind, ihre halb erwachsene Tochter. Einen Festtagsbraten, Osterspaziergang. *Vom Eise befreit!* Konzertkarten. *Killerpilze.* Und trotzdem: Kim würde diese Tage nicht mit ihnen verbringen. Kim blieb verschwunden. Kein Zeichen, kein Nix. Auch die Polizei war ratlos.

Mit einer schnellen Bewegung entwand sich Carina aus der unangenehmen Umklammerung. Die Märchenoma geriet aus dem Gleichgewicht und musste sich am dreckgrauen Putz abstützen. Die Alte keuchte. Es liefen ihr Tränen übers Gesicht. Carina John war die Situation unangenehm. Sie beugte sich nieder und streichelte der Oma die Hände.

»Es bleibt nichts so, wie es war. Am Ersten kommen die Bagger und reißen das Haus ab. Und dann werden sie ein schönes neues Haus hier bauen. Freuen Sie sich doch!«

»Warum? Es ist doch noch gut, mein altes Haus.« Die Alte klopfte an die porösen Ziegel. Putz fiel ab. »Keiner hat Ehrfurcht. Keiner achtet die Geschichte. Weg mit allem Alten! Husch, husch!«

Carina entgegnete nichts. Ihre Argumente konnte die Märchenoma nicht akzeptieren. Es wurde immer abgerissen und neugebaut. Kaum errichtete Häuser fielen der Abrissbirne zum Opfer. Keine zwanzig Jahre hatten die Plattenbauten gestanden, die man jetzt in Grünau oder Paunsdorf niederwalzte. Da wohnen wollte keiner, und eine Sanierung war einfach zu teuer. So war es auch hier. Im Haus herrschte noch der Komfort der Gründerzeit. Kein Bad, Ofenheizung, Klo halbe Treppe. Carina kannte solche Wohnungen aus den Erzählungen ihrer Eltern. Sie würde in solche Vergangenheit nicht zurückziehen wollen. Sie zog den modernen Komfort ihrer Wohnung vor. Die Alte aber trauerte wirklich.

»Oma, du hast doch ein Zimmer im Heim, wo's schön ist. Hier kannst du doch nicht mehr wohnen. Ganz allein warst du im Haus. Das ist nicht nur kalt. Das ist auch gefährlich.«

»Rausgeschmissen haben sie mich. Sie hätten mich hier sterben lassen sollen. Lang dauert's nicht mehr.

Das Heim ist kein Segen, mein Kind. Alles fremde Leute um einen herum und täglich der Arzt.«

Carina half der Alten, Milch in die Untertassen zu gießen. Die Katzen warteten in gehörigem Abstand. Die fremde Frau störte, zur Oma allein wären die Katzen geschnurrt gekommen. Carina versuchte, das Gespräch zu beenden. Sie hatte Mitleid mit dieser Oma im alten Kleid. Aber keiner konnte die Zeit anhalten oder zurückdrehen. Wie würde sie selbst ihre Wohnung in fünfzig Jahren betrachten? Carina mochte ihre Wohnung, es waren die vier Wände, in denen sie lebte. Doch das war's dann aber auch.

»Keine zwei Wochen, dann sind es Trümmer!«

»Das wird so sein, Oma. Wir sehen uns wieder.«

»Dann komm ich nicht mehr. Was sollte ich denn dann hier?«

»Die Katzen brauchen Sie, Oma, und die Kinder. Sie erzählen so schöne Märchen. Sie hören gern zu, auch meine Tochter. Auf Wiedersehen, Oma, auf Wiedersehen.«

Carina ließ die Alte an der Hauswand stehen. Sie blickte nicht zurück, als sie ging. Sie hörte nur die Alte ihr *Miez, miez, miez* rufen. Wahrscheinlich hatte die Oma sie schon vergessen.

Der Briefkasten war voll mit Werbung. *Montag – Mittwoch Knüller! Rostbratwurst 43 % billiger! Gartenmöbelgruppe »Adelaide« – wetterfestes Eukalyptus-Hartholz, zusammenklappbar. Fragen Sie nach unserem Finanzkauf-Service schon ab 199,- Euro – schnell, diskret und unbürokratisch.* Carina grillte nicht, hatte keinen Garten und brauchte keinen Kredit. Sie knüllte Papiere und Zeitungen und warf alles in den dafür vorgesehenen Kübel. Sie hätte weinen mögen. Wieder kein Brief, keine Nachricht von Kim.

Myriams Schulranzen stand mitten im Flur. Auf Carinas Rufen reagierte niemand. Sie war sicher mit ihrer Freundin Franziska unterwegs. Letztens hatten sie im großen Klettergerüst gesessen und diskutiert. Wütend hatte Myriam der Mutter geholfen, die Einkaufsbeutel für die Festtage nach Hause zu tragen. Carina waren nur Floskeln eingefallen: *Du bist nicht allein! Jeder hat seine Aufgaben in der Familie zu erfüllen! Solange du …* Myriam hatte gebrüllt: *Und Kim, was macht der?* Carina hatte keine Antwort gewusst. *Er zahlt auch für deinen Unterhalt. Er ermöglicht uns unseren Urlaub. Mittelmeer. Schweden. Myriam, ohne Kim wäre ich nichts.* Alle diese Sätze waren in der jetzigen Situation untauglich. Wenn sie sich nicht scheuen würde, müsste sie mit Myriam reden. Nur mit vorpubertärem Gehabe war Myriams Hass auf den Mann an der Seite ihrer Mutter nicht zu begründen. Carina trug den Schulranzen ins Zimmer der Tochter. Die Tür schlug sie zu.

Als Carina ihren Schlüssel ans Bord hängen wollte, fiel ihr Kims Talisman wieder ins Auge. Für einen Moment vergaß Carina völlig, was in den letzten Tagen passiert war. Kim war zurückgekommen! Sein Schlüssel hing wieder am Bord. Das Teufelchen vom Hexentanzplatz grinste ihr wie immer lustig entgegen. Carina schrie: »Kim! Kim! Bist du da Kim? Kim, wo bist du?«

Sie suchte im Wohnzimmer, Schlafzimmer, in der

Küche. Im Kinderzimmer stolperte sie über Myriams Ranzen. Kim Fleischer fand sie nicht. *Lass die doofen Scherze. Komm raus aus dem Schrank!* Sie schaute unter die Betten und auf dem Balkon. *Ich liebe dich, Kim! Ich liebe dich!* Kim Fleischer war nicht in der Wohnung.

Am Bord aber hing wirklich Kims Talisman. Hatte er Myriam seinen Glücksbringer doch geschenkt? Carina John nahm ihn in die Hand. Der Teufel hing nicht an Kims Schlüsselbund und auch nicht an dem von Myriam.

Carina erinnerte sich. Nein, Kim war nicht zu Hause. Myriam hatte seinen Talisman im Hausflur gefunden. Das Teufelchen hatte auf dem Briefkasten gelegen. Solange Kim nicht da war, hing es an diesem Schlüsselbund und grinste sie an. Carina John hielt den Bund in ihrer Hand. Es waren sehr alte, große, schwere Schlüssel. Mit einem klassischen Bart. Neben dem Teufelchen war ein Zettel in einer Metallschatulle auf den Ring gezogen. *Keller* entzifferte Carina die Sütterlinschrift. Es waren die Schlüssel der Märchenoma, sie hatte sie ihrer Tochter fürs Wunschzimmer geschenkt. Es waren die Schlüssel zum Keller von Haus Nummer vierzig. *Oh, mein Gott!*

Myriam hatte Carina von Omas Märchen erzählt. *Im Haus gibt's ein verwunschenes Zimmer, und was man dort ausspricht, kann Wirklichkeit werden.* Carina glaubte nicht an fantastische Geschichten und an Wünsche, die in Erfüllung gingen. Sie glaubte erst an das Glück, wenn es Wirklichkeit geworden war. Einen Sorgenabladeplatz hatte sie sich manches Mal ersehnt. *Wer erfüllte Myriam ihre Wünsche? Der Keller im Nachbarhaus wie des Teufels drei goldene Haare?*

Carina nahm den grinsenden Talisman samt der Schlüssel am Ring mit in die Küche. Sie füllte den Wasserkocher und brühte einen starken Kaffee. Türkisch. Sie trank ihn heiß, verbrannte sich die Zunge daran. Krümel hafteten ihr zwischen den Zähnen und am Gaumen. Carina betrachtete die Schlüssel vor ihr. Zwei große, wie sie sie von ihrer eigenen Großmutter kannte. Ein kleiner. Ein paar andere. Sie besah sich alle Schlüssel, hielt sie dicht vor ihre Augen. *Keller, Wünsche, Kim und Schreie. Hilfe! Das Haus schreit um Hilfe!* Sie wagte nicht, ihre Gedanken zu Ende zu denken. Die vermeintlichen Hilferufe wurden gemeine Bilder eines Horrorszenarios. Die Oma hatte in den letzten Wochen Hilferufe vor ihrem Haus gehört. Sie hörte sie nicht mehr. *Es ist wohl gestorben. Es sagt keinen Ton mehr. Hilfe! Kim sagt keinen Ton mehr! Mein Kim!*

Carina wusste, dass sie ihrem Verdacht nachgehen musste. Sie stellte die Kaffeetasse mit Satz in die Spüle. Sie griff nach dem Teufelchen und nahm die Schlüssel. Eine Taschenlampe holte sie aus dem Werkzeugfach. Dann schlug die Tür zu. Die Stufen knarrten. Aus der Physiotherapie hörte sie Lachen.

Der Himmel war bedeckt. Schnell hatte sich das Wetter geändert. Im Radio wurde täglich das Wetter von diesem mit dem des Vorjahrs verglichen, und mit älteren Daten der Wetteraufzeichnung. Sie sahen heuer die Klimakatastrophe. Doch Carina lief nicht nur wegen des Regens schneller.

Die Märchenoma hockte nicht mehr vorm Hauseingang und bei den Katzen. Wahrscheinlich war sie ins Heim zu den Alten und ihren Ärzten gegangen. Schwere Tropfen hatten die Grasbüschel an der Haustür zu Boden gedrückt. Auch in die Milch fiel der Regen. Der fette Kater saß in einem Kellerfenster und putzte sein Fell. Eine Haustür besaß Haus Nummer vierzig nicht mehr. Carina konnte in den Hinterhof blicken, wo zerfetzte Matratzen und ein Gasherd standen. An einer Wäschestange glitschte eine Kittelschürze. Die Kellertreppe war links. An den Brettern der Tür vergilbte ein Hinweis. *Vorsicht! Rattengift ausgelegt!* Das Papier schien Carina aus ihrem Geburtsjahr zu stammen oder aus dem Zweiten Weltkrieg. *Vorsicht!*

Die Ziegelstufen bröckelten unter Carinas Tritten. Das Geländer bot keinen Halt. Sie glaubte einen Wäschetrockner, Bretter und Kohlen erkennen zu können. In einem Regal standen noch Einweckgläser und Konserven. Leere Häuser werden immer nur Müllplätze. Sie erschrak, als sie auf weiche Lumpen trat. *Rattengift ausgelegt!* Sie lauschte den Geräuschen. Spinnweben glitten ihr übers Gesicht. Unter ihrem Fuß löste sich ein Stein. Sie rutschte und griff in einen Lattenverschlag, knallte aber nicht auf den Boden. Die Taschenlampe warf zuckende Schatten. Carina musste zum Wunschzimmer ihrer Tochter. *Ich muss hier durch!*

Am Ende der Treppe führte ein dunkler Gang nach beiden Seiten. Die Taschenlampe beleuchtete am Ende der linken Verschläge eine Eisentür. Sie war mit Schlössern verriegelt. Carina John hielt den Schlüsselbund in ihrer Hand. Sie wechselte die Taschenlampe in die linke. Die Schlüssel schlugen eine kleine Melodie an ihren zitternden Fingern. Der erste, der zweite Schlüssel. Der dritte passte. Das Teufelchen lachte. Sie konnte es hören.

Carina zog die schwere Tür auf. Die rostigen Angeln kreischten. Die Taschenlampe beleuchtete Myriams Wunschzimmer mit blassem Licht. Zuerst sah Carina das azurblaue Kleid der Barbiepuppe von Myriams bester Freundin Franziska. Es zeigte kaum noch seine Farbe im Dreck hier. Neben Splittern von Einweckgläsern lagen die Ohrklipps ultramarin, die Carina seit Wochen vermisste. Fast wäre ein Theaterbesuch daran gescheitert. Sie leuchtete auf einen Teddy mit heraushängender Zunge und einen bemusterten Seidenschal. *Gehört der der Nachbarin? Irgendwann hatte die mal einen vermisst.* Der Strahl erhellte Wände und Boden. An einem rostigen Haken hing ein Jackett. Dann sah Carina Kims Aktentasche. *Hier sind die wichtigen Unterlagen!*, sagte Carina zu Hainar, der sie nicht hören konnte. Das von unten unerreichbare Fenster im Kellerraum war vernagelt. *Steht auf dem Brett* Kohlen für Reuter *oder geht dieses Fenster zum Hof?* Darunter könnten auf einer Schräge noch immer Briketts schneller rutschen. Aber in dieses Haus war seit Jahren nichts mehr geliefert worden. Im jahrzehntealten Kohlenstaub darunter erblickte Carina John das Ende. Sie schaute auf ihre Liebe. Kim Fleischer war tot.

Er lag unter dem vernagelten Fenster. Fast sah es aus, als würde er schlafen. Aber sein Gesicht war bloß eingefallenes Grau. Die Hände waren kohlendreckig, schwarz wie sein Mund. *Was konnte Kim gegessen haben?* An den Fingern sah Carina John verkrustetes Blut. Die Augen schienen ihm im Kopf zu verschwinden. Löchrige Wangen ließen Schädelknochen nicht nur vermuten. *Vorsicht! Rattengift ausgelegt!* Im Gang hatte die Schrift sie davor gewarnt. *Wer hatte neues Gift gestreut?* Der liegende Körper ließ Carina an die schlimmste Bilder denken. *Mein Kim ist nicht mehr Kim. Kim ist gestorben.*

Carina setzte sich unter die Schräge des Fensters und legte sich Kims Kopf in den Schoß. In diesem Schrecken vergaß sie das Weinen, das Schreien. Sie streichelte trockene Haut. *Warum*, fragte sie, *warum nur, Kim?* Der Tote gab ihr keine Antwort. Carina wusste sie selbst. *Liebe, Glück, was haben wir sonst beieinander gesucht? Nur dieses beschissene Stückchen eigenes Glück. Ja, ich weiß, über allem du und ich und wir gemeinsam haben wir alles andere vergessen, weil es so leicht fällt zu vergessen. Weil es immer so leicht fällt, anderes um uns herum zu vergessen. Mein Kim, man hat uns dieses Vergessen der Welt nicht gestattet. Und jetzt, mein Kim, werde ich nie wieder vergessen können.*

Eine Katze huschte den Keller entlang. Vielleicht auch eine Ratte. *Vorsicht!* Carina sagte Kim das, was sie stets vermieden hatte ihm zu sagen. Sie küsste ihn und dachte zurück. Wie sie sich kennenlernten auf diesem Empfang. Wie sie sich verabredeten. Erst mal und dann immer wieder. Wie sie ihm Myriam zu lange verschwieg. *Ja, Kim, ja, ich hatte Angst, dass du sie nicht magst.* Wie Kim bei ihr einzog. Wie sie nie wusste, wo sie seine Anzüge hinhängen sollte, damit die Bügelfalte erhalten blieb. Wie sie den Schreibtisch mit den vielen Fächern gekauft hatten. Wie sie sich liebten und wo, zum ersten Mal, zum zweiten, zum … *Wie, mein Kim, soll ich nur ohne dich leben? Sage mir, wie?*

Carina hörte die Kellertür krachen. Ihr Lichtstrahl beleuchtete Myriam, ein Gespenst. Die Tochter sah zu ihr, durch das blendende Licht. *Kann sie mich erkennen? Hat sie uns gehört, Kim? Hat sie uns verstanden?* Myriam blinzelte nicht, ihre Augen waren starr.

»Nie hast du mich geliebt. Niemals. Nicht einmal jetzt!«

Myriam trat aus dem Lichtkreis ins Dunkle. Sie drehte die Tür in den quietschenden Angeln. Carina hörte die Schlüssel. Das Teufelchen grinste am Bund. Eingeschlossen.

30.

»Für mich versteckt keiner die Eier.«

»Ich kann sie im Rollstuhl eh kaum suchen.«

Hartmut Queißer schob Grischa Merghentin durch den Park, wo links und rechts des Wegs Familien beim Grillen und Spielen saßen. Kinder suchten auf der Wiese nach Schokolade, CDs und Mountainbikes. Sie suchten nach dem, was der Osterhase für sie versteckt hatte. Mütter und Großmütter, Väter und Großväter, Geschwister, Onkel und Tanten freuten sich angesichts des überraschten Nachwuchses. *Schau mal hinter den Busch, ich glaube, ich hab da den Osterhasen gerade gesehen!*

»Ich habe die Namen meiner Enkel vergessen.«

Merghentin überraschte dieses Geständnis des alten Majors. Für Privates hatten sie bei ihren Ermittlungen kaum Muße gefunden. Und Merghentin sah keinen Grund, Queißer sein Inneres zu offenbaren. Sie arbeiteten an einem Fall zusammen, mehr nicht. Überhaupt fragte sich der Kommissar, was den Alten veranlasst hatte, ihn hier im Park zu suchen. *Ei, guck mal, so ein lieber Osterhase! Da musst du dich aber ganz, ganz doll bei ihm bedanken!* Doch Queißer schien nicht zum Thema kommen zu wollen. Vielleicht war es auch Zufall, dass er ihn hier getroffen hatte.

»Die DNA stimmt nicht überein.«

Merghentin verstand erst nicht, doch dann brach seine Theorie in sich zusammen. Und alles andere gleich mit. Er war draußen! *Woher der Osterhase nur weiß, was du dir gewünscht hast!* Der Mann im Baum war nicht Tobias Zylke, der Fall blieb ungelöst. Dabei war doch genau das Merghentins Lösung gewesen. Jedes der Puzzleteile schien zusammenzupassen: Der Vater bringt sich nach dem Verlust seiner Familie am Ort des tragischen Unfalls selbst ums Leben. Queißer führte mit dieser Nachricht alles ad absurdum. *Die DNA stimmt nicht überein.* Das durfte nicht wahr sein! *Scheiße! Verdammte Scheiße!*

»Kein Zweifel?«

»Kein Zweifel.«

Es war vorbei. Es war aus. *Die DNA stimmt nicht überein.* Merghentin würde den Chef der Mord zwo, Lars Kohlund, mit so einem Fehlschlag nicht überzeugen können. Er war raus aus dem Job. Für Krüppel war kein Platz bei der Elite der Kriminalpolizei. Grischa Merghentin konnte damit nicht den Chef von seinen Fähigkeiten überzeugen. Merghentins Theorie war falsch, einfach falsch. Er hatte so sehr daran geglaubt, hatte Major a. D. Queißer auf seine Seite gezogen. Kurzzeitig. Jetzt würde der Tote im Baum nie identifiziert werden. Er hatte den Fall auch mit seiner Theorie nicht lösen können. *Scheiße!* Wie hatte Merghentin auch denken können, er würde den Fall aufklären und es damit Kohlund und den Kollegen beweisen? Nach fünfzehn Jahren! Merghentin war unsanft aus seinen Träumen gelandet. *Guck mal, da liegt noch ein Ei!*

»Das war's dann. Hat mich gefreut, Ihre Bekanntschaft zu machen, Herr Major!«

Merghentin übernahm die Steuerung seines Rollstuhls selbst und ließ Queißer auf dem asphaltierten Weg stehen. In Sekunden wuchs die Distanz. Merghentin könnte das mitleidige Stottern des Kollegen nicht ertragen. Sein Berufsleben war soeben beendet worden. Das des Alten war längst schon vorbei. Merghentin steuerte auf den Spazierweg am Fluss zu und hoffte, dass Queißer ihm nicht folgte.

»Was soll denn dieser Scheiß!«

Merghentin hatte es gewusst. Gleich käme die übliche Suada. *Kopf hoch! Wird schon wieder! Es gibt Schlimmeres! Das Leben geht weiter!* Er kannte das alles, er hatte diese Sätze bis zum Erbrechen gehört. Grischa Merghentin wusste es besser: Nie wieder würde er laufen können. Keinen Meter! Es war vorbei mit Sport, Arbeit, Spaß und Sex. Was vom Leben übrig blieb, bedeutete ihm nichts. Er hatte seine einzige Chance verspielt. Es war vorbei. *Die DNA stimmt nicht überein.*

Kinder, Väter und Mütter wichen ihm aus. Radfahrer und Skater verlangsamten die Fahrt. Merghentin machte Tempo. *Der Spast ist irr, oder gibt's hier ein Rennen?* Merghentin wollte weg, raus aus dieser erbärmlichen Gemütlichkeit. Ostereier konnte er nicht suchen. Kilian hatte auch keine für ihn versteckt. *Sag Danke, mein Kind!*

Familienfeste hatte Merghentin hassen gelernt. Als Bub hatte er sie geliebt. Liedersingend hatte er mit Schwester und Bruder vor dem Bescherungszimmer gestanden. *O, du fröhliche.* Er kannte das geheime Schrankfach der Mutter und hatte sich jedes Jahr vorab informiert, welches Geschenk zum Geburtstag auf seinem Tisch liegen würde. Mutti hatte sich bemüht, die Kinder zu überraschen, das hatte er anerkennend festgestellt. Und Ostern hatte die ganze Familie Eier gesucht. Grischa, Gerlinde, Benjamin. Die Großmutter hatte Hühner im Stall, die Eier selbst gefärbt und versteckt. *Ich hab eins! Ich habe noch eins gefunden!* Das Geschrei der Geschwister war groß. Großvater hatte daneben gesessen und über die Naivität der Enkel gelacht.

Merghentin schob seinen Rollstuhl über Steine und Wurzeln. Es kostete Kraft. Als er seiner Familie gestand, dass er Männer liebte, war er siebzehn gewesen. Die Familienromantik war schlagartig vorbei. Sein Vater behandelte ihn wie einen Leprakranken und vermied jeden Kontakt. Mutti weinte und versuchte, ihn von der Weiblichkeit zu überzeugen. *Fass mal Tante Gerdas Busen an! Schön nicht?* Bruder und Schwester luden ihn nicht mehr zu Geburtstagen, Hochzeit und Taufen ein. Grischa gehörte nicht länger dazu. Und jetzt kam ein Major a. D. und machte endgültig Schluss: *Die DNA stimmt nicht überein.*

In Leipzig hatte Merghentin Liebe gefunden. Die Stadt war ihm zur Heimat geworden. Er mochte die Atmosphäre, die Kneipen, Theater, Konzerte und die Szene. *Blaue Trude, Stargayte, Cooks.* Kilian und er hatten immer eine offene Beziehung gepflegt. Das Messer war ihm auf dem Strich in den Leib gestoßen worden. Man bedauerte ihn. Kohlund brachte ihm Blumen ins Krankenhaus und Agnes Schabowski O-Saft und saure Gurken. Und nun sagte Queißer: *Die DNA stimmt nicht überein.*

Merghentin hielt es nicht länger aus. Er musste fort. Fort aus dem Park. Fort vom Major a. D. Fort aus der Stadt. Leipzig hatte ihm alles genommen. Er würde nie wieder ein Kriminalkommissar sein. Nie wieder! In einem Archiv würde er sein Berufsleben von nun an fristen, abgeschoben auf die Ruheposten im Revier. Nein, er war nicht *Brigitte vom Archiv*, die den Ermittlern mit Freude Akten heraussuchte. Der Kommissar wollte dabei sein, mittendrin, und er wollte nicht nur darüber lesen. Aus. Es war vorbei!

Grischa Merghentin raste. Spaziergänger schüttelten Köpfe. *Beklopppter Krüppel!* Ein Mädchen leckte Eis und betropfte sich das neue Kleidchen vor Faszination. *Der fährt ein Rennen! Wo sind denn die anderen?* Die Eltern sprachen leise mit ihr. Grischa Merghentin versuchte zu lächeln und fuhr in angemessener Geschwindigkeit weiter. Kein Queißer brüllte hinter ihm her. Niemand verfolgte ihn.

Verdammte Scheiße! Er hatte sich bereits wieder im alten Büro gesehen. Lächelnd hätte er Kohlund und Schmitt die Lösung des Falles präsentiert. *Seht, ihr Alten, frisches Blut braucht die Abteilung. Auf den Grischa kann die Mord zwo nicht verzichten, der schließt jeden Fall erfolgreich ab! Ob im Rollstuhl oder nicht. Bravo!* Die Kollegen wären beeindruckt gewesen, er der Held. Grischa Merghentin war es nicht.

Die DNA stimmt nicht überein. Und das sagte der Major einfach so hin wie *Vielen Dank, lieber Osterhase. Vielen Dank!* Er hasste den Alten. Kohlund hätte ihm nie dessen Adresse geben dürfen. Er hätte Major Queißer mit seiner verkackten Idee in Ruhe lassen sollen. Wäre er doch lieber zur Kur gefahren. Es wäre alles besser gewesen als das hier. *Scheißjob! Scheißleben!*

Grischa Merghentin rollte am Fluss entlang. Raus aus der Stadt. Weg von den Menschen. Hinter sich hörte er Schreie und Johlen. *Guck, was mir der Osterhase gebracht hat – ein Auto! So ein Auto habe ich mir schon immer gewünscht.* Nichts mehr hatte sich Merghentin gewünscht als in seinen Job zurückkehren zu können. Und nun das.

Das Wasser floss träge. Am Wehr schlug es Wellen. Grischa Merghentin blieb stehen und fuhr seinen Rollstuhl knapp an das Ufer. *Es war das Ende.*

»Das heißt doch nicht, dass wir den Fall nicht lösen können!«

»Wie bitte?«

Der Alte war ihm doch gefolgt. »Was soll denn noch kommen? Es ist das Ende.«

»Merghentin, man spricht nicht so, als ob das Leben nichts wert wäre.«

Queißer nahm wohl an, dass Merghentin Selbstmord begehen wolle, so wie er mit dem Rollstuhl am Ufer stand. Doch auch jetzt war das für den Oberkommissar keine Wahl. Nein, davonstehlen würde er sich nicht. Aber er hielt es nicht aus, das Hoffen und die Enttäuschung. Er hatte fest geglaubt, wieder laufen zu können. Er glaubte es weiter. Bislang hatte sich nicht der kleinste Muskel geregt. Jede Nacht horchte er in sich hinein. Mehr als Phantomschmerz diagnostizierte er nie. Er hatte sich ins Leben geworfen, Kilian liebte ihn wieder. Nur beschnitt er mit seiner Behinderung das Leben des Freundes, wenn auch Kilian vehement widersprach. *Ich liebe dich, du erregst mich noch immer!* Merghentin zweifelte am Wahrheitsgehalt. In schwachen Stunden deutete er alle Worte, nicht nur die seines Freundes, als mitleidige Lügen. Er war draußen.

Kanuten zogen ihre Bahnen. Auch an diesem Feiertag brüllte ein Trainer, vielleicht aber war es ein Vater, der seine Familie zu hartem Sport zwang. Im Kanu ergab sich eine andere Perspektive. Kanu konnte sich Merghentin als Sport vorstellen. Im Kajak brauchte er keine Beine.

Ja, es wäre schön gewesen, wenn sich seine Theorie bewahrheitet hätte. Merghentin hätte wieder dazugehört. »Das war's dann, Queißer. Sie müssen mir nicht hinterherlaufen. Ich kann für mich selber sorgen.«

»Merghentin, werfen Sie doch nicht jetzt schon die Flinte ins Korn.«

»Ich denke, die DNA stimmt nicht überein?«

»Richtig.«

»Damit hat sich der Fall erledigt.«

»Hat er nicht. Merghentin, erinnern Sie sich, was Frau Zylke gesagt hat? Tobias Zylke hatte einen Detektiv beauftragt, um den schwarzen *Tatra* zu finden.«

Merghentin erinnerte sich nicht. *Fünf Minuten Pause!* Auf dem Wasser wendete ein Ruderboot, die Sportler griffen zu ihren Getränkeflaschen. Mit ihren Hemden wischten sie sich den Schweiß ab. Kinder winkten vom Ufer. Die Ruderer winkten zurück. Ein Tag voller Sonne.

»Vielleicht sollte ich es mit Kanu probieren. Dazu braucht man keine Beinmuskulatur.« Merghentin hob den Ruderern die Hand zum Gruß.

Major a. D. Queißer schien irritiert. »Merghentin, der Zylke hat einen Detektiv beauftragt, den schwarzen *Tatra*, den entgegenkommenden Fahrer zu suchen. Das ist eine Chance.«

»An dieses Auto hat ja nicht mal die Polizei geglaubt.«

»Eben.«

Merghentin blickte dem Major a. D. ins Gesicht. »Queißer, Sie meinen ...«

»Angenommen, der Detektiv hat wirklich diesen

Tatra-Fahrer gefunden. Ich kann mir vorstellen, was Tobias Zylke mit ihm getan hat.«

»Er hat *ihn* in den Baum gehängt. Und nicht sich.«

Die Ruderer zogen ihre Bahn zurück. Die Kinder schrieen: *Gute Fahrt!* Merghentin blickte den Kanuten hinterher. »Kajak könnte ich mir als Ausgleichssport vorstellen. Vielleicht kriege ich sogar Kilian mit ins Boot.«

Queißer blieb bei dem Toten im Baum. »Wir müssen Frau Zylke nach dem Namen des Detektivs fragen.«

Merghentin sah den Major a. D. an. »Das müssen wir. Vorher aber holen Sie mir bitte dieses vergessene Ei dort aus dem Gras.«

Queißer entdeckte das blaue Ei hinter einem Grasbüschel. »Das habe ich extra für Sie dort versteckt.« Mit kleinen Schritten rutschte der Alte die Böschung hinunter.

»Sie sind mir stets einen Schritt voraus, Major Queißer.«

Queißer hielt das blaue Ei in die Sonne. Dann zog er sich am Gras wieder die Böschung hinauf. Merghentin nahm das Ostergeschenk gnädig entgegen. »Mit solcher Aufmerksamkeit hatte ich nicht gerechnet.« Sie lachten.

»Den Weg zurück werde ich hinter Ihnen gehen.«

»Ich hab nichts dagegen, Herr Major.«

Queißer schob Merghentins Rollstuhl zurück auf den Uferweg. Die Kinder winkten den nächsten Booten auf dem Wasser zu. *Schneller! Schneller!*

31.

»In einer Stunde. Könnte auch länger dauern.«

Wolf-Diethard Müllers Sekretärin blickte Thorst Schmitt gar nicht an und hackte weiter auf die Tasten ihres Computers. Da sich der Hauptkommissar nicht vom Fleck bewegte, war sie genötigt, ihn nochmals zur Kenntnis zu nehmen. Schmitt lächelte nicht. Er stand wie ein Fels. Die Frau war sichtlich genervt.

»Guter Mann, ich kann Ihnen nicht mehr sagen. Mir hat er nur gesagt, gegen elf.« Sie schaute auf die Uhr. »Jetzt ist es zehn. Etwas drüber.«

»Wo kann ich Wolf-Diethard Müller denn finden?«

»Keine Ahnung. Zur Aktivplanung ziehen sich die Kollegen stets zurück.«

»Sie sind im Haus?«

Sie nickte. »Aber das Haus ist groß.«

Demonstrativ wandte sich die Dame wieder der Tastatur zu. Schmitt wusste, dass sie ihn stehen lassen würde, ob er sich als Polizist outete oder nicht. Wahrscheinlich würde sie sofort Wolf-Diethard Müller von seinem Kommen in Kenntnis setzen, und der Überraschungseffekt seines Erscheinens wäre dahin. Auf sein unerwartetes Auftreten setzte der Kommissar. Wolf-Diethard Müller war in den Fall Kim Fleischer verwickelt, daran zweifelte Schmitt keine Sekunde, Betriebsrat Müller wusch seine Hände in Unschuld, aber sauber waren sie nicht. Schmitt war einem Täter auf der Spur.

Der Kommissar nickte der Frau hinterm Schreibtisch kurz zu. Sie erwiderte seinen Abschiedsgruß nicht und hämmerte in die Tasten, als spiele sie Schlagzeug in einer Punkband. Schmitt verließ das Büro. Sein Rückweg zum Fahrstuhl führte an Agitationsständen vorbei. Er ließ den Blick schweifen. *Wehr. di. Bei Anruf Streik. Ausgegliedert – Abgezockt – Entlassen.* Ein Telekommunikationsriese strukturierte den Konzern um. Die Gewerkschaft war dagegen. Schmitt hielt das für ein abgekartetes Spiel. In seiner Bekanntschaft verdienten viele nicht den Mindestlohn. Der Kommissar trat aus dem Gewerkschaftshaus in die pralle Sonne. Er würde in einer Stunde wiederkommen. Er würde Wolf-Diethard Müller massiv unter Druck setzen. Er würde den Fall Kim Fleischer heute lösen. *Jawoll!*

Das trutzige rosa *Volkshaus* beherbergte auch eine Gastronomie, wo täglich Brunch angeboten wurde. Es war zehn Uhr durch. Schmitt beschränkte sich morgens daheim auf Kaffee und Obst. Jetzt verspürte er Hunger. Das Buffet war wirklich nicht mit kulinarischer Fantasie zusammengestellt. Der Kommissar griff trotzdem zu Gebäck, Belag und Milchprodukten, der Preis ließ keine *haute cuisine* erwarten.

Schmitt nahm Platz und wartete auf die Bedienung. Zwischenzeitlich griff er zu ausgelegtem Schriftgut. *Empfehlen Sie uns weiter und kassieren Sie dafür 75,– € in bar! Die Welt ist immer auf der anderen Seite der Tür! Die Kulturstiftung präsentiert: made in Leipzig.* Schmitt erschrak, als die Kellnerin an seinem Tisch stand. Einen Pott Kaffee, schwarz, sagte er an und begann, sich Brötchen zu schmieren. Er hatte die

Wahl zwischen Salami, Hartkäse und Marmelade. Er genoss dieses Frühstück in Ruhe.

Der Kommissar glaubte Gisela Weber. Er kannte Gabrieles ehemalige Kolleginnen schon lange genug. Warum sollten die Betrogenen den Anwalt entführen? Warum? Ihnen kostete das Verschwinden Kim Fleischers Sympathie. Nein, Schmitt war sich sicher, dass die Belegschaft von *Amar Textil* nichts mit Fleischers Verschwinden zu tun hatte. *Thorst, traust du uns solchen Quatsch zu!* Solchen Quatsch machten Gisela und ihre Kolleginnen nicht.

Schmitt sah sich um. Das Rezept der Woche empfahl *Lachs mit Meerrettich-Gurkensalat.* Auf einem Werbeplakat schrieb ein Stromanbieter: *Wir senken die Preise! Eigener Landsitz. Eigene Cola.* Schmitt verging die Zeit nicht. Er hatte nicht damit gerechnet, auf den Betriebsrat Müller warten zu müssen. Einkäufe hätte er in dieser Zeit erledigen können. Aber sie dann ins Präsidium tragen? Die Hohmann würde lächeln, die Schabowski lachen, wenn Porree und Fertigpizza aus seiner Tasche lugten. Nein, er würde es hier aushalten müssen. Die Bedienung bemerkte seine Bitte um einen weiteren Kaffeepott nicht und lief an ihm vorbei.

Schmitt würde dem Betriebsrat seine Meinung ins Gesicht sagen. Auch vor Zeugen. *Müller, gestehen Sie!* Gut, das war vielleicht zu direkt. Er musste es raffinierter anfangen. Allerdings schien ihm Müller kein Meister der Ironie. Dann doch lieber der direkte Weg.

Schmitt verzichtete auf seinen zweiten Pott Kaffee

und zahlte an der Theke. Gelassen nahm das Fräulein sein Geld entgegen. Sie wirkte übermüdet, bei ihr hatte wahrscheinlich der Wecker zu zeitig geklingelt. Der Kommissar ging zurück zur Gewerkschaft. Der Fahrstuhl hielt im dritten Stock.

Die Sekretärin hinter dem Computer saß noch immer unterm Kopfhörer und tippte. Am Ende des Ganges fand Schmitt einen Stuhl. Es herrschte wenig Betrieb im Haus der Gewerkschaft. Wahrscheinlich tagten Kommissionen, Vorstände und Leitungsebenen nicht auf diesem Flur. Die gespannte Atmosphäre und der abgestandene Geruch erinnerten Schmitt an das Stasi-Gebäude und die Parteizentralen der SED. *Wie lange war das schon her?* Da endlich erschien Wolf-Diethard Müller.

»Das war's dann, Kollegen. Wir können mit unserem Kompromiss zufrieden sein.«

»Das sind Peanuts für die Entlassenen, und der Delthoff lacht sich ins Fäustchen, so wie der uns über den Tisch gezogen hat.«

»Der Zug ist abgefahren. Bei *Amar Textil* sind die Messen gesungen. Sein wir froh, dass wir überhaupt etwas aushandeln konnten.«

»Nicht viel, ein Monatslohn mehr.«

»Das ist blamabel! Ich kann verstehen, wenn die Kollegen nach diesem Abschluss aus unserem Verein austreten.«

Schmitt erhob sich. Die Delegation bemerkte ihn. Der Kommissar wusste noch immer nicht, was er Müller sagen sollte. »Na, Genossen, habt ihr euren Arbeitskampf erfolgreich bestritten?«

»Nein.«

»Mehr war nicht drin.« Ein übergeordneter Funktionär hatte das Wort ergriffen. Entschieden blickte er Schmitt ins Gesicht. »Könnten Sie sich bitte mal vorstellen? Ich kenne Sie nicht.«

Schmitt zog seine Identitätskarte aus dem Jackett und hielt sie den Gewerkschaftern entgegen. Man nahm sie ihm aus der Hand und reichte sie unter den Kollegen reihum.

»Ich wollte eigentlich nur den Herrn Müller kurz sprechen.«

Die Delegation trat auseinander und gab den Blick auf den Betriebsrat von *Amar Textil* frei. »Herr Kommissar?«

»Sie geben den Arbeitskampf verloren?«

»Niederlagen muss man akzeptieren.«

»Sie haben Ihre Absprache mit Armin Delthoff durchsetzen können?«

»Ich hatte keine Absprache mit Herrn Delthoff getroffen.«

Die Kollegen verfolgten aufmerksam das Gespräch. Nur einer verließ die Runde, um am Ende des Ganges eine zu rauchen.

»Herr Delthoff hat es mir anders erzählt. Und er wird Sie übernehmen. Sie sind einer der wenigen, die einen Job im Westen kriegen.«

Die Genossen blickten sich überrascht an. »Mensch, Wolf! Davon hast du uns gar nichts gesagt.«

»Dieses Verhalten grenzt an Verrat«, sagte der Funktionär laut.

»Ich habe einfach meinen Job gut gemacht.« Müller blieb unbeeindruckt. »Warum soll das nicht belohnt werden?«

»Ausgerechnet Sie als Wortführer im Arbeitskampf bleiben dem Unternehmen treu und haben Ihren Kollegen nichts davon erzählt. Eigenartig ist das schon.«

Die Runde der Gewerkschafter schwieg.

»Sie kennen die Lage auf dem Arbeitsmarkt, Herr Kommissar. Wenn Delthoff mich übernehmen will, sage ich dazu nicht nein.«

»Sie arbeiten also sozusagen für beide Seiten? Verstehe ich das richtig?«

Müller suchte nach Worten. Einer der gewerkschaftlichen Funktionäre sprach vor ihm. »Wissen Sie, Herr Kommissar, wir stehen stets zwischen Baum und Borke. Zum einen kämpfen wir um das Fortbestehen der Betriebe. Zum anderen müssen wir auch unser eigenes Wohl im Auge haben. Und wenn Herr Delthoff mit der Arbeit vom Kollegen Müller zufrieden war …«

»Ich frage mich, ob bei *Amar Textil* nicht von Anfang an auf verlorenem Posten gekämpft wurde.«

»Sie unterstellen uns Absprachen mit der Firmenleitung?«

»Gab es denn keine?«

»Nein, es gab keine.« Müller versuchte offensichtlich, sein Gesicht vor den Kollegen zu wahren. »Wir haben stets mit legalen Mitteln unseren Standpunkt vertreten. Wir erpressen die Gegenpartei nicht, wir verhandeln.«

»Wurde denn bei *Amar Textil* mit illegalen Mitteln gekämpft?«

»Von mir nicht. Wenn einzelne Arbeitnehmer ihrer Wut gewalttätig Luft machen, kann ich doch dafür nicht zur Verantwortung gezogen werden.«

»Ihnen sind also illegale Aktionen bekannt?« *Müller verplappert sich hundertpro. Du hast ihn gleich! Ruhe bewahren.*

»Herr Kommissar, wenn Sie Ihren Job verlieren sollten, kämpfen Sie auch mit allen Mitteln.«

»Sie verlieren ja Ihren Job nicht.«

Der Raucher kam vom Aschenbecher zurück. Einer aus der Runde schien ihm gesagt zu haben, was im Gang vor sich ging. »Du wirst von Delthoff übernommen und weißt das jetzt schon. Dann musst du doch längst mit ihm gesprochen haben. Was sitzt du denn dann mit uns am Tisch und schwingst große Reden. Für dich ist doch die Sache gelaufen!«

»Na ja.«

»Davon hast du uns nichts gesagt, Wolf. Wie willst du denn dann die Interessen unserer Kollegen vertreten?«

Wolf-Diethard Müller wurde rot im Gesicht. »Warum sollte ich Delthoffs Angebot nicht wahrnehmen? Wir kennen einander, unsere Kompromisse haben stets beide Seiten zufriedengestellt.«

»Jetzt offensichtlich nicht. *Amar Textil* schließt in Leipzig das Werkstor. Das war nicht unser Ziel. Und die Arbeiterinnen hatten sich das auch anders vorgestellt. Die sind ihren Job los, Wolf.«

»Mein Gott, das war doch auch eine total bekloppte Idee von denen, diesen Anwalt zu entführen. Logisch geht Delthoff auf eine Erpressung nicht ein. Mit einer

Gewalttat gewinnt man doch nichts!« Wolf-Diethard Müller war einen Schritt aus der Runde herausgetreten, näher zur Wand, als suche er da Schutz.

»Sie wissen, dass Ihre Kolleginnen den Anwalt entführt haben?«

»Eine hat diesen Brief geschrieben. *Sollte über unseren Betrieb wirklich bereits das letzte Wort gesprochen sein, haben Sie das Ende von Kim Fleischer zu verantworten.*«

Die Gewerkschafter flüsterten untereinander, auch davon hatten sie offenbar nichts gewusst.

»Es war vorbei. Man muss auch Niederlagen akzeptieren. Wenn an die Öffentlichkeit gekommen wäre, dass die Genossinnen den Anwalt entführt haben, dann hätten sie gar nichts. So wenigstens einen Monatslohn mehr.«

Die Gruppe der Gewerkschafter verlor sich in Diskussionen. »Warum verhandeln wir hier, wenn alles schon klar ist und die Kolleginnen den Delthoff erpressten? Du kennst diesen Brief?«

»Delthoff hat ihn mir gezeigt. Wenn das rausgekommen wäre …? Wir sollten zufrieden sein.«

»Armin Delthoff hat Ihnen diesen Brief gezeigt?« Kommissar Schmitt spielte den Überraschten.

»Er hat ihn mir sogar kopiert. Durch diesen blöden Brief hat sich doch unsere Verhandlungssituation so verschlechtert. Er hat mir den Brief gezeigt. Da stand was von *Fleischer* und *ihm wird nichts passieren, wenn Delthoff sich menschlich benimmt. Andernfalls könnten sie für Fleischers Leben nicht garantieren.*« Müller wühlte in seiner Tasche und förderte das

Schreiben zutage. Er hielt es den Kollegen entgegen. Sie nahmen es schweigend zur Kenntnis. »Jetzt ist die Bombe geplatzt. Es tut mir leid. Ich wollte damit nicht an die Öffentlichkeit. Mehr war nach diesem Brief nicht drin. Irgendwie bin ich auch froh, dass die Wahrheit endlich bekannt ist.«

»Herr Müller, das ist doch totaler Schwachsinn. Wer von den Kolleginnen sollte denn so einen Brief schreiben und die ganze Belegschaft in diese unangenehme Position bringen? Die Arbeiterinnen hatten doch nichts zu verlieren. Die haben vor dem Betriebstor gestanden.«

»Jemand von denen hat diesen Brief geschrieben. Ich habe Delthoff gebeten, dass davon nichts nach außen dringt. Ich wollte das intern regeln. Delthoff hat sich an die Abmachung gehalten.«

»Und nun wird dieser Brief doch noch öffentlich. Warum?« Schmitt trat auf den Betriebsrat zu.

Wolf-Diethard Müller zuckte mit den Schultern.

»Wissen Sie, was ich vermute? Diese Aktion, Herr Müller, war von Ihnen geplant.«

»Was erzählen Sie denn da für einen Quatsch!«

»Sie allein ziehen Nutzen aus dieser Sache. Und der Herr Delthoff natürlich. Haben Sie Kim Fleischer entführt?«

»Nein!«, schrie Wolf-Diethard Müller dem Kommissar entgegen.

»Das werden wir klären. Auf jeden Fall kam Ihnen das Verschwinden Kim Fleischers sehr gelegen. Sie haben mit Ihrem Betriebschef den Deal ausgehandelt. Delthoff schließt das Leipziger Werk. Sie behalten Ihren Job und bekommen eine Gehaltserhöhung. Und sollte einer misstrauisch werden, dann hält man ihm diesen Schrieb unter die Nase. Der erklärt dann alles. Ich wette, genau das war der Plan.«

Die Gewerkschafter waren in deutlicher Aufregung. »Mensch Wolf, sag was! Das kann doch nicht wahr sein!«

»Du bist doch kein Kidnapper!«

»Wo hast du den Anwalt versteckt?«

»Ich habe keine Ahnung, wo sich Kim Fleischer befindet!« Wolf-Diethard Müller befand sich mit jeder Sekunde mehr in der Defensive. Er lehnte mit dem Rücken zur Wand, Schweiß stand ihm auf der Stirn.

»Aber den Brief hast du geschrieben?«

Betriebsrat Müller schwieg.

Er schwieg auch im Verhör.

32.

»Nichts hier mit Detektei!«

»Merghentin, halten Sie die Schnauze!« Hartmut Queißer war ungehalten. Alles, was der Alte in den letzten Tagen angeregt hatte, fand Merghentin sinnlos. Die Euphorie der Ostereiersuche war schnell bei dem gelähmten Kommissar verflogen. Er quengelte nur noch. Es sei aussichtslos, einen Detektiv zu finden, an dessen Namen sich Frau Zylke nicht erinnerte. *Schnapsidee!* Der Tote im Baum würde niemals einen Namen bekommen. Queißer sah das anders. Mit Vehemenz hatte er im Handelsregister Detekteien gesucht. Viele hatte er nicht gefunden. Die Detekteien in Leipzig im Jahre 1992 waren an einer Hand abzuzählen. 1993 waren es wenig mehr gewesen. Die meisten Unternehmen hatte es zwei Jahre später nicht mehr gegeben. Private Ermittlungen waren offenbar kein boomendes Geschäft in der Messemetropole. Die Suche war schwierig, kaum einer ging heute noch dieser Tätigkeit nach. Die Telefonnummern waren an andere Kunden vergeben. *ERM Electronics, Sie wünschen?* Die zwei Polizisten hatten recherchiert und waren seit drei Tagen unterwegs. Alle Namen hatte Queißer abgeklappert. Und immer den lamentierenden Merghentin dabei. *Sinnlos. Schluss!*

Die Ermittler standen vor einem Haus, dessen Fassade erneuert wurde. Die Gewerke versahen ihre Arbeit, um die Gründerzeitarchitektur zu erhalten. Bohrer bohrten. Stuckateure pappten Gips an die Figürchen neben dem Eingang. Eine ältere Frau wuselte mit Schaufel und Besen über den Bürgersteig.

»Nach der Telefonauskunft soll P. M. Antrosch hier wohnen.«

»Ich sehe kein Namensschild.«

Queißer suchte hinter den Plasteplanen die Klingeln. Der Rollstuhl stand den Bauleuten im Weg. Merghentin steuerte entschlossen auf dem Gehweg davon.

»Gefunden!«, rief Queißer dem Kollegen hinterher. Er hatte es satt. Merghentins Gefühlslage schwankte zwischen Extremen. Einen Tag war er begeistert und sprühte vor Ideen, tags drauf musste er gezwungen werden, überhaupt etwas zu tun.

Die Adresse von P.M. Antrosch hatte er gefunden. *Wir ermitteln in Ihrem Auftrag – Schnell, diskret, erfolgreich – P-M-A – Ihre Detektei!* Queißer drückte die Klingel. Sollte Kollege Merghentin doch bleiben, wo er war. Er würde diesen Fall allein klären. Seine kriminalistischen Instinkte funktionierten noch, Queißer war optimistisch.

»Ja, bitte?«

Queißer wollte nicht durch die Wechselsprechanlage brüllen, die Bauarbeiter beobachteten ihn. Hätte er sich nicht geduckt, wäre ihm eine Leiter gegen den Kopf geknallt. Der Lastenträger lächelte kurz und zuckte mit den Schultern.

»Mein Name ist Queißer, ich hätte mich gern mit Ihnen unterhalten«, brüllte er in die Sprechanlage.

»Kein Interesse.«

Das Gespräch war beendet, doch so schnell gab Queißer nicht auf. Er betrat den Hausflur, durch den Musik hallte. Die modernen Rhythmen kamen nicht aus Boxen oder einem Radio. Einer sang, und ein anderer schien im Takt auf Metall zu hämmern. Überall werkelten Menschen. Die meisten waren sehr jung, vielleicht war die Sanierung dieses Hauses ein Lehrlingsobjekt. *Jugendobjekt XI. Parteitag!* Zu DDR-Zeiten gab es sehr viele solcher Kampagnen. Selbst bei der Kriminalpolizei, erinnerte sich Queißer. Die schlechteste Erfindung war's nicht gewesen. Wettbewerb gab es auch heute. Er grüßte, als er vorbei an den Arbeitern schritt.

Das Namensschild Antrosch stammte noch aus der Gründerzeit oder war der Zeit im Stil nachempfunden. Das Design der Türklingel dagegen entstammte eindeutig der sozialistischen Produktion.

»Ich kaufe nichts. Ich kenne Sie nicht«, sagte eine korpulente Frau, als die Wohnungstür aufging.

»Guten Tag, mein Name ist Queißer.«

»Meiner steht an der Tür.« Sie deutete auf das Gründerzeitschild.

Frau Antrosch war ebenso groß wie Hartmut Queißer, an Körperfülle maß sie deutlich mehr. Den Kriminalisten zwang sie mit diesem unfreundlichen Empfang nicht zum Rückzug, auch wenn er sich unter *P-M-A – Ihre Detektei!* nicht eine solche Frau vorgestellt hatte. Durch die Wechselsprechanlage hatte die Stimme auch nicht weiblich geklungen. Vielleicht war das alles eine Verwechslung. Queißer suchte nach Worten, doch Frau Antrosch hatte wenig Geduld.

»Ja, und?«

»Auf der Treppe kann ich Ihnen mein Anliegen schwer erklären. Wenn Sie mich vielleicht …«

Früher hätte Queißer in einer solchen Situation seinen Ausweis gezückt. Jetzt war er pensioniert und besaß die berühmte Blechmarke der offiziellen Ermittler Leipzigs nicht mehr. Der Lärm im Treppenhaus störte ihn. Queißer grüßte freundlich einen hinabsteigenden Jungen, der trug eine Malerrolle, und eine Zeitungsmütze bedeckte seinen Kopf. Farbspuren konnte Queißer auf der sauberen Kleidung nicht erkennen.

»Was denn nun?«

»Also, mein Name ist Queißer, und ich möchte Sie wegen eines Vermissten sprechen.«

Völliger Blödsinn, Queißer suchte keinen Vermissten, er hatte eine Leiche ohne Namen. Doch er musste diese Frau zum Gespräch zwingen, unter welchem Vorwand auch immer.

»Ich verstecke hier niemanden.«

»Aber Sie haben als Detektivin gearbeitet.«

Die Frau lachte so laut, dass es durch das Treppenhaus schallte. Queißer hatte den Eindruck, es würde mit einem Mal leiser gesungen. Vielleicht kam die Musik doch aus einem Radio. Der Busen der Frau Antrosch wogte, gleich würde sie Freudentränen weinen. Queißer stand ratlos vor der Wohnungstür. Von unten wurde die Leiter erneut an ihm vorbeigeschoben.

»Ach Gottchen, ja. Ich habe mich einmal zwei Jahre Detektivin genannt. Da haben Sie recht.«

»Ich bin von der Kriminalpolizei. Vielleicht können Sie mir helfen.«

»Kriminalpolizei? So sehen Sie gar nicht aus. Aber gut, kommen Sie rein.« P.M. Antrosch gab die Tür frei, und Queißer fragte sich, warum die ehemalige Detektivin ihm vertrauen sollte. Er sah nicht wie ein Kriminalpolizist aus, und eigentlich war er dafür ja auch zu alt. Vielleicht hatte P.M. Antrosch sein Lächeln bezaubert. Sie wies ihm den Weg zum Wohnzimmer.

An den Wänden hing Kunst. Auf Queißer machte die Wohnung den Eindruck von *Willi Schwabes Rumpelkammer*. Der hatte im *Deutschen Fernsehfunk* jahrzehntelang die Komödien des Dritten Reiches vorgeführt und war Kult. Queißer hätte es nicht gewundert, wenn P.M. Antrosch nach einem karierten

Hut auf der Garderobe gegriffen und ihm erzählt hätte, den hätte Hans Albers persönlich getragen.

Das Wohnzimmer war voller Nippes. Regale und Tischchen voller Andenken. Ein Setzkasten hing über dem Sofa. Auf dem Plattenspieler drehte sich eine LP. Auf den Büchern lag Staub. Queißer fühlte sich um Jahrzehnte zurückversetzt und hielt es immer mehr für einen Scherz, dass diese Dame jemals als Detektivin gearbeitet haben sollte.

Sie nahmen am Couchtisch Platz. P. M. Antrosch räumte eine Fernsehzeitung und eine Brille beiseite, dann blickte sie Queißer offen ins Gesicht. »Was wollen Sie wissen?«

Queißer zögerte. »Sie haben wirklich als Detektivin gearbeitet?«

»Hätten Sie nicht vermutet, was? Deshalb war die Arbeit so spannend. Mir altem Huhn hat man das einfach nicht zugetraut.«

Altes Huhn. Queißer nickte ungalant. P. M. Antrosch bemerkte es, lächelte trotzdem. »Wenn ein Detektiv nicht wie Philip Marlowe aussieht, sind selbst Sie als alter Kommissar enttäuscht. Tut mir leid.«

P. M. Antrosch lag mit ihrer Vermutung ziemlich richtig. Queißers Wissen über Privatdetektive stammte nur aus Kriminalromanen. In der Realität war Queißer nie einem begegnet. Außer jetzt. *P-M-A – Ihre Detektei!*

»Frau Antrosch, vielleicht erinnern Sie sich an einen Klienten. 1991, 1992 muss es gewesen sein. Ein Tobias Zylke hatte einen Detektiv beauftragt, der einen Unfallverursacher für ihn suchen sollte.«

P. M. Antrosch kratzte sich im Mundwinkel. »Eigentlich müsste ich mich daran erinnern. So viele Klienten hatte ich nicht. Es war nicht so wie in den Krimis, sondern kleine Sachen. Ehebruch, ein vermisstes Kind, gestohlenes Geld, Schwarzarbeit. Das ist heute noch so.«

»Sie arbeiten noch? Im Branchenbuch habe ich Ihren Namen nicht gefunden.«

»Nein, mein Sohn hat das Geschäft übernommen.«

»Ihr Sohn?«

»Ja. Es läuft heute diskreter. Seine Firma hat ihre Geschäftsadresse auch nicht in der Stadt. Der größte Teil seiner Arbeit ist Objektschutz und Personenbegleitservice. Bodyguard nennt man das. Mit den Privatdetektiven aus dem Fernsehen hat das wenig zu tun. Aber ich gucke gern solche Filme.«

Offensichtlich genoss es P. M. Antrosch, Hartmut Queißer zu verblüffen. Er wagte nicht zu fragen, ob sie aus dem Westen oder Osten stammte. Interessiert hätte ihn das schon. Überhaupt faszinierte ihn diese Frau.

»Tobias Zylke, sagt Ihnen der Name etwas?«

»Zylke. Tobias Zylke. Ich habe den jungen Mann nie vergessen können. Sucht er denn noch immer den Fahrer des schwarzen *Tatras*?« Sie hielt inne und schaute Queißer an, der schüttelte den Kopf und zögerte, seine nächste Frage zu stellen.

Die Detektivin brach schließlich das unangenehm werdende Schweigen. Von ihrem Humor war nicht mehr viel zu erkennen. »Ein trauriger Fall. Der Zylke hatte seine ganze Familie bei einem Unfall verloren. Er hat nach einem Wagen gesucht, von dem er nichts wusste, außer, dass es wahrscheinlich ein *Tatra* war, dunkel und mit einem Leipziger Kennzeichen.«

»Haben Sie diesen *Tatra* gefunden?«

»Ja.«

Erneut zog sich das Schweigen. Queißer konnte es einfach nicht glauben. P. M. Antrosch hatte Tobias Zylke geglaubt. Sie hatte den Unfallverursacher gefunden. *Sag den Namen! Sag mir den Namen, du altes Huhn!* Hartmut Queißer unterdrückte den Impuls, die Frau körperlich unter Druck zu setzen.

»Die Polizei hat niemals in dieser Richtung ermittelt. Nur sein Hass hat den jungen Mann am Leben erhalten. Ist er jetzt tot?«

»Ich weiß es nicht.«

Wenn sie in diesem Tempo weiterredeten, dann saß Queißer morgen früh noch in dem Sessel vor P. M. Antrosch und hatte den Namen des *Tatra*-Fahrers immer noch nicht erfahren. Seinen Gefühlen zum Trotz übte er sich in Geduld, was ihm nicht leicht fiel.

»Darf ich erfahren, warum Sie ihn suchen?«

»Sie werden mir sonst seinen Namen nicht nennen, oder?«

P. M. Antrosch nickte sehr langsam, und Hartmut Queißer erlag dieser Privatdetektivin und erzählte. Von Lars Kohlund. Von Grischa Merghentin. Von Mutter Zylke in Radegast. Von ihren Hoffnungen, ihren Zweifeln und von ihrer Wut. *P. M. Antrosch* hörte zu und sagte kein Wort. Sie schwieg auch noch, als Queißer ihr alle Fakten genannt hatte.

Plötzlich sprang das alte Huhn auf. »Ein Wasser? Ein Bier? Herr Kommissar?«

Hartmut Queißer wagte den Versuch. »Gnädige Frau, ich brauche den Namen.«

»Sie sind nicht im Dienst und können ein Bier vertragen.« Damit war P. M. Antrosch verschwunden. Queißer hörte Schranktüren schlagen, Gläser klirren und einen Fluch, »Gottsverdammiche Sauerei!« Dann brachte P. M. Antrosch das Bier und die Gläser auf einem Tablett. Auch diesem sah man den jahrelangen Gebrauch an. Gründerzeit. An ein Antikhaus erinnerte die Wohnung der Detektivin. Und an einen Mord aus dem Jahre 1957. Oder war dieser Gastote damals ein Jahr später gewesen?

P. M. Antrosch schenkte ein. Sie stießen an. *Sag den Namen! Sag mir den Namen!* Queißer zwang sich zu gutem Benehmen.

Die Detektivin genoss ihre Macht, doch dann verriet sie ihm den Namen doch. »Michael Schossau. Er hat in Lindenthal gewohnt, war als Raser bekannt. Es hätte schon sein können, dass der den Zylke von der Straße abgebracht hat.«

»Haben Sie diesen Schossau gesehen?«

Sie nickte. »Der war Mitte zwanzig. Schicker Typ, so in Leder. Sportlich. Ein Lebemann.«

»Haben Sie mit ihm gesprochen?«

»Warum?«

»Wissen Sie, ob er den Unfall wirklich verursacht hat?«

»Dafür wurde ich nicht bezahlt. Ich sollte ein Auto suchen. Und einen Fahrer. Genau das habe ich getan.

Der Zylke hat mir einen Schein mehr als vereinbart gezahlt.«

P. M. Antrosch trank einen Schluck Bier. Queißers innere Anspannung hatte sich aufgelöst, seit er den Namen kannte. *Michael Schossau.* Er war gelassen und ruhig, und er trank sein Bier langsam. Es war angenehm temperiert. Und wenn er *P. M. Antrosch* so anschaute, konnte er sich einen Abend allein mit dieser Frau vorstellen. Aber wer sich P. M. nannte, hatte Tücken, die eine Beziehung verboten. Trotzdem, diese Frau nötigte Queißer Hochachtung ab. Sie lehnte ihren Kopf nach hinten, und Queißer hätte diesen Hals jetzt sofort küssen können. *P. M. Antrosch* legte es darauf an. Sie kokettierte mit ihm.

»Ich würde gern meinen Kollegen benachrichtigen.«

»Das Telefon steht im Flur.«

Hartmut Queißer bildete sich die Untertöne in ihrer Stimme doch nicht ein. Er sollte bleiben, eine Verheißung. *Allein ihr Parfüm!*

Er räusperte sich. »Entschuldigung, mein Kollege wartet vorm Haus.«

Die Notlüge war angebracht. Überhastet verließ Queißer die Wohnung. *P. M. Antrosch* blieb beim Abschied in ihrem Sessel sitzen, ihr Lächeln wirkte etwas gezwungen. Queißer zog die Tür hinter sich zu. Im Treppenhaus standen ihm Eimer, Besen und Menschen im Weg. Er war sich nicht sicher, ob diese Frau ihm wirklich die Wahrheit gesagt hatte. Er hatte ein Gefühl, als ob er in einem Film gewesen wäre. *Der Mann, der Sherlock Holmes war.* Queißer war kein

Schauspieler. Die Detektivin allerdings hatte unbestritten Talent.

Draußen nieselte es. Queißer stellte den Mantelkragen hoch und lief wie ein Killer im Kino die Straße entlang.

»Hat er den Namen gewusst?«

Die Stimme kam aus einer Durchfahrt zum Hof. Grischa Merghentin hatte auf ihn gewartet.

»Was machst du denn noch hier?«

»Ich warte auf die Lösung des Falles.« Merghentin rollte sein Gefährt auf die Straße.

Queißer war ehrlich gerührt, mindestens eine Stunde musste Merghentin hier gestanden haben.

»Hast du seinen Namen?«

»Ich habe einen Namen. Keine Ahnung, ob der uns weiterhilft.« Queißer widerstand seiner Euphorie. Er wollte dem Kollegen nicht zu viel Hoffnung machen, dass sie diesen Fall nun doch lösen konnten.

»Trinken wir ein Bier irgendwo?«

33.

»Das kann er sich sparen!«

Agnes Schabowski sah den Frühlingsstrauß sofort. Die Blumen taten ihr leid, aber sie wollte sie nicht. Fast immer trug sie das Geschenk zur Hohmann ins Sekretariat. Die musste bereits Wassergläser für die Sträuße benutzen. Fast jeden Tag fand die Oberkommissarin ein kleines Präsent auf ihrem Schreibtisch. Blumen. Pralinees. Eine Karte für die Oper. Manchmal rief ihr Verehrer auch an und sagte keinen Ton. So mussten sich Stalking-Opfer fühlen. Der Schabowski war es peinlich, sie wollte Hainar Krumpholz nicht anzeigen. Er musste irgendeinen Komplizen im Präsidium gefunden haben. Offensichtlich wusste er ihre private Adresse nicht, denn nach Hause schickte Krumpholz ihr nicht mal einen Brief. Die Oberkommissarin ignorierte alle seine Aufmerksamkeiten und hoffte, dass der Anwalt bald erkannte, dass sein Werben vergeblich war. Als sie ihn einmal darauf angesprochen hatte, leugnete er, sie jemals belästigt zu haben. Typische Verhaltensweise. Nein, er war nicht Emile Fraconard!

Agnes Schabowski ahnte, dass die Kollegen über ihren Verehrer lachten. Und wenn nicht alle, dann doch zumindest die der Mord zwo. Die Blicke von Schmitt waren unerträglich. Kohlund schien milde darüber hinwegzulächeln. Die Hohmann freute sich. *So viel Liebe und so viel Geschmack. Das müsste mir mal passieren.*

Die Schabowski war versucht, den hübschen Strauß in den Papierkorb zu schmeißen. Doch dann taten ihr die Blüten leid. Alle Farben. Alle Formen. Schade drum. Sie suchte nach einem Gefäß, das sie als Vase benutzen konnte. Sie fand die alte Kaffeekanne. Die Blumen fielen sehr schön, und eigentlich machten sie gute Laune.

Sie sorgte sich um Carina John. Die junge Frau kam nicht zur Arbeit, obwohl sie keinen Krankenschein hatte. Arbeitsbummelei. Ihr Chef war sauer. Zu Hause ließ sie sich verleugnen, stets schmetterte Myriam die

Anrufe der Schabowski ab. Seit drei Tagen versuchte sie schon, Carina zu erreichen. Sie hatte den Eindruck, dass sich die Frau vor Angst und Trauer aus dem Leben zurückzog. Wahrscheinlich brauchte sie psychologische Hilfe. Die Kommissarin musste Carina heute treffen, und wenn sie die Wohnung aufbrechen ließ.

Ins Präsidium war sie nur gekommen, um die Protokolle ihrer ersten Gespräche zu holen. Sie wollte zusammen mit Carina noch einmal alle Fakten durchgehen. Es konnte einfach nicht sein, dass sich überhaupt kein Anhaltspunkt für Kims Verschwinden erkennen ließ. Es war keine Entführung. Eine Lösegeldforderung war nie gestellt worden, sah man von diesem dilettantischen Schreiben Wolf-Diethard Müllers einmal ab. Und das konnte nicht ernst gemeint sein. Nirgendwo hatten sich Spuren oder Hinweise finden lassen, die Kim Fleischers Verschwinden erklärten. Der Anwalt hatte mitten im Leben gestanden, glücklich, dienstlich wie privat. Und mit einem Mal war er weg. So etwas kam vor, aber es war äußerst selten. Die Schabowski konnte diesen Fall nicht ungeklärt zu den Akten geben. Sie wollte es wissen. Deshalb griff sie nach den Protokollen und packte das Diktafon ein. Carina musste die Lösung kennen, auch wenn es ihr selbst nicht klar war. Irgendetwas musste Carina aufgefallen sein. Irgendetwas musste Kim Fleischer zu ihr gesagt haben. Carina musste sich nur erinnern, da war sich die Schabowski sicher. Und deshalb machte sie sich auf den Weg.

Als sie das Auto parkte, kam bereits die Märchenoma auf sie zu. Die Schabowski konnte sie nicht ignorieren. Sie versuchte zu lächeln.

»Es lebt! Es lebt! Es ist noch nicht alles vorbei.«

»Wer lebt denn, Oma, die Katzen?«

»Nein, mein Haus! Es schreit wieder um Hilfe. Bitte lassen Sie es stehen!«

Die Kommissarin holte tief Luft und bemühte sich um eine angemessene Reaktion. Sie erinnerte sich, dass die Alte gern jedem ihre Märchen erzählte. Aber lebende Häuser? Die Schabowski kannte kein Märchen, in dem lebende Häuser vorkamen. Die Verwirrtheit der Alten dauerte sie. »Oma, ich bin in Eile. Erzählen Sie Myriam und den Kindern Ihre Geschichten. Ich muss jetzt los!«

Sie begann fast zu laufen, um von der Alten fortzukommen.

Die schrie ihr hinterher: »Mörder! Ihr schaufelt euch alle euer eigenes Grab!«

Das Geschrei der Alten war noch nicht verstummt, als die Kommissarin das Gebäude betrat, in dem Carina John wohnte.

Eine frühe Patientin verließ die Physiotherapie. Die Schabowski stieg die Stufen hoch bis unter das Dach. Auf ihr Klingeln öffnete niemand. Sie hielt den Finger minutenlang auf den Knopf.

»Die macht keinem auf, seit der Mann weg ist. Da können Sie läuten, so lange Sie wollen.« Eine Nachbarin im Stockwerk darunter fühlte sich wohl durch das anhaltende Klingeln veranlasst, Auskunft zu geben. Sie trug Hauskleid und Brille. Ihre Haare waren blond gefärbt.

»Wann haben Sie Frau John zuletzt gesehen? Ich versuche, sie seit Tagen zu erreichen.«

»Na, ein paar Tage her ist das schon. Aber man läuft sich ja auch nicht ständig über den Weg.«

»Und die Tochter? Haben Sie Myriam gesehen?«

»Die Kleine geht oder kommt aus der Schule. Manchmal seh ich sie bei der Oma mit ihren Katzen. Schön, wenn sich Alte und Junge vertragen.«

»Sie haben Myriam in den letzten drei Tagen gesehen?«

»Ja doch. Grad eben ist sie vom Bäcker gekommen. Sie hat heute drei Stunden später Schule, hat sie gesagt, und macht sich jetzt Frühstück. Ist schon traurig, wenn die Kinder allein frühstücken müssen. Ich habe immer sehr darauf geachtet, dass die ganze Familie am Tisch sitzt.«

»Sie glauben, Myriam ist zu Hause?«

»Ich nehme es an.«

»Warum macht sie mir dann nicht auf?«

»Woher soll ich das denn wissen?« Die Nachbarsfrau schien beleidigt und drehte sich auf ihrem Pantoffel, dann war ihre Tür zu.

Die Kommissarin läutete nochmals bei *John*. Keine Reaktion. Sie sprach durch die geschlossene Tür. »Myriam, wenn du da bist, mach auf! Ich bin die Agnes von der Polizei. Du erinnerst dich sicher. Wir haben schon miteinander gesprochen.«

Die Schabowski glaubte, hinter der Tür Geräusche zu vernehmen. Sicher war sie sich nicht. »Mensch, Myriam, ich muss mit deiner Mutter sprechen. Weißt du, wo sie ist?«

»Nein!« Hatte Agnes Schabowski dieses Wort gehört oder es sich eingebildet?

»Myriam, komm mach auf! Ich muss mit dir reden!«

»Ich denke, mit Mutti wollen Sie reden?« Die Tür wurde geöffnet, bis die Kette Einhalt gebot. Myriam stand mit großen Augen im T-Shirt und Hose hinter der Tür. In der Hand hatte sie ein belegtes Brötchen.

»Mit dir will ich auch reden. Weißt du, es geht um Kim. Der ist noch immer verschwunden. Wir wollen ihn finden.«

»Ich brauche ihn nicht. Mutti ist geil auf den. Mir ist der egal.«

»Na ja, aber irgendwo muss er ja sein.«

»Interessiert mich nicht.«

Die Sympathie Myriams zum Freund ihrer Mutter war augenscheinlich auch nach dessen Verschwinden nicht gewachsen. Myriam machte sich keine Sorgen um Kim. Der Mann war weg, und damit hatte sie ihre Mutter wieder für sich. Nur kurz dachte die Kommissarin an Hainar Krumpholz und seine Blumen vor ihrem Zimmer. Ein wenig erinnerte er sie noch immer an ihren Emile.

»Ich möchte deine Mutter sprechen. Geht das?«

»Nö.«

»Wieso nö? Ist sie nicht da?«

»Die sucht ihren Kim und wird bei ihm bleiben, vermute ich mal.«

»Deine Mutter ist nicht zu Hause?«

»Ich komme auch allein klar.« Myriam biss kräftig ins Brötchen. »Noch Fragen? Ich muss dann zur Schule.«

»Hat dir deine Mutti gesagt, wohin sie geht?«

»Nö.«

»Darf ich mal reinkommen? Vielleicht finden wir was und wissen dann, wo sie ist. Und vielleicht auch, wo Kim ist.«

Langsam schloss Myriam wieder die Tür. Die Kette rasselte, dann stand die Tür offen, und Myriam trat beiseite. »Die Polizei kommt immer rein. Habe ich recht?«

»Ich will euch helfen. Das ist kein Spaß, Myriam.«

Widerwillig ließ das Mädchen die Kommissarin vorbei. Die Wohnung war unverändert. Die Schabowski hatte sie genau so in Erinnerung. Allerdings war sie unaufgeräumt. Hefte, Myriams Ranzen und ihre Schuhe lagen herum. Benutztes Geschirr stapelte sich in der Spüle.

»Wie lange ist denn deine Mutter schon weg?«

»Zwei Tage. Drei.« Myriam schob sich gelangweilt einen Kaugummi in den Mund und setzte sich auf den Küchentisch. Die Blumen im Fenster begannen zu welken.

»Macht sie das öfter?«

»Was?«

»Einfach so weggehen?«

»Mit Kim schon. Da waren sie manchmal im Urlaub und wollten mich nicht dabei haben. Ich komm schon allein klar. Ich brauch keine Amme.«

»Das habe ich auch nicht gesagt. Hat sie dir eine Nachricht dagelassen?«

»Nö.« Und das Kaugummikauen.

»Myriam, Mütter gehen doch nicht einfach so weg.«

»Wenn man verliebt ist, geht man überall hin.«

»Du siehst zu viele Liebesfilme. So romantisch ist das Leben nicht.«

»Weiß ich selber.« Das Mädchen rutschte wieder vom Küchentisch runter. »War's das? Ich muss wirklich zur Schule.«

»Seit wann hast du deine Mutti nicht mehr gesehen?«

»Montag? Dienstag? Was weiß ich. Die war kein Mensch mehr, seitdem der Kim weg ist. Immer nur heulen. *Mein Kim, mein lieber Kim!* Ich habe die gar nicht mehr interessiert. Muss sie auch nicht wiederkommen.«

Agnes Schabowski war ehrlich erschüttert. Würde Paul von ihr ebenso sprechen, wenn er sprechen könnte? Carina tat ihr leid, mit so einer Tochter in der Pubertät war das Zusammenleben nicht einfach. Und die Liebe erst recht nicht. Myriam hatte Kim das Leben hier in diesen vier Wänden sicher schwer gemacht. Die Kommissarin bemühte sich um ein Lächeln. »Wo waren sie denn gern, deine Mutti und Kim? Vielleicht finden wir sie dort?«

»Die waren überall gern. Mallorca. Bad Düben. Im Park. Im Theater. Doch meistens hat Kim keine Zeit gehabt, und mir ist Mutti direkt auf den Nerv gegangen.«

»Und jetzt bist du schon vier Tage allein?« Die Schabowski begriff die Fakten erst jetzt in aller Deutlichkeit. »Hast du nicht die Polizei oder sonst jemanden angerufen, damit er dir hilft?«

»Ich komme schon klar. Mutti und Kim waren doch

öfter schon weg und haben mich hier ganz allein gelassen.«

»Ich werde mich um dich kümmern. So geht das doch nicht.«

»Nein! Mutti ist zu Kim und dort ist sie glücklich. Ich habe sie sowieso nie interessiert.«

Myriam verließ die Küche, doch die Schabowski wollte die Wohnung noch nicht verlassen. Das Verschwinden Kim Fleischers wurde immer mysteriöser. Jetzt war auch Carina verschwunden, und ihre Tochter machte sich nicht einmal Sorgen. Da steckte mehr dahinter. Das war ein Verbrechen. Sie überlegte: Was wusste Carina John? Konnte sie den Entführern Kim Fleischers gefährlich werden? War Carina auch entführt worden? An Mord zu denken, verbot sich die Schabowski. »Myriam, du musst mit mir aufs Präsidium. Das hier ist kein Zustand. Wir müssen deine Mutter suchen. Ich muss dich befragen. Myriam, du musst uns helfen, damit wir Kim und deine Mutter wiederfinden. Bitte.«

»Ihr müsst die beiden nicht für mich finden«, hallte es über den Flur.

»Ich kann dich hier nicht allein lassen. Du kommst mit mir mit, Myriam.« Die Schabowski sprach lauter und erschrak, wie drohend ihre Stimme klang.

»Ich komme nicht mit dir mit!«

Agnes Schabowski stand im Kinderzimmer und fasste Myriam an der Hand. »Willst du nicht, dass deine Mutter wiederkommt?«

»Ist mir egal!«

Die Kommissarin setzte sich auf das Bett und versuchte es mit guten Worten. Das Kind stand unter Schock. Myriam brauchte Hilfe. Die Schabowksi gab sich Mühe, sich in das Mädchen einzufühlen. Myriam wusste sicher mehr, als sie sagte. »Wohin wollen wir gehen, wenn du nicht mit ins Präsidium möchtest? Trinken wir einen Kakao irgendwo zusammen?«

»Nö.«

»Myriam, du verstehst aber, dass du allein nicht hier bleiben kannst. Du musst in die Schule, brauchst Essen, musst ins Bett gebracht werden und so. Wo wohnt denn deine Oma?«

»Das ist weit weg. Wir sind selten da.«

»Die Eltern von Kim wohnen hier im Hotel. Soll ich dich zu ihnen bringen?«

»Nö.«

Agnes Schabowski war mit ihrem Latein am Ende. Sie ging in die Küche und rief auf dem Handy Kohlund an. Auch der Chef hatte keine Idee, wie sie in dieser Situation am besten vorgehen sollten. Im Streifenwagen wollten sie Myriam nicht abholen. Unter Zwang wollten sie sie nicht wegbringen. Mit Myriam mussten sie vorsichtig und sanft umgehen. Kohlund bat die Schabowski, vor Ort zu warten, er würde sich um eine Lösung bemühen. Als die Kommissarin ihr Telefonat beendet hatte, hörte sie Myriam leise weinen. Das Mädchen hatte sich im Klo eingeschlossen. Die Schabowski stand erneut vor einer verschlossenen Tür. Sie schwieg. Sie klopfte auch nicht. Nach ewigen Minuten öffnete Myriam die Tür wieder und fiel der Schabowski eng um den Hals.

»Willst du jetzt meine Mutti sein?«

34.

»Einen Vermisstenfall Michael Schossau hat Brigitte im Archiv nicht gefunden.«

»Dann können wir ja gehen.« Grischa Merghentin schob seinen Rollstuhl dem Ausgang zu. Die Tür öffnete sich nicht automatisch.

»Nun warten Sie doch!«

Worauf sollte Merghentin warten? Es blieb doch alles beim Alten. Der schlimmstmögliche Fall war nun doch eingetreten. Kohlund hatte gewonnen. Oberkommissar Merghentin gratulierte ihm im Stillen. Die Tasse *Festtagsdarjeeling Badamtan*, die ihm Brigittes Assistentin anbot, lehnte er dankend ab. Er wollte hier nur noch raus, raus aus diesem schlechten Geruch von Staub, Bohnerwachs und abgestandenem Tee.

Vor einer Stunde war Queißer mit Brigitte vom Archiv im Magazin verschwunden. Merghentin hatte im Flur gesessen und jedes Gespräch verweigert. Er war aufgeregt wie ein Pennäler vor der Prüfung oder eine Braut vor dem Jawort. Sie hatten einen Namen, einen Namen für den Toten im Baum. Und jetzt kam der Alte und sagte beiläufig dahin: *Einen Vermisstenfall Michael Schossau hat Brigitte im Archiv nicht gefunden*. Und der Major a. D. lächelte noch dazu. *Dankeschön auch!*

Merghentin schob sich in Position, um die Klinke zum Ausgang zu drücken. Doch das Polizeiarchiv war gesichert. Brigitte oder die Assistentin mussten erst die Sperre lösen. Sie lösten sie nicht. Er kochte vor Wut. »Lasst mich raus! Oder ich hänge euch eine Dienstaufsichtsbeschwerde an den Hals. Unverschämtheit!«

Die Menschen hinter ihm lachten. Queißer schob den Rollstuhl wieder zurück. »Geben Sie immer so schnell auf?«

Die Frage war reiner Hohn. Queißer lächelte ihm ins Gesicht. Merghentins Arm reichte nicht aus, sonst hätte er dem Major eine gescheuert.

»Lieber Kollege, ungeklärte Vermisstenfälle gelangen nicht immer ins Archiv. Meist gibt es einen beteiligten Kollegen, der den Fall als Lebensaufgabe mit sich herumschleppt. Was denken Sie, warum Kohlund Ihnen diese Akte auf den Tisch geknallt hat?«

Der Chef hatte die Akte sicherlich nicht aus dem Archiv in sein Büro getragen, um sie Merghentin zu übergeben. Queißer hatte recht, die Akte hatte Kohlund in seinem Safe gelagert, als stete Erinnerung an sein Versagen. Auch Merghentin sollte verzweifeln. Genauso hatte es sich sein Chef gedacht. Und er würde recht behalten. *Einen Vermisstenfall Michael Schossau hat Brigitte im Archiv nicht gefunden.* Dann lag die Akte Schossau eben bei einem Kollegen im Schrank. Sie mussten nur den Computer befragen. Aber nein, Queißer blieb bei Brigitte und die lächelte auch. Die Assistentin goss noch ein Kännchen *Festtagsdarjeeling Badamtan* auf. Merghentin war zum Kotzen zumute.

»Hier, werter Kollege!« Queißer platzierte Akten vor Merghentin auf dem Tisch. »Alles Strafverfahren gegen Michael Schossau. *Körperverletzung. Fahren ohne Führerschein. Beamtenbeleidigung. Körperverletzung. Betrug.* Und. Und. Und.«

Merghentin hatte nicht mitgezählt. Zehn oder zwölf Hefter hatte ihm der Kollege schon vor den Latz geknallt.

»Ein Kleinkrimineller. Erstmals aktenkundig mit fünfzehn. Dann immer wieder. Nie das ganz große Ding. Aber kein Jahr ohne Auffälligkeit bei unsrer Behörde.« Queißers Stimme blieb ruhig, doch traute er offensichtlich diesem Michael Schossau auch einen tödlichen Unfall mit Fahrerflucht zu.

Zögernd nahm Merghentin eine Akte zur Hand. *Körperverletzung zum Nachteil des Dominik Krause. Nach einem Besuch der Diskothek* Eden *kam es auf der Petersstraße vorm Tanzhaus zu einem Streit zwischen Schossau und Krause um die Begleichung der Zeche. Zeuge Hannusch (gleichzeitig Kellner) erklärte ...*

»Vielleicht eine Spur, Queißer. Möglicherweise. Wir haben schon viele Spuren gehabt.«

Grischa, wo ist denn Ihr Optimismus geblieben?« Der Major hielt Merghentin einen Auszug der Bestandskartei des Archivs entgegen. »Na, fällt Ihnen was auf?«

Er sah den Namen Schossau mehrmals verzeichnet, dahinter Nummern und Daten. Dass Schossau mehrmals straffällig geworden war, hatten ihm die Akten auf dem Tisch schon bewiesen.

»Merghentin, die Jahreszahlen! Die Jahreszahlen!«

Er las. 1985. 1985. 1987. 1992. 1988. 1992. 1984. »Lange her.« Er legte die Akten wieder zurück.

»Mann! 1992 ist Schluss! Nichts mehr mit Schossau und der Polizei.«

»Vielleicht ist er ein guter Mensch geworden.«

»Das glauben Sie doch selbst nicht.«

Brigitte und ihre Assistentin kamen und schoben die Akten über Michael Schossau beiseite. »So. Für ein Tässchen Tee muss aber Zeit sein.« Brigitte stellte Tassen auf den Tisch und goss ein.

»Wir fahren dahin.«

»Wo wohnt denn der Schossau?«

»Lindenthal, Bahnhofstraße.«

»Greift zu, meine Lieben«, sagte Brigitte, und ihre Assistentin stellte noch ein Teller mit Gebäck dazu. An den Geruch von *Festtagsdarjeeling Badamtan* könnte sich Merghentin schon gewöhnen.

»In diesem ganzen verfickten Viertel gibt es keine Bahnhofstraße.«

Wenn Hartmut Queißer die Wortwahl seines jungen Kollegen für unangemessen hielt, dann zeigte er seinen Unmut nicht. Vielleicht sah er auch kein Problem darin, dass sie die Wohnung von Michael Schossau in Lindenthal nie finden würden.

»Der hat einfach nie seine richtige Adresse angegeben, das Schwein!«

»Merghentin, Sie reden Schwachsinn. Glauben Sie nicht, dass die Polizei das mal nachgeprüft hat. Die Adresse stimmt, und sie ist in allen Akten dieselbe.«

»Aber es gibt sie hier nicht! Nichts, was nach Bahnhofstraße aussieht, nichts, was Bahnhofstraße heißt.« Sie hatten den Stadtplan gründlich studiert.

Merghentin hatte ihn schon wieder halb auf seinem Schoß, halb auf dem Lenkrad liegen. *Bahnhofstraße Wiederitzsch*, da waren sie gewesen. Nichts. *Bahnhofsallee Liebertwolkwitz* konnte es nicht sein. Eine Bahnhofstraße in Lindenthal, die existierte einfach nicht. Weder auf dem Stadtplan noch in der Realität. *Scheiße!* Merghentin warf den Plan auf die Rückbank.

»Dann müssen wir eben fragen, Kollege.«

Auf dem Bürgersteig spazierte eine grau melierte Dame mit Hund. Ein Airedale-Terrier, vermutete Merghentin, aber besonders gut konnte er die Rassen nicht unterscheiden. Queißer ging auf die Dame zu, die ihm freundlich lächelnd entgegensah.

»Entschuldigen Sie, wir suchen die Bahnhofstraße.«

»Is in Wiederitzsch, da missense nof und dann rechts de Landsberger nunter, geht se links ab, sähn Se.« Der breite Dialekt passte überhaupt nicht zum vornehmen Kostüm. Merghentin im Auto verstand kaum etwas, hier benötigte er einen Übersetzer.

Der Major a. D. vor dem Auto lächelte der Dame aufmunternd zu. »Gnädige Frau, da waren wir schon. In Lindenthal soll es auch eine Bahnhofstraße geben.«

»Die heeßt ni mähr so, zu wem wollen Se denne?«

»Schossau, wir suchen einen Michael Schossau.«

»Jottchen, dän hat hier ind'n lätzdn zehn Jahrn keener gesähn. Där is wech. War ooch ä Räbchen. Di Äldärn haddens mid däm gans schön schwär. Aber dasser nu gar nischt von sich hern lässt, is ni schee.«

Der Airedale lauschte aufmerksam dem Gespräch.

Merghentin konnte die paar Worte, die er verstand, in keinen richtigen Zusammenhang bringen. *Räbchen?*

»Wo wohnen denn die Eltern von Michael Schossau?«

»Nu, hier.« Die Dame zeigte in Richtung Leipzig, Ortsausgang.

»Aber das ist doch nicht die Bahnhofstraße.«

»Saach'sch doch, seiter Eingemeindung is das de Lindendahler Haubtschdraße hier.«

Queißer nickte. »Vielen Dank, gnädige Frau, Sie haben uns sehr geholfen.«

»Hamse 'ne Naachrischd von däm Gärle? Da wird'sch de Gundl aber frein.«

»Auf Wiedersehen.«

»Dschissi.« Die Dame hob die Hand, und auf Kommando bellte der Hund seinen Abschied.

Doch kein Airedale, es war ein Fox, beschloss Merghentin. Queißer stieg wieder zu ihm in den Wagen. »Was sagt denn die Dame?«

»Erfolg auf der ganzen Linie. Geradeaus und dort links wohnen die Schossaus.«

»Herr Major«, Merghentin setzte sich aufrecht, »ich weiß genau, dass diese Straße nicht Bahnhofstraße heißt.«

»Sie haben ja recht, Kollege. Seit der Eingemeindung heißt sie Lindenthaler Hauptstraße, aber vom Bahnhof in Wahren kommt sie noch immer.«

»Ah ja.«

Grischa Merghentin startete und hielt keine zweihundert Meter weiter vor einem Zweifamilienhaus.

Queißer stieg aus, überprüfte Hausnummer und Namensschild und kam nickend zum Auto zurück. »Die wohnen hier. Wollen wir gleich zusammen?«

»Keine Frage, Major, holen Sie meinen Wagen.«

Der Major grinste. »Wir beide haben wirklich etwas von Derrick und Harry Klein?«

Beide Ermittler lachten. Sie lachten noch, als sich die Haustür öffnete. Ein mürrischer Mann blickte abschätzig die vier Stufen auf sie herab. Anfang, Mitte sechzig, schätzte Merghentin. Zuviel Bauch vom Bier. Das Hemd gab Haare und Haut frei bis zum Nabel.

»Sie wünschen?«

»Herr Schossau, könnten wir bitte Ihren Sohn sprechen?«

»Polizei?«

Der Mann hatte sie schnell erkannt. Na ja – Derrick und Klein. »Ja.«

»Tja, da haben Sie kein Glück, denn den tät ich gern selber mal sprechen. Habe ihn Jahre nicht mehr gesehen. Ist auch kein Verlust. Hat er wieder was angestellt? Der kann gar nicht anders.«

Merghentin fragte: »Vielleicht dürfen wir reinkommen und das in Ruhe besprechen?«

»Ich trage Sie nicht!« Damit trat Herr Schossau aus dem Eingang.

Queißer hob Merghentin aus dem Rollstuhl und trug ihn bis ins Wohnzimmer, wo er ihn in einen Sessel setzte. Eine Frau saß über einem Kreuzworträtsel, sie stand erschrocken auf und raffte ihre Strickjacke über dem Ausschnitt zusammen. »Wer sind denn Sie?«

»Polizei, Mutsch. Die suchen den Micha. Von dem hören wir immer nur, wenn die Bullen ihn suchen.«

»Sie haben ihn jahrelang nicht gesucht. Er führt ein ehrbares Leben. Sicher hat er Frau und Kind. Wenn ich doch einmal meine Enkel sehen könnte.«

Merghentin schaute von Frau zu Herrn Schossau, offenbar waren sie in einen immer wieder geführten Dialog der beiden geraten. Sie deklamierten ihre Sätze wie schlechte Schauspieler. Frau Schossau setzte sich wieder. Queißer wartete wohl auf *Bitte nehmen Sie Platz.*

»Was soll er denn nun wieder angestellt haben, unser Micha?«

»Nichts. Wir wollen nur eine Auskunft von ihm.«

»Hab ich's nicht gesagt! Der Junge hat nichts mehr mit der Polizei zu tun. Anständig isser, isser immer gewesen.«

Herr Schossau winkte nur ab.

Der Major a.D. setzte sich nun doch ohne Aufforderung auf das Sofa. »Haben Sie eine Adresse, wo wir Ihren Sohn finden können?«

»Hammer nich.« Herr Schossau blitzte Queißer an. »Nur Scherereien. Nur Scherereien! Das wird mit dem nie was.«

»Ein guter Junge«, sagte Frau Schossau leise.

»Sie haben keine Adresse?«

»Nee. Der ist auf und davon. Was sollte der auch hier? Arbeit gibt's drüben und Autos, und überhaupt ist hier alles doch bloß scheiße.«

Merghentin verstand nicht. »Seit wann haben Sie denn Ihren Sohn nicht gesehen?«

»Wann isser weg, Mutsch? ’93? ’94? Ich weeß es nich. Is ooch egal. Der muss gar nicht mehr wiederkommen. Wir zahlen heut noch an seinen Schulden.«

»So schlimm isses nich.« Frau Schossau hing noch immer an ihrem verschwundenen Sohn, was immer er getan haben mochte. Merghentin fragte sich, ob er, wenn er und Kilian wirklich ein Kind adoptierten, es auch so lieben würde. Mutterliebe war bei ihm rein anatomisch schon ausgeschlossen.

»Warum suchen Sie ihn denn?«

»Das ist etwas schwierig zu erklären.« Merghentin wollte Frau Schossau nicht die Hoffnung nehmen, dass Michael noch lebte. Außerdem wussten sie ja auch nicht genau, ob es wirklich Michael Schossau war, der 1992 im Baum gehangen hatte. »Ja, also, wir haben eine Person, von der wir nicht wissen, wer’s ist.«

»Zeigen Sie uns einfach ein Foto. Mutsch wird ihren Liebling auch nach fünfzehn Jahren erkennen.«

»Leider haben wir keins. Vielleicht haben Sie eins und könnten es uns überlassen?«

Frau Schossau sprang auf und holte eine Kiste mit der Aufschrift *Glaskeramik / Doppelkochplatte.* Als sie sie öffnete, fielen Fotos heraus. Queißer schnappte sich einen Packen, und Frau Schossau erzählte. »Da war er noch ganz klein. Jugendweihe, Sie wissen, was das ist? Und hier waren wir in den Alpen. Hat er uns hingefahren, der Michi. War schön. Wollten wir noch mal machen. Hat er versprochen, aber dann isser weg.«

Mit einem Foto konnten sie nicht beweisen, dass der Tote im Baum Michael Schossau war. Sie brauchten seine DNA. Eine benutzte Zahnbürste. Ungewaschene Hemden. Einen Kamm, mit dem Michael Schossau sich frisiert hatte. Der Kommissar glaubte nicht, dass die Schossaus nach fünfzehn Jahren so etwas noch im Haus hatten. Und wie sollte er den Eltern die Frage stellen, ohne dass sie Schlimmstes vermuteten?

»Sehen Sie hier. Da steht er mit der Anita. In die war der verknallt, meine Güte. Die wohnt jetzt über die Straße und hat sich gemacht. Vier Kinder. Aber ihr Mann bringt gut Geld nach Haus. Die grüßt immer noch freundlich. Hätte eine gute Schwiegertochter werden können.« Frau Schossau erzählte, während ihr Mann die Augen verdrehte.

»Frau Schossau,« fragte Merghentin, »haben Sie vielleicht noch etwas ganz Persönliches von Ihrem Sohn?«

»Habe ich. Klar.« Sie schien die Frage nicht zu überraschen. Sie wühlte in der Kiste, dann zog sie einen kleinen Plastebeutel hervor und betrachtete ihn mit einem Lächeln. »Mein erstes Haar hat Mutter auch von mir aufgehoben. Das ist ganz seidig, fühlen Sie mal.« Wie Merghentin das durch die Plaste fühlen sollte, blieb unverständlich. Aber für einen DNA-Test war eine Haarprobe ideal.

»Würden Sie uns das Tütchen leihweise überlassen. Sie bekommen es wieder. Versprochen.«

»Wofür brauchen Sie Haare?«, fragte Herr Schossau. »Müssen Sie ihn identifizieren?«

»Mensch, Günther«, fuhr Frau Schossau ihrem Mann in die Rede. »Die haben den Michi gefunden, ist das nicht schön? Und wir haben Sie gar nicht darum gebeten.« Dankbar schaute sie den beiden Polizisten ins Gesicht. Herr Schossau schwieg und stellte keine weiteren Fragen.

Queißer packte Foto und Haarbeutel in seine Jackentasche und nickte Merghentin zu. »Wir gehen dann mal.« Er hob ihn aus seinem Sessel und begab sich zur Tür.

Herr Schossau folgte und stellte sie an der Gartenpforte. »Sie haben ihn gefunden?«, fragte er.

»Vielleicht.«

»Aber Sie brauchen eine DNA-Probe von ihm?«

»Ja.«

»Das heißt, der Michael ist jetzt tot?«

Merghentin konnte auf diese Frage nicht antworten. Er schaute weg, zum Auto hin. Queißer sagte: »Sie müssen Ihre Hoffnung nicht aufgeben.«

Günther Schossau nickte und schlurfte wieder ins Haus zurück. Queißer setzte Merghentin auf den Fahrersitz und schimpfte: »Was hätte ich denn sagen sollen! Wir wissen ja selbst nicht, ob es der Schossau ist, der da im Baum gehangen hat. Verdammt blöder Fall das. Das werde ich dem Kohlund auch sagen!«

35.

Carina John wusste, dass sie schrie.

Sie wusste es.

Wie lange schon. Wie lange? Zwei Tage, drei, eine halbe Woche, eine ganze?

Carina John wusste, dass sie schrie.

Sie wusste es nur. Sie hörte es nicht.

War es Tag? War es Nacht?

Es fiel kein Licht durch die Bretter des vernagelten Fensters. Einen Lufthauch spürte sie manchmal. Sie roch das Leben da draußen. Sie roch den Tod hier im Keller. Der Raum stank nach ihrer Pisse, nach ihrem Kot, nach der Leiche Kim Fleischers. Sie war so hungrig, dass es ihr Angst machte. Doch mehr noch fürchtete sie, in diesem Dreck sterben zu müssen. Sie wusste, dass sie sterben würde. Sie wusste es. Kein Mensch würde sie finden.

Carina John schrie.

Sie schrie seit Tagen. Sie schrie, bis ihre Stimme keinen Ton mehr gab.

Um sie herum war nur Stille und das Surren der Fliegen. Ansonsten kein Laut. Ganz selten hörte sie ein Auto. Manchmal klopfte die Oma an die Bretter des Fensters. Aber die Alte begriff nicht, wer mit ihr sprach. *Ja, mein Haus, es ist schrecklich. Du stirbst.* Carina John wusste, dass sie hier sterben würde wie das Gemäuer. Sie wusste es, weil Kim schon gestorben war.

Nur Stille um sie herum. Und die Fliegen. Der Dreck zwischen ihren Fingern knirschte. Ihr Atem rasselte. Ohrenbetäubend. Kein Laut. Nur die Fliegen.

Ihre Hände tasteten wieder und wieder die Wände entlang. Poröse Ziegel. Kleine Steinchen. Putz. Manche der Kanten waren messerscharf. Sie glaubte, sie hatten ihr Wunden geschnitten, ihr die Kleider zerfetzt. Doch im Mund schmeckte sie an den Fingern nur Erde. Es knirschte zwischen den Zähnen.

Manchmal sprach Carina John mit ihrem Kim und legte sich neben ihn. Sie sah sich mit ihm gemeinsam im Bett, bei der Liebe. Sie sah Kim immer wieder. Er kam durch die Kellertür und empfing sie mit offenen Armen. Carina John ließ sich fallen.

Dann wieder wusste sie, dass sie dem Tod entgegenhungerte. Sie versuchte, Hilfe zu rufen. Sie schrie. Sie wusste, dass sie schrie. Immer wieder.

Das Metall der Tür war kalt. Es hallte, wenn sie dagegen schlug. Die da draußen mussten sie hören. Sie mussten sie doch hören, bevor sie im Keller hier starb. *Hilfe! So helft mir!*

Niemand hörte Carina John. Die Kellerwände waren dick und hatten im Weltkrieg dem Luftschutz gedient.

Sie schlug gegen die Tür. Sie zählte die Nieten. Einhundertneunzehn. Sie legte sich neben Kim Fleischer und fühlte sich ein bisschen wie zu Hause. Carina John versuchte zu schlafen. Die Hand von Kim Fleischer hielt sie ganz fest. Er gab ihr Halt.

Carina John wusste, dass sie schlief.

Sie wusste, dass sie schrie.

Carina John wartete auf das Ende.

36.

»Mutti darf nicht sterben!«

»Claire, Mutti lebt nicht. Schau sie dir an.«

»Aber sie atmet und manchmal lacht sie.«

»Ja, sie atmet, aber sie lacht nicht.«

Familie Schmitt stand ums Bett der Mutter. Claire weinte. Schmitt legte ihr tröstend den Arm um die Schulter. Sie entzog sich ihm nicht. Annika saß am Kopfende und erzählte der Mutter die neusten Geschichten aus der Redaktion. Trotz des umstrittenen Artikels über *Amar Textil* und Armin Delthoff schenkte die Zeitung Annika weiterhin das Vertrauen, fast täglich schrieb sie den Polizeireport. Schmitt sah es mit gemischten Gefühlen, aber hin und wieder gab er der Tochter doch Tipps, die kein anderer bekam.

»Die Ärzte haben die Hoffnung aufgegeben. Es ist unmöglich, dass ihr Gehirn noch mal anspringt. Mutti ist tot. Es sieht nur so aus, als würde sie leben.

»Es gibt Filme, da wachen die Leute wieder aus dem Koma auf.«

»Claire, das ist Wunschdenken, nur Fantasie.«

Annikas Murmeln war nicht zu verstehen. Claire schluchzte. Thorst Schmitt wollte den für sie alle belastenden Zustand beenden. Immer wieder hatte er das Thema angesprochen. Er wollte Gabriele nicht länger im Leben behalten. Er war dafür, dieses Leiden endlich abzubrechen. Die Töchter und Nasreddin el Atassi waren zuerst über seinen Vorschlag empört gewesen. Doch Schmitt hatte gute Argumente und die Ärzte auf seiner Seite.

Annika verließ ihren Posten. Gabriele röchelte, ihr Arm verkrampfte sich. Ihre Lider flatterten, und sie röchelte noch einmal. Ihr Speichel schlug Blasen.

Claire lief hin zu diesem Körper, zog Zellstoff aus der Box und wischte der Mutter den Schleim von den

Lippen. Sie weinte und weinte und versprach, sich immer um Gabriele zu kümmern. »Eher sterb ich!«, schrie sie Schmitt ins Gesicht. »Mutti lebt, sieh sie dir an!«

»Ich sehe sie an, Claire. Ich sehe sie an. Fast jeden Tag sehe ich Mutti an. Und nachts da erscheint sie mir im Traum. Es sind keine guten Träume, Claire. Ich glaube, Mutti möchte erlöst werden.« Wie aufs Stichwort röchelte es aus den Decken im Bett.

»Das ist Mord!«

»Ist es nicht.« Annikas Stimme war belegt. Sie räusperte sich, es hörte sich an wie das Röcheln von Gabriele. »Claire, wenn du sie dir wirklich ansiehst, weißt du, dass das kein Leben ist. Mutti wird immer weniger. Dieses Häufchen hier hat nicht mit uns gespielt oder unsere Hausaufgaben kontrolliert. Mutti funktioniert, weil wir es so wollen. Wir schieben ihr Essen mit einer Sonde in den Magen, sie verdaut, sie pullert. Aber ist das ein Leben? Hätte Mutti das so gewollt?«

Claire senkte den Blick. Schmitt schwieg. Annika sprach die Sätze, die er seiner jüngeren Tochter hätte sagen müssen.

»Ich denke, Vati hat recht, es sollte vorbei sein, Claire.«

»Nein!«

Annika und Thorst Schmitt schauten sich in die Augen, nickten sich zu. Claire sollte allein sein mit ihrer Mutter. Vielleicht bekam sie das Zeichen, dass sie verstehen ließ, dass das hier kein Leben mehr war.

Sie verließen den Raum und setzten sich vor Gabrieles Zimmer auf die festen Stühle im Gang. Schmitt überlegte, wie viele vor ihm darauf schon gelitten hatten. Nein, er hatte sich die Entscheidung nicht leicht gemacht. Aber wie lange sollte Gabriele so vegetieren? Annika hatte ihn verstanden und trug seine Entscheidung mit. Sie sahen Claire durch die Scheibe. Kopf an Kopf mit der Mutter. Tränen liefen ihr übers Gesicht. Sie wischte sie immer wieder mit dem Zellstoff weg. Schmitt spürte eine große Vertrautheit zu seinen Töchtern. Er nahm seine Große in die Arme, und Annika ließ es geschehen. Sie waren eine Familie.

Das Handy schrillte und beendete diese Idylle. Schmitt und Annika ließen voneinander ab, und er suchte in den Taschen seines Jacketts nach dem Telefonapparat.

»Ja, bitte? ... sofort ist unmöglich ... bei Gabriele ...« Dann schrie Schmitt, dass es im Gang hallte. Weiße Kittel sahen sich um und eilten weiter. »Sag, dass das nicht wahr ist! ... Carina John ist verschwunden? Was soll denn die Scheiße!« Nach dem Ausbruch schwieg er und hörte zu. Annika griff nach seiner Hand und drückte sie kurz. Vielleicht sollte das heißen, das Leben geht weiter und der Job auch, und ich stehe dir bei. Schmitt schaute Annika ins Gesicht und sah sie doch nicht. *Carina John war verschwunden!*

»Du, ich muss weg, Annika, ich muss sofort weg. Grüße mir Claire.«

Schmitts Schritte hallten im sterilen Weiß des Krankenhausflurs.

Manuela Hohmann lächelte Schmitt freundlich zu und wies auf Kohlunds Zimmertür.

»Sie sitzen schon alle.«

Schmitt wusste, dass er spät dran war. Die Hohmann filterte Kaffee und widmete sich dem Mädchen in ihrem Zimmer. Das Kind machte ein Gesicht, als ob ihm alles egal wäre. Schmitt fühlte sich an seine Töchter erinnert. Die redeten jetzt im Krankenhaus über das Schicksal von Gabriele. Hoffentlich begriff seine Jüngere und stimmte schließlich ihrer Entscheidung auch zu. Ohne Claires Einverständnis würde er die Apparate nicht abschalten.

Die Mord zwei saß vor Kohlund, der thronte hinter dem Schreibtisch. Schmitt betrat als Letzter den Raum. Auf dem Konferenztisch stand ein Blumenstrauß in sommerlichen Farben. Schmitt wusste, wer ihn hierher gestellt hatte. Die Schabowski verteilte die Blumen, die für sie bestimmt waren. Er sah sich um. Zusatzkräfte verstärkten die Truppe. Er sah bekannte Gesichter, nickte *Guten Tag* und setzte sich neben den Chef.

»Tut mir leid ...«

»Wir haben noch nicht begonnen.« Kohlund schob Papiere in- und übereinander. Schmitt konnte sich nicht vorstellen, dass sie mit dem Fall Kim Fleischer zu tun hatten. So dick konnte die Akte Fleischer nicht angewachsen sein. Sie hatten doch nichts. Nichts, was das Verschwinden des Mannes erklären konnte. Und jetzt war auch noch Fleischers Freundin verschwunden. Jemand hatte dieses kleine Familienglück im Visier. Schmitt ahnte nichts Gutes.

Die Hohmann strahlte durch die Tür und brachte Kaffee. Agnes Schabowski rührte in ihrem Teeglas und blickte nicht auf. Kohlund atmete durch. »Bitte, Kollegin Schabowski!«

Die Schabowski errötete wie vorm Gedichtaufsagen im Klassenzimmer. »Also, kurz gesagt, also, ich wollte zu Carina John und sie fragen, ob ihr vielleicht noch etwas eingefallen ist. Ich habe sie vier Tage lang nicht erreichen können. Auf ihrer Arbeit liegt kein Krankenschein vor. Der Arzt hat ihr nur ein beruhigendes Medikament verschrieben, hat sie nicht eingewiesen oder so was. Nein, Frau John ist gesund. Ich wollte sie daheim aufsuchen. Telefonate wurden an ihrem Haus- … ihrem Telefonapparat nicht entgegengenommen.« Mein Gott, sprach diese Frau gedrechselt. Schmitt zwinkerte ihr aufmunternd zu, doch da versprach sich die Schabowski gleich wieder. »Als ich an der Wohnungstür klingelte, war nur Myriam, Carinas Tochter, zu Hause. Soweit ich aus dem Kind rauskriegen konnte, hat sie seit mehreren Tagen ihre Mutter nicht gesehen. Sie schlug sich allein durch, scheint traumatisiert. Sie hat keine Ahnung, wo sich ihre Mutter befindet. Die Fahndung habe ich in Absprache mit dem Kollegen Kohlund eingeleitet. Die Meldung an die Presse ist geschrieben.« Agnes Schabowski sprach gehetzt und ohne Plan. Zwischendurch nippte sie eilig an ihrem Tee, braune Tropfen liefen von ihren Mundwinkeln herab. »Ich mache mir Sorgen. Das Kind braucht Betreuung. Ich habe mit Frau Hohmann gesprochen. Myriam könnte auch bei ihr erst mal bleiben. Provisorisch. Irgendwo muss das Kind ja hin. Ich kann es nicht nehmen. Frau

Hohmann war so freundlich …« Die Kollegin verlor völlig den Faden. Schmitt hatte Mitleid mit ihr, so zerbrechlich, so verletzbar, wie sie dort saß und erneut einen Schluck Tee trinken wollte. Doch die Tasse war bereits leer. Verwirrt stellte die Schabowski sie neben ihre Papiere und lächelte schüchtern in die Runde.

Kohlund übernahm widerwillig die Leitung der Sitzung. »Wo wir auch nachfragen, seit knapp einer Woche hat niemand Carina John gesehen. Die Tochter kann sich auf keinen genauen Zeitpunkt festlegen.«

»Houston, wir haben ein Problem.« Schmitt versuchte es mit Humor, doch der kam gar nicht an. Kohlund schien die Sitzung wirklich nicht führen zu wollen. Der Chef schwieg. Die anderen blickten nachdenklich auf Papiere und Wände. Kohlund hatte Landschaftsaquarelle aufhängen lassen. Früher hatten Honecker, Stoph und Sindermann von dort herabgelächelt.

»Wer hat sie denn zuletzt gesehen?«

»Gearbeitet hat sie bis Ostern. Am Dienstag danach ist sie nicht auf Arbeit erschienen.«

»Und Nachbarn, Freunde, die Verkäuferinnen in der Bäckerei, erinnern die sich?«, erkundigte sich ein junger engagierter Kollege.

»Wir müssen genau mit diesen Fragen beginnen. Im Wohnviertel. Auf Carina Johns Arbeit. In der Familie. Bislang haben wir nur die Ergebnisse der Kollegin Schabowski.«

»Das ist deprimierend. Eine Mutter lässt doch ihr Kind nicht im Stich. Da ist was passiert.«

»Sie haben recht, wir müssen sofort handeln.«

»Wenn da nicht mehr dahintersteckt. Der Mann ist doch Anwalt.«

»Malen Sie nicht gleich das Schlimmste an die Wand!«

»Was schlagen Sie vor, meine Damen, meine Herren.« Es hörte sich an, als hätte Kohlund keine Hoffnung, dass seine Mord zwo diesen Fall lösen würde.

Schmitt hatte seinen Chef selten so antriebslos gesehen. Der Fall belastete auch ihn. Sicher, Kohlund war nicht übertrieben ehrgeizig, doch er und die Schabowski hatten ihm diesen Fall aufgedrängt. Vielleicht hatten sie beide Kim Fleischers Verschwinden erst zu einem Fall gemacht. Die Lösung konnte nur in der Familie liegen. Die Fälle des Anwalts drehten sich nicht um Kapitalverbrechen, es war unwahrscheinlich, dass ein ehemaliger Mandant oder Gegner sich an ihm oder seiner Familie rächen oder ihn mundtot machen wollte. Vielleicht lag ja auch gar kein Verbrechen vor. Vielleicht war Carina John ihrer Liebe gefolgt, wohin auch immer. Oder der Pessimist am Tisch hatte recht, und es steckte wirkliche die organisierte Kriminalität hinter dem Fall. Das wäre eine Katastrophe. LKA, BKA, Staatsschutz und was nicht noch.

»Ich denke, das Verschwinden Carina Johns ist im Zusammenhang mit dem Fall Kim Fleischer zu sehen.« Der Kollege sprach aus, was alle wussten.

»Das ist anzunehmen, ja.« Kohlund war nicht begeistert. »Konkrete Maßnahmen. Was können wir tun?«

»Zunächst ist die Frage, ob Carina John und Kim Fleischer noch leben.« Schmitt löste seinen Chef in der Gesprächsführung ab. »Das heißt, versuchen wir sie zu finden und gehen sofort an die Presse und nehmen die entstehende Panik in der Bevölkerung in Kauf? Oder, Kollegen, ist kein Leben mehr zu retten, und wir ermitteln in einem Doppelmord?«

»Nein, Carina John ist nicht tot!« Die Schabowski zeigte wirklich Emotionen. Thorst Schmitt stellte Leidenschaft in ihrer Stimme fest, was ihm gefiel.

»Also eine Pressekonferenz.« Kohlund hatte die Initiative tatsächlich an Schmitt abgegeben, er wirkte erschöpft.

»Überlass das doch Miersch, der ist im Umgang mit den Medien geübt.« Schmitts Vorschlag war blanker Hohn. Ein Blick Kohlunds zeigte es ihm. Schmitt wusste selbst nicht, wie ein Erfolg in diesem Fall aussehen könnte. Nichts war gewöhnlich. Nichts. Im Nebenzimmer hockte ein Mädchen, das sein Zuhause verloren hatte. Und sie diskutierten ohne Ergebnis über zwei Menschen, die wahrscheinlich schon tot waren. Die notwendigen Maßnahmen wurden ergriffen, aber einen Plan hatte keiner hier am Konferenztisch. Miersch würde toben. Zu recht. Doch Schmitt bezweifelte, dass der Kriminaldirektor einen besseren Vorschlag hatte, wie sie diesen Fall lösen konnten.

»Wir gehen davon aus, dass Carina John und Kim Fleischer noch leben. Davon müssen wir ausgehen«, sagte Kohlund leise.

»Das heißt, großes Ballett. Die Journalistenbrut wird hier einfallen und jede denkbare und undenkbare Frage stellen. Viel Spaß, Kollegen. Keine ruhige Minute werden wir haben.« Der Einwand aus der Runde war berechtigt, doch Alternativen gab es nicht.

»Es wird uns nichts anderes übrig bleiben. Wenn die Möglichkeit einer Rettung besteht, müssen wir sie ergreifen.« Die Kollegen in der Runde nickten sich zu.

»Thorst, du hast bei den ersten Konferenzen Rede und Antwort gestanden, du übernimmst die Presse.« Kohlund fand zur Führungsstärke zurück. »Frau Schabowski, Sie kümmern sich um das Kind. Myriam kennt Sie. Vielleicht kriegen Sie doch etwas aus ihr heraus. Wann und wo … Sie kennen die Fragen.« Die Schabowski packte ihre Sachen zusammen. Kohlund erklärte allen Kollegen ihre Arbeitsaufgaben. Letzte Tassen Kaffee wurden geleert. Dann ging man auseinander.

Schmitt überlegte, ob er Annika anrufen sollte. Doch die stand mit Claire am Bett Gabrieles. Er hoffte, dass seine Töchter seine Entscheidung mittragen würden. Gabriele war tot. Annika hatte begriffen. Claire würde es auch noch verstehen. Es musste vorbei sein.

»Mach's gut«, hauchte die Schabowski, als sie sich an Schmitt vorbei aus dem Raum drückte.

»Ja, danke, mach das Beste daraus.«

Die Schabowski zuckte mit den Schultern und war verschwunden. Schmitt graute zum ersten Mal vor der Meute, die gleich über ihn herfallen würde. Er musste Annika Bescheid geben. Es war ihr Job. Er würde ihr die Entscheidung überlassen, ob sie bei der Mutter bleiben oder zur Pressekonferenz ins Präsidium kommen wollte.

»In zwei Stunden?« Kohlund sah Schmitt fragend an. »Ich sage der Pressestelle Bescheid.« Der Chef griff zum Telefon.

Schmitt nickte und überlegte, ob Annika es in zwei Stunden schaffen konnte. Er wählte ihre Nummer, sie war sicher noch im Krankenhaus. Tod oder Leben? Er hatte seine Entscheidung gefällt.

37.

»Ich habe die Formulare.«

»Wollen wir denn heiraten?«

»Nein. Wir wollen ein Kind.«

Grischa Merghentin wusste, warum ihn Kilian ausführte. Er hätte nicht nachfragen müssen, aber er liebte das Spiel. Seit Jahren versuchte der Freund, ihn davon zu überzeugen, dass sie Väter werden sollten. Grischa hatte immer wieder Nein gesagt. Er hielt nichts von schwulen Vorzeigeeltern. Seine Vorurteile hatte der Freund nicht abbauen können, aber irgendwann hatte Grischa nicht mehr Nein gesagt. Kilian hatte sofort die Adoptionsunterlagen bei den Behörden besorgt.

»Hier.«

Kilian verteilte einen ganzen Schnellhefter Dokumente auf dem Tisch vor Grischa. *Angaben zur Person. Begründung des Kinderwunsches. Gesund-*

heitszeugnis. Wahrscheinlich sollten die Antragsteller bereits im Sumpf der Verwaltung untergehen. Er schob die Anträge zusammen. »Was soll ich denn da durchsehen? Das ist ja schlimmer als Scheidung und Hochzeit zusammen.«

»Wir nehmen uns einen Anwalt.«

Kilian schnippte nach dem Kellner, der in einigem Abstand auf ihre Bestellung wartete. »Also, ich nehme Soupe à l'ail, Aiguillettes de bœuf au gingembre und Soufflé glacé au chocolat. Als Aperitif einen Martini. Schatz, was möchtest du?«

Grischa war erschüttert, dass Kilian ein Restaurant ausgesucht hatte, in dem er nicht einmal die Speisekarte zu lesen vermochte. Er war versucht, Bratwurst mit Sauerkraut und ein Bier zu bestellen. Doch er wollte Kilian nicht den Abend verderben. Der hatte sich Mühe gegeben, ihn zu verführen. Nein, Grischa wollte die Stimmung nicht verderben. Dass er sein Einverständnis, Vater zu werden, wieder zurückziehen wollte, musste er dem Freund jetzt noch nicht sagen. »Ich schließe mich der Bestellung des Herrn an.«

Kilian lächelte und reichte dem Kellner huldvoll die Karten zurück. »Über die weiteren Getränke entscheiden wir später.«

»Sehr wohl, die Herren.« Der Kellner entfernte sich mit jenem überheblichen Lächeln, das an Körperverletzung grenzte. Grischa aber schmunzelte und hoffte, dass der Freund es als sexuelles Vorspiel betrachtete. Er hatte vor Wochen nur einmal genickt, um die ewigen Diskussionen über die Adoption zu beenden. Dass Kilian daraufhin gleich in die Vollen und auf die zuständigen Ämter ging, hatte er nicht ahnen können. Er musste Nein sagen. Er war schwul und behindert, als Vater würde er sein Kind von vornherein Spott und Demütigung ausliefern.

»Wir schaffen das. Grischa, wir stehen das durch«, sagte Kilian, als ob er Grischas Gedanken lesen könnte. »Auch, wenn es sehr schwer werden wird. Aber Kinder, überlege einmal ...«

»Also, ich ...« Die Worte zu finden, fiel Grischa schwer. Kilian interpretierte sein Zögern wohl als Aufregung, weil sie die Adoption endlich in Angriff nahmen. »Also, ich ...« Grischa benahm sich dämlicher als beim ersten Kuss.

Der Kellner brachte die Martinis. »Gerührt und nicht geschüttelt.« Er lächelte Kilian an und ignorierte Grischa. Ganz offensichtlich flirtete er. Und sofort regte sich in Grischa wieder der Zweifel. Vielleicht sollte er doch mit Kilian zusammen Vater werden, weil das auch ihre Beziehung festigte. *Kinder schweißen zusammen!* Junge, schöne Männer schauten Grischa nicht mehr nach. Kilian schon.

»Sehr zum Wohle!« Sie hoben die Gläser, und der Kellner verschwand.

»Alles wird gut.«

»Kilian, du redest wie die Schnepfe im Fernsehen. Nichts wird gut. Wie soll denn das gehen? Ich im Rollstuhl. Mit meinem Job.« Grischa setzte voraus, dass er bei der Polizei bleiben würde. Im Archiv oder sonst wo. Er war Kriminalkommissar und er blieb es auch.

»Andere Familien schaffen das auch. Krippe. Kindergarten. Irgendwie klappt das schon.«

»Ich fühle mich so einer Aufgabe einfach nicht gewachsen.«

»Grischa, wir haben x-mal darüber geredet. Was sollen Eltern sagen, die ungewollt Nachwuchs bekommen. Du hast Angst, mein Lieber. Das ist normal.«

Grischa verstand selbst nicht, warum er sich so gegen die Adoption sträubte. Vielleicht hatte er wirklich Angst. Kilian hatte seinen Job, und er, der Kriminalkommissar sollte wohl Haus und Kind hüten. Kilian hatte auch damit gerechnet, dass er im Fall des Toten im Baum versagen würde. *Das Schwein!* Natürlich malte Kilian jetzt das Bild einer harmonischen Familie, in der jeder seine Wünsche und Vorstellungen ausleben konnte. Grischa konnte sich das bei seiner Behinderung und seinem Job nicht vorstellen. »Also, ich … Kilian, ich meine …«

»Grischa, wir versuchen es einfach, okay? Vielleicht bleiben wir schon bei diesem Adoptionsmarathon auf der Strecke.«

»Ich denke, du willst unbedingt Vater werden? Nur mal so versuchen ist da nicht.«

Grischas Handy klingelte und ersparte Kilian eine Antwort. »Ja?« Allein sein schroffer Ton dürfte den Gesprächspartner auflegen lassen. Doch dann war Grischas Ärger mit einem Mal verflogen. »Wann? … Wir sitzen hier im französischen Restaurant, ich kann sofort kommen.«

Kilian schaute auf und schüttelte heftig den Kopf.

Grischa hob beruhigend die Hand und sprach

weiter mit dem Anrufer. »Nein, ich muss es heute noch wissen, ganz so wie Sie, wie lange wird es noch dauern? ... Kein Problem, in einer Stunde sitzen wir bestimmt noch hier. ... Nein, Sie stören nicht. Sonst fahre ich sofort los. Ich muss es wissen, meine Zukunft hängt davon ab! ... Ich sehe Sie auf alle Fälle, was auch passiert. Wir sitzen ...« Grischa nannte die Adresse des Restaurants und legte dann das Handy weg. Er schaute Kilian nicht an, sondern nippte an seinem Apperitif.

»Das ist jetzt nicht wahr!«

Grischa schwieg.

»Wir haben zu reden.« Kilian tippte auf die Papiere. »Nichts kann so wichtig sein, dass es die Adoptionsvorbereitungen stört.«

»Ich will kein Kind!«

Kilian wurde blass. Grischa, der lächelte, als sei er in einer anderen Welt, konnte auch nichts retten. Der Kellner schlich heran und stellte Suppenterrinen vor sie hin. Es duftete delikat. Sie löffelten schweigend.

»Ich begreife das nicht. Was hast du gegen ein Kind?«

»Ich habe nichts gegen ein Kind. Aber ich halte unsere Situation nicht für so glücklich, dass wir jetzt Eltern werden sollten.«

»Wann denn dann? Mit vierundfünfzig wie die Leibowitz? Oder mit achtzig wie Anthony Quinn? Grischa, du suchst doch nur nach Gründen, warum es jetzt nicht geht. Wenn du heute nicht Ja sagst, dann sagst du es auch in zwanzig Jahren nicht.«

»Nein.«

»Deine Schmollfresse zieht bei mir nicht!« Kilian sah aus, als wolle er gleich mit dem Suppenlöffel nach Grischa werfen.

Sie schoben beide gleichzeitig die Teller weg. Der Kellner war sofort zur Stelle. »Hat es Ihnen gemundet?« Sie nickten. Der Kellner räumte ab. »Was darf ich Ihnen an Getränken bringen?«

»Einen Wodka.« Kilian trank nie.

»Ein Bier.« Grischa freute der Unmut auf den Gesichtern des Personals, das offensichtlich gehofft hatte, eine Flasche Wein oberster Preisstufe loszuwerden. Der Kellner zog mit verkniffenem Mund ab.

»Was ist denn so wichtig, dass dieser Anruf uns den Abend verdirbt? Wer war's denn überhaupt?«

Grischa überlegte, ob er die Karten auf den Tisch legen sollte. »Major a. D. Hartmut Queißer. Er holt gerade das Ergebnis des Gentests aus der Gerichtsmedizin.«

»Und das kann er dir nicht am Telefon durchsagen?«

»Nein. Der Test entscheidet über meine Zukunft. Ich will der schlechten Nachricht ins Gesicht sehen.«

Kilian holte tief Luft. Grischa wartete auf den Kellner. Als der die Getränke brachte, orderte er den Magenbitter schon vor dem Hauptgang. Der profane Wunsch brachte den schönen Kellner fast aus der Fassung. Im Gourmet-Restaurant benahm man sich nicht wie ein Proll. Grischa lächelte entgegen seiner Gefühlslage.

Aiguillettes de bœuf au gingembre wurde serviert und gestaltete sich zur Prozession. Drei Kellner waren damit beschäftigt, ihre Teller zu belegen. Es duftete köstlich. Das Personal zog mit dem Wagen wieder ab. *Bon appetit!* Grischa bedauerte es fast, ein Bier vor sich stehen zu haben. Ein Wein wäre tatsächlich diesem Menü angemessener gewesen.

Sie speisten und verloren kein Wort. Der Magenbitter hatte Grischas Stimmung nicht verbessert und auch das flaue Gefühl im Magen war er dadurch nicht losgeworden. Was, wenn Dr. Jaenicke keine Übereinstimmung feststellen konnte? Wenn der Tote im Baum nicht Michael Schossau war? Dann blieb nicht nur ein Fall ungeklärt. Grischa Merghentin würde kein Kollege der Mord zwo mehr sein. Vorbei mit dem Vorbild *Chef Ironside*. Ende der Karriere und aus.

Das Rindsfilet schmeckte vorzüglich. Grischa suchte den Blick des Freundes, doch Kilian wich ihm aus.

Hartmut Queißer wurde zurückhaltend an ihren Tisch geführt. Seine Kleidung fiel in dem teuren Restaurant auf. Eindeutig ein Verstoß gegen die Etikette. Jeans, offenes Hemd in diesem Alter, eine Windjacke über dem Arm.

Queißer schien die Blicke der Gäste nicht zu bemerken. Er bemerkte auch nicht, dass der Kellner ihn deutlich missbilligend musterte, sondern nahm Platz und bestellte erst mal ein Bier. Dann wandte er sich an Grischa. »Merghentin, er ist es! Der Tote im Baum ist Michael Schossau! Was sagen Sie nun?«

Grischa sagte nichts. Eine Faser des Filets hing ihm zwischen den Zähnen. Kilian verdrehte die Augen. Eine romantische Nacht würde das nicht werden.

»Nach fünfzehn Jahren. Wir haben den Fall geklärt. Merghentin, Sie sind Spitze!« Der Kellner stellte das Bier vor den Major. »Darauf müssen wir anstoßen. Was trinken die Herren?« Kilian zuckte mit den Schultern. Grischa fuhr sich mit der Zunge über die Zähne. »Was kostet der beste Kognak bei Ihnen?«, fragte Queißer sichtlich gut gelaunt.

Grischa konnte es nicht begreifen. Der Fall war gelöst, die unbekannte Leiche identifiziert. *Merghentin, er ist es! Der Tote im Baum ist Michael Schossau!* Er hatte es Kohlund gezeigt, der Chef musste ihn wieder ins Team aufnehmen. Er gehörte zur Mord zwo wieder dazu. »Ich muss mich bei Ihnen bedanken«, brachte er heraus.

»Wofür? Ich hab vor fünfzehn Jahren schon nicht mehr daran geglaubt, dass diese Leiche jemals identifiziert wird. Dieser Erfolg gehört ganz allein Ihnen.«

»Nein, keine falsche Bescheidenheit, Herr Queißer. Ohne Sie wäre der Fall nie gelöst worden. Ich hatte schon aufgegeben. Ich hatte abgeschlossen. Sie haben mir Mut gemacht. Danke, Queißer, danke.«

»Dieses Gesülze ist ja nicht auszuhalten. Fallt euch doch gleich um den Hals!« Kilian schob den Teller zur Seite und ging zur Toilette. Dass sich Queißer und Merghentin tatsächlich umarmten, bekam er gar nicht mehr mit.

»Es ist eindeutig, Merghentin. Dr. Jaenicke hat eine 97-prozentige Übereinstimmung zwischen den Genproben feststellen können. Michael Schossau hat dort oben im Baum gehangen.«

»Und wie kam er dahin?«

»Keine Ahnung.« Queißer grinste.

»Aber freiwillig ist der doch nicht in den Baum gestiegen. Schossau hatte doch keinen Grund für einen Selbstmord.«

»Tobias Zylke. Zylke hat ihn ermordet und an den Ort seines Unfalls gebracht. Zylke hat seine Familie gerächt.«

»Klingt ein bisschen nach Edgar Wallace. Rache für ein Verbrechen in der Vergangenheit«

»Nur, weil's nach Edgar Wallace klingt, heißt das doch nicht, dass solche Geschichten nicht auch passieren.«

Die Ermittler nahmen schweigend den Kognak vom Kellner entgegen und hielten die Gläser hoch. Doch Grischa hatte Zweifel an Queißers Hypothese. Sicherlich, Zylke hatte Motiv und Gelegenheit für einen Mord an Michael Schossau gehabt. Aber wo war Zylke seit 1994? Er war verschwunden. Auch wenn sie keine Gewissheit hatte, Zylkes Mutter wäre vom Selbstmord des Sohnes nicht überrascht. Aber der Tote hieß nicht Tobias Zylke. Michael Schossau hatte tot im Baum gehangen. Wahrscheinlich ermordet. Seine Mutter glaubte, er sei noch am Leben. Dass der Sohn bereits seit fünfzehn Jahren tot war, würde ihre Welt zusammenbrechen lassen. *Er führt ein ehrbares Leben. Sicher hat er Frau und Kind. Wenn ich doch mal die Enkel sehen könnte.*

Kilian ließ sich Zeit auf der Toilette. Queißer hatte sein Glas mit einem Schluck geleert. Grischa nahm den zweiten. Sie mussten es den Eltern sagen. Den Schossaus würden sie alle Hoffnung zerstören. Doch

Frau Zylke würden sie neue Hoffnung geben, dass ihr Sohn noch am Leben war. Grischa wollte diese Nachrichten nicht überbringen, er trank den Kognak aus.

Queißer schaute sich die auf dem Tisch zusammengeschobenen Papiere an. Er hob die Augenbrauen. »Sie wollen ein Kind adoptieren?«

»Na ja.«

»Ich bin kein so guter Vater gewesen, wie Sie einer wären.«

»Woher wollen Sie denn das wissen?«

»Merghentin, ich kenne Sie lange genug. Wenn Sie ein gutes Leumundszeugnis brauchen, ich gebe es Ihnen gern.«

Kilian trat an den Tisch, er hatte die letzten Worte gehört. »Wie bitte? Wieso überzeugt der dich sofort, und ich muss mir den Mund fusslig reden?«

Queißer sprach langsam, wie der weise Opa in einem Film. »Vielleicht ist er ein bissel mein Sohn.«

Grischa glaubte nicht recht verstanden zu haben. Hatte Hartmut Queißer ihn jetzt adoptiert? Der Major zwinkerte ihm zu. »Das will sehr genau überlegt sein. Selbst, wenn die Entscheidung bereits gefallen ist.«

»Du unterschreibst die Papiere wirklich? Du stellst mit mir den Antrag auf Adoption eines Kindes?« Noch immer schien Kilian an Grischa zu zweifeln.

»Das hätte ich immer getan, Liebster.«

»Arschloch.«

Major Queißer orderte noch eine Runde. Der Kellner lächelte.

38.

»Du musst mit ihm reden!«

»Er ist alt genug.«

»Ist er nicht.«

Kohlund hasste diese Diskussionen am Frühstückstisch, doch Alexia ließ nie locker, wenn ihr ein Thema unter den Nägeln brannte. Vielleicht waren Mütter besorgter. Alexia hatte ihm schon oft Desinteresse an seinen Kindern vorgeworfen. Kohlund hatte aufgezählt, worum er sich schon alles gekümmert hatte und kümmerte. Zu wenig und nicht kontinuierlich in den Augen seiner Frau, alles blieb an ihr hängen. Unterschriften. Elternabende. Freundeskreis. Kohlund nahm einen Schluck Kaffee. »Ich muss zum Dienst.«

»Dienst, Dienst, Dienst! Ich kann das nicht mehr hören. Du hast eine Familie. Wir sind doch nicht Nichts. Ist es dir egal, wenn dein Sohn nicht versetzt wird? Ist es dir egal, wenn Gisbert sich auf irgendwelchen Anti-G8-Demos prügelt?«

»Wie bitte?«

»Ja, wie bitte? Hier geht das Leben auch weiter. Ich habe mit der Lehrerin gesprochen. In zwei Fächern steht Gisbert auf einer Fünf. Er wird die Freistellung für die Fahrt nach Rostock nicht erhalten, was so viel heißt, dass er eben schwänzen wird. Ob er überhaupt versetzt wird, steht in den Sternen. Ich bin mit meinen Argumenten am Ende. Sag du ihm mal deine Meinung. Aber du hast ja keine, du hast ja Dienst. Das ist keine Entschuldigung. Wer Familie hat, muss sich auch um sie kümmern.«

»Wann ist Gisbert denn heute zu Hause?«

»Typisch! Gisbert ist mit seiner Klasse im Schullandheim. Darüber hatten wir gesprochen. Johnsdorf. Zittauer Gebirge.«

Kohlund glaubte sich zu erinnern, seinem Sohn eine gute Reise gewünscht zu haben. Das war vorgestern gewesen, oder? Ihm schien der Abschied Monate her. Der Kommissar steckte im Stress. Jedenfalls empfand er es so. Die Presse hatte sich genüsslich auf den Fall Carina John geworfen. Die Tragik war in jeder Schlagzeile lesbar. *Wer nimmt diesem Kind die Mutter?* Ein Porträt von Myriam. *Kind ohne Eltern.* Ein Familienbild, das sicher der alte Fleischer zur Verfügung gestellt hatte. *Menschen im schwarzen Loch.* Foto Carina. Foto Kim. Und noch einmal beide zusammen. In Leipzig war diese Familie Thema Nummer eins in den Medien. *Myriam – Allein zu Haus.*

Der Chef der Mord zwo konnte es nicht mehr hören. Täglich stellte seine neue Sekretärin Anrufe durch. Manuela Hohmann war von höchster Stelle dienstbefreit. Sie kümmerte sich um Myriam John, versuchte, dem Kind ein bisschen familiäre Wärme zu geben. Die Kriminalkommissare wollten Myriam aus dem voyeuristischen Interesse der Öffentlichkeit heraushalten. Auf Kohlunds Sekretärin als Myriams Pflegemutter würden die Journalisten kaum kommen, sie vermuteten das Kind in den Heimen des Leipziger Jugendamtes. Bei der Hohmann war Myriam gut betreut, und sollte das Kind doch noch einen entscheidenden Hinweis geben, dann war die Hohmann geschult und hatte einen kurzen Draht zur zweiten Mordkommission. Wenigstens diese Lösung beruhigte Kohlund, alles andere regte ihn auf.

Alexia erwartete immer noch seine Entscheidung. »Und was soll ich deinem Sohn sagen?« *Falscher Satz! Total falsche Wortwahl!* Lars Kohlund wusste es, kaum hatte er die Worte gesagt.

»Mein Sohn ist Gisbert genauso wie deiner!« Alexia äffte seinen Tonfall täuschend echt nach. Kohlunds Laune besserte das nicht. »Mensch, Lars, wir müssen uns hinsetzen und gemeinsam nach Lösungen suchen. Gisbert, du und ich. Aber der Herr Kriminalkommissar ist ja nie da und wenn, hört er uns nicht zu.«

Kohlund sah es ja ein. »Aber wir haben einen beschissenen Fall, keine Lösung, und mein Chef sitzt mir im Nacken.« Er durfte gar nicht daran denken. Bestimmt erwartete ihn Kriminalrat Miersch bereits in der Tür und verpflichtete ihn, sich sofort der versammelten Presse anzunehmen. Miersch wollte seinen Kopf nicht mehr hinhalten, seit ihn die Meute als *fantasielos, nicht durchsetzungsfähig* und *untragbar* bezeichnet hatte. Nicht nur ein Journalist hatte diese Worte gewählt. Und der mediale Intimfeind der Polizei, Skandalreporter Joseph Hönig, war nicht mal vor Ort, sondern im Urlaub. Miersch hatte Thorst Schmitt jede Pressearbeit untersagt, seit er feststellen musste, dass Schmitts Tochter Annika unter den Journalisten saß. Familiäre Kontakte zwischen Polizei und Presse waren unvereinbar, aber nicht zu verhindern. Also musste Kohlund nun seinen Kopf öffentlich präsentieren. Gern tat er das nicht.

Er war mindestens eine halbe Stunde zu spät. Der

Hauptkommissar musste aus dem Haus, sonst sah es nach Arbeitsverweigerung aus. Er zögerte das Frühstück mit jedem Tag länger hinaus. Es half nichts. Die Fälle Carina John und Kim Fleischer warteten. Alexia wartete auch und Gisbert und Charlotte und und und.

»Du, wir reden heute Abend. Versprochen!« Kohlund drückte seiner Frau einen Kuss auf die Wange. Alexia ließ es wortlos geschehen und schloss die Wohnungstür hinter ihm lauter als sonst.

Lars Kohlund war ratlos. Die Fälle John und Fleischer waren mit keinem in seiner bisherigen Laufbahn vergleichbar. Zwei Menschen verschwanden, und es gab keinen anderen Zusammenhang, als den, dass sie das Bett teilten und einander liebten. Keine Seitensprünge. Keine beruflichen Schwierigkeiten. Keine Erpressung. Carina John und Kim Fleischer waren einfach weg. *Menschen im schwarzen Loch.* Das war unmöglich, wollte man nicht die Parapsychologie benutzen. Menschen verschwinden nicht ohne Spuren. Und irgendwo mussten diese Spuren zu finden sein. Kohlund wusste das, nur hatte er keinen Hinweis, wo er mit seiner Suche beginnen sollte. *Scheißfall!* Es regnete, und sein Schirm lag oben auf der Garderobe. Doch auf keinen Fall ging er noch einmal zurück.

Andere Autofahrer hatten seinen Wagen zugeparkt. Kohlund musste rangieren. Und wieder hingen seine Gedanken im Fall fest. Kims Vater Eduard Fleischer hatte eigene Wege beschritten und auf eigene Kosten Privatdetektive beauftragt. Die Eltern von Carina John waren verzweifelt, doch sie wollten oder konnten nicht die Verantwortung für Myriam übernehmen. Die Fleischers lehnten die völlig ab, denn sie waren mit dem Kind nicht verwandt. *Mit Kim und mit uns hat dieses Kind gar nichts zu tun!* Agnes Schabowski hatte kein wirkliches Vertrauensverhältnis zu Myriam aufbauen können, während die Hohmann schnell mit dem Mädchen ins Gespräch gekommen war. Ehe sie Myriam einer bestellten Sozialarbeiterin anvertrauten, nahm eben die Hohmann das Kind mit nach Hause. Kohlund hatte nichts dagegen. Miersch hatten sie nichts davon gesagt. Der Kriminalrat dachte, alles ginge den behördlichen Weg; er musste nicht in jeden ihrer Schritte eingeweiht werden. Es würde auch alles den behördlichen Weg gehen, nur jetzt eben noch nicht offiziell.

Der Verkehr floss zäh. Ein Unfall am *Adler* verursachte den Stau. Auf Plakaten stand: *Jede Wahrheit braucht einen Mutigen, der sie ausspricht.* Kohlund sah Blaulicht und machte der Feuerwehr Platz. Die Presse stand seit Carina Johns Verschwinden regelmäßig vor der Loge des Diensthabenden. Kam einer von der Mord zwo an ihnen vorbei, hatten sie Mikrofone unter der Nase. Mindestens eine Kamera filmte immer. Von acht Seiten wurden die Fragen gleichzeitig gestellt. Seit Tagen benutzten Kohlund und die Kollegen den Hintereingang. Nur manchmal standen die Journalisten auch dort. *Papa, ich bin schwul. Jede Wahrheit braucht einen Mutigen, der sie ausspricht.* Vielleicht kam Kohlund deswegen mit Gisbert nicht klar. Er verdrängte den Gedanken sofort und musste an Grischa Merghentin denken. Der biss sich am Fall des Toten im Baum die Zähne aus. Mitglied seiner Mordkommission war der nicht mehr, denn was sollte er mit einem Ermittler im Rollstuhl. Für Behinderte war der Job nicht geeignet. Basta!

Kohlund holperte im Schritttempo über die Kreuzung. Gisbert ging eigene Wege, und er hatte das noch gar nicht bemerkt. Gegen den G8-Gipfel wollte der Sohn protestieren. *Kommt nicht infrage!* Aber eigentlich hatte Kohlund nichts dagegen. Auch er fand die Arroganz der Macht unerträglich, und da dachte er nicht an Weltpolitik, sondern an die Stadt, seine Abteilung und seinen unmittelbaren Vorgesetzten. Nur fühlte sich Kohlund nicht zum Protest berufen. Er hatte sich auch 1989 nicht dazu berufen gefühlt. Darüber hatte er mit Gisbert schon oft gestritten. *Mitläufer sind schlimmer als Gegner!* Kohlund war noch immer beleidigt und fühlte sich missverstanden.

Die Fußgängerampeln schalteten stets vor Kohlund auf Rot. Eine fette Frau walzte über die Straße, die ihren Gang vermutlich als Jogging interpretierte. Radlerhose und Sportshirt glänzten im Nieselregen. Er müsste auch mal wieder am Dienstsport teilnehmen. Seit Monaten drückte sich der Hauptkommissar und fühlte seine Speckröllchen wachsen.

Der Fall Fleischer beeinträchtigte sein ganzes Leben. Familie, Job und überhaupt. Was mussten die Schabowski und Schmitt den Fall auch in die Mord zwo holen? Pfeiffer war für die Vermissten zuständig, nicht sie. Und nun, kein Ansatzpunkt erkennbar. Ihnen blieb nur der Weg über die Öffentlichkeit. Miersch hatte ihn bereits verpflichtet, live im Fernsehen aufzutreten. Studio. Lampen. Ungemein wichtige Leute an allen Ecken und Enden. *Scheiße!* Schmitt konnte er nicht vorschicken, der hatte vom Kriminalrat Verbot. Die Schabowski würde auf Leitungsstrukturen pochen. Die Beetz hatte sich aus dem Urlaub in die Krankheit verabschiedet. Schienbeinbruch. Abfahrtslauf sollte nach Meinung Kohlunds verboten werden.

Vor ihm bremste unerwartet ein Auto. Kohlund brüllte sich die Wut aus dem Leib. »Vollidiot! Arschgeige! Frau am Steuer!« Der Vorwurf stimmte, da saß wirklich eine Frau hinterm Lenkrad.

Kohlund hoffte, dass sie wenigstens Carina John lebend fanden. An etwas anderes wollte er nicht denken. Natürlich waren alle übergeordneten Stellen informiert. Landeskriminalamt. Bundeskriminalamt. Natürlich hatten auch die ihre eigenen Ermittlungen eingeleitet. Denn wer konnte ausschließen, dass nicht die organisierte Kriminalität bei den Vermisstenfällen mitspielte? Warum musste diese bescheuerte Schabowski diesen Anwaltstypen auch ernst nehmen und eine polizeiliche Untersuchung anschieben, die keiner brauchte? Die Mord zwo am allerwenigsten. Lars Kohlund hasste seinen Job. Er hasste ihn wirklich.

Vor dem Eingang des Präsidiums sah Kohlund die Journalisten. Er fuhr an ihnen vorbei und nahm einen Umweg zu seinem Parkplatz. *Das wird ein Scheißtag!* Er hatte das früh am Morgen schon im Urin gehabt.

Als Kohlund sein Vorzimmer betrat, stand die Aushilfsschreibkraft verlegen hinter ihrer Festung aus Computer, Telefonen und Fax. Sie hauchte unverständlich *Guten Morgen* und sagte: »Sie haben Besuch.« Lars Kohlund hatte es gewusst. War die Presse bereits in seinem Büro?

Nein! Grischa Merghentin saß in seinem Rollstuhl vor Kohlunds Tür und strahlte ihn an. Genau der hatte ihm jetzt noch gefehlt. Kohlund stand starr.

Merghentin rollte mit ausgestreckter Hand auf seinen Chef zu. »Morgen, Chef! Können Sie zwei Minuten erübrigen?«

»Nein!« Kohlund ignorierte die Hand und ging am Kollegen vorbei in sein Zimmer.

»Chef, der Fall ist gelöst. Wir wissen, wer vor fünfzehn Jahren in dem Baum an der Landsberger gehangen hat.«

Kohlund verstand nichts. Das Telefon der Sekretärin läutete. Die Hilfskraft versuchte, leise zu sprechen. Kohlund verstand sie jedoch überaus deutlich. *Nein, wenden Sie sich bitte an unsere Pressestelle. Haben Sie die Nummer? Nein, der Herr Hauptkommissar kann jetzt nicht mit Ihnen sprechen. Warten Sie die offizielle Pressekonferenz ab. Keine Ursache. Auf Wiederhören.* Kohlund nickte der jungen Frau dankbar zu.

Merghentin rollte seinem Chef ins Zimmer nach. »Herr Hauptkommissar, Major Queißer und ich melden Vollzug. Der Mann im Baum ...«

»Merghentin, verschonen Sie mich! Man rennt mir die Bude ein, und ich habe keine Ahnung, was ich sagen soll.« Wie auf Kommando klingelte Kohlunds Telefon. Er nahm ab und legte den Hörer sofort wieder auf die Gabel. »Ich denke, Sie sind krankgeschrieben.« Dabei blickte er Grischa Merghentin nicht einmal an.

»Der Mann im Baum. Vor fünfzehn Jahren …«

»Merghentin, wen interessiert der Scheiß von vor fünfzehn Jahren? Zwei Menschen sind verschwunden, und wir haben keine einzige Spur. Wer weiß, wer dahintersteckt? Die Presse kommt uns schon mit einem Serienkiller in Leipzig. Ich weiß nicht, wo mir der Kopf steht. Reden Sie doch einfach mit Schmitt oder der Schabowski oder sonst wem. Ich habe für die alten Kamellen einfach keinen Nerv im Moment.«

»Sie haben gesagt, wenn der Fall gelöst ist, bin ich wieder dabei.« Stur starrte der Kollege im Rollstuhl hoch zu Kohlund, der nicht wusste, wo er hinschauen sollte.

»Merghentin, Sie nerven und merken es nicht einmal. Kommissare im Rollstuhl, wer soll denn die einstellen?«

»Ich gehöre zur Mordkommission!«

»Zuerst einmal sind Sie krank. Ihr Attest liegt uns vor. Also raus hier!«

»Sie selbst haben mir den Fall übertragen. Mein Gesellenstück, und ich gehöre wieder dazu.«

»Ich kann jetzt keine Personalprobleme mit Ihnen diskutieren. Ich habe anderes zu tun!«

Demonstrativ setzte sich Kohlund und wühlte in den Aktenstapeln. Das Telefon klingelte schon wieder. Der Hauptkommissar ignorierte es. Die Sekretärin rief durch die offene Tür: »Herr Hauptkommissar, den Kriminaldirektor kann ich nicht abwimmeln!« Schicksalsergeben griff Kohlund nach dem Hörer.

Merghentin saß vor dem Schreibtisch und verstand offensichtlich die Welt nicht mehr.

»Nein!«, brüllte Kohlund ins Telefon. »Ich habe den Leuten vom Fernsehen nichts zu sagen!« Aus dem Hörer brüllte es zurück. Kohlund vergrößerte die Distanz zwischen Hörer und seinem Ohr. »Zu Befehl!« Er knallte den Hörer auf die Gabel und verließ ohne ein Wort sein Büro. Merghentin und alles andere war vergessen. *Ein Scheißtag.*

39.

»Danke.«

Der Regen hatte aufgehört. Manuela Hohmann betrachtete den Tand aus Plüsch, Holz und Papier hinter den Glasscheiben. Es war eine gute Idee gewesen, heute mit den Kindern den Zoo zu besuchen. Besonders Myriam hatte sich gefreut. *Ich bin schon lang nicht mehr mit Mutti im Zoologischen Garten gewesen. Mutti hat nie Zeit.* Also hatte Manuela ihre beiden Kinder nicht in den Kindergarten gebracht, sondern mit ihnen die ihr von Kohlund auferlegten Betreuungspflichten wahrgenommen. Jetzt waren sie mit dem Zoorundgang am Ende und standen vor dem Souvenirladen. Bertram wollte ein Reitpferd auf Rollen, Nancy einen Kalender mit Pferdefotos. Myriam hielt einen kleinen Löwen in der Hand und getraute sich nicht zu fragen.

»Gefällt dir der Löwe? Willst du ihn kaufen?«

»Ja. Aber ich habe kein Geld.«

Manuela griff zum Portemonnaie. Kurz überlegte sie, ob die Behörde ihr die Auslagen wohl erstatten würde. Noch fiel Myriams Beherbergung finanziell nicht ins Gewicht. Außerdem hatte sie Kohlund für unbestimmte Dauer beurlaubt. Sie verbot sich, angesichts der Kinder an Geld zu denken. »Komm, kauf dir's!«

Myriam ging zur Kasse. Nancy und Bertram hatten das Geschenk der Mutter für Myriam bemerkt und trotzten ihr nun Reitpferd und Kalender ab. Manuela seufzte und lächelte doch.

»Glaubst du, dass sich alle Wünsche erfüllen können?«, fragte Myriam ernst. Nancy und Bertram waren bereits zur Straße gelaufen.

»Ja, wenn man darum kämpft, Myriam, kann man fast alles erreichen.« Manuela merkte, dass sie in Floskeln redete, wie die Leute in den Fernsehshows oder bei *Superstar* und *Topmodel.* Dort berichteten alle Stars immer und immer wieder, dass sie reich und berühmt geworden waren, nur weil sie fest daran geglaubt hatten. Manuela Hohmann streichelte Myriam über die Haare. »Was wünschst du dir denn?«

»Eine Katze. Mutti hat mir immer eine versprochen. Doch dann ist der Kim bei uns eingezogen, der kann keine Katzen vertragen.«

Manuela tat es unendlich leid, dass die Idylle dieser Familie auf so tragische Weise zerbrochen war. Es tat ihr weh, dieses Kind neben sich leiden zu sehen. »Glaub einfach daran, dass du eine Katze bekommst.«

»Dann werde ich den Löwen ins Wunschzimmer legen.«

»Ins Wunschzimmer?«

»Die Märchenoma hat erzählt, was man sich in diesem Zimmer ganz, ganz doll wünscht, wird wahr. Man muss nur ein Geschenk für den Wunschgeist dalassen, damit der genau weiß, was man sich wünscht. Dann geht alles ganz schnell und man bekommt, was man will.«

Manuela nickte, obwohl sie nicht ganz verstand, was Myriam da erzählte. »Auch Märchen werden manchmal wahr.«

»*La Fee* wollte Sängerin werden und ist es geworden. Sie muss nicht mal mehr zur Schule. Die *Killerpilze* und *Tokio Hotel* sind Rockstars geworden. Manchmal möchte ich auch gerne Sängerin werden.« Myriam blickte sie mit großen Augen an. »Aber meistens werden Träume nicht wahr, oder?«

»Man kann darum kämpfen.«

»Wie soll man denn um Träume kämpfen?«

»Manchmal ist das Leben wie ein Märchen. Du hast dir was fest gewünscht, und schwupp, passiert es.« Manuela wusste, dass das Leben kein Märchen war. Hinter allen Kinderstars stand die Reputation, der Ehrgeiz, die Prominenz oder das Geld der Eltern. Und wie viele Träume scheiterten? Manuela wollte die Träume von Myriam nicht zerstören. Das Kind hatte es verdammt schwer. »Was möchtest du denn, Myriam? Wünsch dir was.«

Myriam überlegte. »Vielleicht können wir schnell zum Wunschzimmer der Märchenoma gehen? Ich gebe nur den Löwen dort ab, damit ich die Katze bekomme. Das wäre schön. Und du kannst dir dort auch etwas wünschen.«

Manuela konnte sich zwar nichts unter diesem Wunschzimmer vorstellen und hoffte, dass Myriam den Gedanken wieder vergaß. Trotzdem nickte sie, und die Augen des Mädchens leuchteten auf. »Vielleicht gehen wir erst mal was essen«, sagte Manuela und rief ihre Kinder. »Nudeln oder Pizza?«

Bertram und Nancy entschieden sich für Nudeln. Myriam stimmte nur zu, wenn sie danach sofort zum Wunschzimmer gingen. Je eher, desto eher wäre die Katze bei ihr daheim. Manuela ließ sich darauf ein, weil sie dem Mädchen nicht noch eine Enttäuschung bereiten wollte.

Lasagne, Penne, Spaghetti, Gnocchi. Alle entschieden sich für Traditionelles. Manuela sah die Spritzer von Tomatensoße auf den frisch gewaschenen T-Shirts. Parmesan krümelte auf den Tisch. Sie selbst aß einen Salat mit Putenbrust, Rucola und Mandelsplittern. Sie trank mit den Kindern Cola. Ausnahmsweise.

»Jetzt gehen wir zum Wunschzimmer!«

Nancy und Bertram schauten überrascht zur Mutter. Manuela bedauerte schon, dass sie ihre Zustimmung gegeben hatte. Aber *versprochen ist versprochen.* Myriam erklärte den Kleinen, was es mit dem Zimmer auf sich hatte. »Da kannste dir wünschen, was du willst, und das wird dann irgendwann wahr.«

»Glaub ich nicht!«

»Doch kannste. Ich habe es schon mal probiert.« Myriam gab ganz den Fachmann. »Gut, manchmal warteste ganz schön lang drauf. Aber es funktioniert.«

»Alles, was man sich wünscht?« Die sechsjährige Nancy war noch nicht überzeugt.

»Ich habe mir ja noch nicht alles gewünscht. Und außerdem soll man's nicht übertreiben, hat die Märchenoma gesagt.«

»Dann bekomme ich das Puppenhaus mit Beleuchtung?« Nancy schielte zu ihrer Mutter. Manuela seufzte und erinnerte sich an ihre Träume. Bärbel war eine Puppe mit Porzellankopf gewesen, genau wie ihre Schulfreundin Petra schon eine hatte. Ihre Oma hatte für das Puppenkind Kleidchen um Kleidchen genäht. Heute verstaubte Bärbel irgendwo auf dem Boden. Oder im Keller. Vielleicht würde Nancy auch mit Bärbel spielen. Manuela nahm sich vor, am Abend nach der Puppe zu suchen.

Sie lief mit den Kindern zum Hauptbahnhof. Dort bestiegen sie die Linie acht des ÖPNV. Drei Haltestellen. Hier wohnte Myriam mit ihrer Mutter und Kim Fleischer. Manuela hätte diese Fahrt verhindern müssen. Sie sollte sich um das Kind kümmern und es nicht mit der jüngsten Vergangenheit konfrontieren. Der Chef würde sie achtkantig ... Sie musste den Besuch dieses Wunschzimmers verhindern. Sie rief die Kinder zurück, doch Myriam hatte sie so begeistert, dass Nancy und Bertram ihre Mutter nicht mehr hörten. *Verdammt!*

Vor einem alten Haus blieben die Kinder stehen. Untertassen mit eingetrocknetem Futter für Katzen standen an der Mauer. Ein fetter Kater räkelte sich auf einem Fensterbrett, hinter dem keiner mehr wohnte. Manuela glaubte, ihn schnurren zu hören. Die Kinder waren im Hauseingang verschwunden. *Betreten verboten! Eltern haften für ihre Kinder.* Es raschelte und knackte im Flur. Auch Manuela lief ins Haus und stolperte über jahrealten Müll. Es roch unangenehm.

»Kinder, kommt zurück! Das ist hier gefährlich!«

Manuela bekam keine Antwort. Sie trat auf ein morsches Brett, das unter ihrem Gewicht zerbrach. In der Schwärze vernahm sie die Stimmen ihrer Kinder. »Nancy! Bertram! Das ist verboten! Habt ihr das Schild nicht gelesen?« Eine Antwort erhielt sie nicht. Eine Blechbüchse rollte über den Boden. Leises Gemurmel drang aus dem Keller zu ihr. *Vorsicht! Rattengift ausgelegt!*

»Kommt da raus! Das ist kein Spielplatz. Sofort kommt ihr da raus!«

»Mutti«, flehten die Kinder, »wir wollen uns nur schnell etwas wünschen.«

Manuela kannte Nancy und Bertram, sie würden nicht nur einen Wunsch haben. *Puppenstube. Lange Fernsehen. Badekappe. Rennauto.* Die Kinder würde sie nur wieder aus dem baufälligen Haus herausbekommen, wenn sie selbst das Treiben im Keller beendete. Sie kletterte über den Müll die Treppe nach unten und rutschte. Ihre Hände kratzten die Wand entlang. Unter ihren Fingernägeln hatte sie Putz. *Verdammt, Kinder! Kommt da raus!*

Nur schwach wurde der Gang durch ein Fenster erhellt. Manuela folgte den Stimmen.

»Hier ist es! Achtung!« Myriam sprach wie eine Erzieherin. Nancy und Bertram waren mucksmäuschenstill.

Manuela hörte, wie sich ein Schlüssel drehte. Die Angeln einer Tür kreischten. »Und nun dürft ihr euch alles wünschen«, sagte Myriam leise.

Nancy und Bertram gingen langsam in den Kellerraum. Wahrscheinlich überlegten sie sich immer noch mehr Wünsche.

Dann brüllte Bertram. Nancy schrie: »Mutti! Mutti!«

Manuela rannte die wenigen Schritte bis zur offenen Tür. Dabei zerfetzte sie sich die Feinstrumpfhosen und ihre Sommerjacke. Aber die Schreie der Kinder hatten schrecklich geklungen. Dann stand sie endlich in Myriams Wunschzimmer. Die wenigen Sonnenstrahlen zeigten nur Staub und modrige Wände. Sie ließ ihren Blick schweifen. *Mein Gott!* Sie musste ihren Schrei unterdrücken. Die Kinder brüllten noch immer. *Oh, mein Gott!*

Manuela stand starr. Vor den Kindern lagen zwei Menschen im Dreck. Sie bewegten sich nicht und glichen Mumien. Aber das hier war nicht die Kulisse eines Horrorschockers. Sie erkannte sofort, wer da vor ihnen lag. Carina John und Kim Fleischer. Sie waren in Myriams Wunschzimmer gefangen.

»Raus! Bertram, Nancy, raus hier! Sofort raus!« Manuela zerrte an den Ärmeln ihrer Kinder. Sie riss sie hinter sich her. Doch die blieben wie gebannt stehen. »Myriam!«, schrie Manuela. »Geh vor! Du kennst den Weg. Raus hier! Nur raus!«

»Wir haben uns doch aber noch gar nichts gewünscht!«, heulte Bertram.

»Guck mal, Mutti, wie groß die Puppen da sind. So

eine möchte ich auch.« Nancy starrte auf die mumifizierten Körper.

Niemals würde sie dieses Bild wieder vergessen können. Der Schrumpfkopf des Mannes lag im Schoß der Frau. Carina John lehnte an der Wand unter dem vernagelten Fenster. Ihre Augen waren in den Höhlen versunken, dem Blick fehlte jeder Glanz. Die Lider zuckten nicht, ihre Finger glichen Tentakeln. Die Nägel waren blutig, die Kleidung verdreckt. Wie lange saß Carina John schon hier unten? Kim Fleischers Haut wirkte an manchen Stellen angenagt. Die Wangen. Der Handrücken. Manuela Hohmann durchlief eisige Kälte. Im Fernsehen hatte sie sich solche Krimis angesehen. Sie hatte sich gegraust und dann über sich selbst gelacht. Doch die beiden Menschen vor ihr waren wirklich bei lebendigem Leib begraben worden. Die Todesangst stand ihnen in den Gesichtern geschrieben.

»Myriam, raus! Geht das nicht schneller?«

»Ich will mir nur schnell die Katze wünschen. Bitte, Tante Manuela, bitte!«

»Myriam, du wünschst dir jetzt nichts!«

Nancy stolperte an der Hand der Mutter und schrie sofort noch lauter. »Du tust mir weh! Ich will mir was wünschen!«

»Wir müssen hier raus, Kind! Raus! Ganz schnell!«

Manuela trieb Bertram vor sich her. Der keuchte vor Wut. Myriam blieb hinter ihnen zurück. Dann hörte sie schnelle Schritte, die über Metall und zerbrochenes Glas, Bretter und Lumpen rannten. Hatte Myriam ihre Eltern in diesem Zimmer erkannt? Das

Mädchen rannte an ihnen vorbei. Sie stand unter Schock. Manuela fand keine Erklärung für die Leichen im Keller. Es war ein Rätsel, was hier passiert war. Ein fürchterliches Rätsel.

»Du hast gesagt, wir dürfen uns heute alles wünschen, was wir wollen.« Bertram gab nicht auf.

»Dürft ihr auch, mein Großer, ihr dürft euch was wünschen, wenn wir hier raus sind.«

Manuela schien es, als hätte es Stunden gedauert, bis sie die Haustür endlich erreichten. Die Sonne vorm Haus blendete sie. Sie suchte nach dem Handy in ihrer Tasche.

Eine alte Frau hielt sie am Ärmel fest. »Kommen Sie, um das Haus hier zu retten?«

Manuela schrie sie an. »Ich telefoniere!«

Myriam ging wortlos die Straße entlang.

Sie weinte.

»Myriam,« rief Manuela ihr nach, »du musst bei mir bleiben. Deine Mutti ist nicht zu Hause.«

Myriam sah sich nicht um.

40.

Er stand vor dem Bett, Annika stand neben ihm. Claire weinte vor der Tür. Er konnte seine Tochter durch die Scheibe sehen. Nasreddin el Atassi saß und hielt Gabriele die Hand. Die Tränen liefen dem Mann übers Gesicht. Sein Hemd war nass am Kragen.

Thorst Schmitt stand vor dem Bett seiner Frau, die schon lange nicht mehr seine Frau gewesen war.

Sie war eine Pflanze, und keine, die gut duftete oder schön anzuschauen war. El Atassi streichelte Gabriele die Wangen. Schmitt interpretierte das leise Röcheln nicht als Gabrieles Reaktion auf el Atassis Berührung. Ihr Körper im Bett gab alle paar Minuten unverständliche Laute von sich, zuckte und spie. Das Kissen war feucht von Speichel. El Atassi wischte die Fäden mit einem Taschentuch von Gabrieles Lippen. Zum letzten Mal. Zum letzten Mal sah auch Schmitt seine Frau an.

Die Familie hatte sich die Entscheidung nicht leicht gemacht. Sie hatten mit den Ärzten gesprochen. Allein. Zu zweit. Zu dritt. Alle zusammen. Die Mediziner hatten ihnen kein Fünkchen Hoffnung gegeben.

Gabriele Schmitt war eine lebende Leiche, wenn es so etwas gab. Schmitt hatte einmal einen Dokumentarfilm über diesen menschlichen Zustand gesehen, der nicht mehr menschlich war. Bekannte, Freunde, Kollegen hatten Mitleid, auch echtes, gezeigt. Kohlund ließ ihm die Zeit, die er brauchte. Schmitt hatte solch Rücksichtnahme und Verständnis von seinem Chef nicht erwartet. Sein Job bei der Kriminalpolizei war weniger stressig gewesen, oder es war Schmitt so vorgekommen. Die Hohmann war in Tränen aufgelöst gewesen und hatte ihn mit Aufmerksamkeiten bedacht, die er nicht brauchte und Gabriele schon gar nicht. Sie hatte ihm sogar angeboten, seine Wäsche zu waschen. Allein Agnes Schabowski hatte ihn niemals auf den Zustand Gabrieles angesprochen. Sie wich dem Thema aus. Schmitt ahnte die Gründe für diese Zurückhaltung, und dann hoffte er, dass das, was er ahnte, auch wirklich die Gründe der Schabowski waren. Sie mied ihn. Sie wich ihm aus. Dabei mochte sie ihn, da war er sich sicher. Er musste ihr nur seine Liebe, seine Gefühle ganz klar machen. Schmitt versuchte es. Täglich. Bislang hatte die Schabowski keine Notiz davon genommen. Keine. Das ärgerte ihn. Wirklich, das ärgerte ihn.

Schmitt hatte gehofft, dass die Ermittlungen im Fall Kim Fleischer eine Basis schufen, die sie beide einander näher brachte. Die Schabowski mochte ihn, doch ihre Zurückhaltung machte die Annäherung schwer. Sie sah den Fall zu emotional. Kim Fleischer war tot. Carina John lag ebenfalls hier auf der Intensivstation. Keiner wagte Prognosen zu ihrem Überleben zu stellen. Myriam war in einem Kinderheim untergebracht worden. Die Hohmann und die Schabowski besuchten sie regelmäßig. Schmitt musste den Mut finden, Agnes Schabowski seine Zuneigung zu gestehen. Sie passten sehr gut zueinander, fand er.

Jetzt stand Schmitt zum letzten Mal am Bett seiner Frau. Die Zukunft von Gabriele war immer ein Thema in diesem Zimmer gewesen. Dass sie nichts mehr empfand, war Schmitt schnell klar geworden. Noch bevor es die Ärzte ihnen mitteilen wollten.

Jeden Tag war ein Mitglied der Familie hier an Gabrieles Bett gewesen und hatte erzählt, vorgelesen oder von den gemeinsamen Erinnerungen gesprochen. Nasreddin el Atassi gehörte dazu. Auch ein paar Freunde. Sogar Lars Kohlund mit Alexia und den Kindern hatten Gabriele besucht. Nicht nur einmal, aber auch nicht oft.

Schmitt belog sich nicht. Es wäre besser gewesen, wenn Gabriele sofort gestorben wäre. Der Schwebezustand zwischen Leben und Tod war immer weniger zu ertragen gewesen. Die ersten Wochen hatten sie Hoffnung gehabt, sie alle, auch er. Doch Grund zur Hoffnung hatte ihnen Gabriele niemals gegeben. Schmitt sah sich Gabrieles Rollstuhl schieben, sah, wie er sie fütterte und windelte. All das hätte er auf sich genommen, wenn seine Frau irgendwann einmal eine nachvollziehbare Reaktion gezeigt hätte. Die war nie gekommen. Sie standen daneben, und Gabriele war außerhalb ihrer Welt.

Er hatte nach einem Dreivierteljahr zum ersten Mal die Frage gestellt, wie lange dieser Zustand noch anhalten sollte. Ein Jahr? Zehn Jahre? Lebenslang? Die Kinder hatten ihn angeschaut, als käme der Vater aus der Unterwelt oder vom Mond. Aber Thorst Schmitt hatte die Frage wiederholt. Immer wieder. Seine Familie hatte sich die Antwort selbst geben müssen. Der Entschluss war Ostern gefallen. Nur Nasreddin el Atassi war dagegen gewesen. Bei Claire hatte der Verstand übers Gefühl gesiegt. Annika hatte die Situation schon lange wie ihr Vater gesehen.

Jetzt standen sie hier und wussten, es waren die letzten Minuten, in denen sie diesen Körper so sehen konnten. Danach würde es Gabriele Schmitt nicht mehr geben. Sie zögerten den Abschied hinaus, als ob sie ihn so aufheben könnten. Sie hatten dieselben Gedanken. Schmitt sah es ihren Gesichtern an. Sie wollten ihre Entscheidung rückgängig machen. Vielleicht würde die Mutter, die Geliebte, doch noch zurückkommen. Doch sie würde nie wieder bei ihnen sein können, und sie nicht bei ihr.

Claire schaute durch die Scheibe, durch die sie nichts sah. Sie hatte sich sehr schnell verabschiedet, sich kaum getraut, der Mutter einen Kuss auf die Wange zu setzen. Dann war sie verschwunden.

Nasreddin el Atassi saß seit einer Ewigkeit vor ihnen am Bett, hielt Gabrieles Hand und murmelte leise. Vielleicht betete er. Schmitt hatte nicht auf die Uhr gesehen, aber es schien Stunden zu dauern, bis Nasreddin el Atassi endlich den Platz neben Gabriele verließ.

Er stand vom Stuhl auf und stellte sich an das Fußende des Bettes und blieb da stehen. Schmitt fühlte sich von ihm beobachtet, aber er konnte el Atassi nicht den Raum verbieten. Es gehörte sich nicht. Auch dieser Mann hatte Gabriele geliebt. Sehr geliebt. Und liebte sie noch. Genauso wie Schmitt.

Annika beugte sich über die Mutter, schob ihr das Haar aus dem Gesicht und murmelte ihr etwas ins Ohr. Schmitt verstand nicht, was sie sagte. Vielleicht waren es Zukunftsschwüre. Vielleicht war es der Dank für Geburt und Leben. Vielleicht war es nur Trauer. Er selbst wusste nicht, was er Gabriele noch sagen wollte. Eigentlich hatte er jahrelang nichts zu ihr gesagt. Bis er sie dann wieder getroffen und die alten Gefühle verspürt hatte. Schmitt war sich sicher, dass Gabriele sie erwidert hatte. Dass sie noch einmal eine Chance gehabt hätten. Herrn el Atassi zum Trotz. Thorst Schmitt war einige Wochen lang glücklich gewesen.

Schmitt hatte dem Liebhaber seiner Frau schwere Vorwürfe gemacht wegen des Überfalls des braunen Mobs, der ihm und nicht Gabriele gegolten hatte. Ausgesprochen hatte er diese Gedanken nie. Jetzt waren sie vergessen. Schmitt sah, wie dieser Mann litt. Nasreddin el Atassi litt wirklich. Schmitt hörte sein Schluchzen. Manche Laute konnte el Atassi nicht unterdrücken, sie überfielen ihn krampfartig. Auch er selbst hatte seine Reaktionen nicht mehr im Griff. Er sank aufs Bett und auf Gabriele und schluchzte ins Betttuch. Man musste nicht mehr vorsichtig sein, die Magensonde war gezogen. Sie waren heute hier, weil die letzten Schalter umgelegt wurden. Gabriele würde vor ihren Augen sterben.

Er erhob sich und nickte dem medizinischen Personal zu. Ein Arzt betrat schweigend das Zimmer. Annika hielt eine Hand der Mutter, Schmitt die andere. Herr el Atassi beobachtete alles vom Fußende des Bettes aus. Nur Claire war nicht im Zimmer. Auch vor der Glasscheibe stand sie nicht mehr. Nicht jeder hat die Kraft, Sterbende in den Tod zu begleiten. Claire war kaum achtzehn.

Der Arzt sah sie noch einmal an. Es schien Schmitt, als wolle er von ihnen ein letztes stilles Einverständnis einholen. Annika schüttelte den Kopf, aber sie hatte den Blick des Arztes gar nicht gesehen. Schmitt nickte ein Mal entschlossen. Der Arzt drückte auf Knöpfe und Schalter. Das Licht einiger Lampen ging aus. Es war wie im Film, nur der hässliche Piepton blieb aus.

Schmitt hielt noch lange die Hand Gabrieles, auch

als Annika und Herr el Atassi schon gegangen waren. Vielleicht weinte Schmitt. Er wusste es nicht. Wenn er das Krankenhaus verließ, würde er einen Strauß rote Rosen kaufen und der Schabowski auf den Tisch legen. Jeden Tag tat er das. Noch nicht ein einziges Mal hatte sich die Kollegin bei ihm bedankt. Aus Schüchternheit, da war sich Schmitt sicher. Er würde das Herz dieser Frau noch erobern. Gabriele hatte ihm ihren Segen gegeben.